George Orwell
Mil naŭcent okdek kvar

Tradukis Donald Broadribb

George Orwell

Mil naŭcent okdek kvar

Romano

El la angla tradukis
Donald Broadribb

Mondial

George Orwell:
Mil naŭcent okdek kvar

(Angla originala titolo: Nineteen Eighty-Four)

© 2012 Mondial (por ĉi tiu libroforma eldono)
kaj Donald Broadribb (por la traduko)

ISBN 9781595692498

www.librejo.com

Enhavo

ANTAŬVORTO

de la tradukinto

"George Orwell" estis pseŭdonimo de Eric Arthur Blair (n. 1903, Moti-
hari, Bengalio, Hindio — m. Jan. 21, 1950). Lia romano *Mil naŭcent
okdek kvar* unue aperis, en la angla lingvo, en 1949. Tiu epoko estis
tuj post la fino de la Dua Mondmilito, kaj 1949 estis tuj antaŭ la ko-
menciĝo de la Korea Milito, en kiu Usono kaj Sovet-Unio unue ren-
kontis unu la alian (kvankam neoficiale) kiel militantoj. Estis vaste
kredate, almenaŭ en la "okcidenta mondo", ke la komunisma sistemo
de Sovet-Unio baldaŭ venkos almenaŭ la plejparton de Eŭropo, kaj
ke ĝi baldaŭ ankaŭ venkos la tutan Azion — unue per sia venko en
Ĉinio, poste en la proksimaj landoj. En tiu ideologia fono la romano
Mil naŭcent okdek kvar estis verkita.

En la "okcidento" oni malmulton sciis pri la detaloj de la komu-
nisma sistemo Sovet-Unia, kvankam disvastiĝadis multaj onidiroj.
Tiutempe la t.n. Komunistoj en la "okcidentaj" landoj insistis ke la
onidiroj estas nur propagandaĉo disvastigata de Usono. Post kelkaj
jardekoj, kiam en Soviet-Unio mem publikiĝis la vero pri la reĝimo
de Stalino, montriĝis ke la onidiroj estis efektive mildaj, relative al la
historia vero.

Tamen, klarvidaj personoj eĉ en tiu periodo tuj post la Dua Mond-
milito jam komencis pripensadi, ke la sociaj tendencoj en Usono
moviĝas, nerapide sed certe, en la direkto de la socia sistemo de So-
vet-Unio. Sekvante tiun premison, en *Mil naŭcent okdek kvar* ni trovas
la tutan mondon dividita en tri supernaciojn, konstante militantajn
inter si; la sociaj sistemoj en ĉiuj tri estas identaj, kvankam kun mal-
samaj nomoj.

Kial la jaro 1984? Nu, la aŭtoro diris ke li pripensis diversajn ja-
rojn, sed 1984 — 45 jarojn post la jaro en kiu li verkis la romanon —
ŝajnis egale taŭga kiel iu ajn alia jaro en la (tiame malproksima) futuro.

La mondo en *Mil naŭcent okdek kvar* estis utopia laŭ unu vidpunkto, kaj malutopia laŭ alia. Ni, la legantoj en la komenco de la 21a jarcento verŝajne ĝojas ke la antaŭvidita mondo de *Mil naŭcent okdek kvar* ne realiĝis. Ĉu tamen ĝi realiĝos jam antaŭ la jaro 2084? Interesa demando, pri kiu indas multe pripensadi.

Donald Broadribb
Okcidenta Aŭstralio
Junio 2007

UNU

I

Estis hela malvarma tago en aprilo, kaj la horloĝoj sonigis la dektrian horon. Winston Smith, kun la mentono premita en la bruston, por eskapi de la akrega vento, rapide puŝis sin tra la vitraj pordoj de la Loĝejoj de la Venko, kvankam ne sufiĉe rapide por neebligi la eniron kun li de nebuleto de eroplena polvo.

La koridoro fetoris pro boligitaj brasikoj kaj malnovaj ĉifonaj matoj. Ĉe unu finaĵo kolora afiŝo, tro granda por endoma montrado, estis najlita al la muro. Ĝi montris nur enorman vizaĝon, larĝan pli ol metron: la vizaĝon de viro eble kvardekkvin-jara, kun dikaj nigraj liptaroj kaj neglataj, sed belaj, trajtoj. Winston paŝis al la ŝtuparo. Ne utilus provi la lifton. Eĉ dum la plej bonaj periodoj, ĝi malofte funkciis, kaj nuntempe la elektro estis malŝaltita dum la taghoroj. Tio estis parto de la ekonomi-kampanjo, prepare por la Semajno da Hato. La apartamento situis sur la sepa etaĝo, kaj Winston, kiu aĝis tridek naŭ jarojn, kaj havis varikan ulceron super sia dekstra maleolo, grimpis lante, haltante plurfoje por ripozeti. Ĉe ĉiu placeto, kontraŭ la liftejo, la afiŝo kun la enorma vizaĝo rigardis de la muro. Ĝi estis bildo tiel farita ke la okuloj sekvas vin dum vi moviĝas. **Granda Frato Rigardas Vin**, diris la vortoj sub la bildo.

Interne de la apartamento, dolĉa voĉo laŭtlegadis liston de kalkuloj, kiuj iel rilatis al la produktado de krudfero. La voĉo sonis el oblonga metala plako, simila al neklara spegulo formanta parton de la surfaco de la dekstra muro. Winston turnis komutilon, kaj la voĉo iomete malpli laŭtis, kvankam la vortoj ankoraŭ distingeblis. La instrumento (oni nomis ĝin teleekrano) nelaŭtigeblis, sed ne eblis plene malŝalti ĝin. Li paŝis al la fenestro: iom negranda, fragila persono, la magrecon de lia korpo nur emfazis la blua kombineo, la uniformo de la Partio. Lia hararo estis tre hela, lia vizaĝo nature sangvina, lia haŭto malglatigita de grata sapo kaj malakraj razoklingoj, kaj de la malvarmo de la ĵus finiĝinta vintro.

Ekstere, eĉ tra la fermita fenestroglaco, la mondo aspektis malvarmega. Sube, en la strato, etaj kirloventoj spirale kirladis polvon kaj ŝiritajn paperpecojn, kaj kvankam la suno briladis, kun ĉielo severe blua, nenie videblis eĉ iomete da koloro en io ajn, escepte de la afiŝoj dismetitaj ĉie. La vizaĝo kun nigraj lipharoj rigardis de ĉiu grava angulo. Estis tia afiŝo sur la fronto de la domo tuj kontraŭ lia domo. **Granda Frato Rigardas Vin**, diris la vortoj, dum la malhelaj okuloj rigardis en la okulojn de Winston mem. Ĉe la stratnivelo, alia afiŝo, kiu havis ŝiritan angulon, flirtadis maltrankvile pro la vento, alterne kovrante kaj malkovrante la unusolan vorton **ANGSOCO**. Tre for, helikoptero ŝvebis inter la tegmentoj, haltis aermeze dum momento kvazaŭ muŝo, kaj forrapidis denove laŭ kurba flugo. Tio estis la polica patrolo, trarigardanta la fenestrojn de la civitanoj. Tamen ne gravis la patroloj. Gravis nur la Pensopolico.

Malantaŭ la dorso de Winston, la teleekrano ankoraŭ babiladis pri krudfero kaj la superplenumiĝo de la Naŭa Trijara Plano. La teleekrano kaj ricevis kaj transsendis samtempe. Ĝi kaptis ĉiun sonon pli aŭdeblan ol mallaŭta flustro, faritan de Winston; krome, dum li restis en la vidkampo de la metala plako, li videblis kaj ne nur aŭdeblis. Kompreneble, ne eblis scii en iu specifa momento, ĉu oni estas rigardata. Kiel ofte, aŭ laŭ kiu sistemo, la Pensopolico atentis ĉiun individuan lineon, ne scieblis. Eĉ eblus konjekti ke ili konstante rigardas ĉiun homon. Sed, ĉiukaze, ili povis atenti vian lineon, kiam ajn ili volis. Oni devis vivi — ja vivis, laŭ kutimo kiu fariĝis instinkta — laŭ la supozo ke ĉiu farata sono aŭdiĝas, kaj, escepte de dum senlumeco, ĉiu sinmovo ekzameniĝas.

Winston tenis sian dorson turnita al la teleekrano. Estis malpli danĝere, kvankam li sciis ke eĉ dorso povas doni informojn. Kilometron for, la Ministrejo de la Vero, lia laborejo, turis, vasta kaj blanka, super la malpura pejzaĝo. Jen, li pensis, kun iom neklara malŝato —

jen Londono, la ĉefurbo de Flugkampo Unu, mem la tria inter la plej loĝataj provincoj de Oceanio. Li penis elpremi ian memoron el sia infaneco, kiu dirus al li ĉu Londono ĉiam estis tia. Ĉu ĉiam estis tuj vidaĵoj, konsistantaj el putrantaj deknaŭjarcentaj domoj, kies flankojn subtenas lignaj ŝtipoj, kun fenestroj flikitaj per kartono, kaj tegmentoj per ondumanta fero, kaj kies sendirektaj ĝardenmuroj fleksiĝas ĉiudirekte? Kaj la bombitaj lokoj, kie la polvo de gipso kirliĝas en la aero, kaj la epilobio senorde kovris la ruinaĵojn; kaj la lokoj kie la bomboj liberigis pli grandan spacon, kaj ekaperis sordidaj kolonioj da lignaj loĝejoj kvazaŭ kokokaĝoj? Sed estis vane, li ne povis memori: nenio restis el lia infaneco, escepte de serio de helaj scenetoj sen fono kaj plejparte nekompreneblaj.

La Ministrejo de la Vero — Minivero, en Novparolo — mirige malsimilis al ĉiu alia objekto videbla. Ĝi estis enorma piramida konstruaĵo el scintilante blanka betono, turanta, terason super teraso, 300 metrojn supren. El kie Winston staris, oni nur malfacile povis legi, faritajn sur ĝia blanka faco per elegantaj literoj, la tri sloganojn de la Partio.

MILITO ESTAS PACO

LIBERO ESTAS SKLAVECO

SENSCIO ESTAS FORTO

Laŭdire, la Ministrejo de la Vero enhavis tri mil ĉambrojn super la teretaĝo, kaj sube saman nombron da fortikigitaj ĉambroj. Dise tra Londono estis nur tri aliaj konstruaĵoj similaspektaj kaj simildimensiaj. Tiel plene ili nanaspektigis la proksiman arkitekturon, ke de la tegmento de la Loĝejoj de la Venko oni povis vidi ĉiujn kvar samtempe. Ili estis la hejmoj de la kvar Ministrejoj, en kiujn la tuta registara aparato estis dividita. La Ministrejo de la Vero, kiu dediĉis sin al informoj, distroj, edukado, kaj la belartoj. La Ministrejo de la Paco, kiu dediĉis sin al la milito. La Ministrejo de la Amo, kiu respondecis pri la policado. Kaj la Ministrejo de la Abundo, kiu okupiĝis pri la ekonomio. Iliaj nomoj, en Novparolo: Minivero, Minipaco, Miniamo, kaj Minibundo.

La Ministrejo de la Amo estis la vere terura ministrejo. Ĝi tute ne havis fenestrojn. Winston neniam estis en la Ministrejo de la Amo, nek malpli ol duonan kilometron proksime al ĝi. Oni ne rajtis eniri ĝin, escepte pro oficiala celo, kaj eĉ tiam oni devis penetri labirinton de pikdrataĵoj, ŝtalaj pordoj, kaj kaŝitaj mitralnestoj. Eĉ la stratojn kondukantajn al ĝiaj eksteraj barieroj patrolis gorilvizaĝaj gardistoj en nigraj uniformoj, armitaj per artikitaj batiloj.

Winston abrupte turnis sin. Li estis doninta al sia mieno la esprimon de trankvila optimismo, kiu konsilindas, kiam oni alfrontas la teleekranon. Li transiris la ĉambron en la etan kuirejon. Per sia foriro el la Ministrejo je tiu horo de la tago, li oferis sian lunĉon en la kantino, kaj li konsciis ke ne troviĝas manĝaĵoj en la kuirejo, escepte de peco da malhelkolora pano, konservenda por la matenmanĝo morgaŭa. Li prenis de la breto botelon da senkolora likvo, sur kiu estis simpla blanka etikedo nomanta la enhavon ĜINO POR LA VENKO. Ĝi odoris naŭze, olee, kvazaŭ de ĉina rizalkoholaĵo. Winston elverŝis preskaŭ tason da ĝi, pretigis sin por ŝoko, kaj glutis ĝin kvazaŭ dozon da medikamento.

Tuj lia vizaĝo skarlatiĝis, kaj larmoj fluis el liaj okuloj. La likvo iel similis al nitrata acido, kaj krome, kiam oni glutas ĝin oni sentas kvazaŭ oni ricevas baton sur la malantaŭo de la kapo per kaŭĉuka klabo. Tamen, la sekvan momenton la brulado en lia ventro mildiĝis, kaj la mondo komencis ŝajni pli agrabla. Li prenis cigaredon el ĉifita pakaĵo surpresita CIGAREDOJ POR LA VENKO, kaj senatente tenis ĝin vertikala, tiel ke la tabako tuj elfalis sur la plankon. Li pli sukcesis per la dua. Li reiris en la salonon, kaj sidiĝis ĉe malgranda tablo, kiu staris live de la teleekrano. El tirkesto en la tablo li prenis plumingon, botelon da inko, kaj dikan kvartoformatan[1], neenskribitan libron, kiu havis ruĝan dorson kaj marmoraspektan kovrilon.

---

1 Kvarto estis paĝdimensio iom malpli granda ol A4. — *Trad.*

Ial la teleekrano en la salono estis en nekutima pozicio. Anstataŭ situi, kiel normale, en la malantaŭa muro, de kie ĝi povus kontroli la tutan ĉambron, ĝi estis en la pli longa muro, kontraŭ la fenestro. Apud unu el ĝiaj flankoj estis neprofunda alkovo, kie Winston nun sidis; kiam oni konstruis la apartamentojn, verŝajne oni intencis ke en ĝi estu librobretoj. Sidante en la alkovo, kaj zorgante teni sin ere malantaŭe, Winston povis resti ekster la kontrolpovo de la teleekrano, rilate al videbleco. Rilate al aŭdebleco, kompreneble, li ja aŭdeblis, sed restante en sia aktuala pozicio, li ne videblis. Parte, la nekutima geografio de la ĉambro sugestis al li tion, kion li nun pretas fari.

Sed tion ankaŭ sugestis la libro kiun li ĵus prenis el la tirkesto. Ĝi estis kurioze bela libro. Ĝia glata kremkolora papero, iomete flaviĝinta pro sia aĝo, estis tia, kia ne fabrikiĝis jam de almenaŭ kvardek jaroj. Tamen li povis konjekti ke la libro multe pli aĝas. Li unue vidis ĝin kuŝantan en la fenestro de malmulte prizorgata butiko por fatraso, en iu kvartalaĉo de la urbo (en ĝuste kiu kvartalo, li ne nun memoris) kaj lin tuj ektrafis la deziro posedi ĝin. Oficiale, partianoj devis ne eniri ordinarajn butikojn (oni nomis tion "libermerkatado"), sed oni ne rigore observis tiun regulon, ĉar diversaj aferoj, kiaj ŝulaĉoj kaj razoklingoj, ne alimaniere akireblis. Li rapide rigardetis ambaŭdirekte laŭ la strato, kaj poste kaŝe eniris kaj aĉetis la libron por du dolaroj kaj kvindek cendoj. Tiumomente li ne konsciis pri specifa celo por kiu li volas ĝin. Li kulposente portis ĝin hejmen en sia teko. Eĉ kvankam en ĝi tute mankis enskribaĵoj, kompromitis posedi ĝin.

Tio, kion li pretis fari, estis komenci taglibron. Tio ne estis kontraŭleĝa (nenio estis kontraŭleĝa, ĉar ne plu ekzistis leĝoj), sed se ĝi estus rimarkita, sufiĉe certe sekvus mortpuno, aŭ almenaŭ dudek kvin jaroj en bagno. Winston fiksis bekon en la plumingon kaj suĉis ĝin por depreni la grason. La skriboplumo estis arkaika instrumento, malofte uzata eĉ por subskriboj, kaj li akiris ĝin, kaŝe kaj iom malfacile, nur pro sento ke la bela kremkolora papero meritas surskribadon per vera beko, anstataŭ suferi la gratadon de inkokrajono. Efektive, li ne kutimis permane skribe. Escepte de tre mallongaj notoj, kutime oni diktis ĉion en la paroloskribilon, kio kompreneble maleblis por lia aktuala celo. Tremo trairis lian inteston. Skribi sur la paperon estus nerevokebla ago. Per plumpaj literetoj li skribis:

La 4an de aprilo, 1984.

Li retiretis sin. Sento de plena senpovo descendis sur lin. Komence, li tute ne certis ke *efektive* estas 1984. Devis esti proksimume tiam, ĉar li preskaŭ certis ke li aĝas tridek naŭ jarojn, kaj li kredis ke li naskiĝis en 1944 aŭ 1945; sed neniam eblis, nuntempe, certi pri iu dato, kun pli ol unu-du-jara precizo.

Por kiu, li subite ekdemandis sin, li verkas ĉi taglibron? Por la futuro, por la naskotoj. Momente lia menso kontemplis la necertan daton sur la paĝo, kaj batiĝis subite kontraŭ la Novparolan vorton *duoblapenso.* Unuafoje la amplekso de lia entrepreno konsciiĝis en li. Kiel komuniki kun la futuro? Laŭ sia naturo, tio maleblis. Aŭ la futuro similos al la nuno, kaj tiuokaze ĝi rifuzos aŭskulti lin; aŭ ĝi diferencos de la nuno, kaj lia embaraso estos sensignifa.

Dum kelka tempo li sidis, rigardante gape la paperon. La teleekrano ekludis akrasonan militmuzikon. Kurioze, li ŝajne ne nur perdis la kapablon esprimi sin, sed eĉ forgesis kion li unue intencis diri. De pluraj semajnoj li pretigas sin por ĉi tiu momento, kaj neniam li konceptis ke pli ol kuraĝo necesos. La skribado mem estos facila. Li nur bezonos transmeti sur paperon la senfinan maltrankvilan dialogadon kiu okazas interne de lia kapo efektive jam de jaroj. Ĉimomente, tamen, eĉ la monologo ekĉesis. Krome, lia varika ulcero komencis netolereble juki. Li ne aŭdacis grati ĝin, ĉar kiam li faris tion, ĝi ĉiam inflamiĝis. La sekundoj forrapidis. Li konsciis nur pri la blanko de la papero antaŭ li, la jukado de la haŭto super lia maleolo, la laŭtego de la muziko, kaj ioma ebrieco kaŭzita de la ĝino.

Subite li komencis skribadi panikoplene, kaj nur parte konsciis kion li surpaperigas. Lia malgranda, sed infaneca, skribo malregule kovris la paĝon, unue perdante sian majuskladon, kaj fine eĉ la punktojn.

La 4an de aprilo, 1984. La pasintan nokton, al la filmoj. Nur milit-filmoj. Unu tre bona, pri ŝipo plena de rifuĝantoj, bombata ie en Mediteraneo. Spektantaro multe amuzata de fotoj de grandega dikulo klopodanta fornaĝi dum lin ĉasas helikoptero, unue oni vidas lin baraktadi en la akvo kvazaŭ foceno, poste oni vidas lin tra la celiloj de la helikopteroj, poste li estas plena de truoj, kaj la maro ĉirkaŭ li fariĝas palruĝa, kaj li sinkas rapide kvazaŭ la truoj enlasas la akvon, spektantaro ridegadis dum li sinkas, poste oni vidas savboaton plenan de infanoj dum helikoptero ŝvebas super ĝi. mezaĝa virino eble judino sidas en la pruo kun knabeto ĉirkaŭ trijara en la brakoj. Knabeto kriegas pro timo kaj kaŝas la kapon inter ŝiaj mamoj kvazaŭ li penas puŝi sin en ŝin kaj la virino metas la brakojn ĉirkaŭ lin kaj penas luli lin kvankam ŝi mem bluas pro timego, tutdume ŝi kovras lin laŭeble kvazaŭ ŝi kredas ke ŝiaj brakoj povas forteni de li la kuglojn. post tio la helikoptero faligas dudekkilograman bombon inter ilin grandega ekbrilo kaj la boato dissplitiĝas. post tio bonega foto de infanbrako, la brako iras supren supren supren en la ĉielon helikoptero kun fotilo en sia nazo sendube sekvis ĝin supren kaj sonas multa aplaŭdado el la seĝoj de la partianoj sed virino en la prola[2] parto de la domo ekpanike kriadas ke oni devas ne spektigi ĝin ne antaŭ infanoj nepre ne ja ne antaŭ infanoj ne decas ĝis la police elpuŝas ŝin mi supozas ke oni ne punas ŝin al neniu gravas kion diras la proloj tipa prola reago ili neniam —

Winston ekĉesis skribi, parte ĉar li suferis kramfon. Li ne sciis kio instigis lin elverŝi tiun fluon da rubo. Sed kurioze, dum li faris tion, tute malsimila memoro klariĝis en lia menso, tiom ke li preskaŭ sentis sin kapabla skribi ĝin. Ja pro, li nun konsciis, tiu alia incidento, li ekdecidis hejmeniri kaj komenci skribi en la taglibro hodiaŭ.

Okazis tiumatene en la Ministrejo, se eblas diri ke io tiom nebulŝajna okazis.

Estis preskaŭ la dekunucenta[3], kaj en la Departemento de Arkivoj, kie laboris Winston, oni trenadis la seĝojn el la ĉeloj, kaj grupigis ilin

---

2 Proloj estis vorto derivita el proletoj, uzata por la ne-partianoj. — *Trad*

3 11.00 atm, laŭ la militista horsistemo. Oni kalkulas de 1 al 24 horoj, kaj esprimas la minutojn kvazaŭ centonojn de horo. — *Trad.*

en la centro de la salono, kontraŭ la granda teleekrano, prepare por la Du Minutoj da Hato. Winston ĵus komencis sidiĝi en sia loko en unu el la mezaj vicoj, kiam du homoj kiujn li konis laŭvide, sed al kiuj li neniam parolis, venis neatendite en la salonon. Unu el ili estis knabino, kiun li ofte pasis en la koridoroj. Li ne sciis ŝian nomon, sed li sciis ke ŝi laboras en la Departemento de Fikcio. Supozeble — ĉar li kelkafoje vidis ke ŝi havas olekovritajn manojn, kaj portas boltilon — ŝi mekanikiste prizorgas unu el la romanverkiloj. Ŝi estis kuraĝaspekta knabino, proksimume dudeksepjara, kun dika hararo, efelidhava vizaĝo, kaj rapida, atleta moviĝado. Mallarĝa skarlata balteo, emblemo de la Junulara Kontraŭ-Seksa Ligo, estis volvita plurfoje ĉirkaŭ la talion de ŝia kombineo, ĝuste sufiĉe strikte por elstarigi la belan formon de ŝiaj koksoj. Winston ekmalŝatis ŝin tuj la unuan momenton kiam li vidis ŝin. Li sciis la kialon. La kialo estis la etoso de hokeludkampoj, kaj malvarmaj banoj kaj komunumaj ekskursoj, kaj ĝenerala purmenseco kiun ŝi sukcesis vidigi en si. Li malŝatis preskaŭ ĉiujn virinojn, precipe la junajn, belajn. Ĉiam la virinoj, plej precipe la junulinoj, estis la plej bigotaj anoj de la Partio, la sloganglutantoj, la diletantaj spionoj, kaj sekretaj observantoj de neortodokso. Sed specife ĉi tiu knabino impresis lin kiel pli danĝera ol la plej multaj. Unufoje, kiam ili pasis unu la alian en la koridoro, ŝi faris rapidan flankenrigardeton al li, kiu ŝajnis penetri lin, kaj dum momento plenigis lin per nigra teruro. Eĉ trafis lin la nocio ke eble ŝi estas agento de la Pensopolico. Tio, verdire, tre malverŝajnis. Tamen, li plu sentis kuriozan maltrankvilon, en kiu timo estis kunmiksita, kaj ankaŭ hato, kiam ajn ŝi eĉ iomete proksimis al li.

La alia persono estis viro nomata O'Brien, membro de la Interna Partio kaj kun posteno tiel grava kaj nekutima, ke Winston nur nebule konceptis ĝian naturon. Momenta silento ektrafis la grupon de homoj ĉe la seĝoj, kiam ili vidis proksimiĝi la nigran kombineon de ano de la Interna Partio. O'Brien estis granda, solida viro kun dika kolo, kaj malglata, humuraspekta, brutala vizaĝo. Malgraŭ sia timiga aspekto, li havis iomete ĉarman konduton. Li emis repuŝi la okulvitrojn sur sia nazo, laŭ maniero kurioze trankviliga — iel nedifinebla, sed kurioze civilizita. Jen gesto kiu, se oni ankoraŭ pensus per tiaj terminoj, eble pensigus pri dekokjarcenta nobelo malfermanta sian flartabakujon. Winston jam vidis O'Brienon eble dekdufoje, dum preskaŭ tiom da jaroj. Li sentis grandan inklinon al li, kaj ne nur ĉar lin forte interesis la kontrasto inter la civilizita maniero de O'Brien, kaj lia boksista korpaspekto. Estis multe pli pro sekreta kredo — aŭ eble eĉ ne kredo, nur espero — ke la politika ortodokseco de O'Brien ne estas kompleta. Io en lia mieno sugestis tion, nerezisteble. Denove, eble ne estis eĉ neortodokseco legebla en lia vizaĝo, sed nur inteligento. Sed, ĉiukaze, li aspektis kiel persono kun kiu oni povus paroli, se iel eblus trompi la teleekranon, kaj esti sola kun li. Winston neniam faris eĉ plej malgrandan penon konfirmi tiun suspekton; tio neniel eblis. Ĉimomente O'Brien rigardetis sian brakhorloĝon, vidis ke estas preskaŭ la dekunucenta, kaj ŝajne decidis resti en la Departemento de Arkivoj ĝis la fino de la Du Minutoj da Hato. Li elektis seĝon er la sama vico kiel Winston, kelkajn seĝojn for de li. Malgranda virino kun sablokolora hararo, kiu laboris en la ĉelo apud Winston, estis inter ili. La knabino kun la malhela hararo sidis tuj malantaŭe.

La sekvan momenton hida, grinca parolo, kvazaŭ de iu monstra neoleita maŝino, eksonegis el la granda teleekrano ĉe la finaĵo de la ĉambro. Bruaĉo, kiu agacis la dentojn kaj starigis la harojn de onia nuko. La Hato komenciĝis.

Kiel kutime, la vizaĝo de Emmanuel Goldstein, la Malamiko de la Popolo, eklumis sur la ekrano. Sibloj sonis tie kaj tie inter la spektantoj. La malgranda sablohara virino krietis pro kunmiksitaj timo kaj naŭzo. Goldstein estis la renegato kaj refalinto, kiu iam (antaŭ kiom da jaroj? neniu memoris), estis unu el la ĉefoj de la Partio, preskaŭ samranga kun Granda Frato mem, sed li ekpartoprenis en kontraŭrevolucia agado, estis kondamnita al morto, kaj mistere eskapis, kaj malaperis. La programoj de la Du Minutoj da Hato variis ĉiutage, sed en neniu el ili mankis Goldstein, kiel la ĉefrolanto. Li estis la praperfidulo, la plej frua detruanto de la pureco de la Partio. Ĉiuj postaj krimoj kontraŭ la Partio, ĉiuj perfidaj agoj, sabotado, herezoj, devioj, fontis rekte el lia instruado. Ie, ie, li plu vivas kaj pretigas siajn konspirojn: eble ie preter la maro, protektate de liaj fremdalandaj dungintoj, eble eĉ — tiel diris la onidiro kelkafoje — en iu kaŝita loko en Oceanio mem.

La diafragmo de Winston sentiĝis kunpremita. Neniam li povis vidi la vizaĝon de Goldstein sen dolorige kunmiksitaj emocioj. Ĝi estis magra juda vizaĝo, kun granda vila aŭreolo el blankaj haroj, kaj malgranda kaprobarbo — lerta vizaĝo, tamen iel laŭnature fia, kun ia senila absurdeco en la longa maldika nazo, apud kies finaĵo sidis paro da okulvitroj. Ĝi similis al la vizaĝo de ŝafo, kaj ankaŭ la voĉo havis ŝafecan karakteron. Goldstein prelegis, farante sian kutiman venenan atakon je la doktrinoj de la Partio — atakon tiom troigitan kaj perversan, ke eĉ infano povus travidi ĝin, tamen ĝuste sufiĉe kredindan, ke oni povas eksenti alarmite ke ĝi eble trompos aliajn homojn, malpli klarpensajn. Li insultadis Grandan Fraton, li denuncis la diktaturon de la Partio, li postulis tujan interpaciĝon kun Eŭrazio, li fervore subtenis la liberon de parolo, la liberon de la Presado, la liberon kunveni, la liberon pensi, li kriadis histerie ke la revolucio estis perfidita — kaj ĉion ĉi li esprimis per rapida multesilaba parolado, kvazaŭ parodio de la kutima stilo de la oratoroj de la Partio, ĝi eĉ enhavis Novparolajn vortojn: pli da Novparolaj vortoj, efektive, ol vera partiano normale uzus en reala situacio. Kaj dume, por ke neniu dubu pri la realo kiun kaŝas la galimatio de Goldstein, malantaŭ lia kapo, sur la teleekrano, marŝadis la senfinaj vicoj de la armeo de Eŭrazio — vico post vico da solidaspektaj viroj kun senesprimaj aziaj vizaĝoj, kiuj svarmis sur la surfacon de la ekrano, kaj malaperis, anstataŭate de aliaj, precize similaj. La obtuza ritma marŝado de la botoj de la soldatoj estis la fono de la meka voĉo de Goldstein.

Antaŭ ol la Hato daŭris tridek sekundojn, neregeblaj krioj de furiozo komenciĝis aŭdiĝi el la duono de la homoj en la ĉambro. La memkontenta ŝafeca vizaĝo sur la ekrano, kaj la terura potenco de la armeo de Eŭrazio malantaŭ ĝi, estis netolereble timigaj: krome, la vido aŭ eĉ penso pri Goldstein aŭtomate estigis timon kaj koleron. Li estis malamato pli konstanta ol aŭ Eŭrazio aŭ Orientazio, ĉar kiam Oceanio militadis kontraŭ unu el tiuj Potencoj, ĝi kutime pacis kun la alia. Sed plej strange estis, ke kvankam Goldstein estis malamata kaj malestimata de ĉiu, kvankam ĉiutage kaj milfoje dum ĉiu tago, sur podioj, sur la teleekrano, en ĵurnaloj, en libroj, liaj teorioj estis refu- tataj, nuligataj, mokataj, montrataj al la ĝenerala spektanto kiel sen- dube absurda rubo, malgraŭ ĉio ĉi, lia influo neniam ŝajnis malpliiĝi. Ĉiam ekzistis novaj stultuloj pretaj esti delogitaj de li. Neniam pasis tago dum kiu spionoj kaj sabotistoj, agantaj laŭ liaj ordonoj, ne estis senmaskigitaj de la Pensopolico. Li estis la komandanto de vasta om- breca armeo, subtera reto de konspirantoj, kiuj dediĉas sin al la detruo de la Ŝtato. *La Frataro*, laŭdire tiel ĝi nomiĝis. Ankaŭ oni flustradis pri terura libro, kompendio de ĉiuj herezoj, kies aŭtoro estis Goldstein, kaj kiu cirkuladas sekrete tie kaj tie. Ĝi estis libro sen titolo. Oni men- ciis ĝin, kiam, malofte, oni menciis ĝin, simple kiel *la libron*. Sed oni sciis pri tiaĵoj nur per nebulecaj onidiroj. Nek la Frataro nek *la libro* estis temo kiun ordinara partiano mencius, se eblus eviti tion.

Dum sia dua minuto, la Hato kresĉendis. Homoj saltadis en siaj lokoj, kaj kriadis kiel eble plej laŭte, strebante dronigi la frenezigĝe mekan voĉon venantan de la ekrano. La malgranda sablohara virino fariĝis hele palruĝa, kaj ŝia buŝo apertiĝis kaj fermiĝis kiel tiu de sur- terigita fiŝo. Eĉ la peza vizaĝo de O'Brien fariĝis ruĝa. Li sidadis tre rekte en sia seĝo, lia fortega brusto ŝvelis kaj tremis kvazaŭ lin atakas ondego. La malhelhara knabino malantaŭ Winston komencis kriadi "Porkaĉo! Porkaĉo! Porkaĉo!" kaj subite ŝi ekprenis pezegan Novpa- rolan vortaron, kaj ĵetis ĝin kontraŭ la ekranon. Ĝi batis la nazon de Goldstein, kaj resaltis; la voĉo daŭris senpaŭze. Dum klarvida mo- mento, Winston trovis sin krianta kun la aliaj, kaj bateganta la rungon de sia seĝo per kalkanumo. Terure pri la Du Minutoj da Hato ne estis, ke oni nepre devas partopreni, sed, male, ke ne eblas eviti partoprenon. Post tridek sekundoj, ĉia ŝajnigo estis ĉiam nenecesa. Hida ekstazo pro timo kaj venĝemo, deziro mortigi, frakasi vizaĝojn per marte- lego, ŝajnis flui tra la tuta grupo de homoj kvazaŭ elektra kurento, eĉ devigante onin kontraŭvole fariĝi grimacanta krianta frenezulo. Tamen, la furiozo sentata estis abstrakta, sendirekta emocio, movebla de unu objekto al alia kvazaŭ ŝalma flamo. Tiel, unumomente, la hato de Winston tute ne celis Goldsteinon, sed, male, Grandan Fraton, la Partion, kaj la Pensopolicon; dum tiaj momentoj, lia koro sentis kompaton por la soleca mokata herezulo sur la ekrano, la sola gardanto de la vero kaj de la mensa sano en mondo de mensogoj. Tamen, la tujsekvan momenton li sentis unuecon kun la homoj ĉirkaŭ si, kaj ĉio dirita pri Goldstein al li ŝajnis vera. Dum tiuj momentoj lia sekreta hato al Granda Frato fariĝis adorado, kaj Granda Frato ŝajnis turadi, nevenkebla, sentima protektanto, staranta kiel roko kontraŭ la hordoj el Azio; kaj Goldstein, malgraŭ sia izoleco, sia senpovo, kaj la dubo pri eĉ lia ekzisto mem, ŝajnis ia sinistra sorĉisto, kapabla, per la forto mem de sia voĉo, detrui la strukturon de la civilizacio.

Eĉ eblis, kelkafoje, turni onian haton tien aŭ aliloken per ago de la volo. Subite, per penego kian oni uzas por fortiri la kapon de la kapkuseno dum koŝmaro, Winston sukcesis transmeti sian haton for de la vizaĝo sur la ekrano kaj al la malhelhara knabino malantaŭ li. Vivoplenaj belaj halucinoj trafulmis lian menson. Li ĝismorte vipegus ŝin per kaŭĉuka klabo. Li ligus ŝin, nudan, al fosto, kaj pafe plenigus ŝin per sagoj, kvazaŭ Sanktan Sebastianon. Li perforte seksumus kun ŝi, kaj tranĉus ŝian gorĝon je la momento de klimakso. Pli multe ol antaŭe, efektive, li komprenis *kial* li hatas ŝin. Li hatas ŝin ĉar ŝi estas juna kaj bela, kaj senseksa, ĉar li volas kuŝi kun ŝi sed neniam faros tion, ĉar ĉirkaŭ ŝia dolĉa flekksebla talio, kiu ŝajnas peti ke oni ĉirkaŭbraku ĝin, estas nur la fia skarlata balteo, la agresa simbolo de ĉasteco.

La Hato atingis klimakson. La voĉo de Goldstein iĝis mekado de vera ŝafo, kaj dum momento la vizaĝo fariĝis ŝafvizaĝo. Post tio, la ŝafvizaĝo fadis kaj fariĝis la bildo de eŭrazia soldato, kiu ŝajnis antaŭeniri, grandega kaj terura, kun la mitralo roranta, kaj li ŝajnis salti el la surfaco de la ekrano, tiel ke kelkaj personoj en la plejantaŭa vico efektive retiris sin en siajn seĝojn. Sed sammomente, okazigante profundan suspiron de kvietiĝo el ĉiuj spektantoj, la malamika figuro iĝis la vizaĝo de Granda Frato, nigrahara, nigraliphara, plena de potenco kaj mistera trankvilo, kaj tiom vasta ke ĝi preskaŭ plenigis la ekranon. Neniu aŭdis kion diras Granda Frato. Nur kelkaj kuraĝigaj vortoj, kiajn oni diras dum la bruego de batalo, ne unuope distin-geblaj sed redonantaj kuraĝon simple ĉar ili estas dirataj. Post tic la vizaĝo de Granda Frato refadis, kaj anstataŭe aperis, per dikaj ma-juskloj, la tri sloganoj de la Partio:

MILITO ESTAS PACO

LIBERO ESTAS SKLAVECO

SENSCIO ESTAS FORTO

Sed la vizaĝo de Granda Frato ŝajnis resti sur la ekrano dum pluraj sekundoj, kvazaŭ la impreso, kiun ĝi faris sur la pupilojn de ĉiu spek-tanto, estis tro vivoforta por tuj fadi. La malgranda sablohara virino estis ĵetinta sin antaŭen trans la dorson de la seĝo antaŭ si. Kun tre-moplena murmuro, kiu sonis kiel "Mia Savanto!", ŝi etendis la bra-kojn direkte al la ekrano. Post tio, ŝi kaŝis sian vizaĝon per siaj manoj. Evidentis ke ŝi diras preĝon.

Je tiu momento, la tuta grupo de homoj komencis profunde, lante, ritme ĉanti "G-F!...G-F!" — ripetante senĉese, tre lante, kun longa paŭzo inter la "G" kaj la "F" — peza, murmura sono, iel kurioze sovaĝa, en kies fono oni kredis aŭdi la batadon de nudaj piedoj. Kaj la pulsadon de tamtamoj. Dum eble eĉ tridek sekundoj ili daŭrigis tior. Ĝi estis refreno ofte aŭdata dum momentoj de superforta emocic. Parte ia himno al la saĝo kaj majesto de Granda Frato, sed eĉ pli, sinhipnotiga ago, intenca dronigo de la konscio per ritma bruo. La intestoj de Winston ŝajnis malvarmiĝi. Dum la Du Minutoj da Hato li ne povis ne partopreni en la ĝenerala deliro, sed tiu sub-homa ĉantado de "G-F!...G-F!" ĉiam plenigis lin per teruriĝo. Kompreneble, li ĉantadis kun la aliaj: maleblis agi alie. Kaŝi sian senton, regi sian vizaĝon, fari kion faras ĉiuj aliaj, jen instinkta reago. Sed dum mal-longa tempo, eble dusekunda, la esprimo en liaj okuloj ja povus per-cepteble perfidi lin. Kaj precize je tiu momento, la grava afero okazis — se, efektive, ĝi ja okazis.

Momente li altiris la rigardon de O'Brien. O'Brien jam stariĝis. Li antaŭe deprenis siajn okulvitrojn, kaj ĝuste tiam remetis ilin sur la nazon per sia karakteriza gesto. Sed dum frakcio da sekundo, iliaj okuloj interrenkontiĝis, kaj dum la daŭro de tiu momento, Winston sciis — jes sciis! — ke O'Brien pensas precize kion li mem pensas. Nemiskomprenebla mesaĝo. Kvazaŭ la mensoj de ambaŭ personoj ekmalfermiĝis, kaj la pensoj fluis el unu en la alian per la okuloj. "Mi estas kun vi," O'Brien ŝajnis diri al li. "Mi scias precize kion vi sentas. Mi plene konas vian malestimon, vian haton, vian naŭziĝon. Sed ne timu, mi konsentas kun vi!" Sed post tio, la eklumo de inteligento malaperis, kaj la vizaĝo de O'Brien estis egale nekomprenebla kiel tiu de ĉiu alia.

Jen ĉio, kaj li jam malcertis ĉu ĝi okazis. Tiaj incidentoj neniam havis sekvon. Ili sole efikis vivteni en li la kredon, aŭ esperon, ke aliaj personoj krom li malamikas al la Partio. Eble la onidiroj pri vastaj subteraj konspiroj efektive pravas — eble la Frataro vere ekzistas! Ne eblis, malgraŭ la senfinaj arestoj kaj konfesoj kaj ekzekutoj, certi ke la Frataro ne estas nur mito. Kelkajn tagojn li kredis je ĝi, kelkajn ne. Troviĝis nenia pruvo, nur rapide pasantaj ekvidetoj kiuj povus signifi ĉion aŭ nenion: eroj de konversacioj parte aŭditaj, pala skribaĉo sur la muroj de necesejoj — unufoje, eĉ, kiam du nekonatoj renkontis unu la alian, malgranda mangesteto, eble aspektanta kiel rekonsigno. Estis nur divenado: plej verŝajne li imagis ĉion. Li reiris al sia ĉelo, sen denove rigardi O'Brienon. La ideo renovigi ilian momentan kontaktiĝon apenaŭ trafis lian menson. Nekredeble danĝerus, eĉ se li scius kiel komenci. Dum sekundo, du sekundoj, ili interŝanĝis svagan rigardeton, kaj jen la tuto de la historio. Sed eĉ tio memorindis, en la ŝlosita soleco, en kiu oni devis vivi.

Winston vigligis sin, kaj sidiĝis pli rekte. Li ellasis rukton. La ĝino komencis leviĝi en lia stomako.

Liaj okuloj refokusiĝis sur la paĝo. Li trovis ke dum li sidis senpove meditante, li ankaŭ skribadis, kvazaŭ aŭtomate. Kaj ne plu la sama kunpuŝita, mallerta skribmaniero kiel antaŭe. Lia plumo glitadis volupte sur la glata papero, farante apartajn, grandajn, zorge faritajn majusklojn:

FOR GRANDA FRATO
FOR GRANDA FRATO
FOR GRANDA FRATO
FOR GRANDA FRATO
FOR GRANDA FRATO

ripete, plenigante duonon de paĝo.

Li ne povis ne senti iometon da paniko. Absurde, ĉar skribi tiujn specifajn vortojn ne pli danĝeris, ol en la komenco malfermi la taglibron; sed dum momento, lin tentis elŝiri la fuŝitajn paĝojn, kaj tute forlasi la entreprenon.

Tamen li ne faris tion, ĉar li sciis ke estus senutile. Ĉu li skribas FOR GRANDA FRATO, ĉu li ne skribas ĝin, tute ne gravas. Ĉu li daŭrigos la taglibron, ĉu li ne daŭrigos ĝin, tute ne gravas. La Pensopolico kaptos lin, malgraŭ ĉio. Li faris — egale same farus, eĉ se li neniam metus plumpinton sur la paperon — la esencan krimon, kiu inkludas ĉiujn aliajn krimojn. Pensokrimo, tiel oni nomis ĝin. Pensokrimo ne kaŝeblas por ĉiam. Oni eble sukcese evitas provizore, eĉ dum jaroj, sed pli-malpli frue ili neeviteble kaptos onin.

Ĉiam dumnokte — la arestoj senvarie okazis dumnokte. Subita vekiĝo pro ektiro, malmilda skuado de onia ŝultro, la lampoj brilegantaj en la okulojn, ringo de severaj vizaĝoj ĉirkaŭ la lito. Plejplejege ofte ne okazis proceso, neniu raporto pri la aresto. Oni simple ekmalaperis, ĉiam dumnokte. Onia nomo malaperis el la registroj, ĉiu registro pri ĉio, kion oni iam faris, forviŝiĝis, onia iama ekzisto neata kaj sekve forgesita. Oni estis aboliciita, nuligita: *vaporigita*, jen la kutima esprimo.

Dum momento lin prenis ia histerio. Li komencis skribi, per hasta senzorga skribaĉo:

ili pafos min ne gravas ili pafos en la nukon de mia kolo ne gravas
for granda frato ili ĉiam pafas en la nukon de la kolo ne gravas for
granda frato —

Li retiris sin sur sia seĝo, iomete hontante, kaj demetis la plumon. La sekvan momenton li violente ektremis. Oni frapas sur la pordon.

Jam! Li sidis senmove kiel muso, vane esperante, ke la frapinto foriros post unusola provo. Sed ne, ripetiĝis la frapado. Plej malbonus heziti. Lia koro bategis kvazaŭ tamburo, sed lia vizaĝo, pro longatempa kutimiĝo, verŝajne estis senesprima. Li stariĝis kaj peze movis sin cele la pordon.

II

Dum li metis sian manon sur la anson, Winston vidis la taglibron lasita malferma sur la tablo. FOR GRANDA FRATO aperis ĉie sur ĝi, per literoj preskaŭ sufiĉe grandaj por esti legataj trans la ĉambro. Nekredeble stultis fari tion. Sed, li konsciis, eĉ dum sia paniko li ne volis makuli la kremkoloran paperon per ekfermo, dum la inko ankoraŭ ne sekiĝis.

Li entiris spiron, kaj malfermis la pordon. Tuj varma ondo da trankviliĝo trafluis lin. Senkolora, premitaspekta virino, kun bukleta hararo kaj liniplena vizaĝo, staris ekstere.

"Ho, kamarado," ŝi komencis per teda, plendaĉa voĉo, "Mi kredis aŭdi vin alveni. Ĉu vi bonvolus transveni, kaj ekzameni la lavpelvon en nia kuirejo? Ĝi blokiĝis kaj—"

Jen S-ino Parsons, la edzino de najbaro sametaĝa. (La vorton "S-ino" iomete malaprobis la Partio — oni devus nomi ĉiun personon "kamarado" — sed por kelkaj virinoj oni instinkte uzis ĝin.) Ŝi estis virino ĉirkaŭ tridekjara, sed ŝi aspektis multe pli aĝa. Oni preskaŭ kredis vidi polvon en la faldetoj de ŝia vizaĝo. Winston sekvis ŝin tra la koridoro. Tiaj diletantaj ripartaskoj preskaŭ ĉiutage ĝenis. La Loĝejoj de la Venko estis malnova apartamentaro, konstruita en 1930, aŭ ĉirkaŭ tiam, kaj disfaladis. La gipso konstante flokiĝis de la plafonoj kaj muroj, la tuboj krevis dum ĉiu severa frosto, la tegmento likis kiam ajn neĝis, la hejtosistemo kutime funkciis nur duonforte, kiam oni ne plene malfunkciigis ĝin por ekonomio. Riparojn, escepte de tiuj kiujn oni mem kapablas fari, devis aprobi distancaj komitatoj, kiuj emis prokrasti dum du jaroj eĉ la riparon de rompita fenestroglaco.

"Kompreneble nur ĉar Tom ne estas ĉehejme," diris S-ino Parsons svage.

La apartamento de la Parsonsoj estis pli granda ol tiu de Winston, kaj alimaniere morna. Ĉio aspektis disbatita, distretita, kvazaŭ la lokon ĵus vizitis iu granda violenta besto. Ilaroj por ludado — hokebastonoj, boksogantoj, krevinta piedpilko, ŝvitoplena kuloto inversita — kuŝis disŝutite sur la planko, kaj sur la tablo fatraso de malpuraj teleroj, kaj ekzercolibroj kies paĝoj havis falditajn angulojn. Sur la muroj skarlataj standardoj de la Junulara Ligo kaj de la Spionoj, kaj vivdimensia afiŝbildo de Granda Frato. Plenigis la loĝejon la kutima odoro de boligita brasiko, trovebla ĉie en la konstruaĵo, sed ĝin trapenetris eĉ pli la akra odoraĉo de ŝvito kiu — tion oni sciis je la unua flareto, kvankam malfacilus diri kiel oni sciis — estis la ŝvito de persono ne nun tie. En alia ĉambro, per kombilo kaj peco de necesejpapero iu penis kunludi la melodion de la militmuziko, kiu ankoraŭ sonis el la teleekrano.

"La infanoj," diris S-ino Parsons, duontime rigardetante la pordon. "Ili ne eliris eksterdomen hodiaŭ. Kaj kompreneble —"

Ŝi kutimis ĉesigi siajn frazojn antaŭ ol fini ilin. La lavpelvo de la kuirejo plenis preskaŭ ĝisrande, per malpurega verdaspekta akvo, kiu eĉ pli ol normale odoraĉis pro brasiko. Winston klinis sin, kaj ekzamenis la angulartikon de la tubo. Li malamis uzi siajn manojn, kaj li malamis kliniĝi, kio ĉiam minacis tusigi lin. S-ino Parsons rigardis senpove.

"Kompreneble se Tom estus ĉehejme, li reĝustigus ĝin tuje," ŝi diris. "Li amas ĉion tian. Li lertegas per la manoj, tia estas Tom."

Parsons estis kundungito kun Winston en la Ministrejo de la Vero. Li estis iom dika, sed aktiva viro, paralize stulta, maso da idiotecaj entuziasmiĝoj — unu el la plene sendemandaj, sin dediĉaj laboreguloj de kiuj, eĉ pli ol de la Pensopolico, dependis la stabileco de la Partio. Tridekkvinjara, oni ĵus, kontraŭ lia volo, elpelis lin el la Junulara Ligo, kaj antaŭ ol progresi en la Junularan Ligon, li sukcesis resti en la Spionoj jaron pli ol permesis la reguloj. En la Ministrejo li plenumis ian subulan postenon, por kio inteligento ne necesis; sed, aliflanke, li estis elstara persono en la Komitato de Sportoj, kaj en ĉiuj aliaj komitatoj, kiuj dediĉis sin al la organizado de komunumaj ekskursoj, spontaneaj manifestacioj, kampanjoj por ŝparado, kaj, ĝenerale, ĉiuj volontulaj agadoj. Li amis diri al oni, kun kvieta fiero, ke li ĉeestis en la Komunuma Centro ĉiun vesperon dum la pasintaj kvar jaroj. Superforta odoro de ŝvito, ia nekonscia atesto pri la viglegeco de lia vivo, sekvis lin kien ajn li iris, kaj eĉ restis post lia foriro.

"Ĉu vi havas ŝraŭbturnilon?" — diris Winston, fingrumante la boltingon sur la angulartiko.

"Ŝraŭbturnilon," diris S-ino Parson, tuj fariĝante senvertebra. "Mi ne scias, certe. Eble la infanoj —"

Sonis tretado de botoj kaj nova bruaĉo per la kombilo, dum la infanoj sturmis en la salonon. S-ino Parsons alportis la ŝraŭbturnilon. Winston ellasis la akvon, kaj naŭziĝante elprenis la amason da hommaj haroj, kiuj blokis la tubon. Li purigis siajn fingrojn laŭeble, per la malvarma akvo el la krano, kaj reiris en la alian ĉambron.

"Supren la manoj!" kriis sovaĝa voĉo.

Bela, gangsteraspekta, naŭjara knabo eksaltis el malantaŭ la tablo, kaj minacis lin per ludila aŭtomata pistolo, dum lia pli malgranda fratino, ĉirkaŭ du jarojn pli juna, simile gestis per ero da ligno. Ambaŭ estis vestitaj per la bluaj kulotoj, grizaj ĉemizoj, kaj ruĝaj koltukoj, el kiuj konsistis la uniformo de la Spionoj. Winston levis la manojn super sian kapon, sed maltrankvile sentis, pro la malica mieno de la knabo, ke ne temas tutvere pri ludado.

"Vi estas perfidulo!" kriis la knabo. "Vi estas pensokrimulo! Vi estas eŭrazia spiono! Mi pafos vin, mi vaporigos vin, mi sendos vin en la salminojn!"

Subite ambaŭ infanoj saltadis ĉirkaŭ lin, kriante "Perfidulo" kaj "Pensokrimulo!" La knabineto imitadis ĉiun geston de sia frato. Iel iomete timigis, kiel la ludsaltado de tigridoj kiuj baldaŭ, kreskinte, iĝos homvorantoj. Videblis intencita feroco en la okulo de la knabo, tute evidenta deziro frapegi aŭ piedbati Winstonon, kaj konscio ke li preskaŭ sufiĉe grandas por fari tion. Bone ke li ne tenas veran pistolon, Winston pensis.

La okuloj de S-ino Parsons moviĝis nervoze de Winston al la in-fanoj, kaj retroe. Per la pli bona lumo de la salono, li rimarkis interesate, ke efektive troviĝas polvo en la faldetoj de ŝia vizaĝo.

"Ili ja tiom bruas," ŝi diris. "Ili ĉagreniĝis, ĉar ili ne povis iri rigardi la pendumadon, jen la kaŭzo. Mi tro okupiĝas por kunpreni ilin, kaj Tom ne revenos sufiĉatempe de la laboro."

"Kial ni ne povas rigardi la pendumadon?" kriegis la knabo per sia giganta voĉo.

"Volas vidi pendumadon! Volas vidi pendumadon!" ĉantis la knabineto, ankoraŭ ĉirkaŭkurante.

Kelkaj eŭraziaj kaptitoj, kulpaj pri militokrimoj, estis pendumotaj en la Parko tiun vesperon, Winston memoris. Tio okazis proksimume unu fojon ĉiumonate, kaj estis populara spektaklo. Infanoj ĉiam postulegis rigardi ĝin. Li adiaŭis al S-ino Parsons kaj komencis paŝi porden. Sed antaŭ ol li faris ses paŝojn en la koridoro, io batis lian nukon, kaŭzante nekredeblan doloregon. Kvazaŭ ruĝe varmega drato puŝiĝis en lin. Li turnis sin, nur ĝustatempe por vidi S-inon Parsonson retrotreni sian filon tra la pordon, dum la knabo enpoŝigis katapulton.

"Goldstein!" kriegis la knabo, dum la pordo fermiĝis kaj kaŝis lin. Sed plej impresis Winstonon la mieno de senpova timo sur la grizeca vizaĝo de la virino.

Denove en sia apartamento, li rapide paŝis preter la teleekranon, kaj residiĝis ĉe la tablo, ankoraŭ frotante sian kolon. La muziko el la teleekrano jam ĉesis. Anstataŭe, severe abrupta voĉo voĉlegadis, kun ia brutala ĝuo, priskribon de la armiloj de la nova Flosanta Fortikaĵo, ĵus ankrita inter Islando kaj Faroaj Insuloj.

Kun tiuj infanoj, li pensis, tiu mizera virino nepre havas vivon teruroplenan. Post unu jaro, du jaroj, ili atentados ŝin nokte kaj tage, por trovi simptomojn de neortodokseco. Preskaŭ ĉiuj infanoj nuntempe aĉas. Plej malbone, per organizoj kiaj la Spionoj, ili sisteme transformiĝas en neregeblajn sovaĝuletojn, tamen tio tute ne inklinigis ilin ribeli kontraŭ la partia disciplino. Tute male, ili adoris la Partion, kaj ĉion ligitan al ĝi. La kantojn, la procesiojn, la standardojn, la marŝojn, la militan praktikadon per pseŭdofusiloj, la slogankricjn, la adoron al Granda Frato — ĉio estis ia glora ludo por ili. Ilia tuta feroco turniĝis eksteren, kontraŭ la malamikojn de la Ŝtato, kontraŭ fremdulojn, perfidulojn, sabotulojn, pensokrimulojn. Homoj pli ol tridekjaraj preskaŭ normale nun timis siajn proprajn infanojn. Kaj por tio estis bona kialo, ĉar apenaŭ pasis semajno dum kiu *La Tempoj* ne enhavis alineon priskribantan la agon de iu fisubaŭskultanteto — "infana heroo" estis la kutima frazo — kiu subaŭskultis ian kompromitan komenton, kaj denuncis siajn gepatrojn al la Pensopolico.

La morda sento de la katapulta buleto jam forfadis. Li prenis sian plumon senentuziasme, demandante al si ĉu li povos trovi plion skribindan en la taglibron. Subite li denove komencis pensi pri O'Brien.

Antaŭ multaj jaroj — kiom? Sendube sep jaroj — li songĝis ke li marŝas tra plene senluma ĉambro. Kaj iu sidanta flanke de li diris, dum li pasis: "Ni renkontiĝos en la loko kie mankas mallumo". Tio diriĝis tre kviete, preskaŭ hazarde — deklaro, ne ordono. Li pretermarŝis sen paŭzi. Kurioze, tiutempe en la songĝo la vortoj ne multe imponis al li. Nur poste, iom post iom, ili ŝajne akiris signifon. Li nun ne povis memori, ĉu li unuafoje vidis O'Brienon antaŭ, aŭ post, la songĝo; nek li povis memori kiam li unuafoje rekonis ke la voĉo estis la voĉo de O'Brien. Sed, ĉiukaze, la identigo ekzistis. Jes, O'Brien parolis al li el la senlumo.

Winston neniam povis certi — eĉ post la ĉimatena okulekbrilo ankoraŭ ne eblis esti certa — ĉu O'Brien amikas aŭ malamikas. Kaj vere ne ŝajnis tre grave. Ekzistis kompreno inter ili, ligo pli grava ol amo aŭ samideaneco. "Ni renkontiĝos en la loko kie mankas mallumo", li diris. Winston ne sciis la signifon de tiuj vortoj, nur ke iel ili realiĝos.

La voĉo el la teleekrano paŭzis. Trumpetosono, klara kaj bela, flosis en la senmovan aeron. La voĉo daŭrigis raŭke:

"Atentu! Bonvolu atentu! Ĵusa informo venis el la Malabara fronto. Niaj militistoj en Suda Hindio glore venkis. Oni aŭtorizis min diri ke la evento kiun ni nun raportas, tre verŝajne grave proksimigos la finon de la milito. Jen la informaĵo:"

Malagrabla novaĵo sekvos, pensis Winston. Kaj tiel okazis. Post sangoplena priskribo de la malekzistigo de eŭrazia armeo, kun gigantaj kalkuloj pri mortigitoj kaj kaptitoj, venis la anonco ke, ekde la venonta semajno, la ĉokoladoporciumo reduktiĝos de tridek gramoj ĝis dudek.

Winston denove ruktis. La ĝino komencis senefikiĝi, lasante senton de senesperiĝo. La teleekrano — eble por festi la venkon, eble por dronigi la memoron pri la perdita ĉokolado — ekludegis "Oceani', por vi"[4]. Oni devis solene stari. Tamen, en sia aktuala pozicio li ne videblis.

"Oceani', por vi" cedis al pli leĝera muziko. Winston paŝis al la fenestro, tenante sian dorson turnita al la teleekrano. La tago ankoraŭ malvarmis kaj klaris. Ie tre for, raketbombo eksplodis, farante obtuzan vibrigantan bruegon. Ĉirkaŭ dudeko aŭ trideko da ili falis ĉiusemajne nun sur Londonon.

Malsupre en la strato, la vento flirtigadis la ŝiritan folion tien kaj reen, kaj la vorto **ANGSOCO** sporade aperis kaj malaperis. Angsoco. La sanktaj principoj de Angsoco. Novparolo, Duoblapenso, la kapablo ŝanĝi la paseon. Li sentis kvazaŭ li vagas en la arbaroj de la fundo de la maro, perdiĝinte en monstra mondo, kie li mem estas la monstro. Li solis. La paseo jam mortis, la futuro ne imageblas. Kian certecon li havis, ke eĉ unusola homo vivanta nun konsentas kun li? Kaj kiel scii ke la partia dominado ne daŭros *por ĉiam*? Kvazaŭ responde, la tri sloganoj sur la blanka faco de la Ministrejo de la Vero revenis al li:

MILITO ESTAS PACO

LIBERO ESTAS SKLAVECO

SENSCIO ESTAS FORTO

---

4 Per ĉi tio Orwell aludas al la populara Usona patriota kanto "Mia lando, ja por vi", kies melodio estas ankaŭ tiu de la brita nacia himno "Reĝinon savu Di'" (alternative: "La Reĝon savu Di'"). — *Trad.*

Li prenis dudekkvincendan moneron el sia poŝo. Ankaŭ tie, per ĉtaj klaraj literoj, estis gravuritaj la samaj sloganoj, kaj sur la alia faco de la monero la kapo de Granda Frato. Eĉ el la monero, la okuloj persekutis onin. Sur moneroj, sur poŝtmarkoj, sur la kovriloj de libroj, sur standardoj, sur afiŝoj, kaj sur la kovraĵo de pako da cigaredoj — ĉie. Ĉiam la okuloj rigardas onin kaj la voĉo enfaldas onin. Dum dormo, dum maldormo, dum laboro, dum manĝado, endome kaj eksterdome, en la banujo aŭ en la lito — ne eblis eskapi. Nenio apartenis sole al oni mem, escepte de la malmultaj kubaj centimetroj interne de la propra kranio.

La suno jam movis sin, kaj la nekalkuleblaj fenestroj de la Ministrejo de la Vero, dum la lumo ne plu brilis sur ilin, aspektis tiel severaj kiel la pafaperturoj de fortikaĵo. Lia koro tremis antaŭ la enorma piramida formo. Ĝi tro fortikis, ĝi ne atakeblis. Mil raketbomboj ne povus disbati ĝin. Denove li demandis sin: por kiu li skribas la taglibron? Por la futuro, por la paseo — por epoko eble malreala? Kaj antaŭ li kuŝas ne morto, sed malekzistigo. La taglibro fariĝos cindroj kaj li mem vaporo. Nur la Pensopolico legos kion li skribis, antaŭ ol malekzistigi kaj malmemorigi ĝin. Kiel apelacii al la futuro, kiam eĉ ne spureto de vi, eĉ ne anonima vorto skribaĉita sur paperpeco, povos resti nedetruite?

La teleekrano sonorigis la dekkvaran horon. Li devos foriri post dek minutoj. Li devos reĉeesti en la laborejo je la dekvara kaj tridek.

Kurioze, la sonorado de la horo ŝajnis rekuraĝigi lin. Li estis soleca fantomo proklamanta veron kiun neniu iam aŭdos. Sed se li nure proklamos ĝin, laŭ iu obskura maniero la daŭro ne rompiĝos. Ne per sinaŭdigo, sed per restado sen frenezo, oni daŭrigas la homan heredaĵon. Li reiris al la tablo, entrempis sian plumon, kaj skribis:

Al la futuro aŭ al la paseo, al tempo kiam la pensado estas libera,
kiam homoj diferencas inter si kaj ne vivas solaj — al tempo kiam
ekzistas la vero kaj kio estas farita ne estas malfarebla:
El la tempo de unuformeco, el la tempo de soleco, el la tempo de
Granda Frato, el la tempo de duoblapenso — saluton!

Li jam mortis, li komentis al si. Ŝajnis al li ke nur nun, kiam li komencis kapabli formuligi siajn pensojn, li faris la decidan paŝon. La konsekvencoj de ĉiu ago inkluziviĝas en la ago mem. Li skribis:

> *La pensokrimo ne sekvigas morton: la pensokrimo jam ESTAS morto.*

Nun, ĉar li rekonis sin kiel mortinton, iĝis grave resti vivanta kiel eble plej longe. Du fingroj de lia dekstra mano estis makulitaj per inko. Precize tia detalo povus perfidi. Iu entrudiĝema zeloto en la Ministrejo (verŝajne virino, iu simila al la malgranda sablohara virino, aŭ la malhelhara knabino el la Departemento de Fikcio) eble komencus demandi al si, kial li skribadis dum la lunĉintervalo, kial li uzis malnovmodan plumon, *kion* li skribadis? — kaj poste farus mencieton en taŭga loko. Li marŝis al la banĉambro, kaj zorge forfrotis la inkon per la sableca malhelbruna sapo kiu gratas la haŭton kvazaŭ sablopapero, kaj tial tre utilas por tiu celo.

Li remetis la taglibron en la tirkeston. Tute senutilis pensi pri kaŝi ĝin, sed almenaŭ li povos informiĝi ĉu aŭ ne oni trovis ĝian ekziston. Haro metita trans la paĝfinaĵojn tro evidentus. Per la pinto de fingro, li prenis rekoneblan eron da blanka polvo, kaj metis ĝin sur angulon de la kovrilo, de kiu ĝi neeviteble forskuiĝos, se iu movos la libron.

III

Winston sonĝadis pri sia patrino.

Verŝajne li estis, li pensis, dek- aŭ dekunujara, kiam lia patrino malaperis. Ŝi estis alta, statueca, iom silenta virino, kun lanta moviĝado kaj glore hela hararo. Sian patron li memoris pli malklare, kiel malhelan kaj magran, ĉiam vestitan per bonordaj malhelaj vestaĵoj (Winston precipe memoris la tre maldikajn plandumojn de la ŝuoj de lia patro) kaj uzantan okulvitrojn. Oni evidente malaperigis ilin ambaŭ dum iu el la unuaj grandaj elpurigoj, dum la kvindekaj jaroj.

Tiumomente lia patrino sidis en iu loko tre sube de li, kun lia pli juna fratineto en siaj brakoj. Li tute ne memoris sian fratinon, escepte kiel etan, feblan bebon, ĉiam silentan, kun grandaj, gvatantaj okuloj. Ambaŭ rigardadis supren al li. Ili ĉiam troviĝis en iu subtera loko — la fundo de puto, ekzemple, aŭ tre profunda tombo — sed loko kiu, jam multe sub li, mem moviĝadis suben. Ili estis en la ĉefkajuto de sinkanta ŝipo, suprenrigardante al li tra la malheliĝanta akvo. Ankoraŭ restis aero en la kajuto, ili ankoraŭ povis vidi lin kaj li ilin, sed tutdume ili sinkadis, suben en la verdan akvon, kiu post plia momento nepre por ĉiam kaŝos ilin. Li mem situis ekstere en la lumo kaj la aero, dum ili estis suĉataj en la morton, kaj ili malsupris ĉar li supris. Li sciis tion, kaj ili sciis tion, kaj li povis vidi la scion en iliaj vizaĝoj. Nek en iliaj vizaĝoj, nek en iliaj koroj, estis riproĉo, nur la scio ke ili devos morti por ke li restu vivanta, kaj ke jen parto de la neevitebla ordo de ĉio.

Li ne povis memori kio okazis, sed li sciis, en sia songo, ke iel la vivoj de liaj patrino kaj fratino estis oferitaj por lia vivo. Temis pri unu el tiuj sonĝoj kiuj, kvankam ili konservas sian karakterizan sonĝoscenaron, daŭrigas la intelektan vivon, kaj en kiuj oni konsciiĝas pri faktoj kaj ideoj kiuj ankoraŭ ŝajnas novaj kaj valoraj post la vekiĝo. Nun ekimpresis Winstonon, ke la morto de lia patrino, antaŭ preskaŭ tridek jaroj, estis tragika kaj morna, laŭ maniero ne plu ebla. Tragedio, li perceptis, apartenis al la antikva epoko, al epoko kiam ankoraŭ ekzistis privateco, amo, kaj amikeco, kaj kiam familianoj subtenis unu la alian, sen bezono scii la kialon. La memoro pri lia patrino ŝiris lian koron, ĉar ŝi mortis amante lin, kiam li tro junis kaj egoismis por ami ŝin reciproke, kaj ĉar iel, li ne memoris kiel, ŝi oferis sin por koncepto pri lojaleco privata kaj neŝanĝebla. Tiaĵoj, li sciis, ne povas okazi nuntempe. Nuntempe estas timo, hato, kaj doloro, sed nenia digna emocio, neniaj profundaj aŭ kompleksaj malĝojoj. Ĉion ĉi li ŝajne vidis en la grandaj okuloj de siaj patrino kaj fratino, rigardantaj lin supren tra la verda akvo, centojn da metroj sube kaj ankoraŭ sinkante.

Subite li staris sur mallonga resaltema gazono, dum somera vespero, kiam la oblikvaj radioj de la suno orumadis la teron. La pejzaĝo kiun li rigardis reokazis tiom ofte en liaj sonĝoj, ke li neniam tute certis ĉu aŭ ne li vidis ĝin en la reala mondo. En siaj vekaj pensoj li nomis ĝin la Ora Lando. Ĝi estis malnova, kuniklo-mordita paŝtokampo, kun piedirejo vaganta trans ĝin, kaj talpejoj tie kaj tie. En la malglata heĝo sur la kontraŭa flanko de la kampo, la branĉoj de la ulmoj balanciĝadis tre lante pro la venteto, iliaj folioj apenaŭ moviĝetis, dense kiel la hararo de virinoj. Ie proksime, kvankam nevidebla, fluis klara lanta rojo, kie leŭciskoj naĝis en la lagetoj sub la salikoj.

La knabino kun la malhela hararo marŝis cele ilin tra la kampo. Per kio ŝajnis unusola gesto, ŝi detiris siajn vestojn, kaj senestime apudenĵetis ilin. Ŝia korpo blankis kaj glatis, sed ĝi ne vekis amoremon en li, efektive li apenaŭ rigardis ĝin. Superis lin, tiumomente, admiro pri la gesto per kiu ŝi apudenĵetis siajn vestojn. Per siaj gracio kaj senzorgemo, ĝi ŝajnis nuligi tutan kulturon, tutan pensosistemon, kvazaŭ Granda Frato kaj la Partio kaj la Pensopolico ĉiuj forĵeteblas per sola glora moviĝo de la brako. Ankaŭ tiu gesto apartenis al la antikva epoko. Winston vekiĝis kun la vorto "Ŝekspiro" sur siaj lipoj.

La teleekrano sonigis orelrompan fajfon, kiu daŭris samnote dum tridek sekundoj. Estis nul sep dekkvin[5], la ellitiĝo-horo por laborantoj en oficejoj. Winston perforte tiris sian korpon el la lito — nudan, ĉar membro de la Ekstera Partio ricevis nur 3000 vesto-kuponojn ĉiujare, kaj piĵamo kostis 600 — kaj prenis iom ĉifonan subĉemizon, kaj kuloton, kiuj kuŝis etendite sur seĝo. La Fizikaj Ektiroj komenciĝos post tri minutoj. La sekvan momenton lin klinigis violenta spasmo de tusado, kiu preskaŭ ĉiam trafis lin baldaŭ post la vekiĝo. Ĝi tiom malplenigis liajn pulmojn, ke li povis komenci respiradi nur per kuŝiĝo sur la dorso, kaj serio de rapidaj ekspiregoj. Liaj vejnoj estis ŝvelintaj pro la tusegado, kaj la varika ulcero komencis juki.

"Grupo tridek-ĝis-kvardekjara!" kriis penetranta virina voĉo. "Grupo tridek-ĝis-kvardekjara! Prenu lokon, mi petas. "Tridek-ĝis-kvardekjaruloj!"

Winston ekstaris atente antaŭ la teleekrano, sur kiu jam aperis la bildo de iom junaspekta virino, magra sed muskoloplena, vestita per tuniko kaj gimnastikoŝuoj.

"Brakoj fleksitaj kaj streĉitaj!" ŝi elvokis. "Sekvu mian ritmon. *Unu*, du, tri, kvar! *Unu*, du, tri, kvar! Ek, kamaradoj, vigliĝu! *Unu*, du, tri, kvar! *Unu*, du, tri, kvar!..."

La doloro de la tusada spasmo ne plene pelis el la menso de Winston la impreson faritan de lia sonĝo, kaj la ritmaj movoj de la ekzerco revenigis ĝin iomete. Dum li mekanike ĵetis siajn brakojn tien kaj reen, havante sur la vizaĝo la mienon de serioza ĝuo, kiun oni opiniis konvena dum la Fizikaj Ektiroj, li penegis retropensi la vojon en la obskuran periodon de lia frua infaneco. Eksterordinare malfacilis. Preter la malfruaj kvindekaj jaroj, ĉio fadis. Kiam ne ekzistas eksteraj registroj konsulteblaj, eĉ la skizo de la propra vivo perdas sian akrecon. Oni memoras gigantajn eventojn, kiuj tre verŝajne neniam okazis, oni memoras la detalojn de incidentoj, sen kapablo kapti ilian etoson, kaj estas longaj senenhavaj periodoj, el kiuj oni memoras nenion. Ĉio malsamis tiam. Eĉ la nomoj de la landoj, kaj ilia formo

---

5 Laŭ la oceania tempesprimado: dek kvin minutoj post la sepa horo matene. — *Trad.*

sur la mapo, malsamis. Flugkampo Unu, ekzemple, ne tiel nomiĝis dum tiuj tagoj: ĝi nomiĝis Anglio aŭ Britio, kvankam Londono ĉiam nomiĝis Londono, pri tio li preskaŭ certis.

Winston ne povis kun certeco memori tempon kiam lia lando ne militadis, sed klare estis iom longa intervalo de paco dum lia infaneco, ĉar unu el liaj plej fruaj memoroj temis pri aeratako, kiu ŝajne plene surprizis ĉiujn. Eble tiutempe la atombombo falis sur Colchesteron. Li ne memoris la atakon mem, sed li ja memoris la manon de lia patro, kiu tenis lian firme, dum ili rapidis suben, suben, suben, en iun lokon tre profunde en la tero, ĉirkaŭen kaj ĉirkaŭen laŭ spirala ŝtuparo, kiu bruis sub liaj piedoj kaj kiu fine tiom lacigis liajn krurojn, ke li komencis ploretadi, kaj ili devis halti kaj ripozi. Lia patrino, laŭ sia lanta, revema maniero, sekvis tre longe malantaŭ ili. Ŝi portis lian beban fratinon — aŭ eble nur aron da lankovriloj: li ne certis ĉu aŭ ne lia fratino jam naskiĝis. Fine ili trovis sin en bruplena, ege okupata loko kiu, li komprenis, estis stacio de la subtera fervojo.

Homoj sidadis sur la tuta ŝtonpavimita planko, kaj aliaj homoj, dense kunpuŝite, sidis sur metalaj litbenkoj, unu super alia. Winston kaj liaj patrino kaj patro trovis por si lokon sur la planko, kaj proksime maljunaj viro kaj virino sidis flank'-al-flanke sur benko. La maljuna viro surhavis bonan malhelan kompleton, kaj nigran ĉapon el ŝtofo, repuŝitan sur tre blanka hararo; lia vizaĝo estis skarlata, kaj liaj okuloj bluis kaj plenis per larmoj. Li odoregis pro ĝino. Ĝi ŝajnis eliri lian haŭton anstataŭ ŝvito, kaj oni povus imagi ke la larmoj fluantaj el liaj okuloj estas nemiksita ĝino. Sed kvankam iomete ebria, ankaŭ li suferis pro iu malĝojo, aŭtentika kaj netolerebla. Laŭ sia infana maniero Winston komprenis ke io terura, io neniel pardonebla, kaj neniam riparebla, ĵus okazis. Ankaŭ ŝajnis al li ke li scias precize kio. Iu amata de la maljunulo — malgranda prafilino, eble estis mortigita. Ripete diradis la maljunulo ĉiun ioman minuton:

"Ni ne estu fidintaj ilin. Mi diris tion, Panjo, ĉu ne? Tio rezultis ĉar ni fidis ilin. Mi diris tion jam dekomence. Ni ne estu fidintaj tiujn fiulojn."

Sed kiujn fiulojn ili ne estu fidintaj, Winston ne povis nun memori.

Ekde proksimume tiam, militado daŭris vere tute neinterrompite, kvankam, laŭ preciza analizo, ne ĉiam la sama milito. Dum pluraj monatoj en lia infaneco okazis konfuzita batalado sur la stratoj en Londono mem, kelkajn partojn de tio li tute klare memoris. Sed trovi la liniojn de la historio de la tuta periodo, povi diri kiu batalis kontraŭ kiu, je iu specifa momento, tute ne eblus, ĉar neniu skribita registro, kaj neniu parolita vorto, iam aludis al alia alianco ol la nunekzistanta. Nunmomente, ekzemple, en 1984 (se ja estas 1984), Oceanio militas kontraŭ Eŭrazio, aliance kun Orientazio. En neniu diro, nek publika nek privata, oni konfesas ke la tri potencoj iam malsimile grupiĝis. Efektive, kiel Winston sciis tre bone, antaŭ nur kvar jaroj Oceanio militadis kontraŭ Orientazio, aliance kun Eŭrazio. Sed jen nur peco da kaŝenda scio, kiun li hazarde havis ĉar lia memoro ne estis kontentige regata. Oficiale la ŝanĝo de alianancoj neniam okazis. Oceanio militas kontraŭ Eŭrazio; konsekvence Oceanio jam de ĉiam militadas kontraŭ Eŭrazio. La aktuala malamiko ĉiam reprezentas absolutan malbonon, kaj tial neniu ajn estinta aŭ estonta alianciĝo kun li estus ebla.

Plej timige, li jam la dekmilan fojon pensis, dum li devigis siajn ŝultrojn dolorege retroiri (kun la manoj sur la koksoj, oni giras la subtalian parton de la korpo; ekzerco kiu, laŭdire, bonas por la ĉorso-muskoloj) — plej timigis ke eble tio tute veras. Se la Partio povas puŝi sian manon en la paseon kaj diri pri iu aŭ alia evento ke *ĝi neniam okazis* — ĉu tio, certe, ne pli timigas ol nuraj torturo kaj morto?

La Partio diris ke Oceanio neniam aliancis kun Eŭrazio. Li Winston Smith, sciis ke Oceanio aliancis kun Eŭrazio jam antaŭ nur kvar jaroj. Sed kie ekzistas tiu scio? Nur en lia propra konscio, kiu neeviteble baldaŭ neniiĝos. Kaj se ĉiuj aliaj akceptas la mensogon trudatan de la Partio — se ĉiuj registroj konsentas pri tiu aserto — do la mensogo fariĝas parto de la historio kaj fariĝas vero. "Kiu regas la paseon," tekstis slogano de la Partio, "tiu regas la futuron; kiu regas la nunon, tiu regas la paseon". Tamen la paseo, kvankam en sia naturo ŝanĝebla, neniam estis ŝanĝita. Kio ajn veras nun, jam de ĉiam, kaj ĝis ĉiam, veras. Tute simplas. Oni nur bezonas senhalte venki la propran memoron. "Regi la realon," oni nomis ĝin: en Novparolo, "duoblapenso".

"Staru senstreĉe!" akre kriis la instruantino, iomete pli mildavoĉe.

Winston lasis siajn brakojn apudiĝi al liaj flankoj, kaj lante replenigis siajn pulmojn per aero. Lia menso forglitis en la labirintan mondon de duoblapenso. Scii, sed ne scii; konscii ke oni plene diras la veron, dum oni diras zorge konstruitajn mensogojn; samtempe havi du malajn opiniojn, sciante ke ili sin kontraŭdiras, kaj kredante ambaŭ; uzi la logikon kontraŭ la logiko; malakcepti la moralecon dum oni pretendas moralecon; kredi ke demokratio maleblas, kaj ankaŭ ke la Partio estas la gardanto de la demokratio; forgesi ĉion kion necesas forgesi, sed poste rememori ĝin je la momento kiam ĝi bezonatas, kaj tuj reforgesi ĝin: kaj, plej gravege, uzi la saman procedon por tiu procedo mem. Jen la plejkompleta subtileco: konscie malkonsciiĝi, kaj poste, denove, malkonsciiĝi pri la hipnotiĝo kiun oni ĵus faris en si. Eĉ por kompreni la vorton "duoblapenso", necesis uzi duoblapenson.

La instruantino realertigis ilin. "Kaj nun ni trovu kiuj el ni povas tuŝi niajn piedfingrojn!" ŝi diris entuziasme. "Rekte de la koksoj, mi petas, kamaradoj. *Unu*-du! *Unu*-du!..."

Winston abomenis tiun ekzercon, kiu sendis akrajn dolorojn ekde la kalkanoj ĝis la gluteoj, kaj ofte fine okazigis novan tusospasmon. La duone plaĉa kvalito foriris el lia meditado. Oni ne nur ŝanĝis la paseon, li meditis, oni efektive detruis ĝin. Ĉar kiel oni povas pruvi eĉ la plej evidentan fakton, kiam ekzistas neniu registro de ĝi, ekster onia propra memoro? Li penis memori en kiu jaro li unue aŭdis mencion pri Granda Frato. Li kredis ke sendube iam dum la sesdekaj jaroj, sed maleblis certi. En la Partihistorioj, komprenleble, Granda Frato rolis kiel la estro kaj gardanto de la Revolucio ekde ĝiaj plej fruaj tagoj. Liaj heroaj agoj estis iom post iom retropuŝitaj en la tempon, ĝis ili jam etendiĝas en la fabelan mondon de la kvardekaj kaj la tridekaj jaroj, kiam la kapitalistoj, portante siajn strangajn cilindrajn ĉapelojn, ankoraŭ veturadis tra la stratoj de Londono en grandaj brilantaj aŭtomobiloj, aŭ perĉevale tirataj kaleŝoj kun vitraj flankoj. Ne eblis scii kiom el tiu legendo veras, kaj kiom elpensita. Winston ne povis eĉ memori je kiu dato la Partio mem ekestiĝis. Li kredis ke li iam aŭdis la vorton Angsoco antaŭ 1960, sed eble en sia Oldparola formo — t.e., "Angla Socialismo" — ĝi uziĝis antaŭe. Ĉio fadis en nebulon. Kelkafoje, ja vere, oni povas identigi intencitan mensogon. Ne veris, ekzemple, kvankam oni ĉiam pretendis tion en la historilibroj de la Partio, ke la Partio inventis la aviadilojn. Li memoris aviadilojn ekde sia plej frua infaneco. Sed oni povis pruvi nenion. Neniam ekzistis pruvatestoj. Nur unufoje dum sia vivo li tenis en la manoj neneeblan dokumentan pruvon pri la falsado de historia fakto. Kaj tiuokaze —

"Smith!" kriegis la megera voĉo el la teleekrano. "6079 Smith W.! Jes, *vi*! Fleksu vin pli suben, mi petas. Vi povas pli bone fari tion. Vi ne vere penas. Pli suben, mi petas! Nun estas *pli bone* kamarado. Nur staru senstreĉe, la tuta grupo, kaj rigardu min."

Subita varmega ŝvito ekkovris la tutan korpon de Winston. Lia vizaĝo restis tute nekomprenebla. Neniam montru konsterniĝon! Neniam montru rankoron! Sola moviĝeto de la okuloj povus perfidi onin. Li staris rigardante, dum la instruantino levis siajn brakojn super sian kapon kaj — oni ne povus diri ke gracie, sed rimarkinde precize kaj efike — fleksis sin kaj metis la unuan artikon de siaj fingroj sub siajn piedfingrojn.

"*Tiel*, kamaradoj! Mi volas vidi vin fari la ekzercon *tiel*. Denove rigardu min. Mi estas trideknaŭjara kaj mi naskis kvar infanojn. Nun, rigardu." Ŝi denove klinis sin. "Vi vidas ke *miaj* genuoj ne estas fleksitaj. Vi ĉiuj povas fari tion, se vi nur volas," ŝi pludiris, dum ŝi rektigis sin. "Ĉiu persono ne pli aĝa ol kvardek kvin jaroj nepre kapablas tuŝi siajn piedfingrojn. Ni ne ĉiuj havas la privilegion batali en la militofronto, sed ni ĉiuj almenaŭ povas resti fortikaj. Memoru niajn krabojn sur la Malabara fronto! Kaj la maristojn en la Flosantaj Fortikaĵoj! Nur pensu pri kion *ili* devas toleri. Nun provu denove. Estas pli bone, kamarado, estas nur. *multe* pli bone," ŝi pludiris kuraĝige, dum Winston, farinte violentan sinpuŝon, sukcesis tuŝi siajn piedfingrojn malgraŭ genuoj nefleksitaj, la unuan fojon dum pluraj jaroj.

IV

Kun profunda, nekonscia suspiro, kiun ne povis evitigi eĉ la proksimo de la teleekrano, kiam la laboro de la tago komenciĝis, Winston altiris la paroloskribilon, forblovis la polvon de ĝia buŝparto, kaj metis siajn okulvitrojn sur sin. Post tio li malrulis kaj kunligis kvar malgrandajn paperajn cilindrojn, kiuj jam falis el la pneŭmata tubo sur la dekstran parton de lia skribotablo.

En la muroj de la ĉelo estis tri aperturoj. Dekstre de la paroloskribilo, malgranda pneŭmata tubo por skribitaj mesaĝoj; live, pli granda, por ĵurnaloj; kaj en la flankamuro, facile atingebla de la brako de Winston, granda oblonga truo protektata de dratokrado. Tio ĉi servis por elĵeti rubpaperon. Similaj truoj ekzistis miloble kaj dekmiloble tra la tuta konstruaĵo, ne nur en ĉiu ĉambro, sed je nelongaj intervaloj en ĉiu koridoro. Ial oni kromnomis ilin memorotruoj. Kiam oni sciis ke iu dokumento detruendas, aŭ eĉ kiam oni vidis eron da senutila papero ie kuŝantan, aŭtomate oni levis la kovrilon de la plej proksima memorotruo kaj enfaligis ĝin, tuj poste ĝin forblovis fluo de varma aero en la enormajn fornojn, kaŝitajn ie en la forforejoj de la konstruaĵo.

Winston ekzamenis la kvar paperoslipojn kiujn li malrulis. Ĉiu surhavis mesaĝon nur unu-du linian, verkitan per la mallongiga ĵargono — ne vera Novparolo, sed konsistanta plejparte el Novparolaj vortoj — uzata en la Ministrejo por internaj komunikaĵoj. Ili diris:

tempoj 17.3.84 gf prelego misraportita afriko ĝustigu

tempoj 19.12.83 antaŭdiroj 3 jp 4a kvarono 83 preserarojn ĝustigu aktuala eldono tempoj 14.2.84 minibundo miscitita ĉokolado ĝustigu

tempoj 3.12.83 raporto gf tagordono duobleplusmalbona ref malpersonojn reverku plene sorsub antaŭarkivige

Kun neforta sento de kontento, Winston apudmetis la kvaran mesaĝon. Ĝi estis detaloplena kaj gravega tasko, kaj plej bonos trakti ĝin laste. La aliaj tri estis rutinaĵoj, kvankam la dua verŝajne necesigos iom da teda traserĉo de listoj de kalkuloj.

Winston ciferumis "antaŭaj numeroj" sur la teleekrano, kaj petis la koncernajn numerojn de *La Tempoj*, kiuj glitis el la pneŭmata tubo post nur kelkaj minutoj da atendado. La mesaĝoj ricevitaj temis pri artikoloj aŭ novaĵraportoj, en kiuj oni ial opiniis ke necesas fari ŝanĝojn, aŭ, laŭ la oficiala frazo, ĝustigon. Ekzemple, laŭ *La Tempoj* de la deksepa de marto, Granda Frato, en sia prelego dum la antaŭa tago, antaŭdiris ke la Sudhindia fronto restos kvieta, sed ke eŭrazia ofensivo baldaŭ komenciĝos en Norda Afriko. Tamen, efektive, la eŭrazia Ĉefkomandantaro komencis sian ofensivon en Suda Hindio, kaj ne tuŝis Nordan Afrikon. Tial, necesis reverki alineon en la prelego de Granda Frato, tiel ke montriĝos ke li antaŭdiris la efektivan eventon. Ankaŭe, *La Tempoj* de la deknaŭa de decembro publikigis la oficialajn prognozojn pri la produktado de diversaj specoj de konsumeblaj varoj dum la kvara kvarono de 1983, kiu ankaŭ estis la sesa kvarono de la Naŭa Trijara Plano. La numero hodiaŭa enhavis raporton pri la vera produktado, per kio montriĝis ke ĉiu el la prognozoj grave eraris. La tasko de Winston estis ĝustigi la originalajn kalkulojn, tiel ke ili identas kun la postaj. Rilate al la tria mesaĝo, ĝi temis pri tre simpla eraro ĝustigebla per nur kelkaj minutoj da laboro. Antaŭ tre mallonge, en februaro, la Ministrejo de la Abundo promesis ("neŝanĝeble certigas" diris la oficialaj vortoj) ke ne okazos reduktiĝo de la ĉokoladporciumo dum 1984. Efektive, kiel sciis Winston, la ĉokoladporciumo reduktiĝos de tridek gramoj ĝis dudek, je la fino de la aktuala semajno. Nur necesis anstataŭigi la originalan promeson per averto ke, verŝajne, necesos redukti la porciumon iam en aprilo.

Tuj post sia pritrakto de ĉiu el tiuj mesaĝoj, Winston krampis siajn paroloskribitajn korektojn al la koncerna numero de *La Tempoj*, kaj puŝis ilin en la pneŭmatan tubon. Post tio, per moviĝo kiel eble plej nekonscia, li ĉifis la originalan mesaĝon, kaj ĉiujn notojn kiujn li mem faris, kaj faligis ilin en la memorotruon por ke la flamoj voru ilin.

Li ne sciis detale kio okazas en la nevidata labirinto, al kiu kondukis la pneŭmataj tuboj, sed li ja sciis ĝenerale. Tuj post la kolekto kaj ordigo de ĉiuj korektoj necesaj por iu specifa numero de *La Tempoj*, tiu numero estis represita; la originala ekzemplero estis detruita, kaj oni enarkivigis la korektitan numeron, por anstataŭi ĝin. Tiu procedo de konstanta ŝanĝado aplikiĝis ne nur al ĵurnaloj, sed al libroj, periodaĵoj, pamfletoj, afiŝoj, flugfolioj, filmoj, sonbendoj, ŝercobildoj, fotoj — al ĉiu speco de literaturo aŭ dokumento kiu povus iel havi ian politikan aŭ ideologian gravon. Tagon post tago, kaj preskaŭ minuton post minuto, la paseo estis ĝisdatigata. Tiel ĉiu antaŭdiro farita de la Partio ĝuste pruveblas per dokumentoj, kaj neniu novaĵinformeto, nek opiniesprimo, kiu konfliktis kun la aktualaj bezonoj, iam estis lasita resti registrita. La tuta historio estis palimpsesto, pergrate purigata kaj reskribata precize tiel ofte kiel necesis. Neniukaze eblus, post tiu ago, pruvi ke oni falsis ĝin. La plej granda fako de la Departemento de Arkivoj, multe pli granda ol tiu en kiu laboris Winston, konsistis nure el personoj kun la tasko trovi kaj kolektadi ĉiujn ekzemplerojn de libroj, ĵurnaloj, kaj aliaj dokumentoj, anstataŭigitaj kaj do detruendaj. Numero de *La Tempoj* kiun oni, pro ŝanĝiĝoj en la politika alianciĝo, aŭ pro eraraj antaŭdiroj deklaritaj de Granda Frato, reverkis dekduon da fojoj, ankoraŭ havis en la Arkivoj la originalan daton, kaj neniu alia ekzemplero ekzistis por kontraŭdiri ĝin. Ankaŭ libroj estis reprenitaj kaj reverkitaj fojon post fojo, kaj neeviteble reeldonitaj tute sen konfeso ke okazis iu ajn ŝanĝo. Eĉ la skribitaj instrukcioj kiujn Winston ricevis, kaj kiujn li senvarie detruigis tuj post la pritrakto, neniam deklaris aŭ suspektigis ke falsado farendas: ĉiam temis pri fuŝoj, eraroj, miskompostaĵoj, aŭ miscitoj, kiujn necesas ĝustigi por gardi la veron.

Sed efektive, li pensis dum li reverkis la kalkulojn de la Ministrejo de la Abundo, ja ne okazis eĉ falsado. Temis nur pri la anstataŭigo de unu sensencaĵo per alia. La plejparto de la tekstoj pri kiuj oni traktas, tute ne rilatas al io ajn en la reala mondo, eĉ ne tia rilato kiu ekzistas en rekta mensogo. La statistikaĵoj egale fantaziis en sia originala versio, kiel en la ĝustigita versio. Tre ofte oni postulis ke li mem elpensu ilin. Ekzemple, la antaŭdiro de la Ministrejo de la Abundo taksis la produktadon de botoj dum la jarkvarono kiel cent-kaj-kvardek-kvin-milionojn da paroj. Oni deklaris ke la vera produktado estis sesdek du milionoj. Tamen Winston, reverkante la antaŭdiron, reduktis la nombron al kvindek sep milionoj, por ke oni povu, kiel kutime, pretendi ke la kvoto superplenumiĝis. Ĉiukaze, sesdek du milionoj ne pli proksimis al la vero ol kvindek sep milionoj, nek ol cent-kaj-kvardek-kvin-milionoj. Tre verŝajne neniom da botoj produktiĝis. Eĉ pli verŝajne, neniu sciis kiom produktiĝis, kaj al neniu gravis. Oni sciis nur ke dum ĉiu jarkvarono astronomiaj nombroj da botoj estis produktitaj, surpapere, kvankam ĉirkaŭ duono de la loĝantaro de Oceanio devis resti nudpieda. Kaj same estis pri ĉiu speco de registritа fakto, granda aŭ malgranda. Ĉio fadis en ombromondon, en kiu, fine, eĉ la jardato fariĝis necerta.

Winston ekrigardis trans la koridoron. En la kontraŭa ĉelo aliflanke, malgranda, precizaspekta, malhelmentona viro nomata Tillotson senpaŭze laboradis, tenante falditan ĵurnalon sur sia genuo, kaj sian buŝon tre proksima al la parolilo de la paroloskribilo. Li mienis kiel persono penanta teni sian parolon sekreta inter li kaj la teleekrano. Li suprenrigardis, kaj liaj okulvitroj malamikeme ekfulmis direkte al Winston.

Winston apenaŭ konis Tillotsonon, kaj tute ne sciis kian laboron li faras. Homoj en la Departemento de Arkivoj ne vere diskutis siajn taskojn. En la longa, senfenestra halo, kun ĝia duobla vico de ĉeloj kaj ĝia senfina susurado de folioj kaj zumado de voĉoj murmurantaj en paroloskribilojn, laboris plena dekduo da homoj kies nomojn Winston eĉ ne sciis, kvankam li ĉiutage vidis ilin hastadi tien kaj reen en la koridoroj, aŭ gestadi dum la Du Minutoj da Hato. Li sciis ke en la

ĉelo apud la lia, la malgranda virino kun la sablokolora hararo labo-
radis tagon post tago, simple trovante kaj eliminante el la presaĵaro
la nomojn de personoj kiuj estis vaporigitaj, kaj tial oficiale neniam
ekzistis. Tiu tasko iomete konvenis, ĉar ŝia propra edzo estis vapori-
gita antaŭ kelketo da jaroj. Kaj nemultajn ĉelojn for, milda, senefika,
revemulo nomata Ampleforth, kun tre haroplenaj oreloj, kaj miriga
talento prilabori rimojn kaj metrikon, okupis sin per la produktado
de misvortigitaj versioj — "definitivaj tekstoj", oficiale — de poemoj
kiuj iĝis ideologie ofendaj, sed ial ajn devis resti en la antologioj. Kaj
ĉi tiu halo, kun sia kvindekumo da laboristoj, konsistis el nur unu
subsekcio, kvazaŭ unusola ĉelo, en la giganta kompleksaĵo nomata
la Departemento de Arkivoj. Pretere, supre, malsupre, laboris aliaj
svarmoj da laboristoj okupataj pri neimageble multaj taskoj. Estis la
gigantaj presejoj kun siaj subredaktoroj, siaj tipografiekspertoj, kaj
siaj komplike ekipitaj studioj por falsi fotojn. Estis la teleprogramo-
sekcio kun siaj inĝenieroj, siaj produktistoj, kaj siaj teamoj de ak-
toroj speciale elektitaj pro sia lerto imiti voĉojn. Estis la armeoj da
referencolaboristoj, kun la simpla tasko fari listojn de libroj kaj peri-
odaĵoj kiujn necesas rekolekti. Estis la vastaj tenejoj kie oni gardas la
korektitajn dokumentojn, kaj la kaŝitaj fornoj kie la originalaj ekzem-
pleroj detruiĝis. Kaj ie, tute anonime, estis la direktantaj cerboj kiuj
kunordigas la tutan laboron, kaj deklaras la politikon kiu necesigas
ke tiu fragmento de la paseo estu konservata, alia fragmento falsita,
kaj ankoraŭ alia malekzistigita.

　　Kaj la Departemento de Arkivoj ja estis mem nur unu branĉo de
la Ministrejo de la Vero, kies ĉefa tasko ne estis rekonstrui la paseon,
sed provizi al la civitanoj de Oceanio ĵurnalojn, filmojn, lernolibrojn,
teleekranajn programojn, dramojn, romanojn — ĉian koncepteblan
specon de informo, instruo, aŭ distro, de statuo ĝis slogano, de li-
rika poemo ĝis biologia traktato, kaj de porinfana instrulibro pri lite-
rumado ĝis vortaro de Novparolo. Kaj la Ministrejo devis ne nur pro-
vizi la multaspecajn bezonaĵojn de la Partio, sed ankaŭ ripeti la tutan
procedon je malpli alta nivelo por la tuta proletaro. Granda ĉeno de
apartaj departementoj respondecis pri proletaj literaturo, muziko,

dramo, kaj ĝenerala distrado. Tie produktiĝis rubnivelaj ĵurnaloj, en kiuj estis preskaŭ nenio pli ol sportoj, krimoj kaj astrologio; sensaciaj kvincendaj romanetoj; filmoj plenplenaj de amorado; kaj sentimentalaj kantoj tute komponataj mekanike per speciala speco de kalejdoskopo nomata versigilo. Eĉ estis tuta subsekcio — *Pornoseko* estis ĝia Novparola titolo — kiu okupis sin per la produktado de la plej malalta speco de pornografio, dissendata en sigelitaj pakaĵoj, kaj kiun rajtas spekti neniu partiano, escepte de la prilaborantoj de la verko.

Tri mesaĝoj jam glitis el la pneŭmata tubo, dum Winston laboris, sed ili estis simplaĵoj, kaj li finprilaboris ilin antaŭ ol lin interrompis la Du Minutoj da Hato. Post la fino de la Hato, li reiris al sia ĉelo, prenis la vortaron de Novparolo de la breto, flankenŝovis la paroloskribilon, purigis siajn okulvitrojn, kaj dediĉis sin al la ĉefa tasko de la mateno.

La plej granda plezuro en la vivo de Winston estis lia laboro. Plejparte tede rutina, sed inkluzivanta ankaŭ taskojn tiom malfacilajn kaj detaloplenajn, ke oni povus perdi sin en ili, kiom en la profundaĵoj de matematika problemo — delikataj falsadoj, por kiuj gvidas la laboranton nur ĉi ties scio pri la principoj de Angsoco, kaj supozo pri kion volas aperigi la Partio. Winston tre lertis pri tia laborado. Kelkafoje eĉ konfidiĝis al li la ĝustigo de la ĉefartikoloj de *La Tempoj*, verkitaj tute en Novparolo. Li malrulis la mesaĝon kiun li pli frue flankenmetis. Ĝi diris:

tempoj 3.12.83 raporto gf tagordono duobleplusmalbona ref malpersonojn reverku plene sorsub antaŭarkivige

En Oldparolo (t.e. norma Angla lingvo) tio tradukeblus:

La raporto pri la Tagordono donita de Granda Frato, en *La Tempoj* de la 3a de decembro 1983, ege malkontentigas kaj mencias neekzistantajn personojn. Plene reverku ĝin, kaj sendu vian malneton al pli alta aŭtoritatulo, por kontrolo antaŭ ol enarkivigi ĝin.

Winston tralegis la ofendan artikolon. Ŝajnis ke la Tagordono de Granda Frato estis plejparte dediĉita al laŭdado pri la laboro de organizo nomata FFCC, kiu provizis cigaredojn kaj aliajn komfortigilojn al la maristoj en la Flosantaj Fortikaĵoj. Certa Kamarado Withers, elstara ano de la Interna Partio, estis aparte specife menciita, kaj li ricevis honoron, la Ordenon de Elstara Merito, Dua Klaso.

Tri monatojn poste, FFCC estis subite nuligita, sen eksplikoj. Supozeblis ke Withers kaj liaj kunuloj nun estas malfavorataj, sed neniu raporto pri la afero aperis en la ĵurnalaro, nek sur la teleekrano. Tio estis natura, ĉar malkutime oni faris tribunalan proceson kontraŭ politikaj ofendintoj, nek eĉ publikan malaprobon. La grandaj Elpurigoj, kiuj rilatis al miloj da homoj, kun publikaj tribunaloprocesoj kontraŭ perfiduloj kaj pensokrimuloj, kiuj humile konfesis siajn krimojn kaj poste estis ekzekutitaj, estis specialaj spektakloj okazantaj ne pli ofte ol unufoje dum kelkaj jaroj. Pli kutime, personoj kiujn trafis la malplezuro de la Partio simple malaperis, kaj oni neniam denove aŭdis pri ili. Oni neniam eĉ scietis pri kio fariĝis el ili. Kelkokaze ili eble eĉ ne estis mortintaj. Ĉirkaŭ tridek homoj persone konataj de Winston, plus liaj gepatroj, malaperis iam.

Winston frotis sian nazon milde per paperligilo. En la transkoridora ĉelo Kamarado Tillotson ankoraŭ klinis sin super sia paroloskribilo. Li levis la kapon dum momento: denove la hata ekbrilo de okulvitroj. Winston demandis al si ĉu Kamarado Tillotson ankaŭ prilaboras precize la saman taskon. Tute eblis. Oni neniam konfidus tiel delikatan taskon al nur unusola persono: aliflanke, doni ĝin al komitato signifus malkaŝe konfesi ke oni falsas ion. Verŝajne, ĝis dek du personoj nun prilaboradas rivalajn versiojn de kion vere diris Granda Frato. Kaj baldaŭ iu mastrocerbulo en la Interna Partio selektos iun version aŭ alian, reredaktos ĝin, kaj komencos la necesan kompleksan procedon interreferencadi ĝin, kaj post tio la elektita mensogo eniros la porĉiaman registron, kaj fariĝos la vero.

Winston ne sciis kial Withers malfavoriĝis. Eble pro korupteco aŭ pro malkompetento. Eble Granda Frato simple mankigis al si tro popularan subulon. Eble oni suspektis herezajn tendencojn en Withers, aŭ en iu proksima al li. Aŭ eble — efektive, plej verŝajne — la evento okazis simple ĉar elpurigoj kaj vaporigoj estas necesa parto de la me-kanismo de regado. La sola vera spuro estis la vortoj "ref malperso-nojn", kiuj indikis ke Withers jam estas morta. Oni ne povus ĉiam tutcerte supozi tion, post la arestiĝo de homoj. Kelkafoje oni libe-rigis ilin, kaj permesis ilin resti liberaj dum eĉ unu aŭ du jaroj, antaŭ ekzekutiĝo. Tre neofte iu persono, kiun oni supozis jam de longe morta, fantome ekreaperis ĉe iu publika procedo, kie li kulpigis cen-tojn da aliaj personoj per sia atestado, antaŭ ol ekremalaperi, ĉifoje por ĉiam. Tamen, Withers jam estis *malpersono*. Li ne ekzistis: li ne-niam ekzistis. Winston decidis ke ne sufiĉus simple inversigi la ten-dencon de la prelego de Granda Frato. Pli bone doni al ĝi temon tute sen rilato al ĝia origina temo.

Li povus ŝanĝi la prelegon en la kutiman kondamnon je perfiduloj kaj pensokrimuloj, sed tio iomete tro travideblus. Kaj inventi venkon ĉe la fronto, aŭ iun triumfan superproduktadon dum la Naŭa Trijara Plano, eble tro komplikigus la registrojn. Bezona estis io pure fan-tazia. Subite eniris lian menson, kvazaŭ tutepreta, la bildo de certa Kamarado Ogilvy, kiu mortis dum batalo, antaŭ nelonge, en heroaj cirkonstancoj. Kelkafoje Granda Frato dediĉis sian Tagordonon al memorigo pri iu humila ordinara partiano, kies vivon kaj morton li substrekis kiel ekzemplon sekvindan. Hodiaŭ li memorigu Kama-radon Ogilvy. Komprencble Kamarado Ogilvy ne ekzistis, sed kelkaj presitaj linioj kaj kelkaj falsitaj fotoj baldaŭ ekzistigus lin.

Winston pensis dum momento, kaj poste altiris la paroloskri-bilon, kaj komencis dikti laŭ la familiara stilo de Granda Frato: stilo samtempe militista kaj pedanta, kaj pro emo fari demandojn kaj tuj respondi ilin ("Kiujn lecionojn ni lernas per ĉi tiu fakto, kamaradoj? La lecionon — kiu estas ankaŭ unu el la fundamentaj principoj de Angsoco — ke..." ktp., ktp.), facile imitebla.

Kiam trijara, Kamarado Ogilvy malakceptis ĉiujn ludilojn, es-cepte de tamburo, mitraleto, kaj modelo de helikoptero. Sesjara — frua je unu jaro, pro specifa modifo de la reguloj — li membriĝis en la Spionoj; naŭjara, li fariĝis trupestro. Dekunujara, li denuncis sian onklon al la Pensopolico, subaŭskultinte konversacion, kiu al li ŝajnis havi krimulajn tendencojn. Deksepjara, li iĝis distrikta organizanto de la Junulara Kontraŭ-Seksa Ligo. Deknaŭjara, li planis mangrenadon, kiun ekutiligis la Ministrejo de la Paco, kaj kiu, je la unua provo, mortigis tridek unu eŭraziajn kaptitojn per unusola eksplodo. Dudektrijara, li pereis batalante. Persekutate de jetaviadiloj de la malamiko, dum li flugis super la Hindia Oceano kun gravaj mesaĝoj, li pezigis sian korpon per sia mitralo, kaj saltis el la helikoptero en profundan akvon, kun la mesaĝoj — fino, diris Granda Frato, kiun ne eblas kontempli sen senti envion. Granda Frato aldonis kelkajn komentojn pri la puro kaj solcelemo de la vivo de Kamarado Ogilvy. Li estis kontraŭalkoholisto kaj nefumanto, distris sin per nenio escepte de horo ĉiutage en gimnastikejo, kaj votis seksabstinon, ĉar li kredis ke edziĝo kaj prizorgo je familio ne kombineblas kun sindediĉo al servo dum dudek kvar horoj ĉiutage. En konversacioj li parolis nur pri la principoj de Angsoco, lia sola vivcelo estis konkeri la eŭrazian malamikon kaj malkaŝigi spionojn, sabotistojn, pensokrimulojn, kaj ĉiajn perfidulojn.

Winston debatis en si ĉu doni al Kamarado Ogilvy la Ordenon de Elstara Merito: fine, li decidis kontraŭ tio, pro la multa interreferencado kiun ĝi necesigus.

Denove li rigardetis al sia rivalo en la kontraŭa ĉelo. Iel, en si, li sentis ke tutcerte Tillotson okupas sin per precize tiu sama tasko. Ne eblis scii kies laboron oni fine akceptos, sed li sentis profundan konvinkon ke ĝi estos tiu de li mem. Kamarado Ogilvy, tute neimagita antaŭ horo, nun estis fakto. Li ekpensis ke kuriozas, ke oni povas krei mortintojn, sed ne vivantojn. Kamarado Ogilvy, kiu neniam ekzistis dum la nuntempo, nun ekzistis dum la pasinta tempo, kaj post la forgesiĝo de la falsado, li ekzistos tute tiel aŭtentike, kaj laŭ la samaj pruvoj, kiel Karolo la Granda aŭ Julio Cezaro.

V

En la malaltaplafona kantino, profunde sub la tersurfaco, la lunĉovico lante movis sin antaŭen. La ĉambro jam estis tre plena, kaj surdige bruplenis. De la krado ĉe la servotablo la vaporo de stufaĵo elfluis, kun maldolĉa metala odoro, kiu ne tute superis la odorojn de Ĝino por la Venko. Ĉe la kontraŭa flanko de la ĉambro estis malgranda drinkovendejo, nura truo en la muro, kie ĝino aĉeteblis je dek cendoj por granda trinko.

"Ĝuste kiun mi serĉis," diris voĉo malantaŭ la dorso de Winston.

Li turnis sin. Parolis lia amiko Syme, kiu laboris en la Departemento de Reserĉado. Eble "amiko" ne estis tute ĝusta vorto. Nuntempe oni ne havis amikojn, oni havis kamaradojn: sed la kunesto kun kelkaj kamaradoj pli plaĉas ol kun aliaj. Syme estis filologo, specialisto pri Novparolo. Efektive, li estis unu el la enorma teamo de ekspertoj nun okupataj per la kompilado de la Dekunua Eldono de la Vortaro de Novparolo. Li estis malgrandulo, malpli granda ol Winston, kun malhela hararo kaj grandaj elstaraj okuloj, samtempe mornaspektaj kaj mokemaj, kiuj ŝajnis zorge traserĉi vian vizaĝon dum li parolis al vi.

"Mi volis demandi al vi, ĉu vi havas razoklingojn", li diris.

"Eĉ ne unu!" diris Winston, kun ia kulposenta rapido. "Mi serĉis ĉie. Ili ne plu ekzistas."

Ĉiu konstante petis razoklingojn. Efektive, li gardis du neuzitajn razoklingojn, kiujn li volis teni kaŝitaj. Ili mankegis jam de monatoj. Je ĉiu momento io necesis, kiun la butikoj de la Partio ne kapablis provizi. Kelkafoje temis pri butonoj, kelkafoje pri lano por flikado, kelkafoje pri ŝulaĉoj; nunmomente temis pri razoklingoj. Oni povis akiri ilin, se oni ja sukcesis trovi ilin, nur per pli-malpli kaŝa serĉado en la "libera" merkato.

"Mi uzas la saman klingon jam de ses semajnoj," li pludiris mensoge.

La vico ekmoviĝetis antaŭen. Haltinte, li turnis sin, kaj denove frontis Symen. Ĉiu el ili prenis grasŝmiritan metalan pleton, de stako ĉe la finaĵo de la servotablo.

"Ĉu vi iris rigardi la pendumadon de la kaptitoj, hieraŭ?" diris Syme.

"Mi tiam laboradis," diris Winston neinteresate. "Mi supozas ke mi vidos ĝin per la filmoj."

"Tre malkontentiga anstataŭaĵo," diris Syme.

Liaj mokemaj okuloj traserĉis la vizaĝon de Winston. "Mi konas vin," la okuloj kvazaŭ diris, "mi travidas vin. Mi tute bone scias kial vi ne iris rigardi la pendumiĝon de tiuj kaptitoj." Intelektorilate, Syme estis venene ortodoksa. Li amis paroli, kun malagrable ĝuplena kontentiĝo, pri akakoj je malamikaj vilaĝoj per helikopteroj, kaj procezoj, kaj konfesoj de pensokrimuloj, la ekzekutoj en la keloj de la Ministrejo de la Amo. Konversacii kun li grandaparte konsistis el peno movi lian atenton for de tiaj temoj kaj, se eble, paroligi lin pri la teknikaj aspektoj de Novparolo, pri kiu li estis kaj aŭtoritata kaj interesa. Winston flankenturnetis sian kapon, por eviti la ekzamenadon fare de tiuj grandaj malhelaj okuloj.

"Estis bona pendumado," diris Syme memorante. "Laŭ mia opinio, oni deprenas la ĝuon kiam oni kunligas iliajn piedojn. Al mi plaĉas vidi ilian piedbatadon. Kaj plejĝuigas, je la fino, vidi la eletendiĝon de la lango, blua — tre helblua. Tiu detalo plej logas min."

"Sekva, mi petas!" kriis la blanke antaŭvestita prolo kun la ĉerpilo.

Winston kaj Syme puŝis siajn pletojn sub la kradon. Sur ĉiun rapide ŝutiĝis la laŭregula lunĉo — metala ujo da palruĝ-griza stufaĵo, peco da pano, kubo da fromaĝo, tasego da senlakta Kafo por la Venko, kaj unu tablojdo de sakarino.

"Jen tablo tie, sub tiu teleekrano," diris Syme. "Ni prenu ĝinon dumvoje."

La ĝinon oni donis al ili en sentenilaj ceramikaj tasegoj. Ili serpentumis trans la homoplenan ĉambron, kaj malpakis siajn pletojn sur la metalkovrita tablo, de kiu unu angulon kovris flako da stufaĵo, lasita de iu manĝinto, fiaspekta likvo, kiu aspektis kvazaŭ vomaĵo. Winston prenis sian tasegon da ĝino, paŭzis dummomente por kuraĝigi sin, kaj glutis la olegustaĵon. Elpalpebruminte la larmojn el siaj okuloj, li subite trovis ke li malsatas. Li komencis gluti kulerojn da stufaĵo, kiu, en sia ĝenerala ŝlimo, havis kubojn spongecajn, palruĝajn, verŝajne originintajn en ia viando. Neniu el la paro parolis denove, ĝis ili malplenigis siajn stufujojn. Ĉe la tablo live de Winston, iomete malantaŭ li, iu paroladis rapide kaj senpaŭze, raŭka babilado preskaŭ simila al la muĝo de anaso, kiu trapenetris la ĝeneralan bruegon de la ĉambro.

"Kiel progresas la vortaro?" diris Winston, laŭtigante sian voĉon por superforti la bruon.

"Lante," diris Syme. "Mi prilaboras la adjektivojn. Estas interesege."

Li regajiĝis tuj pro la mencio de Novparolo. Li flankenpuŝis sian metalan ujon, prenis sian pecon da pano per unu delikata mano, kaj sian fromaĝon per la alia, kaj klinis sin trans la tablon por povi paroli sen kriadi.

"La Dekunua Eldono estas la definitiva eldono," li diris. "Ni finpretigas la lingvon — tia kia ĝi estos, kiam neniu parolos alimaniere. Kiam ni finos ĝin, homoj kia vi devos tute denove relerni ĝin. Vi supozas, verŝajne, ke kiel nian ĉefan taskon ni inventas novajn vortojn. Neniel! Ni detruas vortojn — dekojn da ili, centojn da ili, ĉiutage. Ni ĝisoste nudigas la lingvon. La Dekunua Eldono ne enhavos eĉ unu solan vorton kiu arkaikiĝos antaŭ la jaro 2050."

Li malsate mordis sian panon, kaj glutis kelkajn buŝoplenojn, poste pluparolis kun ia pedanta pasio. Lia maldika malhela vizaĝo fariĝis vigla, liaj okuloj perdis sian mokeman esprimon, kaj iĝis preskaŭ revemaj.

"Belas detrui vortojn. Kompreneble la plej granda superfluaĵo konsistas el verboj kaj adjektivoj, sed eblas eligi ankaŭ centojn da substantivoj. Ne nur la sinonimojn; ankaŭ la antonimojn. Jes ja, kiel oni povus pravigi la ekziston de vorto kiu estas nur la malo de iu alia vorto? Vorto jam entenas sian malon. Ekzemple, pensu pri 'bona'. Se ekzistas vorto kia 'bona', kial oni bezonas vorton kia 'mava'? 'Malbona'[6] egale bone sufiĉas — pli bone, efektive, ĉar ĝi estas preciza malo, dum la alia ne estas tia. Aŭ, denove, se oni volas pli fortan version de 'bona', kiel valoras havi grandan aron da malklaraj senutilaj vortoj kiaj 'superba' kaj 'splendida' kaj ĉiuj tiaj? 'Plusbona' donas la signifon, aŭ 'duobleplusbona' se oni volas eĉ pli fortan esprimon. Kompreneble ni jam uzas tiujn esprimojn, sed en la definitiva versio de Novparolo nenio alia ekzistos. Fine, la tuta nocio de bono kaj malbono esprimeblos per nur ses vortoj — efektive, ja nur unu vorto. Ĉu vi ne vidas la belecon de tio, Winston? Kompreneble, tion elpensis G. F.," li diris, kvazaŭ post pripenso.

Ia sensenta fervoro dummomente briletis sur la vizaĝo de Winston, pro la mencio pri Granda Frato. Tamen Syme tuj rimarkis certan mankon de entuziasmo.

"Vi vere ne sufiĉe alte taksas Novparolon, Winston," li diris, preskaŭ malfeliĉe. "Eĉ dum vi verkas per ĝi, vi ankoraŭ pensas per Oldparolo. Mi legis kelkajn el la artikoletoj kiujn vi verkas por *La Tempoj* fojfoje. Ili sufiĉe bonas, sed ili estas tradukoj. En via koro vi preferus konservi Oldparolon, kun ĝia granda malklareco kaj ĝiaj senutilaj nuancoj. Vi ne aprezas la belon de la detruiĝo de vortoj. Ĉu vi scias ke Novparolo estas la sola lingvo en la mondo kies vortoprovizo malgrandiĝas ĉiujare?"

Kompreneble Winston ja sciis tion. Li ridetis, samideane, li esperis, ĉar li ne fidis sian parolon. Syme demordis plian fragmenton de la malhelkolora pano, maĉis ĝin nelonge, kaj daŭrigis:

"Ĉu vi ne komprenas ke Novparolo havas kiel sian celon tute mallarĝigi la etendiĝon de la pensado? Fine ni tutvere malebligos pensokrimadon, ĉar ne ekzistos vortoj per kiuj esprimi ĝin. Ĉiu koncepto kiun oni iam povos bezoni, esprimeblos per precize *unu* vorto, kun ri-

---

6 En la anglalingva originalo, ungood. Pri la karaktero de Novparolo vidu
   la apendicon ĉe la fino de ĉi tiu libro. — *Trad.*

gide difinita signifo, kaj la nuliĝo kaj forgesiĝo de ĉiu subsignifo. Jam, en la Dekunua Eldono, ni preskaŭ atingis tiun celon. Sed la procedo daŭrados longe post la morto de vi kaj mi. Ĉiujare malpli kaj ankoraŭ malpli da vortoj, kaj la amplekso de la konscio konstante iom malpli larĝa. Eĉ nun, kompreneble, ekzistas nenia kialo aŭ pravigo por pensokrimo. Temas nur pri sindisciplino, realecorego. Sed fine, eĉ tio ne necesos. La Revolucio kompletos, kiam la lingvo perfektos. Novparolo estas Angsoco, kaj Angsoco estas Novparolo," li pludiris kun ia mistika kontento. "Ĉu iam vin trafis, Winston, la konscio ke en la jaro 2050, se ne pli frue, eĉ neniu homo vivos kiu kapablus kompreni tian konversacion kian ni faras nun?"

"Escepte —" komencis Winston dubeme, kaj li ekĉesis paroli.

Li intencis tuj diri "Escepte de la proloj", sed li haltigis sian parolon, ĉar li ne tute certis ke tiu komento ne iel malortodoksas. Tamen Syme divenis kion li estus dirinta.

"La proloj ne estas homoj," li diris facilanime. "En 2050 — pli frue, verŝajne — ĉia vera scio de Oldparolo ne plu ekzistos. La tuta iama literaturo estos jam detruita. Ĉaŭcero, Ŝekspiro, Miltono, Bajrono — ili ekzistos nur en Novparolaj versioj, ne simple ŝanĝitaj, sed efektive ŝanĝitaj en ion tute malan al kio ili antaŭe estis. Eĉ la literaturo de la Partio ŝanĝiĝos. Eĉ la sloganoj ŝanĝiĝos. Kiel povus ekzisti slogano kia 'libero estas sklaveco', kiam eĉ la koncepto pri libero jam aboliciiĝis? La tuta pensoklimato malsamos. Efektive ne *ekzistos* pensado, ne kia ni konceptas ĝin nun. Ortodokso signifas nepensadon — malbezonon pensi. Ortodokso estas nekonscio."

"Iun tagon baldaŭ," pensis Winston kun subita plena konvinkiĝo, "Syme estos vaporigita. Li tro inteligentas. Li vidas tro klare, kaj parolas tro malkaŝe. La Partio ne amas tiajn personojn. Iun tagon li malaperos. Tio skribiĝis sur lia vizaĝo."

Winston jam finmanĝis siajn panon kaj fromaĝon. Li flankenturnetis sin en sia seĝo, por trinki sian tasegon da kafo. Ĉe la tablo live de li, la viro kun la laŭta voĉo ankoraŭ paroladis senrimorse. Junulino, eble lia sekretario, kiu sidis kun la dorso turnita al Winston, aŭskultadis lin, kaj ŝajne fervore konsentis kun ĉio kion li diris. Fojfoje Winstonon atingis iu komento kia "Mi kredas ke vi *plene* pravas. Mi *plene* konsentas kun vi", parolita laŭ juna kaj iom komika ina maniero. Sed la alia voĉo neniam ĉesis eĉ momente, eĉ dum la knabino parolis. Winston rekonis la viron laŭvide, kvankam pri li li sciis nur ke li havas iun gravan postenon en la Departemento de Fikcio. Li estis viro ĉirkaŭ tridekjara, kun muskola gorĝo kaj granda moviĝema buŝo. Lia kapo estis iomete klinita malantaŭen, kaj pro la angulo laŭ kiu li sidis, liajn okulvitrojn trafis la lumo, kaj montris al Winston du blankajn diskojn anstataŭ okulojn. Iom terure, el la lavango da sono kiu verŝiĝis el lia buŝo, preskaŭ ne eblis distingi eĉ unusolan vorton. Nur unufoje Winston perceptis frazon — "plena kaj fina nuligo de Goldsteinismo" — elĵetitan tre rapide kaj, kiel ŝajnis, kiel unusolan pecon, ĝuste kiel solidan linion faritan per linotipo. Rilate al la cetero, nu ĝi estis nur bruo, kvak-kvak-kvakado. Tamen, kvankam oni ne povis efektive aŭdi kion diras la viro, ne eblis dubi pri ĝia ĝenerala karaktero. Ĉu li mallaŭdas Goldsteinon, kaj postulas pli severan punadon de pensokrimuloj kaj sabotuloj, ĉu li tondras kontraŭ la fifaraĉoj de la eŭrazia armeo, ĉu li laŭdas Grandan Fraton, aŭ la heroojn en la Malabara fronto — ne gravis. Kio ajn, eblis certi ke ĉiu vorto de lia parolo estis pure ortodoksa, pura Angsoco. Dum li rigardis la senokulan vizaĝon kun la makzelo moviĝanta rapide supren kaj suben, Winston havis kuriozan senton ke temas ne pri vera homo, sed pri ia manekeno. Parolis ne la cerbo de la viro, parolis lia laringo. Kio venis el li konsistis el vortoj, sed ne verdire parolo: ĝi estis bruo nekonscie farata, kiel la kvakado de anaso.

Syme eksilentis dum momento, kaj per la tenilo de sia kulero li faris desegnojn en la flako da stufaĵo. La voĉo venanta de la alia tablo plukvakadis rapide, facile aŭdebla malgraŭ la ĉirkaŭanta bruaĉo.

"Ekzistas vorto en Novparolo," diris Syme. "Mi ne scias ĉu vi konas ĝin: *kvakparoli*, kvaki kiel anaso. Ĝi estas unu el la interesaj vortoj kiuj havas du sinkontraŭajn signifojn. Kiam temas pri kontraŭulo, ĝi estas mallaŭdo; kiam temas pri persono kun kiu oni akordas, ĝi estas laŭdo."

Tute sendube Syme estos vaporigita, denove pensis Winston. Li pensis tion kun iom da malfeliĉo, kvankam li bone sciis ke Syme maladmiras lin kaj iomete malŝatas lin, kaj plene kapablas denunci lin kiel pensokrimulon, se li trovus kialon tion fari. En Syme io suhtile malĝustis. Mankis en li io: diskreto, aparteco, ia savkapabla stulto. Oni ne povus diri ke li neortodoksas. Li firme kredis la principojr de Angsoco, li adoris Grandan Fraton, li ĝojis pro venkoj, li hatis herezulojn, ne nur sincere, sed per ia malkvieta fervoro, akurata informiteco al kiu ne proksimiĝis ordinaraj partianoj. Tamen neklara etoso de malreputacio ĉiam kroĉiĝis al li. Li diris aferojn kiuj pli bone ne diriĝus, li legis tro multajn librojn, li frekventis la Kaŝtanarban Kafejon, la favoratan ejon de pentristoj kaj muzikistoj. Neniu leĝo, eĉ neniu neskribita leĝo, malpermesis frekventi la Kaŝtanarban Kafejon, tamen tiu ejo estis iel missorta. La malnovaj, malagnoskitaj estroj de la Partio kutimis kunveni tie antaŭ ol elpuriĝi. Goldstein mem, oni diris, kelkafoje videblis tie, antaŭ jaroj kaj jardekoj. Ne malfacilis antaŭvidi la sorton de Syme. Kaj tamen, estis fakto ke se Syme ekkonus, eĉ dum nur tri sekundoj, la naturon de la sekretaj opinioj de Winston, li tuj perfidus lin al la Pensopolico. Same agus ĉiu alia, efektive: sed Syme pli certe ol la plej multaj. Fervoro ne sufiĉis. Ortodokso estas nekonscio.

Syme suprenrigardis. "Jen venas Parsons," li diris.

Io en la tono de lia voĉo ŝajnis krome diri: "tiu stultulaĉo". Parsons, kunluanto de Winston ĉe la Loĝejoj de la Venko, efektive serpentumis tra la homaro trans la ĉambron — dika, mezgranda persono kun hela hararo, kaj ransimila vizaĝo. Tridekkvinjara, jam komencis aperi grasruloj ĉe liaj kolo kaj talio, sed lia moviĝo estis vigla kaj knabeca. Lia tuta aspekto similis al knabeto multegrandigita, tiom ke, kvankam li surhavis la laŭregulan kombineon, preskaŭ neeblis ne koncepti lin kiel vestitan per la blua kuloto, griza ĉemizo, kaj ruĝa koltuko de la Spionoj. Bildigante lin al si, oni ĉiam vidis skizon de kavethavaj genuoj kaj manikoj retrorulitaj for de la dikaj antaŭbrakoj. Efektive, Parsons ja revestis sin per kuloto, kiam ajn komunuma ekskurso aŭ iu alia korpa agado donis al li kialon tion fari. Li salutis ilin ambaŭ per gaja "Saluton, saluton!" kaj sidiĝis ĉe la tablo, intense odorante pro ŝvito. Ŝvitperletoj elstaris sur lia tuta palruĝa vizaĝo. Lia kapablo ŝvitadi eksterordinaris. Ĉe la Komunuma Centro, oni ĉiam sciis ke li ludintis tablotenison, pro la malseko de la batiltenilo. Syme elprenis strion de papero, sur kiu estis longa kolumno de vortoj, kaj li studadis ĝin tenante inkokrajonon inter la fingroj.

"Vidu, li laboradas dum la lunĉohoro," diris Parsons, atentige puŝetante Winstonon. "Fervoro, ĉu ne? Kion do vi havas, olduleto? Ion tro cerbumigan por mi, sendube. Smith, olduleto, mi diru kial mi persekutas vin: pro la kotizo kiun vi forgesis doni al mi."

"Kiu kotizo, do?" diris Winston, aŭtomate serĉante monon en sia poŝo. Ĉirkaŭ kvarono de onia salajro apartigendis por laŭvolaj kotizoj, kiuj tiom multis ke malfacilis kontroli ĉiujn.

"Por la Semajno da Hato. Vi scias — la de-dom'-al-dom'-kaso. Mi estas la kasisto por nia loĝejaro. Ni plenforte strebas — faros nekredeblan spektaklon. Tute vere, ne kulpos mi se la oldaj Ĉambroj de la Venko ne havos la plej grandan montron de standardoj en la tuta strato. Du dolarojn vi promesis al mi."

Winston trovis kaj transdonis du ĉifitajn kaj malpuregajn bankbiletojn, kiujn Parsons registris en malgranda notlibro, per la zorga manskribo de analfabetoj.

"Tute aparte, olduleto," li diris. "Oni diris al mi ke tiu bubeto mia pafis vin per sia katapulto hieraŭ. Mi severe riproĉis lin pro tio. Efektive mi diris al li ke mi forprenos la katapulton se li denove faros tion."

"Mi kredas ke lin iom ĉagrenis ne povi rigardi la ekzekutadon," diris Winston.

"Ha, nu — mi volas diri, ja indikas indan spiriton, ĉu ne? Petolemaj friponetoj ili estis, ili ambaŭ, sed kiam temas pri fervoro! Ili pensas nure pri la Spionoj, kaj la milito, komprenenble. Ĉu vi scias kion faris mia filineto, la pasintan sabaton, kiam ŝia trupo ekskursis en la Berkhamsteda regiono? Ŝi instigis du aliajn knabinojn akompani ŝin, kaŝiris de la ekskurso, kaj la tutan posttagmezon sekvis nekonatan viron. Ili sekvis lin proksime dum du horoj, tra la tuta arbaro, kaj poste, kiam ili atingis Amerŝamon, ili transdonis lin al la patroloj."

"Kial ili faris tion?" diris Winston, iom konsternite. Parsons plue parolis triumfe.

"Mia ideto certis ke li estas ia agento de la malamiko — eble perparaŝute veninta, ekzemple. Sed jen la grava parto, olduleto. Kio, laŭ via supozo, dekomence suspektigis ŝin? Ŝi rimarkis ke li surhavas nekutiman specon de ŝuoj — diris ke ŝi neniam antaŭe vidis homon surhavi tiajn ŝuojn. Do plejverŝajne li estas fremdulo. Tre lerta seĝjaruleto, ĉu ne?"

"Kio okazis al la viro?" diris Winston.

"Ha, tion mi ne povas diri, kompreneble. Sed ne plene surprizus min trovi ke—" Parsons gestis kvazaŭ celigante fusilon, kaj lange klakis por imiti eksplodon.

"Bone," diris Syme sen multa atento, kaj sen suprenrigardi de sia paperostrio.

"Kompreneble, ni ne rajtas permesi riskojn," konsentis Winston, dubeme.

"Kion mi diras, ni ja militas," diris Parsons.

Kvazaŭ konfirmante tion, trumpeta sono el la teleekrano tuj super iliaj kapoj sonoris. Tamen, ĉifoje ne por proklami militan venkon, sed nur por fari anoncon el la Ministrejo de la Abundo.

"Kamaradoj!" kriis fervora junsona voĉo. "Atentu, kamaradoj! Estas glora informo por vi. Ni venkis en la batalo por produktado! La nun kompletaj kalkuloj de la produkto de ĉiaj konsumaĵoj indikas ke la vivnivelo altiĝis ne malpli ol 20%e dum la pasinta jaro. Tra la tuta Oceanio, ĉimatene, okazis neĉesigeblaj spontaneaj demonstracioj, dum laboristoj marŝis el la fabrikoj kaj oficejoj, kaj paradis tra la stratoj portante standardojn kiuj esprimas ilian dankon al Granda Frato, pro la nova, feliĉa vivo kiun donacis al ni lia saĝa direktado. Jen kelkaj el la nun kompletigitaj kalkuloj. Manĝaĵoj —"

La frazo "nia nova, feliĉa vivo" ripetiĝis plurfoje. Tiun frazon multe amis la Ministrejo de la Abundo lastatempe. Parsons, kies atenton vigligis la trumpetsono, sidis aŭskultante kun ia gapoplena soleno, ia edifita tediĝo. Li ne povis sekvi la kalkulojn, sed li konsciis ke ili iel pravigas kontenton. Li eltiris gigantan malpuregan pipon, jam plenan de duone bruligita tabako. Ĉar la porsemajna tabakporcio konsistis el nur 100 gramoj, malofte eblis tute plenigi pipon. Winston fumadis Cigaredon por la Venko, kiun li zorge tenis horizontala. La nova porcio haveblos nur morgaŭ, kaj al li restis nur kvar cigaredoj. Dummomente li fermis siajn okulojn kontraŭ la pli fora bruo kaj aŭskultis la diraĵojn fluantajn el la teleekrano. Anonciĝis eĉ demonstracioj por danki Grandan Fraton, pro lia altigo de la porsemajna ĉokoladporcio ĝis dudek gramoj. Sed nur hieraŭ, li pensis, oni anoncis ke la porsemajna porcio *reduktiĝas* al dudek gramoj. Ĉu eblas ke oni kredos tion, post nur dudek kvar horoj? Jes ja, oni kredas. Parsons kredis facile, kun besta stulteco. La senokululo ĉe la alia tablo ekkredis fanatike, pasie, fervorante trovi, denunci, kaj vaporigi ĉiun ajn personon kiu pretendus ke, pasintasemajne, la porcio estis tridek gramoj. Ankaŭ Syme — per ia pli kompleksa mensado utiliganta duoblapenson, Syme kredis. Ĉu do nur *li sola* kapablas memori?

La teleekrano plu elverŝadis fabelajn statistikaĵojn. Kompare kun la pasinta jaro, estas pli da manĝaĵoj, pli da vestoj, pli da domoj, pli da mebloj, pli da kuirpotoj, pli da fuelo, pli da ŝipoj, pli da helikopteroj, pli da libroj, pli da beboj — pli da ĉio, escepte de malsano, krimo, kaj frenezo. Jaron post jaro, kaj minuton post minuto, ĉiu kaj ĉio rapidege soras. Simile al Syme pli frue, Winston prenis sian kuleron, kaj ludis per la palkolora saŭco kiu lante fluis sur la tablo, kaj etendis longan strion da ĝi, por fari desegnon. Li meditis malagrable pri la fizika karaktero de la vivo. Ĉu ĉiam estis ĉi tiel? Ĉu ĉiam la manĝaĵoj gustis ĉi tiel? Li ĉirkaŭrigardis en la kantino. Basaplafona, homoplena ĉambro, kun la muroj malpuraj pro kontakto kun nenombreblaj korpoj; misformiĝintaj metalaj tabloj kaj seĝoj, tiel proksimigitaj unuj al la aliaj, ke oni devis sidi kun la kubutoj tuŝantaj alies kubutojn; fleksitaj kuleroj, kavhavaj pletoj, krudaj blankaj tasegoj; ĉiu surfaco graskovrita, malpuraĉo en ĉiu fendeto; kaj acida odoro kunmetita el ĝinaĉo kaj kafaĉo kaj metalgusta stufaĵo kaj malpuraj vestaĵoj. Ĉiam en la stomako kaj en la haŭto, ia protesto, sento pri io trompe forprenita, kiun oni rajtas havi. Ja vere li ne memoris ion tre diferencan. En ĉiu tempo kiun li povis klare memori, neniam estis vere sufiĉe por manĝi, oni neniam havis ŝtrumpetojn aŭ subvestojn ne plenajn de truoj, la mebloj estis ĉiam misformiĝintaj kaj malfirmaj, la ĉambroj malsufiĉe varmigataj, la subteraj trajnoj plenplenegaj, la domoj disfalantaj, la pano malhela, la teo rara, la kafo gustaĉa, la cigaredoj nesufiĉaj — nenio malmultekosta kaj abunda, escepte de la pseŭdoĝino. Kaj kvankam, kompreneble, iĝis des malpli bone, ju pli la korpo aĝiĝis, ĉu tio ne montris ke jen *ne* la natura stato de aferoj, la fakto ke la koro febliĝas pro la malkomforto kaj malpuro kaj malabundo, la senfinaj vintroj, la algluiĝemo de la ŝtrumpetoj, la neniam funkciantaj liftoj, la malvarmega akvo, la sableca sapo, la disfalantaj cigaredoj, la manĝaĵoj kun stranga figusto? Kial oni sentus tion maltolerebla, krom se oni havus ian pramemoron ke iam estis tre diference?

Denove li ĉirkaŭrigardis en la kantino. Preskaŭ ĉiu estis malbela, kaj ankoraŭ malbelus eĉ se vestita alimaniere ol per la uniforma blua kombineo. Ĉe la kontraŭa flanko de la ĉambro, sidante sola ĉe tablo, malgranda, kurioze skarabsimila viro trinkadis tason da kafo, dum liaj okuletoj suspekteme serĉis rapide ĉiudirekte. Kiel facile, pensis Winston, se oni ne ĉirkaŭrigardas, kredi ke la korpa tipo prezentata de la Partio kiel ideala — altaj muskoloplenaj junuloj, kaj grandamamaj knabinoj, blondaharaj, vivoplenaj, sunbruligitaj, senzorgaj — ekzistas kaj eĉ estas la normo. Envere, laŭ lia takso, la plejparto de la homoj en Flugkampo Unu malgrandas, malhelas, kaj misaspektas. Kuriozis kiom tiu skarabeca tipo abundis en la Ministrejoj: malgrandaj plumpaj viroj, dikiĝintaj tre frue en sia vivo, kun kurtaj kruroj, rapida preskaŭ kura moviĝo, kaj dikaj senesprimaj vizaĝoj kun etaj okuloj. Tia tipo ŝajne plej sukcesis, regate de la Partio.

La anonco de la Ministrejo de la Abundo finiĝis per nova trumpetsono, kaj cedis al metalsona muziko. Parsons, svage entuziasmigite de la bombardantaj kalkuloj, prenis la pipon el sia buŝo.

"La Ministrejo de la Abundo certe bone laboris ĉijare," li diris, farante sciplenan geston per sia kapo. "Aliteme, Smith, olduleto, eble vi havas kelkajn razoklingojn prunteblajn al mi, ĉu?"

"Eĉ ne unu," diris Winston. "Mi uzas la saman klingon jam de ses semajnoj."

"Ha, nu — mi nur volis demandi al vi, olduleto."

"Mi bedaŭras," diris Winston.

La kvaka voĉo el la proksima tablo, provizore silentigita dum la anonco de la Ministrejo, rekomenciĝis, same laŭte kiel antaŭe. Ial Winston subite trovis sin pensanta pri S-ino Parsons, kun ŝia bukleta hararo kaj la polvo en la faldetoj de ŝia vizaĝo. Antaŭ la forpaso de du jaroj, tiuj infanoj denuncos ŝin al la Pensopolico. S-ino Parsons estos vaporigita. Syme estos vaporigita. Winston estos vaporigita. O'Brien estos vaporigita. Aliflanke, Parsons neniam estos vaporigita. La senokululo kun la kvaka voĉo neniam estos vaporigita. La malgrandaj skarabsimilaj viroj kiuj kuretas tiel vigle tra la labirintaj koridoroj de Ministrejoj — ankaŭ ili neniam estos vaporigitaj. Kaj la knabino kun malhela hararo, la knabino el la Departemento de Fikcio — ankaŭ ŝi neniam estos vaporigita. Ŝajnis al li ke li instinkte scias kiu transvivos kaj kiu pereos: kvankam precize kio ebligas transvivi, malfacilis scii.

Tiumomente li violente ektiriĝis el sia revado. La knabino kun malhela hararo, ĉe la apuda tablo parte turnis sian kapon, kaj rigardas lin. Ŝi rigardas lin deflanke, sed kun kurioza intenso. Tuj kiam ŝi ekvidis lian rigardon, ŝi forturnis la kapon denove.

Ŝvitado komenciĝis sur la dorsostoj de Winston. Terura sento de teroro trairis lin. Ĝi malaperis preskaŭ tuj, sed ĝi lasis post si ian ĝenan malkvieton. Kial ŝi gvatas lin? Kial ŝi sekvadas lin? Domaĝe li ne povis memori ĉu ŝi jam estis ĉe tiu tablo, kiam li alvenis, aŭ ĉu ŝi venis tien nur poste. Sed hieraŭ, nepre, dum la Du Minutoj da Hato, ŝi sidis tuj malantaŭ li, kvankam sen evidenta kialo por tio. Tre verŝajne ŝi celis aŭskulti lin, kaj certiĝi ĉu li krias sufiĉe laŭte.

Lia pli frua penso revenis al li: verŝajne ŝi ne, efektive, membras en la Pensopolico, tamen ĝuste la diletanta spiono plej danĝeras. Li ne sciis kiom longe ŝi jam rigardis lin, sed eble eĉ kvin minutojn, kaj lia mieno ne estis perfekte regita. Danĝeregis lasi siajn pensojn vagi, dum oni troviĝas en publika loko, aŭ videblas de teleekrano. Plej malgranda spuro povus perfidi onin. Nerva skueto, nekonscia aspekto de angoro, emo murmuradi al si — io ajn kunportanta indiketon de nenormaleco, de bezono kaŝi ion. Ĉiukaze, havi nekonvenan esprimon sur la vizaĝo (aspekti nekredema kiam oni anorcas venkon, ekzemple) mem estis punebla krimo. Oni eĉ donis nomon al ĝi en Novparolo: *vizaĝokrimo*, tiel oni nomis ĝin.

La knabino returnis sian dorson al li. Eble efektive ŝi ne sekvas lin, eble nur koincide ŝi sidis tiel proksime al li dum du sinsekvaj tagoj. Lia cigaredo ne plu brulis, kaj li zorge metis ĝin sur la randon de la tablo. Li finfumos ĝin post la laboro, se li povos restigi la tabakon en ĝi. Tre verŝajne la persono ĉe la apuda tablo spionas por la Pensopolico, kaj tre verŝajne li estos en la keloj de la Ministrejo de la Amo antaŭ la forpaso de tri tagoj, sed nepre li ne malŝparu cigaredfinaĵon. Syme jam faldis sian paperostrion kaj metis ĝin en sian poŝon. Parsons rekomencis paroli.

"Ĉu iam mi diris al vi, olduleto," li diris, mallaŭte ridante ĉirkaŭ la buŝparto de sia pipo, "pri kiam miaj du uletoj bruligis la jupon de la maljuna legomistino, ĉar ili vidis ŝin volvi kolbasojn en afiŝo de G.F.? Kaŝe iris malantaŭ ŝin kaj bruligis ĝin per skatolo da alumetoj. Severe bruligis ŝin, mi kredas. Ruzuletoj, ĉu ne? Sed akraj kiel mustardo! Ili ricevas unuarangan trejnadon en la Spionoj nuntempe — pli bonan ol en mia epoko, eĉ. Kion vi supozas la plej nova ekipaĵo por ili? Orelotrumpetoj por aŭskulti tra serurotruoj! Mia knabineto portis unu el ili hejmen antaŭ kelkaj noktoj — provis ĝin ĉe la pordo de nia sidĉambro, kaj deklaris ke ŝi povas aŭskulti duoble pli ol per sia orelo apud la truo. Kompreneble, ja estas nur ludilo. Tamen, bona instruilo por ili, ĉu ne?"

Tiumomente la teleekrano ellasis penetran fajfsonon. La signalo por reiri al laborado. Ĉiuj tri viroj stariĝis por partopreni en la baraktado ĉirkaŭ la liftoj, kaj la restanta tabako falis el la cigaredo de Winston.

VI

Winston skribadis en sia taglibro.

Estis antaŭ tri jaroj. Dum senluma vespero, en mallarĝa flanka-strato, proksime al unu el la grandaj fervojstacioj. Ŝi staris apud por-dejo en la muro, sub stratlampo kiu apenaŭ lumigis. Ŝi havis junan vizaĝon, tre dike farbitan. Efektive la farbo logis min, ĝia blankeco, kvazaŭ masko, kaj la brilantaj ruĝaj lipoj. Partianinoj neniam farbas siajn vizaĝojn. Neniu alia estis en la strato, kaj mankis teleekranoj. Ŝi diris du dolarojn. Mi –

Dummomente tro malfacilis daŭrigi. Li fermis siajn okulojn kaj pre-mis siajn fingrojn kontraŭ ilin, penante elpremi la konstante revenan-tan vidaĵon. Li sentis preskaŭ nesupereblan tenton krii plejlaŭte aron da fivortoj. Aŭ batadi sian kapon kontraŭ la muron, piedbate ren-versi la tablon, kaj ĵeti la inkujon tra la fenestron – fari ian ajn violen-tan aŭ bruan aŭ doloregan agon kiu povus malaperigi la memoron turmetantan lin.

La plej danĝera malamiko, li pensadis, estas la propra nervosis-temo. Je kiu ajn momento la tensio interna povus subite transformi sin en videblan simptomon. Li pensis pri viro kiun li pasis en la strato antaŭ kelkaj semajnoj; tre ordinaraspekta viro, partiano, tridekkvin-ĝis kvardekjara, iom alta kaj nedika, portanta valizeton. Ilin apartigis nur kelkaj metroj kiam la liva flanko de la vizaĝo de la viro subite tordiĝis pro ia spasmo. Tio ripetiĝis ĝuste kiam ili pasis unu la alian: nur tordeto, malgranda tremo, rapida kiel la klako de fotoaparata obturilo, sed evidente kutimiĝinta. Li memoris pensi tiutempe: Tiu povrulo pereos. Kaj plej timigis ke tiu ago tre eble estis nekonscia. La plej granda mortiga danĝero estis paroli dum la dormo. Neniel eblis eviti tion, laŭ lia kompreno.

Li profunde spiris kaj plu skribis:

Mi akompanis ŝin tra la pordejon, kaj trans malantaŭan korton en kelan kuirejon. Estis lito apud la muro, kaj lampo tre pale lumanta sur la tablo. Ŝi —

Liaj dentoj agaciĝis. Li volonte kraĉus. Samtempe pri la virino en la kela kuirejo, li pensis pri Katharine, lia edzino. Winston estis edzo — iam edziĝis, certe; verŝajne plu estis edzo, li ja ne sciis ĉu lia edzino ankoraŭ vivas. Li ŝajnis denove spiradi la varman sufokan odoron de la kela kuirejo, odoron konsistantan el kombino de cimoj kaj malpuraj vestoj kaj aĉa malmultekosta parfumo, tamen malgraŭ tio alloga, ĉar neniu partianino iam uzas parfumon, ne eblus imagi tion. Nur la proloj uzas parfumon. En lia menso, flari ĝin neeviteble kunmiksiĝis kun amoro.

Kiam li akompanis tiun virinon, estis lia unua malobeo en du jaroj, proksimume. Amori kun putinoj malpermesitis, kompreneble, sed oni povis fojfoje kuraĝigi sin rompi tiun regulon. Danĝeris, sed ne temis pri vivi-aŭ-morti. Troviĝi kun putino eble sekvigus kvin jarojn en bagno: nenion pli, se oni ne faris alian malobeon. Kaj sufiĉe facilis, kondiĉe ke oni sukcesis eviti oficialan rekonon. En la malriĉaj kvartaloj svarmis virinoj pretaj vendi sin. Kelkajn oni povus eĉ aĉeti per botelo da ĝino, kiun laŭordone la proloj ne rajtas trinki. Kaŝe la Partio eĉ emis kuraĝigi putinadon, kiel plenumilon por instinktoj ne facile subpremeblaj. Nura diboĉado ne multe gravis, kondiĉe ke ĝi estis kaŝa, kaj senĝua, kaj ĝin partoprenis nur la virinoj el suba kaj malestimata klaso. La nepardonebla krimo estis malĉastado inter partianoj. Sed — kvankam ĝi estis inter la krimoj kiujn neevitebIe konfesis akuzitoj en la grandaj elpurigoj — malfacilis imagi ke tiaĵo vere okazas.

La Partio ne celis nur malebligi ke la viroj kaj virinoj fariĝos lojalaj paroj, kiujn ĝi eble ne povos regi. Ĝia vera, nedeklarita, celo konsistis el forpreni ĉian plezuron el seksagado. Ne tiom amo kiom erotikeco estis la malamiko, interne de geedzeco kiel ankaŭ ekster ĝi. Ĉiujn geedziĝojn inter partianoj devis aprobi komitato nomumita por tio, kaj — kvankam la principo neniam estis klare deklarita — oni ĉiam rifuzis permeson kiam la koncerna paro iel indikis mutualan korpan allogon. La sola rekonita celo de geedzeco estis naski infanojn por servi la Partion. Koiton oni devis rigardi kiel iom naŭzan agon, similan al klistero. Ankaŭ tion oni neniam klare esprimis pervorte, sed nerekte ĝi ŝoviĝis en ĉiun partianon ekde infaneco. Eĉ ekzistis organizoj kiaj la Junulara Kontraŭ-Seksa Ligo, kiuj propagandis plenan seksabstinon por ambaŭ seksoj. Ĉiuj infanoj estu naskigitaj per artefarita gravedigo (*artgravo* oni nomis ĝin en Novparolo) kaj prizorgataj en publikaj institucioj. Tion, kiel konsciis Winston, oni ne plenserioze proponis, sed iel ĝi konformis al la ĝenerala ideologio de la Partio. La Partio penis mortigi la seksinstinkton, aŭ, se ĝi ne mortigeblas, do distordi kaj fiigi ĝin. Li ne sciis ĝuste kial tielis, sed ŝajnis nature ke tiel estas. Kaj koncerne la virinojn, la streboj de la Partio grandaparte sukcesis.

Denove li pensis pri Katharine. Pasis almenaŭ naŭ, dek — preskaŭ dek unu jaroj post ilia disiro. Kurioze, kiel malofte li pensas pri ŝi. Eĉ plurtagope li kapablis forgesi ke iam li estis edzo. Ili kunloĝis nur ĉirkaŭ dek kvin monatojn. La Partio ne permesis divorcojn, tamen ĝi kuraĝigis ekskuniĝon, kiam ne estis infanoj.

Katharine estis alta, helhara knabino, tre rekta, kun belega moviĝo. Ŝi havis vizaĝon klaran, aglecan, kiun oni eble nomus nobla, ĝis kiam oni rimarkis ke preskaŭ kiel eble plej malmulto ekzistas malantaŭ ĝi. Tre frue dum ilia geedzeco li decidis — kvankam eble nur ĉar li konis ŝin pli intime ol la plej mutajn homojn — ke ŝi havas la senescepte plej stultan, vulgaran, senenhavan menson kiun iam li renkontis. En ŝia kapo mankis ĉia penso kiu ne estis slogano, kaj ne troveblis malraciaĵo, absolute neniu, kiun ŝi ne kapablis akcepti, kiam la Partio donis ĝin al ŝi. "La homa sonstreko" li moknomis ŝin en la propra menso. Tamen li povus toleri kunloĝadon kun ŝi se ne nur ne problemus unu afero — sekso.

Tuj kiam li tuŝis ŝin, ŝi ŝajnis kuntiriĝi kaj rigidiĝi. Ĉirkaŭbraki ŝin estis kvazaŭ ĉirkaŭbraki artikitan lignan ĉizaĵon. Kaj strangis ke, eĉ dum ŝi premis lin kontraŭ sin, li sentis ke iel ŝi samtempe forpuŝas lin kiel eble plej forte. La rigido de ŝiaj muskoloj sukcesis doni tiun senton. Ŝi kuŝis kun la okuloj fermitaj, nek rezistante, nek kunpartoprenante, sed *cedante*. Estis eksterordinare embarase, kaj, post kelka tempo, terure. Sed eĉ tiam li povus toleri kunloĝi kun ŝi, se ili interkonsentus resti seksabstinaj. Sed, tre kurioze, Katharine rifuzis ticn. Ili devas, ŝi diris, produkti infanon, se eble. Do la seksago plu okazadis, unufoje en ĉiu semajno, tre regule, kiam ne maleblis. Ŝi eĉ kutimis memorigi lin pri ĝi dum la mateno, ke ĝi farendos tiuvespere, kaj ĝin ili nepre ne forgesu. Ŝi uzis du nomojn por ĝi. Unu estis "beofari", kaj la alia "nia devo por la Partio" (jes, ŝi vere uzis tiun frazor). Tre baldaŭ li komencis senti fortan teruron, kiam ajn alvenis la koncerna tago. Sed bonfortune neniu infano ekaperis, kaj fine ŝi akceptis ne plu provi, kaj nelonge post tio ili disiris, unu de la alia.

Winston suspiris neaŭdeble. Li reprenis sian plumon kaj skribis:

Ŝi ĵetis sin sur la liton, kaj tuj, tute sen preparagoj, plejeble krude kaj naŭze, suprentiris sian jupon. Mi —

Li vidis sin stari tie en la nehela lampolumo, kun la odoro de cimoj kaj malmultekosta parfumo en la nazo, kaj en la koro sento de malvenko kaj rankoro, kiu eĉ en tiu momento kunmiksiĝis kun pensoj pri la blanka korpo de Katharine, poreterne frosta pro la hipnotiga povo de la Partio. Kial ĉiam devis esti tiel? Kial li ne povus havi propran inon anstataŭ tiujn fiaventuretojn je plurjaraj intervaloj? Sed vera amaventuro preskaŭ ne koncepteblis. La partianinoj senescepte similis. Ĉaste estis tiel profunde firmigita en ili, kiel lojalo al la Partio. Per zorga frua kutimigado, per ludoj kaj malvarmega akvo, per la merdaĵoj puŝitaj en ilin en la lernejo kaj en la Spionoj kaj la Junulara Ligo, per prelegoj, paradoj, kantoj, sloganoj, kaj militmuziko, la natura sento estis forpelita el ili. Lia rezonado diris al li ke devas ekzisti esceptoj, sed lia koro ne kredis tion. Ili senescepte ne konvinkeblas, ĝuste kiel la Partio intencis. Kaj kion li volis, eĉ pli ol esti amata, estis detrui tiun muron da virto, eĉ se nur unufoje dum sia tuta vivo. La seksago, sukcese farita, signifis ribelon. Seksodeziro estis pensokrimo. Eĉ sekse veki Katharinen, se li sukcesus fari tion, estus kiel delogo, malgraŭ ke ŝi estas lia edzino.

Sed la cetero de la rakonto skribendis. Li skribis:

Mi plibriligis la lampon. Kiam mi vidis ŝin en la lumo —

Post la senlumeco la febla lumo de la parafinlampo ŝajnis brilega. Unuafoje li povis klare vidi la virinon. Li paŝis direkte al ŝi sed ekhaltis, plena de amordeziro kaj teruro. Li ĝisdolore konsciis pri la risko kaŭzita de lia alveno. Plene eblis ke la patroloj kaptos lin, kiam li eliros; efektive, ili eble atendas ekster la pordo nunmomente. Se li forirus sen eĉ fari tion por kio li venis —!

Ĝi skribendis, ĝi konfesendis. Kion li subite vidis per la lampolumo estis ke la virino *oldas*. La farbo tiom dense metitis sur ŝian vizaĝon, ke ĝi aspektis preta krevi kvazaŭ kartona masko. Li vidis blankajn striojn en ŝia hararo; sed vere teruris la detalo ke ŝia buŝo iomete malfermiĝis, montrante nur kavernan nigron. Al ŝi tute mankis dentoj.

Li skribis haste, per malnetaĉa skribo:

Kiam mi vidis ŝin en la lumo, ŝi estis tute olda virino, almenaŭ kvindekjara. Tamen mi ne forlasis mian planon, mi malgraŭe plenumis ĝin.

Denove li premis siajn fingrojn kontraŭ siajn okulojn. Fine li ja skribis ĝin, sed nenio grava rezultis. La terapio fiaskis. La urĝo kriegi fivortojn kiel eble plej laŭte same fortis kiel antaŭe.

VII

Se ekzistas espero [skribis Winston] *ĝi troviĝas inter la proloj.*

Se ekzistis espero, ĝi *devis* troviĝi inter la proloj, ĉar nur tie, en tiuj svarmantaj malestimataj homamasoj, 85% de la loĝantaro de Oce-anio, povus generiĝi la kapablo detrui la Partion. La Partio ne detru-eblis deinterne. Ĝiaj malamikoj, se ekzistis malamikoj, ne povis kun-veni aŭ eĉ koni unuj la aliajn. Eĉ se ekzistus la legenda Frataro, kio ne plene neeblis, ne nekoncepteblis ke ĝiaj anoj povus kunveni en pli grandaj grupoj ol po du aŭ po tri. Ribelo signifis ian okulmiencn, voĉtoneton, plej malverŝajne, foje flustritan vorton. Sed la proloj, se nur ili povus iel konsciiĝi pri sia propra forto, ne bezonus konspiri. Ili nur bezonus leviĝi kaj skui sin kiel ĉevalo deskuanta muŝojn. Se ili tiel volus, ili povus dispecigi la Partion morgaŭ matene. Nepre pli-malpli frue tiu ideo devos trafi ilin? Kaj tamen —!

Li memoris ke unufoje li estis marŝanta laŭ homoplena strato, kiam superforta kriado de centoj da voĉoj — virinaj voĉoj — erup-ciis el flankstrato, ne multe malproksime. Ĝi estis granda terura krio de kolero kaj malespero, profunda, laŭta "ho-o-o-o-o!" kiu daŭris kvazaŭ la reeĥado de sonorilo. Lia koro saltis. Ĝi komenciĝis! li pensis. Tumulto! La proloj finfine liberigas sin! Kiam li atingis la lokon, li vidis nur amason da du- aŭ tricent virinoj kunpremantaj sin ĉirkaŭ la standoj de stratbazaro, kun la vizaĝoj tiel tragikaj, kiel de pasaĝeroj de sinkanta ŝipo frontantaj la fatalon. Sed je tiu momento la ĝenerala malespero diseriĝis kaj fariĝis amaso da individuaj kverelcj. Montriĝis ke unu el la standoj vendadis stanajn kuirpotojn. Ili estis aĉaj malfortikaĵoj, sed kiuajnspecaj kuirpotoj ĉiam malfacile akireblis.

Nun la stoko neatendite elĉerpiĝis. La sukcesintaj virinoj, batataj kaj puŝataj de la aliaj, klopodis foriri kun siaj kuirpotoj, dum dekoj da aliaj bruadis ĉirkaŭ la stando, akuzante la vendiston pri favorismo, kaj ke li tenas plian stokon da kuirpotoj ie kaŝitan. Nova kriegado komenciĝis. Du pufaj virinoj, unu el ili kun la hararo dispendanta, prenis unusolan kuirpoton, kaj strebis fortiri ĝin el la manoj unu de la alia. Dum momento ambaŭ tiregis, kaj subite la tenilo derompiĝis. Winston rigardis ilin naŭzite. Tamen, nur dum momento, kiom da preskaŭ timiga potenco sonis en tiu kriego el nur kelkacent gorĝoj! Kial ili neniam povis kriegi tiel pri io grava?

Li skribis:

Krom se ili konsciiĝos, ili neniam ribelos, kaj ĝis post ribelo ili ne povos konsciiĝi.

Tio, li pensis, preskaŭ povus esti transskribita el iu el la lernolibroj de la Partio. La Partio pretendis, kompreneble, ke ĝi liberigis la sklavigitajn prolojn. Antaŭ la Revolucio, ilin hide subpremis la kapitalistoj, oni malsatigis kaj vipis ilin, la virinoj devis labori en la karbominoj (la virinoj ankoraŭ laboradas en la karbominoj, efektive), oni vendis sesjarajn infanojn al la fabrikoj. Sed samtempe, konforme al la principoj de duoblapenso, la Partio instruis ke la proloj estas laŭnature malplivaloraj, kaj devas esti subpremataj, kiel bestoj, per la aplikiĝo de kelkaj simplaj reguloj. Verdire, oni tre malmulton sciis pri la proloj. Ne necesis multon scii. Dum ili plu laboras kaj naskas, iliaj aliaj agoj malgravas. Lasitaj al si mem, kvazaŭ brutaro liberigita sur la stepojn de Argentino, ili reprenis al si vivostilon kiu al ili ŝajnis natura, ia pramatrico. Ili naskiĝis, ili adoltiĝis en la defluiloj, dekdujaraj ili komencis labori, ili trapasis efemeran periodon de belo kaj amoremo, ili geedziĝis dudekjaraj, ili mezaĝiĝis je tridek jaroj, ili mortis, plejparte, sesdekjaraj. Peza fizika laboro, prizorgo de la hejmo kaj la infanoj, kvereletoj kun la najbaroj, filmoj, futbalo, biero, kaj, super ĉio, vetludado, plenigis la horizontojn de iliaj mensoj. Reguligi ilin ne malfacilis. Kelkaj agentoj de la Pensopolico ĉiam vagadis inter

ili, disaŭdigante falsajn onidirojn, kaj eltrovante kaj neniigante la ne-
multajn individuojn kiujn oni taksis kapablaj iĝi danĝeraj; sed oni
faris neniun provon instrui al ili la ideologion de la Partio. Ne dezi-
rindis ke la proloj havu fortajn politikajn sentojn. Ĉio postulenda por
ili estis primitiva patriotismo, al kiu oni povis apelacii kiam ajn ne-
cesis akceptigi inter ili pli longajn laborperiodojn, aŭ malpli grandajn
porciojn. Kaj eĉ kiam ili malkontentiĝis, kio kelkafoje okazis, ilia mal-
kontento kondukis al nenio, ĉar pro la manko de ĝeneralaj konceptoj,
ili povis fokusigi ĝin je nur malgravaj specifaj plendoj. La pli grandaj
misoj neeviteble preterpasis nerimarkite de ili. La granda plejmulto
de la proloj eĉ ne havis teleekranojn en siaj hejmoj. Eĉ la civila polico
nur tre malmulte okupis sin pri ili. Estis abunda krimado en Lon-
dono, tuta mondo-en-la-mondo de rabistoj, banditoj, putinoj, drog-
vendantoj, kaj gangsteroj ĉiuspecaj; sed ĉar ĉi ĉio okazis nur inter la
proloj mem, ĝi malgravis. Ĉiam, rilate al la moralo, oni permesis ilin
observi sian tradicion. Oni ne trudis la seksan puritanismon de la
Partio al ili. Malĉastado estis nepunata, divorco permesata. Krome, eĉ
religia adorado estus permesata, se la proloj iel indikus bezonon aŭ
deziron al ĝi. Ili ne indis supekton. Kiel diris Partia slogano: "Proloj
kaj bestoj liberas".

Winston etendis manon, kaj singarde gratis sian varikan ulceron.
Ĝi rekomencis juki. Neeviteble oni ĉiam rerenkontis la samon, la ne-
eblon scii kia vere estis la vivo antaŭ la Revolucio. Li prenis el la tir-
kesto ekzempleron de porinfana historilernolibro, kiun li pruntis de
S-ino Parsons, kaj komencis kopii parton de la teksto en la taglibron:

En la pratempo, [ĝi diris], antaŭ la glora Revolucio, Londono ne
estis la bela urbo kiun ni hodiaŭ konas. Ĝi estis senluma, malpura,
mizera loko, kie preskaŭ neniu havis sufiĉon por manĝi, kaj kie centoj
kaj miloj da malriĉuloj ne havis botojn sur la piedoj, kaj eĉ ne teg-
menton sub kiu dormi. Infanoj ne pli aĝaj ol vi mem devis labori dek
du horojn ĉiutage, por kruelaj mastroj kiuj vipis ilin se ili laboris
tro lante, kaj manĝigis al ili nur malfreŝajn pankrustojn kaj akvon.
Sed malgraŭ tiu terura malriĉeco, ekzistis nura manpleno da grandaj

belaj domoj en kiuj loĝis riĉuloj, kiuj havis po eĉ tridek servistojn por prizorgi ilin. Oni nomis tiujn riĉulojn "kapitalistoj". Ili estis dikaj, malbelaj viroj kun fiaj vizaĝoj, similaj al tiu en la bildo sur la ĉiapuda paĝo. Vi povas vidi ke li estas vestita per longa nigra mantelo, kiun oni nomis frako, kaj kurioza, brila ĉapelo simila al fornelotubo, kiun oni nomis cilindra ĉapelo. Tio estis la uniformo de la kapitalistoj, kaj neniu alia rajtis surhavi ĝin. La kapitalistoj posedis ĉion en la mondo, kaj ĉiu alia estis ilia sklavo. Ili posedis ĉiujn kampojn, ĉiujn domojn, ĉiujn fabrikojn, kaj la tutan monon. Se iu malobeis ilin, ili povis ĵeti lin en karceron, aŭ ili povis nuligi lian dungiĝon kaj mort-malsatigi lin. Kiam ordinara persono parolis al kapitalisto, li devis humiligi sin, kaj riverenci antaŭ li, kaj depreni sian ĉapon, kaj nomi lin "Moŝto". La ĉefo de ĉiuj kapitalistoj nomiĝis la Reĝo, kaj —

Sed li sciis la ceteron de la katalogo. Menciiĝus la episkopoj en siaj ba- tistaj manikoj, la juĝistoj en siaj ermenaj roboj, la pilorio, la lignaj pun- teniloj, la paŝrado, la skurĝo, la Bankedo de la Moŝta Urbestro, kaj la kutimo kisi piedfingron de la Papo. Ankaŭ ekzistis io nomata la *jus primae noctis*, kiun oni verŝajne ne mencius en lernolibro por infanoj. Ĝi estis la leĝo kiu rajtigis ĉiun kapitaliston dormi kun kiu ajn virino laboranta en iu el liaj fabrikoj.

Kiel scii kiom el tio estis mensogoj? *Eble* estis vere ke la averaĝa homo nun estas pli bonstata ol antaŭ la Revolucio. La sola kontraŭdira atesto estis la muta protesto en la propraj ostoj, la instinkta sento ke la kondiĉoj en kiuj oni vivas ne tolereblas, kaj ke en iu alia epoko ili nepre estis aliaj. Trafis lin la penso ke ne vere karakterizas la mo- dernan vivon ĝiaj kruelo kaj malsekuro, sed simple ĝia malenhavo, ĝia morno, ĝia malviglo. La vivo, se oni ĉirkaŭrigardis, malsimilis al ne nur la mensogoj fluantaj el la teleekranoj, sed eĉ la idealoj kiujn la Partio strebas atingi. Grandaj partoj de ĝi, eĉ por partiano, estis neŭtralaj kaj nepolitikaj, sinokupado per tedaj taskoj, baraktado por akiri lokon en la subtera trajno, fliki trivitan ŝtrumpeton, senpage akiri sakarinan tablojdon, ŝpari la finaĵon de cigaredo. La idealo es- tablita de la Partio estis io giganta, terura, kaj scintila — mondo de ŝtalo kaj betono, de monstraj maŝinoj kaj teruraj armiloj — nacio de militistoj kaj fanatikuloj, antaŭenmarŝantaj en plena unueco, ĉiuj pensante la samajn pensojn kaj kriante la samajn sloganojn, konstante laborante, batalante, triumfante, persekutante — tricent milionoj da homoj kun unusola vizaĝo. La realo estis disfalantaj, mornaj urboj, kie nesufiĉe nutrataj homoj sin trenis tien kaj reen en likantaj ŝuoj, en flikitaj deknaŭajarcentaj domoj kiuj konstante odoris je brasiko kaj misfunkciantaj necesejoj. Li ŝajnis vidi vizion de Londono, vasta kaj ruina urbo de miliono da rubujoj, kaj intermiksita en ĝi estis bildo de S-ino Parsons, virino kun liniita vizaĝo kaj bukla hararo, senrezulte penanta ripari ŝtopitan elflutubon.

Li subetendis manon kaj denove gratis sian maleolon. Tage kaj nokte la teleekranoj kontuzis la orelojn per statistiko pruvanta ke la popolo nun havas pli da manĝaĵoj, pli da vestoj, pli bonajn domojn, pli bonan distriĝon — ke ili vivas pli longe, laboras malpli da horoj, estas pli grandaj, pli sanaj, pli fortaj, pli feliĉaj, pli inteligentaj, pli bone edukitaj, ol la popolo antaŭ kvindek jaroj. Eĉ ne unu vorto de tio pruveblus aŭ refuteblus. Ekzemple, la Partio pretendis ke aktuale 40% de la adoltaj proloj estas malanalfabetaj; antaŭ la Revolucio, laŭdire, la nombro estis nur 15%. La Partio pretendis ke la nombro de mortoj de ĵusnaskitoj estas nun nur 160 en ĉiu milo, sed ke antaŭ la Revolucio ĝi estis 300 — kaj tiel plu. Similis al unusola ekvacio kun du nesciatoj. Tute eblis ke laŭvorte ĉio en la historilibroj, eĉ la pretendoj kiujn oni akceptis sen duboj, estis pure fantazia. Li ja ne plencerte sciis ke iam vere ekzistis leĝo kia la *jus primae noctis*, aŭ ulo kia kapitalisto, aŭ vestaĵo kia la cilindra ĉapelo.

Ĉio fadis en nebulon. La paseo estis forviŝita, la forviŝon oni forgesis, la mensogo iĝis la vero. Nur unufoje dum sia vivo li posedis — *post* la evento: jen la plej grava afero — konkretan, nemiskompreneblan pruvon pri falsado. Li tenis ĝin inter siaj fingroj dum preskaŭ tridek sekundoj. En 1973, nepre tiam — ĉiukaze, ĉirkaŭ la tempo kiam li kaj Katharine disiris. Sed la vere koncerna dato estis sep aŭ ok jarojn pli frua.

La rakonto efektive komenciĝis dum la mezaj 60'oj, la epoko de la grandaj elpurigoj, dum kiuj la originaj gvidantoj de la Revolucio estis nuligitaj por ĉiam. Jam en 1970 neniu el ili restis, escepte de Granda Frato mem. Ĝis tiam ĉiuj aliaj estis denuncitaj kiel perfiduloj kaj kontraŭrevoluciuloj. Goldstein estis fuĝinta, kaj sin kaŝis neniu-sciis-kie, kaj el la aliaj, kelkaj simple malaperis, kvankam la plejmulto estis ekzekutita post spektaklaj publikaj procesoj, dum kiuj ili konfesis siajn krimojn. Inter la lastaj restintoj estis tri viroj nomitaj Jones, Aaronson, kaj Rutherford. En 1965, nepre, tiuj tri estis arestitaj. Kiel ofte okazis, ili malaperis dum unu aŭ pli da jaroj, tiel ke oni ne sciis ĉu ili vivas aŭ mortis, kaj post tio ili subite kondukiĝis antaŭ la publikon, por kulpigi sin laŭ la kutima maniero. Ili konfesis pri transdono de sekretoj al la malamiko (ankaŭ tiuepoke la malamiko estis Eŭrazio), ŝtelo de la mono de la publiko, murdo de diversaj fidataj partianoj, komplotoj kontraŭ la estrado fare de Granda Frato, kiu estis komenciĝinta longe antaŭ la ekiĝo de la Revolucio, kaj sabotadaj agoj kaŭzintaj la morton de centmiloj da homoj. Konfesinte tiujn aferojn, ili estis pardonitaj, remembrigitaj en la Partio, kaj ili ricevis postenojn efektive sinekurajn sed kiuj havis imponajn titolojn. Ĉiuj tri verkis longajn, sinhumiligajn artikolojn en *La Tempoj*, analizante la kialojn de sia perfido kaj promesante kompensi.

Iom da tempo post ilia liberiĝo, Winston eĉ vidis ĉiujn tri en la Kaŝtanarba Kafejo. Li memoris la iom teruran fascinon kun kiu li rigardis ilin el la angulo de sia okulo. Ili estis viroj multe pli maljunaj ol li, restaĵoj el la antikva mondo, preskaŭ la lastaj granduloj restintaj el la heroa epoko de la Partio. La gloro de la subtera baraktado kaj la intercivitana milito ankoraŭ malklare kroĉiĝis al ili. Li sentis, kvankam jam tiutempe faktoj kaj datoj komencis esti nebuletaj, ke li konis iliajn nomojn jarojn antaŭ ol koni la nomon Granda Frato. Sed ankaŭ ili estis krimuloj, malamikoj, netuŝebluloj, destinitaj plencerte al estingiĝo post unu-du jaroj. Neniu falinta en la manojn de la Pensopolico iam fine eskapis. Ili estis kadavroj atendantaj resendiĝon en la tombon.

Neniu estis ĉe iu el la tabloj plej proksimaj al ili. Ne saĝis eĉ vidiĝi en apudeco al tiaj personoj. Ili silente sidis antaŭ glasoj de la ĝino gustigita per kariofiloj, specialaĵo de tiu kafejo. El la trio, la aspekto de Rutherford plej impresis al Winston. Rutherford estis iam fama karikaturisto, kies brutalaj ŝercdesegnaĵoj helpis flamigi la opiniojn de la publiko antaŭ kaj dum la Revolucio. Eĉ nun, je longaj intervaloj, liaj desegnaĵoj aperis en *La Tempoj*. Ili simple imitis lian pli fruan manieron, kurioze senvive kaj nekonvinke. Ĉiam ili ripetis la antikvajn temojn — apartamentaĉoj, infanoj mortantaj pro malsato, stratbataloj, kapitalistoj en cilindraj ĉapeloj — eĉ sur la barikadoj la kapitalistoj ankoraŭ, ŝajne, insistis pri siaj cilindraj ĉapeloj, senfina, senespera peno reiri al la paseo. Li estis monstrulo, kun longa hararo grasa kaj griza, vizaĝo kaveta kaj sulkoplena, kun protrudaj lipoj. Iam li sendube ege fortis; nun lia granda korpo velkas, deklivetas, ŝvelintas, disfalantas ĉiudirekte, kvazaŭ li dispeciĝas antaŭ oniaj okuloj, kiel monto diseriĝanta.

Estis la soleca dekkvina horo. Winston ne povis nun memori kial li troviĝis en tiu kafejo je tiu tempo. La loko preskaŭ malplenis. Metaleca muziko fluetadis el la teleekranoj. La tri viroj sidis en sia angulo, preskaŭ senmove, neniam parolante. Nepetite, la servisto alportis freŝajn glasojn da ĝino. Ŝaktabulo estis sur la tablo apud ili, kun la ludpecoj en siaj pozicioj, sed neniu ludo komenciĝis. Kaj subite, dum eble ensume duono de minuto, io okazis al la teleekranoj. La melodio ludata ŝanĝiĝis, kaj ankaŭ la tono de la muziko. Eniris ĝin — sed malfacilis priskribi kion. Ia kurioza, frakasita, azeneca, moka sono; en sia menso Winston nomis ĝin flava noto. Kaj poste voĉo el la teleekrano kantis:

> *Sub la kaŝtanarbo larĝa*
> *Mi vendis vin, vi vendis min:*
> *Nun kuŝas ili, ankaŭ ni*
> *Sub la kaŝtanarbo larĝa.*

La tri viroj neniom moviĝis. Sed kiam Winston rerigardetis la ruinan vizaĝon de Rutherford, li vidis liajn okulojn larmoplenaj. Kaj la unuan fojon li rimarkis, kun ia interna sinskuo, tamen ne sciante *pro kio* li sentis skuon, ke kaj Aaronson kaj Rutherford havas rompitajn nazojn.

Nelonge poste, ĉiuj tri rearestiĝis. Laŭpretende ili ekpartoprenis freŝajn konspirojn, jam de la momento de sia liberiĝo. Dum sia dua proceso ili denove konfesis ĉiujn siajn malnovajn krimojn, kaj grandan aron da novaj. Ili estis ekzekutitaj, kaj ilia fato registrita en la historioj de la Partio, averte al posteuloj. Ĉirkaŭ kvin jarojn poste, en 1973, Winston estis malrulanta aron da dokumentoj ĵus falintaj el la pneŭmata tubo sur lian skribotablon, kaj li ektrovis paperofragmenton evidente metitan inter la aliajn kaj poste forgesitan. Tuj kiam li platigis ĝin li vidis ĝian signifon. Ĝi estis duonpaĝo ŝirita el *La Tempoj* de antaŭ ĉirkaŭ dek jaroj — la supra duono de la paĝo, tiel ke ĝi surportis la daton — kaj sur ĝi estis foto de la delegitoj ĉe iu partia kunveno en Novjorko. Elstaris en la mezo de la grupo Jones, Aaronson, kaj Rutherford. Ne eblis misrekoni ilin; ĉiukaze, iliaj nomoj aperis presitaj sub la foto.

Gravis ke dum ambaŭ procesoj, ĉiuj tri viroj konfesis ke je tiu dato ili estis sur eŭrazia tereno, fluginte de sekreta flugkampo en Kanado, al renkontejo ie en Siberio; kaj tie ili interkonsiliĝis kun anoj de la eŭrazia Stabo de Generaloj, al kiuj ili transdonis gravajn militsekretojn. La dato restis firma en la memoro de Winston ĉar ĝi, hazarde, estis la Somermeza Tago, sed sendube la tuta rakonto registriĝis en ankaŭ sennombraj aliaj lokoj. Nur unu konkludo eblis: la konfesoj mensogis.

Komprenele, en si mem tio ne estis novaĵo. Eĉ tiutempe Winston ne supozis ke la homoj nuligitaj en la elpurigoj efektive faris la krimojn pri kiuj oni akuzis ilin. Sed jen konkreta pruvo; fragmento de la aboliciita paseo, kvazaŭ fosilia osto kiu troviĝas en malĝusta nivelo kaj detruas geologian teorion. Ĝi sufiĉus por ĝisatome eksplodigi la Partion, se iel ĝi publikigeblus al la mondo, kaj ĝia signifo konigitus.

Li senpaŭze plu laboris. Tuj kiam li vidis kio estas la foto, kaj kion ĝi signifas, li kovris ĝin per alia paperfolio. Bonfortune, kiam li estis malrulinta ĝin, ĝi estis inversita laŭ la vidpunkto de la teleekrano.

Li prenis sian notkajeron sur sian genuon, kaj retropuŝis sian seĝon, por laŭeble plej forteni sin de la teleekrano. Teni sian vizaĝon senesprima ne malfacilis, kaj eĉ la spirado regeblas, per granda peno;

sed oni ne povas regi la korbatadon, kaj la teleekrano estis sufiĉe delikata por aŭdi ĝin. Li lasis pasi, laŭ sia takso, dek minutojn, turmentate tutdume de timo ke ia akcidento — ekzemple, subita ventoblovo trans lian skribtablon — perfidos lin. Post tio, sen remalkovri ĝin, li faligis la foton en la memorotruon, kune kun kelkaj aliaj ne plu uzeblaj folioj. Post eble unu minuto ĝi discindriĝos.

Tio okazis antaŭ dek — dek unu jaroj. Hodiaŭ, verŝajne, li konservus tiun foton. Kurioze, la fakto ke li tenis ĝin per siaj fingroj ŝajne gravas eĉ nun, kiam la foto mem, kiel ankaŭ la evento kiun ĝi registris, estas nur memorata. Ĉu la kapablo de la Partio regi la paseon estas malpli forta, li demandis al si, ĉar peco de atesto ne plu ekzistanta *tamen iam* ekzistis?

Sed hodiaŭ, se oni supozus ke ĝi iel rekreeblus el siaj cindroj, la foto eble eĉ ne estus atesto. Jam kiam li faris sian trovon, Oceanio ne plu militadis kontraŭ Eŭrazio, do sendube al la agentoj de Orientazio la tri mortintoj perfidis sian landon. Ekde tiam okazis aliaj ŝanĝoj — du, tri, li ne povis memori kiom. Tre verŝajne la konfesoj estis reverkitaj kaj plu reverkitaj tiel ke la originaj faktoj kaj datoj ne plu eĉ iometete gravis. La paseo ne nur ŝanĝiĝas, ĝi ŝanĝiĝas konstante. Plej koŝmare afliktis lin, ke li neniam klare komprenis *kial* oni entreprenas la gigantan falsadon. La tujaj avantaĝoj de falsado de la paseo evidentas, sed la fundamenta celo restis mistera. Li denove prenis sian plumon kaj skribis:

Mi komprenas la KIELON: mi ne komprenas la KIALON.

Li demandis al si, kiel li jam antaŭe multafoje demandis al si, ĉu li mem frenezas. Eble frenezulo simple estas minoritato konsistanta el unu persono. Iam indikis frenezon, kredi ke la tero ĉirkaŭiras la sunon; hodiaŭ, kredi ke la paseo neŝanĝeblas. Eble *nur li* havas tiun kredon, kaj se li sola, do li frenezas. Sed la penso ke li frenezas ne multe ĝenis lin: teruris ke eble li ankaŭ eraras.

Li prenis la historilibron por infanoj, kaj rigardis la portreton de Granda Frato kiu estis ĝia frontispico. La hipnotigaj okuloj rigardadis en liajn proprajn. Kvazaŭ ia granda forto premas vin — io penetranta la kranion, batanta la cerbon, per teruro nuliganta viajn kredojn, persvadanta vin, preskaŭ, malkredi la ateston de viaj propraj perceptoj. Fine, la Partio anoncos ke du plus du faras kvin, kaj vi devos kredi ĝin. Neeviteble ili faros tiun pretendon, pli-malpli frue: la logiko de ilia fundamento postulas ĝin. Ne nur la validon de spertoj, sed eĉ la ekziston mem de la ekstera realo senparole neas ilia filozofio. La plejĉefa herezo estas ordinara racio. Kaj plej teruris ne ke ili mortigos vin pro via alikredo, sed ke eble ili pravas. Ĉar, vere, kiel ni scias ke du plus du faras kvar? Aŭ ke la gravita forto realas? Aŭ ke la paseo neŝanĝeblas? Se kaj la paseo kaj la ekstera mondo ekzistas nur en la menso, kaj se la menso mem regeblas — kio sekvas?

Sed ne! Lia kuraĝo ŝajnis firmiĝi propraage. La vizaĝo de O'Brien, ne alvokite de iu evidenta aludo, flosis en lian menson. Li sciis, pli certe ol antaŭe, ke O'Brien estas lia samideano. Li verkas la taglibron por O'Brien — skribas *al* O'Brien: ĝi estis kia senfina letero neniam legota, sed adresita al specifa persono, kaj ricevis sian koloron per tiu fakto.

La Partio ordonis ke vi malakceptu la ateston de viaj okuloj kaj oreloj. Jen ilia plej grava, plej esenca ordono. Lia koro feblis kiam li pensis pri la enorma potenco starigita kontraŭ li, la facilo per kiu ajna partia intelektulo superus lin debate, la subtilaj argumentoj kiujn li ne povus kompreni, neniel povus respondi. Tamen ĉe li estis la vero! Ili malpravis, li pravis. La evidenton, la malsaĝon, kaj la veron nepre necesas defendi. La vero estas vera, firmu pri tio! La solida mondo ekzistas, ĝiaj leĝoj ne ŝanĝiĝas. Ŝtonoj duras, akvo malsekas, objektoj ne subtenataj falas direkte al la centro de la tero. Kun sento ke li parolas al O'Brien, kaj ankaŭ ke li esprimas gravan aksiomon, li skribis:

La libero estas libero diri ke du plus du faras kvar. Se tio akceptiĝas, ĉio alia sekvas.

VIII

El ie, funde de koridoro, la odoro de rosta kafo — vera kafo, ne Kafo por la Venko — flosis en la straton. Winston senintence paŭzis. Dum eble du sekundoj li reestis en la duone forgesita mondo de sia infaneco. Post tio, pordo bruege fermiĝis, ŝajnante fortranĉi la odoron tiel abrupte kiel sonon.

Li jam marŝis plurajn kilometrojn sur pavimoj, kaj lia varika ulcero pulsadis. Nun, la duan fojon en tri semajnoj, li mankis vespere ĉe la Komunuma Centro: malprudenta ago, ĉar vi povis certi ke la nombro da viaj ĉeestoj en la centro zorge kontrolatas. Principe partiano ne havis liberan tempon, kaj neniam solas, escepte de en la lito. Antaŭsupozitis, ke kiam oni ne laboras, manĝas, aŭ dormas, oni partoprenas en ia komunuma distro; fari ion kio supozigus emon esti sola, eĉ promeni neakompanate, ĉiam iomete danĝeris. Ekzistis vorto por tio en Novparolo: *memvivo* ĝi estis nomata, kio signifis individuismon kaj nekonformemon. Sed ĉivespere dum li venis el la Ministrejo, la freŝa varmo de la aprila aero tentis lin. La ĉielo aspektis pli varme blua ol li vidis ĝis tiam ĉiujare, kaj subite la longa, brua vespero en la Centro, la tedaj, lacigaj ludoj, la prelegoj, la grincanta kamarademo oleita per ĝino, ŝajnis netolereblaj. Pro impulso li forturnis sin de la bushaltejo, kaj forvagis en la labirinton Londonan, unue suden, poste orienten, poste denove norden, perdigante sin inter nekonataj stratoj, kaj apenaŭ konsciante pri kiudirekte li iras.

"Se ekzistas espero," li skribis en la taglibro, "ĝi troviĝas inter la proloj." Tiuj vortoj ripete revenis en lian menson, deklaro pri mistika vero kaj palpebla absurdaĵo. Li estis ie en la svagaj, brunkoloraj kvartalaĉoj, norde kaj oriente de la iama Stacio Sankta Pancras. Li

marŝis laŭ ŝtonera strato de malgrandaj duetaĝaj domoj kun mistrak-
titaj pordejoj kondukantaj rekte al la pavimo, kurioze pensigante pri
ratotruoj. Estis flakoj da malpura akvo tie kaj tie, inter la ŝtoneroj. En
kaj ekster la obskuraj pordejoj, kaj laŭ mallarĝaj stratetoj debranĉantaj
ambaŭflanke, homoj svarmis mirige multenombre — knabinoj flo-
rantaj, kun krude ruĝe farbitaj buŝoj, kaj junuloj kiuj ĉasas la kna-
binojn, kaj ŝvelintaj peze marŝantaj virinoj, kiuj demonstris kiel as-
pektos la knabinoj post deko da jaroj, kaj maljunaj klinitaj uloj, kiuj
trenas sin dispiede, kaj ĉifonvestitaj senŝuaj infanoj kiuj ludas en la
flakoj, kaj poste diskuras pro koleraj krioj de la patrinoj. Ĉirkaŭ kva-
rono de la fenestroj en la strato estis rompitaj, kaj perligne kovritaj.
La plej granda parto de la homoj tute ne atentis Winstonon; kelkaj
okulumis lin pro ia partekaŝata scivolemo. Du monstre grandaj vi-
rinoj, kun brikruĝaj antaŭbrakoj krucitaj trans la ŝirmtukojn, kon-
versaciis ekster pordejo. Winston aŭdis erojn da parolado, dum li
proksimiĝis.

"'Jes,' mi diras ŝin, 'jae sendube,' mi diras. 'Sed se vi estus miapo-
zicie, vi farus samon kion mi faris. Kritiki facilas,' mi diras, 'sed vi ne
samhavas problemojn kiajn mi.'

"Aĥ," diris la alia, "ĝuste tiel. Ĝuste tiele."

La akrasonaj voĉoj abrupte ĉesis. La virinoj ekzamenis lin mal-
amike, silente, dum li pasis. Sed ne estis, precize, hato; nur ia sin-
garda malfido, dummomenta rigidiĝo, kvazaŭ preterpasas ia nefa-
miliara besto. Certe oni ne kutimis vidi la bluan kombineon de la
Partio en tia strato. Efektive, malsaĝis troviĝi en tiaj lokoj, krom se oni
havis specifan taskon tie. La patroloj eble haltigus vin, se hazarde ili
renkontus vin. "Bonvolu montri al mi viajn identigilojn, kamarado.
Kial vi estas ĉi tie? Je kiu horo vi foriris el via laborejo? Ĉu vi kutime
marŝas hejmen ĉivoje?" — kaj cetere kaj tiel plu. Ne ekzistis regulo
kontraŭ hejmenmarŝado laŭ nekutima vojo, sed tio sufiĉus por aten-
tigi la Pensopolicon pri vi, se ĝi aŭdus pri la ago.

Subite la tuta strato tumultiĝis. Aŭdiĝis avertokrioj ĉiuflanke.
La homoj kuregis en la pordejojn kvazaŭ kunikloj. Junulino saltis
el pordejo iomete antaŭ Winston, ekkaptis infaneton ludantan en

flako, haste kovris ĝin per sia ŝirmotuko, kaj retrosaltis, per unusola moviĝo. Sammomente viro vestita per multefalda nigra kompleto, kiu ekaperis el flankastrateto, kuris direkte al Winston, ekscitite gestante ĉielen.

"Vaporulo!" li kriis. "Atentu, moŝto! Tuj superkape! Kuŝigu vin, rapide!"

"Vaporulo" estis kromnomo kiun, ial, la proloj donis al raketbomboj. Winston tuj ĵetis sin survizaĝen. La proloj preskaŭ ĉiam pravis, kiam ili faris tian averton. Ili ŝajnis posedi ian instinkton, kiu antaŭinformis ilin, kelkajn sekundojn antaŭ la alveno de raketo, kvankam la raketoj supozeble flugis pli rapide ol la sono. Winston kunpremis siajn antaŭbrakojn super sian kapon. Aŭdiĝis bruego, kiu ŝajnis saltigi la pavimon; aro da nepezaĵoj plaŭdis sur lian dorson. Stariĝinte, li vidis ke lin kovris vitreroj el la plej proksima fenestro.

Li plumarŝis. La bombo nuligis grupon de domoj, ducent metrojn antaŭ li. Nigra fumostrio pendis en la ĉielo, kaj sub ĝi nebulo de gipsa pulvoro, en kiu homoj jam komencis amasiĝi ĉirkaŭ la ruinoj. Malgranda gipsa monteto kuŝis sur la pavimo antaŭ li, kaj en ĝia mezo li povis vidi helan ruĝan strion. Kiam li atingis ĝin, li vidis ke ĝi estas homa mano detranĉita ĉe la pojno. Escepte de la sanganta finaĵo, la mano estis tiom tute blankigita, ke ĝi similis gipsan muldaĵon.

Li piedbatis la aĵon en la defluilon, kaj post tio, por eviti la homamason, li turnis sin kaj laŭiris dekstran flankastraton. Post tri-kvar minutoj li estis for de la regiono detruita de la bombo, kaj la sordida svarmanta vivantaro de la stratoj daŭrigis kvazaŭ nenio okazis. Estis preskaŭ la dudeka horo, kaj la drinkejoj frekventataj de la proloj ("publoj[7]" estis ilia kutima nomo por tiuj ejoj) plenplenis de klientoj. El iliaj malpuraĉaj svingopordoj, konstante malfermataj kaj refermataj, odoris urino, segaĵeroj, kaj amara biero. En angulo formita de antaŭenpuŝiĝanta domofronto, tri viroj staris tre proksimaj unu al la alia, la centra viro tenis falditan ĵurnalon, kiun la du aliaj studadis trans lian ŝultron. Eĉ antaŭ ol sufiĉe proksimi por distingi iliajn mienojn, Winston povis vidi ilian plenan sindediĉon, per ĉiu linio de iliaj

---

7 Mallongigo de "Publikaj domoj", t.e. publikaj drinkejoj. — *Trad.*

korpoj. Evidente ian gravan novaĵon ili legas. Li kelkajn paŝojn distancis de ili, kiam subite la grupo disiĝis, kaj du el la viroj violente interdisputis. Dummomente aspektis ke ili tuj interpugnos.

"Ĉu vi merde ne aŭskultas kion mi diras? Mi diras al vi ke neniu numero finiĝanta per sepo tute neniam gajnis jam de pli ol dek kvar monatoj!"

"Jes ja, tamen!"

"Ne ja! Hejme mi havas la tutan aron, de du plenaj jaroj skribitaj sur peco de papero. Mi kopias ilin horloĝregule. Kaj mi diras al vi, ke neniu numero finiĝanta per sep—"

"Jes tamen, sep *ja* gajnis! Mi povus preskaŭ diri al vi la merdan numeron. Kvar nul sep, tiel finiĝis. Estis en februaro — dua semajno de februaro."

"Februaro, je via avinaĉo! Mi havas ĉiujn skribitajn nigrablanke. Kaj mi diras al vi, ke neniu numero—"

"Ho, ĉesigu!" diris la tria viro.

Ili diskutadis la Loterion. Winston retrorigardis, irinte tridek metrojn pli. Ili ankoraŭ disputadis, kun vividaj, pasiplenaj vizaĝoj. La Loterio, kun sia ĉiusemajna elpago de grandegaj premioj, estis la ununura publika evento kiun la proloj serioze atentis. Verŝajne por pluraj milionoj da proloj la Loterio estis la precipa, se ne la sola, kialo resti vivanta. Ĝi ĝojigis ilin, stultigis, sendolorigis, intelekte stimulis. Koncerne la Loterion, eĉ homoj apenaŭ kapablaj legi kaj skribi ŝajnis kapablaj fari kompleksegajn kalkulojn, kaj mirige klare memori. Tuta tribo da homoj vivtenis sin simple per vendado de sistemoj, antaŭdiroj, kaj bonsortigaj amuletoj. Winston neniel rilatis al la funkciigado de la Loterio, kiun estris la Ministrejo de la Abundo, sed li konsciis (efektive, ĉiu en la Partio konsciis) ke la premioj estas plejparte nur imagaj. Nur malgrandajn monsumojn oni efektive pagis, la gajnintoj de la grandaj premioj estis senekzistaj personoj. Pro la manko de vera interkomunikado inter la partoj de Oceanio, ne malfacilis aranĝi tion.

Sed se ekzistis espero, ĝi troviĝis inter la proloj. Necesis firme teni tiun konvinkiĝon. Vortigite, ĝi sonis akceptinda; nur kiam oni rigardis la homojn pasantajn sur la pavimo, ĝi fariĝis kvazaŭreligia fido. La strato al kiu li estis turninta sin, iris malsupren laŭ deklivo. Li sentis ke li jam antaŭe estis en tiu distrikto, kaj ke ĉefa vojo ne malproksimas. El ie antaŭ li, aŭdiĝis bruego de kriantaj voĉoj. La strato abrupte turniĝis, kaj finiĝis ĉe ŝtuparo kondukanta al suba strateto, kie kelkaj standistoj vendis lacaspektajn legomojn. Tiumomente, Winston memoris kie li estas. La mallarĝa strato iras al la ĉefstrato, kaj post la sekva turno, apenaŭ kvin minutojn for, estas la fatrasvendejo, kie li aĉetis la blankan libron, kiu nun estas lia taglibro. Kaj en malgranda paperaĵista butiko ne malproksima, li aĉetis sian plumingon kaj sian botelon da inko.

Li paŭzis momente ĉe la supro de la ŝtupoj. Ĉe la kontraŭa flanko de la strateto situis maleleganta publeto, kies fenestroj aspektis blankigitaj, sed efektive ilin kovris nur polvo. Tre maljuna viro, kliniĝa sed aktiva, kun blankaj lipharoj antaŭstarantaj kvazaŭ de salikoko, ŝove puŝis la svingopordon kaj eniris. Dum Winston staris rigardante, li ekpensis ke la maljunulo, nepre almenaŭ okdekjara, jam mezaĝis kiam la Revolucio okazis. Li kaj manpleno da aliaj similaĝuloj estas la lasta nun ekzistanta ligo kun la malaperinta mondo de kapitalismo. En la Partio mem restas malmultaj personoj kies ideoj formiĝis antaŭ la Revolucio. La malpli juna generacio plejparte ekstermiĝis dum la grandaj elpurigoj de la 50'oj kaj 60'oj, kaj la nemultaj postvivantoj jam antaŭ longe estis per teroro devigitaj intelekte plene ceĉi. Se ja ekzistas persono ankoraŭ vivanta kiu povus diri la veron pri kondiĉoj en la frua parto de la jarcento, nepre tiu persono estas prolo. Subite la historilibra teksto, kiun li kopiis en sian taglibron, revenis en la menson de Winston, kaj freneza impulso ekkaptis lin. Li eniros la publon, li konatiĝos kun tiu maljunulo, kaj li demandos al li. Li diros al li: "Rakontu al mi pri via vivo kiam vi estis knabo. Kiel estis tiutempe? Ĉu estis pli bone ol nun, aŭ malpli bone?"

Rapide, por ke li ne havu sufiĉan tempon por ektimi, li descendis la ŝtupojn kaj transiris la mallarĝan straton. Estis freneze, kompreneble. Kiel kutime, ne ekzistis specifa regulo kontraŭ konversaciado kun proloj, kaj frekventado de iliaj publoj, sed tia ago multe tro malkutimis por ne rimarkiĝi. Se la patroloj alvenos, li eble povos pledi ke lin atakis svenemo, sed malverŝajnas ke ili kredos lin. Li puŝmalfermis la pordon, kaj hida fromaĝeca odoro de amara biero trafis lian vizaĝon. Kiam li eniris, la bruo de voĉoj fadis ĝis nur duono de sia antaŭa laŭto. Li povis senti ke malantaŭ lia dorso, ĉiu okulumas lian bluan kombineon. Ĵetludado de sagetoj, okazanta ĉe la alia finaĵo de la ĉambro, interrompiĝis dum eble ĉirkaŭ tridek sekundoj. La maljunulo kiun li sekvis, staris ĉe la drinkotabulo, kverelante pri io kun la servisto de la drinkejo, granda, dika, hoknaza junulo kun enormaj antaŭbrakoj. Densa grupo de aliaj, ĉirkaŭstarantaj kun glasoj en la manoj, rigardadis la scenon.

"Mi petis vin ĝentile, ĉu ne?" diris la maljunulo, rektigante siajn ŝultrojn bataleme. "Ĉu vi diras al mi ke vi ne havas pindan[8] tason en la tuta merda drinkejo?"

"Kaj kio, je la nomo de l' infero, *estas* pindo?" diris la servisto, klinante sin antaŭen kun la fingropintoj sur la tabulo.

"Aŭdu lin! Nomas sin drinkejisto kaj ne scias kio estas pindo! Nu, pindo estas duono de kvarto[9], kaj estas kvar kvartoj en galjono[10]. Sendube necesos nun instrui al vi la abocon."

"Neniam aŭdis pri ili," diris la drinkejisto kurte. "Litron kaj duonlitron — nur tiujn ni vendas. Jen la glasoj sur la breto antaŭ vi."

"Mi volas pindon," insistis la viro. "Vi povus tute facile verŝi pindon por mi. Ni ne havis tiujn merdajn litrojn, kiam mi estis junulo."

"Kiam vi estis junulo, ni ĉiuj loĝis en la arbosuproj," diris la drinkejisto, sardone rigardetante la aliajn klientojn.

Aŭdiĝis ridego, kaj la malkvieto kaŭzita de la eniro de Winston ŝajnis malaperi. La blankahara vizaĝo de la maljunulo ruĝiĝis. Li deturnis sin, murmurante al si, kaj batiĝis kontraŭ Winstonon. Winston milde prenis lian brakon.

---

8   Pindo estis antaŭdecimala mezuro kutima en la Anglalingvaj landoj. En Britio, unu pindo = 0,57 litro. — *Trad.*

9   Unu brita kvarto = 1,14 litroj. — *Trad.*

10 Unu brita galjono = 4,55 litroj. — *Trad.*

"Ĉu vi permesas ke mi proponu al vi trinkon?" li diris.

"Vi estas ĝentilulo," diris la alia, rerektigante siajn ŝultrojn. Li ŝajne ne rimarkis la bluan kombineon de Winston. "Pindon!" li aldonis agrese al la drinkejisto. "Pindon d' ebriaĵo[11]."

La drinkejisto verŝis du duonlitrojn da malhelbruna biero en dikajn glasojn tralavitajn en sitelo sub la servotabulo. Biero estis la nura drinkaĵo aĉetebla en la publoj de la proloj. Al la proloj ne licis trinki ĝinon, kvankam, en la praktiko, ili sufiĉe facile akiris ĝin. La ĵetsageta ludo denove plene aktivis, kaj la densa grupo de viroj ĉe la drinkctablo rekomencis diskutadi loteribiletojn. Oni dummomente forgesis la ĉeeston de Winston. Ĉe pinligna tablo sub la fenestro li kaj la maljunulo povos konversacii sen riski esti aŭskultataj. Estis terure danĝere, sed ĉiukaze mankis teleekrano en la ĉambro, pri tio li certigis sin tuj kiam li envenis.

"Li facile povus elverŝi por mi pindon," grumblis la maljunulo dum li komfortigis sin malantaŭ glaso. "Duonlitro ne sufiĉas. Ĝi ne satigas. Kaj tuta litro tro multas. Ĝi likigas mian vezikon. Kaj la prezo troas."

"Nepre vi vidis grandajn ŝanĝojn, de kiam vi estis junulo," diris Winston iom malcerte.

La palbluaj okuloj de la maljunulo moviĝis de la sagetluda celtabulo al la servotabulo, kaj de la servotabulo al la pordo de la Porvira Necesejo, kvazaŭ supozante ke la ŝanĝoj okazis en la drinkoĉambro.

"La biero estis pli bona," li fine diris. "Kaj malpli kara! Kiam mi estis junulo, milda biero — ebriaĵo, tiel ni nomis ĝin — kostis kvar pencojn por pindo. Antaŭ la milito, komprenebe."

"Kiu el la militoj?" diris Winston.

"Ĉiuj militoj," diris la maljunulo nespecife. Li reprenis sian glason, kaj liaj ŝultroj rerektiĝis. "Ke vi plej bone fartu!"

En lia maldika gorĝo la akrapinta adampomo sor-kaj-subeniris mirige rapide, kaj la biero malaperis. Winston paŝis al la servotabulo, kaj revenis kun du pliaj duonlitroj. Ŝajne la maljunulo forgesis sian rifuzon trinki tutan litron.

---

11 "Pindon da ebriigaĵo" — *Trad.*

"Vi multe pli aĝas ol mi," diris Winston. "Nepre vi plenkreskis antaŭ ol mi naskiĝis. Vi povas memori kiel estis en la malnovaj tagoj, antaŭ la Revolucio. Homoj miaaĝaj vere nenion scias pri tiuj malnovaj epokoj. Ni nur povas legi pri ili en libroj, kaj kion diras la libroj eble ne veras. Mi volas aŭdi vian opinion pri tio. La historilibroj diras ke la vivo antaŭ la Revolucio tute malsimilis al la aktuala vivo. Estis grandega subpremado, maljusto, malriĉo — pli granda ol ni povas nun imagi. Ĉi tie en Londono, la plejgranda parto de la popolo neniam havis sufiĉe da manĝaĵoj, ekde la naskiĝo ĝis la morto. Duono da ili eĉ ne havis botojn sur la piedoj. Ili laboris dek du horojn ĉiutage, jam naŭjaraj ili ne plu frekventis lernejon, ili dormis dekope en unu ĉambro. Kaj samtempe tre malgranda nombro da personoj, nur kelkmil — oni nomis ilin kapitalistoj — estis riĉaj kaj potencaj. Ili posedis ĉion posedeblan. Ili loĝis en grandaj belegaj domoj kun tridek servistoj, ili veturadis en aŭtomobiloj, kaj kaleŝoj tirataj de kvar ĉevaloj, ili trinkis ĉampanon, ili surhavis cilindrajn ĉapelojn —"

La maljunulo ekinteresiĝis.

"Cilindraj ĉapeloj!" li diris. "Kurioze ke vi mencias ilin. Ĝuste ili eniris mian menson hieraŭ. Mi ne scias la kialon. Mi simple pensis. Jam de jaroj mi ne vidas cilindran ĉapelon. Ili tute malaperis. Mi lastafoje surhavis tian dum la funebraĵoj por mia bofratino. Kaj tio okazis — nu, mi ne povus diri la daton, sed nepre antaŭ kvindek jaroj. Komprenble, mi nur luis ĝin por la evento, komprenu."

"Ne tre gravas pri la cilindraj ĉapeloj," diris Winston pacience. "Mi celas diri: tiuj kapitalistoj — ili kaj kelkaj juristoj kaj pastroj kaj tiel plu, kiuj pergajnis sian vivon per ili — estris la mondon. Ĉio ekzistis specife por ili. Vi — la ordinaraj homoj, la laboristoj — estis iliaj sklavoj. Ili povis trakti vin laŭdezire. Ili povis forsendi vin al Kanado, kvazaŭ brutojn. Ili povis dormi kun viaj filinoj laŭvole. Ili povis ordoni vipi vin, per io nomata skurĝo. Vi devis depreni la ĉapon, kiam vi preterpasis ilin. Ĉiu kapitalisto estis akompanata de grupo da lakeoj kiuj —"

La maljunulo reinteresiĝis.

"Lakeoj!" li diris. "Jen vorto kiun delonge mi ne aŭdas. Lakeoj! Tio vere vigligas mian memoron, jes ja. Mi memoras — ho, antaŭ mul-

tego da jaroj — kelkafoje mi iris al Hyde Park[12] dum dimanĉa posttag-
mezo por aŭdi la ulojn paroladi. Savarmeo, Romkatolikoj, Judoj, Hin-
dianoj — estis ĉiaj personoj. Kaj unu viro — nu, mi ne povas memori
lian nomon, sed tre impona paroladisto li estis. Li vere kondamnis
ilin! 'Lakeoj!' li diris, 'lakeoj de la burĝaro! Servantoj de la reganta
klaso!' Parazitoj — jen alia ilia nomo. Kaj hienoj — li certe nomis ilin
hienoj. Kompreneble li parolis pri la Laborista Partio, komprenu."

Winston sentis ke ili ne parolas pri la sama afero.

"Kion mi vere volis scii estas," li diris, "Ĉu vi sentas ke vi estas
pli libera nun, ol en tiu malnova epoko? Ĉu oni traktas vin pli kiel
homon? En la malnova epoko, la riĉuloj, la superuloj —"

"La Ĉambro de Lordoj[13]," interrompis la maljunulo, memorc-
plene.

"La Ĉambro de Lordoj, jes. "Kion mi demandas estas, ĉu tiuj
homoj povis trakti vin kiel malsuperan, nur ĉar ili estis riĉaj, kaj vi
estis malriĉaj. Ĉu, ekzemple, fakte vi devis nomi ilin 'Moŝto', kaj de-
preni vian ĉapon, kiam vi pasis ilin."

La maljunulo ŝajnis profunde pensadi. Li eltrinkis eble kvaronon
de sia biero, antaŭ ol respondi.

"Jes," li diris. "Ili ŝatis ke oni tuŝu sian ĉapon, antaŭ ili. Tio kvazaŭ
montris respekton. Mi mem ne samopiniis pri tio, sed sufiĉe ofte mi
faris. Devis, eble mi diru."

"Kaj ĉu estis kutime — mi nur citas kion mi legis en historilibroj
— ĉu kutime tiuj homoj kaj iliaj servistoj forpuŝis vin de la pavimo,
en la defluilon?"

"Unufoje, iu el ili puŝis min," diris la maljunulo. "Mi memoras
kvazaŭ okazis hieraŭ. Estis la Nokto de la Boatkonkuro — oni ege tu-
multis je la Nokto de la Boatkonkuro — kaj mi batiĝas kontraŭ jun-
ulon en Avenuo Shaftesbury. Vera altasociulo li estis — formala ĉe-
mizo, cilindra ĉapelo, nigra mantelo. Li iom zigzagadis trans la pa-

---

12 Parko en Londono, kie ĉiu rajtas libere paroladi antaŭ la publiko, pri iu
    ajn temo. — *Trad.*

13 La supra ĉambro en la Brita parlamento; en ĝi rajtis voĉdoni ĉiuj nobeloj
    britaj. Tiu ĉambro rajtis kritiki leĝojn faritajn en la elektita malsupra
    ĉambro. — *Trad.*

vimon, kaj mi akcidente batiĝas kontraŭ lin. Li diras, 'Kial vi ne atentas kien vi paŝas?' Mi diras, 'Ĉu vi kredas ke vi aĉetis la merdan pavimon?' Li diras, 'mi detordos vian merdan kapon se vi insultaĉos min.' Mi diras, 'Vi ebrias. Mi arestigos vin post momento,' mi diras. Kaj kredu min, li metas sian manon sur mian bruston, kaj ŝovas min preskaŭ sub la radojn de buso. Nu, mi estis juna tiutempe, kaj mi intencis bategi lin, sed — "

Sento de senpoveco kaptis Winstonon. La memoro de la maljunulo estis nur rubujo da detaloj. Oni pridemandus lin dum la tuta tago, sen akiri veran informon. Eblas ke la partihistorioj ja veras iomete; eblas ke ili eĉ plene veras. Li faris lastan provon.

"Povas esti ke mi ne parolis tute klare," li diris. "Kion mi volas diri estas ĉi tio. Vi jam vivis dum tre longa tempo; vi vivis duonon de via vivo antaŭ la Revolucio. Ekzemple, en 1925, vi jam estis plenkreskulo. Ĉu vi dirus ke, laŭ kion vi povas memori, la vivo en 1925 estis pli bona ol nun, aŭ malpli bona? Se vi povus elekti, ĉu vi preferus vivi tiam aŭ nun?"

La maljunulo rigardis mediteme la sageto-celtabulon. Li eltrinkis sian bieron, malpli rapide ol antaŭe. Kiam li parolis, estis kun tolerema filozofia tono, kvazaŭ la biero mildigis lin.

"Mi scias kion vi atendas ke mi diros," li diris. "Vi atendas ke mi diros ke mi preferus denove esti juna. La plej multaj personoj dirus ke ili preferus esti junaj, se vi demandus al ili. Oni havas bonan sanon kaj forton kiam oni junas. Kiam oni atingas mian aĝon, oni neniam bone fartas. Min suferigas fiege miaj piedoj, kaj mia veziko vere aĉas. Ses kaj sep-foje ĉiunokte ĝi ellitigas min. Aliflanke, grande avantaĝas esti maljunulo. Oni ne havas la samajn problemojn. Oni ne rilatas kun la inoj, kaj tio estas bonega afero. Mi ne amoras kun virino jam de preskaŭ tridek jaroj, se vi bonvolos kredi min. Nek deziris, efektive."

Winston retroklinis sin kontraŭ la muron. Ne utilus daŭrigi. Li estis aĉetonta pli da biero, kiam la maljunulo subite stariĝis kaj paŝetis rapide en la odoraĉantan urinejon ĉe la flanko de la ĉambro. La ekstra duonlitro jam afliktis lin. Winston sidis dum unu aŭ du minutoj, rigardante sian malplenan glason, kaj apenaŭ rimarkis, kiam liaj piedoj reportis lin en la straton. Post malpli ol dudek jaroj, li pensis, la grandega sed simpla demando, "Ĉu la vivo estis pli bona antaŭ la Revolucio ol nun?" por ĉiam ĉesos esti respondebla. Sed, praktike ĝi jam nun ne respondeblas, ĉar la malmultaj disaj postvivintoj el la antikva mondo ne kapablas kompari unu epokon kun alia. Ili memoras milionon da senutilaĵoj, kverelon kun kunlaboranto, serĉon al perdita pumpilo por biciklo, la esprimon sur la vizaĝo de antaŭ longe mortinta fratino, la kirliĝadon de la polvo dum ventoplena mateno antaŭ sepdek jaroj; sed ĉiuj gravaj faktoj estas ekster ilia vidpovo. Ili estas kia formiko, kapabla vidi malgrandaĵojn, sed nenion grandan. Kaj post la ĉeso de la memoro, kaj post la falsado de la registroj — post tio, la pretendo de la Partio ke ĝi plibonigis la kondiĉojn de la homa vivo akceptendos, ĉar ne plu ekzistos, kaj neniam povos denove ekzisti, ia normo al kiu ĝi kompareblos.

Tiumomente, lia pensomedito abrupte ĉesis. Li haltis kaj suprenrigardis. Li estis en mallarĝa strato, kun kelkaj senlumaj butiketoj inter loĝejoj. Tuj super lia kapo pendis tri rustiĝintaj metalaj pilketoj, kiuj laŭaspekte iam estis orkovritaj. Li kredis iel koni la lokon. Kompreneb: Li staras ekster la fatrasbutiko kie li aĉetis la taglibron.

Ektimo trairis lin. Jam en la komenco estis sufiĉe riskoplene aĉeti la libron, kaj li ĵuris al si neniam reproksimiĝi al tiu loko. Tamen, tuj kiam li permesis al la pensoj vagadi, liaj piedoj reportis lin ĉi tien propravole. Sed precize kontraŭ tiaj sinmortigaj impulsoj li esperis gardi sin, per skribado en la taglibro. Samtempe, li rimarkis ke kvankam estas preskaŭ la dudekunua horo, la butiko ankoraŭ restas nefermita. Sentante ke li malpli rimarkeblos ene, ol restante sur la pavimo, li trapaŝis la pordejon. Demandite, li povus kredigeble diri ke li serĉas aĉeti razoklingojn.

La posedanto ĵus lumigis pendan olelampon, kiu faris malpuran sed amikan odoron. Li estis viro eble sesdekjara, febla kaj klina, kun longa, afablaspekta nazo, kaj mildaj okuloj misaspektigitaj de dikaj okulvitroj. Lia hararo preskaŭ blankis, sed liaj brovoj estis tufaj kaj ankoraŭ nigraj. Liaj okulvitroj, liaj delikataj, malkvietaj moviĝoj, kaj la fakto ke li surhavas malnovan jakon el nigra veluro, donis al li

svage intelektulan aspekton, kvazaŭ de ia literaturisto, aŭ eble muzi-
kisto. Lia voĉo estis softa, kvazaŭ fadema, kaj lia akĉento malpli aĉa
ol tiu de la plej multaj proloj.

"Mi rekonis vin sur la pavimo," li diris tuj. "Vi estas la sinjoro
kiu aĉetis la memoralbumon por junulino. Tio estis tre bela papero-
speco, jes vere. Kremlamena, tiel oni nomis ĝin. Oni ne fabrikas tian
paperon jam de — nu, verŝajne kvindek jaroj." Li intense rigardis
Winstonon trans la supron de siaj okulvitroj. "Ĉu mi povas fari ion
specifan por vi? Aŭ ĉu vi nur deziras ĉirkaŭrigardi?"

"Mi estis preterpasanta," diris Winston sendetale. "Mi nur pensis
enrigardi. Mi nenion specifan serĉas."

"Estas bone," diris la alia, "ĉar mi supozas ke mi ne povus kon-
tentigi vin." Li faris pardonpetan geston per sia molpolma mano. "Vi
vidas kiel estas; malplena butiko, preskaŭ. Private, inter ni, la ko-
mercado pri antikvaĵoj preskaŭ finiĝis. Oni ne plu deziras ilin, kaj
ankaŭ mankas stoko. Mebloj, ceramikaĵoj, vitro — ĉio iom post iom
disrompiĝis. Kaj kompreneble oni jam plejparte fandis la metalaĵojn.
Jam de jaroj mi ne vidas latunan kandelingon."

La eta interno de la butiko efektive malkomfortige plenis, sed
estis en ĝi preskaŭ nenio eĉ valoreta. La kvanto da libera spaco sur
la planko estis tre limigita, ĉar ĉie apud la muroj staris stakoj da ne-
nombreblaj polvokovritaj bildokadroj. En la montrofenestro troviĝis
pletoj da boltingoj kaj boltoj, trivitaj ĉiziloj, poŝtranĉiloj kun rom-
pitaj klingoj, rustetaj brakhorloĝoj kiuj ne eĉ ŝajnigis funkcii, kaj di-
versaj aliaj fatrasaĵoj. Nur sur malgranda tablo en angulo estis aro da
diversaĵoj — lakitaj flartabakujoj, agataj broĉoj, kaj tiaĵoj — inter kiuj
laŭaspekte eble estus io interesa. Dum Winston vagis cele la tablon,
lia vido ektrafis rondan glataĵon softe brilantan en la lampolumo, kaj
li prenis ĝin.

Ĝi estis peza vitraĵo, kurba unuflanke, kaj plata aliflanke, preskaŭ
hemisfera. Estis kurioza softeco, kvazaŭ de pluvakvo, en kaj la koloro
kaj la teksturo de la vitro. En ĝia koro, kun aspekto pligrandigita de la
kurba surfaco, videblis stranga, palruĝa, kompleksa objekto, memo-
riganta pri rozo aŭ maranemono.

"Kio ĝi estas?" diris Winston, fascinate.

"Jen koralo, tio," diris la maljunulo. "Sendube el la Hindia Oceano. Oni iam iel envitrigis ĝin. Tio fariĝis antaŭ ne malpli ol cent jaroj. Pli ol cent, laŭaspekte."

"Ĝi estas bela," diris Winston.

"Ĝi ja estas bela," diris la alia, apreze. "Sed ne multaj dirus ticn nuntempe." Li tusis. "Nu, se eventuale vi dezirus aĉeti ĝin, vi devus pagi kvar dolarojn. Mi povas memori tempon kiam io tia kostus ok pundojn, kaj ok pundoj estis — nu, mi ne povas kalkuli tion, sed temis pri multa mono. Sed kiu interesiĝas pri aŭtentikaj antikvaĵcj nuntempe — eĉ la restantaj malmultaj?"

Winston tuj pagis la kvar dolarojn, kaj metis la deziraĵon en sian poŝon. Allogis lin ne tiom ĝia belo, kiom ĝia karaktero, kiel apartenanta al epoko tre malsimila al la nuna. La softa, pluvakveca vitro malsimilis al ĉiu vitro kiun iam li vidis. La objekto duoble allogis pro sia ŝajna senutileco, kvankam li povis diveni ke iam oni sendube intencis ĝin kiel pezaĵon por kunteni paperfoliojn. Ĝi multe pezis en lia poŝo, sed bonŝance ĝi ne videble ŝveligis ĝin. Estus kurioze, eĉ kompromite, ke partiano posedas ion tian. Ĉio malnova, kaj, ĝenerale, ĉio bela, ĉiam svage pridubindis. La maljunulo iĝis videble pli gaja, ricevinte la kvar dolarojn. Winston ekkonsciis ke li akceptintus tri, aŭ eĉ du dolarojn.

"Estas alia ĉambro en la supra etaĝo, kiun eble vi dezirus rigardi," li diris. "Malmulto en ĝi. Nur kelkaj eretoj. Ni bezonos lampon, se ni iros supren."

Li lumigis alian lampon, kaj, kun dorso klineta, gvidis lante supren laŭ la kruta kaj trivita ŝuparc, kaj laŭlonge de malgranda koridoro, en ĉambron el kiu videblis ne la strato, sed ŝtonere pavimita korto, kaj arego da kamensuproj. Winston rimarkis ke la mebloj restis aranĝitaj kvazaŭ temus pri loĝoĉambro. Estis tapiŝa strio sur la planko, unu-du bildoj sur la muroj, kaj profunda fotelo el latoj apud la kameno. Malnovmoda vitra horloĝo, kun dekdu-hora faco, tiktakadis sur la kamenobreto. Sub la fenestro, okupante preskaŭ kvaronon de la ĉambro, estis enorma lito sur kiu ankoraŭ restis la matraco.

"Ni loĝis ĉi tie, ĝis kiam mortis mia edzino," diris la maljunulo, iom pardonpete. "Mi vendas la meblojn, iom post iom. Nu, jen bela mahagona lito, aŭ ĝi estus bela, se eblus elpeli la cimojn. Sed verŝajne vi trovus ĝin iom tro maloportuna."

Li alte tenis la lampon, por lumigi la tutan ĉambron, kaj en la varma nebrila lumo la loko aspektis kurioze loga. Penso trafulmis la menson de Winston, ke verŝajne li povus tre facile lui la ĉambron, pagante nur kelkajn dolarojn ĉiusemajne, se li kuraĝus riski tion. Ĝi estis sovaĝa, malebla nocio, formetenda tuj kiam pensita; sed la ĉambro ja vekis en li ian nostalgion, ian pramemoron. Ŝajnis al li, ke li scias precize kiel oni sentas sidante en ĉi tia ĉambro, en fotelo apud nekaŝita fajro, kun la piedoj ĉe la fendro, kaj kaldroneto sur la kamenobreto, tute sole, tute sekure, dum neniu observas onin, nenies voĉo persekutas onin, neniu sono escepte de la kantado de la kaldroneto, kaj la amika tiktakado de la horloĝo.

"Neniu teleekrano ĉi tie!" li ne povis ne murmuri.

"Aĥ," diris la maljunulo, "mi neniam posedis ion tian. Tro multe kostas. Kaj ŝajne neniam mi sentis ĝian mankon, ial. Nu, jen agrabla klaphava tablo en tiu angulo. Kvankam, kompreneble, necesus surmeti novajn ĉarnirojn, se oni volus uzi la klapojn."

Estis malgranda librobretaro en la alia angulo, kaj Winston jam altiriĝis al ĝi. Ĝi enhavis nur rubon. La elserĉo kaj detruado de libroj estis farita same zorge en la prolaj kvartaloj kiel en ĉiu alia loko. Tre malverŝajnis ke ekzistas ie en Oceanio ekzemplero de libro presita pli frue ol 1960. La maljunulo, ankoraŭ portante la lampon, staris antaŭ bildo en palisandra kadro, pendanta aliflanke de la kameno, kontraŭ la lito.

"Nu, se eventuale vin iel interesus malnovaj bildoj—" li komencis delikate.

Winston transpaŝis por ekzameni la bildon. Ĝi estis ŝtala gravuraĵo pri ovala konstruo kun rektangulaj fenestroj, kaj malgranda turo antaŭ ĝi. Balustrado ĉirkaŭis la konstruon, kaj malantaŭe estis io, laŭaspekte statuo. Winston rigardadis ĝin dum pluraj momentoj. Ĝi ŝajnis svage familiara, kvankam li ne memoris la statuon.

"La breto estas fiksita al la muro," diris la maljunulo, "sed mi verŝajne povus malŝraŭbi ĝin por vi."

"Mi konas tiun konstruon," fine diris Winston. "Ĝi estas ruino, nuntempe. Ĝi estas en la mezo de la strato ekster la Palaco de Justeco."

"Prave. Ekster la Tribunalejo. Ĝi estis bombita en — ho, antaŭ multaj jaroj. Iam ĝi estis preĝejo, Sankta Klemento Danoj, tiel oni nomis ĝin[14]." Li ridetis pardonpete, kvazaŭ konsciante ke li diras ion iomete absurdan, kaj pludiris: "*Cinamo kaj mento, sonoras Klemento!*"

"Kion vi diras?" diris Winston.

"Ho — '*Oranĝc, citroneto, sonoras Klemento*'. Rimaĵo, kiun mi konis kiam mi estis knabeto. Mi ne memoras la sekvajn vortojn, sed mi ja scias ke la lastaj vortoj estis '*Venas kandelo en liton vin paki. Venas hakilo la kapon dehaki.*' Ĝi estis ia danco. La dancantoj etendas siajn brakojn kaj oni subpaŝas, kaj kiam vi atingas la vortojn '*Venas hakilo la kapon dehaki.*' ili subenigas la brakojn kaj kaptas vin. Estis la nomoj de preĝejoj. Ĉiuj preĝejoj de Londono estis en ĝi — nu, ĉiuj gravaj preĝejoj."

Winston svage demandis al si, al kiu jarcento apartenis tiu preĝejo. Ĉiam malfacilis taksi la aĝon de konstruaĵo en Londono. Ĉion gravan kaj imponan, se relative novaspektan, oni aŭtomate pretendis kiel post-Revolucian; kaj ĉion evidente malpli novan oni atribuis al iu periodo nomita la Mezepoko. La jarcentoj da kapitalismo, laŭpretende, produktis nenion valoran. Oni ne povus lerni pli da historio per la arkitekturo ol per la libroj. Statuoj, surĉizaĵoj, memorigaj ŝtonoj, la nomoj de stratoj — ĉio kio povus lumigi la paseon estis sisteme ŝanĝita.

"Mi tute ne sciis ke ĝi estis preĝejo," li diris.

"Restas multe da ili, efektive," diris la maljunulo, "kvankam oni utiligas ilin alicele. Aĥ, kiel tekstis tiu rimaĵo? Ha, mi memoras!

'Oranĝo, citroneto, sonoras Klemento,
"La kosto, centimo, sonoras Martino" —

---

14 Historia preĝejo nomita *Preĝejo Sankta Klemento de la Danoj*, nomita honore al Sankta Klemento, la tria papo. — *Trad.*

nu, mi ne memoras plion. Centimo, tio estis malgranda kupra monero, ĝi aspektis iom kiel cendo."

"Kie estis Martino?" diris Winston.

"Sankta Martino? Ĝi ankoraŭ staras. En la Placo de la Venko, apud la bildogalerio. Konstruaĵo kun triangula verando, kaj kolonoj antaŭ si, kaj granda ŝtuparo."

Winston bone konis tiun lokon. Ĝi estis muzeo uzata por propagandaj ekspozicioj diversspecaj — laŭskalaj modeloj de raketbomboj kaj Flosantaj Fortikaĵoj, vaksaj reproduktoj montrantaj fiagojn de la malamiko, kaj tiel plu.

"Sankta Martino-en-la-Kamparo, ĝi nomiĝis," aldonis la maljunulo, "kvankam mi ne memoras kampojn ie en tiu regiono."

Winston ne aĉetis la bildon. Ĝi estus eĉ malpli aprobinda posedaĵo ol la vitra paperpezilo, kaj ne eblus porti ĝin hejmen, krom se li prenus ĝin el ĝia kadro. Sed li plu restis dum kelkaj minutoj, parolante al la maljunulo, kies nomo, li trovis, ne estis Weeks — kiel oni eble supozus laŭ la ĉizaĵo super la butikofronto — sed Charrington. S-ro Charrington montriĝis vidvo sesdektrijara, kaj loĝis ĉi tiun butikon jam de tridek jaroj. Dum tiu tuta periodo, li intencis ŝanĝi la nomon super la fenestro, sed li neniam trovis konvenan oportunon fari tion. Tutdum ili konversaciadis, la duone memorita rimaĵo ripetadis sin en la kapo de Winston. *Oranĝo, citroneto, sonoras Klemento, La kosto, centimo, sonoras Martino!* Kurioze, ke kiam oni ripetis tion al si, oni iluziis aŭdi sonorilojn, la sonorilojn de perdita Londono, plu ekzistantajn ie, maskite kaj forgesite. El unu fantoma turo post alia, li ŝajnis aŭdi ilin sonoradi. Tamen, laŭ lia memoro li neniam en la reala vivo aŭdis sonorilojn de preĝejo.

Li forlasis S-ron Charringtonon, kaj descendis la ŝtupojn sola, por ke la maljunulo ne vidu ke li kontrolas la straton antaŭ ol li paŝi el la pordejo. Li jam decidis ke post konvena intervalo — eble monato — li riskos denove viziti la butikon. Eble ne pli danĝerus ol manki dum vespero ĉe la Centro. La vera malsaĝaĵo ja estis reveni ĉi tien, aĉetinte la taglibron kaj ne sciante ĉu la butikposedanto fidindas. Tamen —!

Jes, li denove pensis, li revenos. Li aĉetos pliajn pecojn de bela rubo. Li aĉetos la gravuraĵon pri Sankta Klemento Danoj, prenos ĝin el ĝia kadro, kaj portos ĝin hejmen kaŝitan sub la jako de lia kombineo. Li tiros la ceterajn vortojn de tiu poemo el la memoro de S-ro Charrington. Eĉ la freneza projekto lui la supretaĝan ĉambron trafulmis lian menson denove. Dum eble kvin sekundoj, ekscito senzorgigis lin, kaj li paŝis sur la pavimon tute sen antaŭe rigardeti tra la fenestro. Li eĉ komencis mallaŭte kanti al si laŭ elpensita melodio —

> *Oranĝo, citroneto, sonoras Klemento,*
> *La kosto, centimo —*

Subite lia koro kvazaŭ frostis, kaj liaj intestoj akviĝis. Figuro en blua kombineo venis laŭ la pavimo, apenaŭ dek metrojn for. Jen la knabino el la Departemento de Fikcio, la knabino kun malhela hararo. La lumo jam fadis, sed ne malfacilis rekoni ŝin. Ŝi rekte rigardis lian vizaĝon, poste plu marŝis rapide, kvazaŭ ne vidinte lin.

Dum kelkaj sekundoj Winston tro paraliziĝis por sin movi. Post tio li turnis sin dekstren, kaj formarŝis peze, dummomente ne rimarkante ke li marŝas misdirekten. Ĉiukaze, unu necertaĵo solviĝis. Ne plu eblis dubi ke la knabino spione sekvas lin. Nepre ŝi sekvis lin ĉi tien, ĉar ne kredeblis ke tute hazarde ŝi promenis, dum la sama vespero, laŭ la sama obskura malĉefa strateto, kilometrojn for de la kvartaloj kie loĝas partianoj. Tro granda koincido. Ĉu vere ŝi estas agento de la Pensopolico, aŭ nur diletanta spiono instigita de zeloteco, ja ne gravis. Sufiĉis ke ŝi observadas lin. Verŝajne ŝi ankaŭ vidis lin eniri la publon.

Estis pene marŝi. La vitra pezaĵo en lia poŝo batis lian femuron ĉiupaŝe, kaj li preskaŭ emis elpreni kaj forĵeti ĝin. Plej malagrablis la doloro en lia ventro. Dum kelkaj minutoj li sentis ke li mortos se li ne baldaŭ atingos necesejon. Sed ne troviĝis publikaj necesejoj en ĉi tia kvartalo. Tiam la spasmo malaperis, postlasante obtuzan doloradon.

La strato estis sakstrato. Winston haltis, staris dum pluraj sekundoj svage demandante al si kion fari, poste turnis sin kaj komencis retroiri laŭ sia ĵusa vojo. Turnante sin, li ekpensis ke la knabino lin pasis antaŭ nur tri minutoj, kaj ke kurante li verŝajne povos atingi ŝin. Li povus sekvi ŝin, ĝis ili atingos iun kvietan lokon, kaj tie frakasi ŝian kranion per pavimoŝtono. La vitraĵo en lia poŝo sufiĉe pezas por tio. Sed li tuj formetis la planon, ĉar eĉ la penso fari ian ajn korpan klopodon ne tolereblis. Li ne povus kuri, li ne povus frakasi. Krome, ŝi junis kaj fortis kaj defendus sin. Li ankaŭ pensis ke li povus hasti al la Komunuma Centro, kaj resti tie ĝis ĝi fermiĝos, por tiel establi partalibion por la vespero. Sed ankaŭ tio maleblis. Mortiga laco plenigis lin. Li nur volis rapide reiri hejmen, kaj post tio sidiĝi, kaj resti kvieta.

Jam pasis la dudekdua horo, kiam li reatingis la apartamenton. La lumojn oni malŝaltos en la centralo je la dudektria tridek[15]. Li eniris la kuirejon, kaj glutis preskaŭ tetason da Ĝino por la Venko. Post tio li iris al la tablo en la alkovo, sidiĝis, kaj reprenis la taglibron el la tirkesto. Sed li ne tuj malfermis ĝin. El la teleekrano raspa ina voĉo kriaĉadis patriotan kanton. Li sidis, intense rigardante la marmoraspektan kovrilon de la libro, sensukcese penante puŝi la voĉon el sia konscio.

Oni arestadis dumnokte, ĉiam dumnokte. Ĝuste estus mortigi sin, antaŭ ol kaptiĝi. Sendube kelkaj personoj faris tion. Multaj el la malaperoj efektive estis sinmortigoj. Sed necesis senespera kuraĝo, por mortigi sin en mondo kie armiloj, aŭ kia ajn rapidaga kaj nepre sukcesa veneno, tute ne haveblis. Li pensis, iom mire, pri la biologia senutilo de doloro kaj timo, la perfido fare de la korpo, kiu ĉiam inertiĝas precize je la momento kiam speciala peno necesas. Eble li povintus silentigi la malhelharan knabinon, se li nur agus sufiĉe rapide: sed precize pro la amplekso de la danĝero, li perdis sian kapablon agi. Trafis lin la penso ke dum krizaj momentoj, oni neniam batalas kontraŭ ekstera malamiko, sed ĉiam nur kontraŭ la propra korpo. Eĉ nun, malgraŭ la ĝino, la obtuza doloro en lia ventro malebligis logikan pensadon. Kaj samas, li ekkonsciis, en ĉiuj ŝajne heroaj aŭ tragikaj situacioj. Sur la batalkampo, en la torturĉambro, sur sinkanta ŝipo, la celoj por kiuj oni batalas ĉiam forgesiĝas, ĉar la korpo ekŝvelas ĝis plenigi la universon, kaj eĉ kiam onin ne paralizas timo aŭ doloroplena kriado, la vivo estas momenton-post-momenta baraktado kontraŭ

---

15 La dudektria horo kaj tridek minutoj = 23.30 = tridek minutoj post la dekunua horo vespere. — *Trad.*

malsato, aŭ malvarmo, aŭ sendormeco, kontraŭ acida stomako, aŭ doloreganta dento.

Li malfermis la taglibron. Gravis skribi ion. La virino sur la teleekrano jam komencis novan kanton. Ŝia voĉo restis en lia cerbo kvazaŭ frakasitaj vitreroj. Li penis pensi pri O'Brien, por kiu, aŭ al kiu, la taglibro skribiĝas, sed anstataŭe li komencis pensi pri ĉio okazonta post kiam la Pensopolico forportos lin. Ne gravus se ili tuj mortigus. Esti mortigita, tion oni atendis. Sed antaŭ ol morti (neniu parolis pri tiaj aferoj, tamen ĉiu sciis pri ili) la konfesrutino farendos: la humiliga kaŭrado sur la planko, kaj kompatopeto kriegata, la krako de rompataj ostoj, la dentoj frakasitaj, kaj sangaj haroplektaĵoj. Kial necesis travivi tion, ĉar la fino neniam varias? Kial ne eblis eltranĉi kelkajn tagojn aŭ semajnojn el la vivo? Neniu sukcesas eskapi troviĝor, kaj neniu evitas konfesadon. Tuj kiam oni cedas al pensokrimo, neeviteblas ke je certa dato oni jam estos morta. Do kial tiu hororo, kiu nenion ŝanĝas, devas resti fiksita en la futuro?

Li penis, iomete pli sukcese ol antaŭe, venigi al si memorbildon de O'Brien. "Ni renkontiĝos en la loko kie mankas mallumo", O'Brien diris al li. Li sciis la signifon de tio, aŭ kredis scii ĝin. La loko kie mankas mallumo estas la imagata futuro, kiun oni neniam vidos, sed en kiu, per antaŭscio, oni povas mistike partopreni. Sed dum la voĉo el la teleekrano afliktadis liajn orelojn, li ne povis plusekvi la pensodirekton. Li metis cigaredon en sian buŝon. Duono de la tabako tuj elfalis sur lian langon, amara pulvoro kiun malfacilas elkraĉi. La vizaĝo de Granda Frato naĝis en lian menson, forpuŝante tiun de O'Brien. Same kiel antaŭ kelkaj tagoj, li glitigis moneron el sia poŝo, kaj rigardis ĝin. La vizaĝo suprenrigardis al li, peza, trankvila, protekta, sed kia rideto kaŝiĝis sub la malhelaj lipharoj? Kvazaŭ lanta mortosonoro revenis al li la vortoj:

MILITO ESTAS PACO

LIBERO ESTAS SKLAVECO

SENSCIO ESTAS FORTO

DU

I

En la mezo de la mateno, Winston eliris la laborĉelon, por iri al la ne-cesejo.

Sola figuro venis direkte al li, de la alia finaĵo de la longa, brile lumigata koridoro. Estis la malhelhara knabino. Kvar tagoj jam pasis post la vespero kiam li trafis ŝin ekster la fatrasbutiko. Dum ŝi proksimiĝis, li vidis ŝian dekstran brakon en skarpo, ne rimark-ebla je distanco, ĉar ĝi same koloris kiel ŝia kombineo. Verŝajne ŝi premvundis sian manon, dum ŝi puŝe turnis iun el la grandaj kalej-doskopoj, per kiuj la intrigoj de romanoj estis "malnete ellaborataj". Ofta akcidento en la Departemento de Fikcio.

Ili estis apartaj je ĉirkaŭ kvar metroj, kiam la knabino stumblis kaj falis preskaŭ plata sur sian vizaĝon. Akra dolorokrio tordiĝis el ŝi. Sendube ŝi falis ĝuste sur la damaĝitan brakon. Winston ekhaltis. La knabino levis sin surgenuen. Ŝia vizaĝo iĝis lakte flavkolora, kon-traste ŝia buŝo aspektis ankoraŭ pli ruĝa. Ŝiaj okuloj fikse rigardis lin, kun apelacia esprimo kiu aspektis tima pli ol dolora.

Kurioza emocio moviĝis en la koro de Winston. Jen antaŭ li mal-amiko kiu celas mortigi lin: antaŭ li, ankaŭ, estas homo, doloroplena kaj eble kun rompita osto. Jam li instinkte komencis paŝi antaŭen, por helpi ŝin. Je la momento kiam li vidis ŝin fali sur la bandaĝitan brakon, li kvazaŭsentis la doloron en sia propra korpo.

"Ĉu vundita?" li diris.

"Ne gravas. Mia brako. Ĝi fartos bone post sekundo."

Ŝi parolis kvazaŭ la koro flirtas. Ŝi certe tre paliĝis.

"Ĉu vi nenion rompis?"

"Ne, estas bone. Doloris dum momento, nenio plia."

Ŝi etendis sian liberan manon al li, kaj li helpis ŝin stariĝi. Ŝi jam reakiris iom de sia koloro, kaj aspektis multe pli bonfarta.

"Estas nenio," ŝi ripetis kurte. "Mi nur batetis mian pojnon. Dankon, kamarado!"

Kaj dirinte tion, ŝi plu marŝis laŭ sia antaŭa direkto, vigle, kvazaŭ vere nenio atentinda okazis. La tuta incidento ne plenigis pli ol du-onon de minuto. Ne permesi ke la sentoj aperu sur la vizaĝo, estis ku-timo kiu fariĝis preskaŭ instinkta, kaj ĉiukaze, ili staris rekte antaŭ teleekrano, kiam la evento okazis. Malgraŭe tre malfacilis ne montri momentan surprizon, ĉar en la du-tri sekundoj dum li helpis ŝin stariĝi, la knabino puŝis ion en lian manon. Ne eblis dubi ke ŝi intence faris tion. Ĝi estis io malgranda kaj plata. Dum li trairis la pordejon de la necesejo, li transmetis ĝin en sian poŝon, kaj palpis ĝin per la pintoj de siaj fingroj. Ĝi estis peco de papero, faldita kvadrate.

Dum li staris ĉe la urinejo, li sukcesis, per iom pli da manipulado per siaj fingroj, malfaldi ĝin. Evidente devis esti ia mesaĝo skribita sur ĝi. Dum momento lin tentis preni ĝin en unu el la ĉeloj, kaj legi ĝin tuj. Sed ege malsaĝus, tion li bone sciis. En neniu alia loko oni povus pli certi ke la teleekranoj observadas konstante.

Li reiris al sia laborĉelo, sidiĝis, ĵetis la pecon de papero senzorge inter la aliajn foliojn sur la skribotablo, surmetis siajn okulvitrojn, kaj tiris la paroloskribilon al si. "Kvin minutojn," li diris al si, "mi-nimume kvin minutojn!" Lia koro bategis en lia brusto, timige brue. Bonfortune, la tasko kiun li prilaboras estis nur rutinaĵo, ĝustigo de longa listo de ciferoj, ne bezonanta zorgan atenton.

Negrave kio estis skribita sur la papero, sendube ĝi signifis ion po-litikan. Laŭ lia opinio, ekzistas du eblecoj. Unu, la nepre plej verŝajna, ke la knabino agentas por la Pensopolico, konforme al lia timo. Li ne sciis kial la Pensopolico decidus liveri siajn komunikojn tiamaniere, sed eble ili havis propran kialon. La skribo sur la papero eble estus minaco, alvoko, ordono sinmortigi, iuspeca kaptilo. Sed ekzistis alia, pli ekstravaganca eblo, kiu insiste trudis sin en lian menson, kvankam li vane penis subpremi ĝin. Nome, ke la komuniko tute ne venis de la Pensopolico, sed de ia subtera organizo. Povus esti ke la Frataro vere ekzistas, malgraŭ ĉio! Eble la knabino ja membras en ĝi! Sendube absurda ideo, sed ĝi saltis en lian menson, tuj kiam li sentis la pecon de papero en la mano. Nur kelkajn minutojn poste, la alia, pli verŝajna klarigo trafis lin. Kaj eĉ nun, kvankam lia intelekto diris al li ke la komuniko verŝajne sekvigos morton — tamen, tion li ne kredis, kaj la kontraŭracia espero persistis, kaj lia koro bategis, kaj nur malfacile li sentremigis sian voĉon, dum li murmuris siajn ciferojn en la paroloskribilon.

Li faris rulaĵon el la finita laboraĵo, kaj glitigis ĝin en la pneŭmatan tubon. Ok minutoj jam pasis. Li reĝustigis la okulvitrojn sur sia nazo, suspiris, kaj altiris la sekvan prilaborotan foliaron, kun la peco de papero sur ĝi. Li platigis ĝin. Sur ĝi estis skribita, per granda maleleganta manskribo:

Mi amas vin.

Dum pluraj sekundoj, li estis tro surprizita por eĉ ĵeti la kulpigaĵon en la memortruon. Kiam li ja faris tion, kvankam li tute bone sciis kiom danĝeras montri tro da interesiĝo, li ne povis malhelpi sin relegi ĝin unufoje pli, nur por certigi ke la vortoj vere troviĝas tie.

Dum la cetero de la mateno, tre malfacilis labori. Eĉ pli malbona ol la devo fokusigi sian menson sur serion de trivialaj taskoj, estis la bezono kaŝi de la teleekrano sian agitiĝon. Li sentis kvazaŭ fajro brulas en la ventro. Lunĉo en la varmega, tute plena, brua kantino turmentis. Li esperis resti sola kelkatempe dum la lunĉhoro, sed misfate la imbecila Parsons lokiĝis sin apud li, la saporo de lia ŝvito preskaŭ superis la stanecan odoron de la stufaĵo, kaj senpaŭze parolis senfine pri la preparoj por la Semajno da Hato. Li specife entuziasmis pri papermaĉaĵa modelo de la kapo de Granda Frato, du metrojn larĝa, kiun la Spionotrupo de lia filino faras por tiu evento. Plej iritis ke, en la bruego de la voĉoj, Winston apenaŭ povis aŭdi kion diras Parsons, kaj konstante devis peti ke li ripetu iun ventokapan rimarkon. Nur unufoje li ekvidetis la knabinon, kun du aliaj knabinoj ĉe tablo apud la fora finaĵo de la ĉambro. Ŝi ŝajne ne vidis lin, kaj li ne rerigardis tiudirekte.

La posttagmezo pli tolereblis. Tuj post la lunĉo, alvenis deli-
kata, malfacila labortasko, kiu postulos plurajn horojn, kaj necesigos
prokrasti ĉion alian. Ĝi konsistis el falsigado de serio de raportoj pri
produktado el antaŭ du jaroj, tiel ke ĝi senkreditigos elstaran mem-
bron de la Interna Partio, kiu nun suspektindas. Pri tia laboro Win-
ston tre kompetentis, kaj dum pli ol du horoj li sukcesis tute formeti
la knabinon el sia menso. Sed revenis la memoro de ŝia vizaĝo, kaj
kun ĝi venis ardanta, neeltenebla deziro esti sola. Antaŭ tio, ne eblos
trapensadi ĉi tiun novan eventon. La ĉi-nokto estos unu el liaj noktoj
ĉe la Komunuma Centro. Li voris plian sengustan manĝon en la kan-
tino, hastis al la Centro, partoprenis en la solena absurdo de "disku-
togrupo", partoprenis en du ludoj de tabloteniso, glutis plurajn gla-
sojn da ĝino, kaj sidis duonon de horo dum prelego titolita "Angsoco
rilate al la ŝakludo". Lia animo baraktis pro tediĝo, sed, malkutime, li
tute ne emis manki en la vespero ĉe la Centro. Kiam li vidis la vortojn
mi amas vin, la deziro pluvivi ŝprucis en li, kaj subite, provi risketojn
ŝajnis stulte. Nur je la dudektria horo, kiam li estis enhejme kaj enlite
— en la mallumo, kie oni sekuras eĉ kontraŭ la teleekrano, kondiĉe ke
oni silentas — li povis pensi seninterrompe.

Fizika problemo solvendis: kiel kontakti la knabinon, kaj aranĝi
renkonton? Li ne plu konsideris la eblon ke ŝi intrigas kapti lin. Li
sciis ke tiel ne estas, pro ŝia nemisrekonebla agitiĝo, dum ŝi trans-
donis al li la noton. Evidente ŝi plenis de teruriĝo, kiel ja konvenis.
Nek la ideo rifuzi ŝian sinproponon eĉ trafis lian menson. Antaŭ nur
kvin noktoj li pripensis frakasi ŝian kranion per pavimoŝtono, sed
tio ne gravis. Li pensis pri ŝia nuda, juna korpo, kia li vidis ĝin en sia
songo. Antaŭe li supozis ŝin stultulo, kia ĉiuj aliaj, kun la kapo farĉita
per mensogoj kaj hato, la ventro plena de glacio. Ia febro kaptis lin,
kiam li pensis ke eble li perdos ŝin, ke la blanka juna korpo eble for-
glitos de li! Pleje li timis ke ŝi simple alidecidos, se li ne rapide kon-
taktos ŝin. Sed la fizika malfacilo renkontiĝi enormis. Estis kvazaŭ
oni pluprovas ŝakludi, kiam jam okazis matiĝo. Kien ajn oni turnis
sin, la teleekrano rigardis onin. Efektive, ĉiuj eblaj metodoj komuniki
kun ŝi jam trairis lian menson, dum kvin minutoj post legi la noton;

sed nun, kun tempo por pensado, li reekzamenis ilin unu post la alia, kvazaŭ metante vicon de instrumentoj sur tablon.

Evidente, la speco de renkontiĝo okazinta ĉimatene ne ripeteblus. Se ŝi laborus en la Departemento de Registroj, eble relative simplus, sed li nur tre malklare konceptis pri kie en la konstruaĵo troviĝas la Departemento de Fikcio, kaj li havis nenian pretekston por iri tien. Se li scius kie ŝi loĝas, kaj je kiu horo ŝi foriras el la laborejo, li povus elpensi metodon renkonti ŝin ie, dum ŝia iro hejmen; sed estis malsekure provi sekvi ŝin al ŝia hejmo, ĉar tio signifus senkiale resti apud la Ministrejo, kion oni neeviteble rimarkus. Kaj neniel konsilindus sendi leteron per la poŝto. Laŭ rutino eĉ ne sekreta, oni malfermis ĉiujn leterojn dum la poŝtliverado. Efektive, malmultaj homoj verkis leterojn. Por la mesaĝoj kiujn fojfoje necesis sendi, ekzistis presitaj poŝtkartoj, kun longaj listoj de frazoj, el kiuj oni elstrekas la neaplikindajn frazojn. Ĉiukaze, li ne sciis la nomon de la knabino, kaj tute ne ŝian adreson. Fine li decidis ke plej sekuras en la kantino. Se li povus trovi ŝin sola, ĉe tablo ie en la mezo de la ĉambro, ne tro proksime al la teleekranoj, kaj kun sufiĉa bruado de konversacioj ĉirkaŭe — se tiuj kondiĉoj daŭrus, nu, tridek sekundojn, eble ili povus interŝanĝi kelkajn vortojn.

Dum la posta semajno, la vivo sentiĝis kia agitoplena sonĝo. La sekvan tagon ŝi aperis en la kantino nur kiam li komencis foriri el ĝi, ĉar jam sonis la fajfado. Verŝajne ŝi devis labori en alia skipo. Ili preterpasis unu la alian sen interrigardo. La postsekvan tagon, ŝi estis en la kantino je la kutima horo, sed kun tri aliaj knabinoj, kaj tuj sub teleekrano. Post tio, dum tri timoplenaj tagoj ŝi tute ne aperis. Liajn tutajn menson kaj korpon afliktis netolerebla trosentokapablo, ia diafaneco, kiu dolorigis lin je ĉiu moviĝo, ĉiu sono, ĉiu kontakto, ĉiu vorto kiun li devis diri aŭ aŭdi. Eĉ dum la dormo, li ne povis tute eskapi de ŝia bildo. Li ne tuŝis la taglibron dum tiuj tagoj. La sola senstreĉa periodo venis dum lia laboro, kiam li kelkafoje povis forgesi sin eĉ dekminute. Li neniel povis koncepti kio okazis al ŝi. Nenian enketon li povus fari. Eble ŝi estis vaporigita, eble ŝi mortigis ŝin, eble oni translokigis ŝin al la alia finaĵo de Oceanio — plej malbone, kaj plej verŝajne, ŝi simple alipensis, kaj decidis eviti lin.

La sekvan tagon ŝi reaperis. Ŝia brako ne plu estis en skarpo, kaj ŝi havis nelarĝan bandaĝon ĉirkaŭ la pojno. La senstreĉiĝo kiun kaŭzis vidi ŝin, tiom grandis ke li ne povis malhelpi sin rigardadi ŝin rekte dum pluraj sekundoj. La postan tagon, li preskaŭ sukcesis paroli al ŝi. Kiam li venis en la kantinon, ŝi sidadis, tute sola, ĉe tablo sufiĉe for de la muro. Estis frue, kaj la ĉambro ne tre plenis. La vico helikis antaŭen, ĝis Winston preskaŭ atingis la servobreton, sed devis atendi dum du minutoj, ĉar iu antaŭ li plendadis ke li ne ricevis sian sakarin-tablojdon. Sed la knabino restis ankoraŭ sola, kiam Winston prenis sian pleton kaj komencis paŝi cele ŝian tablon. Li marŝis senzorge ŝiadirekten, liaj okuloj kvazaŭ serĉadis lokon ĉe iu tablo preter ŝi. Ŝi estis eble tri metrojn for de li. Du pliaj sekundoj sufiĉos. Subite, voĉo vokis de malantaŭ li, "Smith!" Li ŝajnigis ne aŭdi. "Smith!" ripetis la voĉo, pli laŭte. Estis senutile. Li turnis sin. Blondhara, stultavizaĝa junulo nomita Wilsher, kiun li apenaŭ konis, ridetante invitis lin al vaka loko ĉe sia tablo. Danĝerus rifuzi. Rekonite, li ne povus iri sidi ĉe tablo kun neakompanata knabino. Estus tro malkaŝe. Li sidiĝis, fa-rante amikeman rideton. La stulta blonda vizaĝo ĝojanticipe rigardis lin. Winston halucinis ke li batŝovas pioĉon rekte en ĝin. La tablo de la knabino pleniĝis post nur kelkaj minutoj.

Sed nepre ŝi vidis lin marŝanta ŝiadirekte, kaj eble tio inspirus ŝin. La sekvan tagon li zorgis alveni frue. Ja vere, ŝi sidis ĉe tablo en prok-simume la sama loko, kaj denove sola. La persono tuj antaŭ li en la vico estis malgranda, hastemova, skarabeca viro, kun plata vizaĝo, kaj malgrandaj, suspektemaj okuloj. Dum Winston turnis sin de la servobreto kun sia pleto, li vidis ke la malgranda viro paŝas rekte cele la tablon de la knabino. Lia espero denove fadis. Vaka loko videblis ĉe pretera tablo, sed iel la aspekto de la malgranda viro kredigis ke li sufiĉe zorgos pri sia propra komforto, por ne elekti la plej vakan tablon. Kun glacio ĉe la koro Winston sekvis. Senutilus, se li ne povus esti sola kun la knabino. Tiumomente, sonis giganta kraŝo. La mal-granda viro kuŝis etendite sur siaj kvar membroj, lia pleto forflugis, du riveretoj da supo kaj kafo fluadis sur la planko. Li komencis restariĝi, hate rigardante Winstonon, kiun li evidente suspektis esti stumbliginta lin. Sed rezultis bone. Post kvin sekundoj, kun tondranta koro, Winston sidis ĉe la tablo de la knabino.

Li ne rigardis ŝin. Li malpakis sian pleton, kaj tuj komencis manĝi. Gravegis paroli tuje, antaŭ ol venos alia persono, sed nun terura timo kaptis lin. Semajno jam pasis post kiam ŝi unue proksimiĝis al li. Verŝajne ŝi alidecidis, sendube ŝi alidecidis! Maleblis ke ĉi tiu afero finiĝos sukcese; tiaĵoj ne okazas en la reala vivo. Povas esti ke li tute tro hezitus paroli, se je tiu momento li ne vidus Ampleforthon, la poeton kun haroplenaj oreloj, vagadi malcerte tra la ĉambro kun pleto, serĉante sidlokon. Laŭ sia svaga maniero, Ampleforth trovis Winstonon agrabla, kaj certe li sidiĝos ĉe lia tablo se li ekvidos lin. Restis eble unu minuto ĉum kiu eblos agi. Kaj Winston kaj la knabino senpaŭze manĝadis. La aĵo kiun ili manĝas estis ia maldensa stufaĵo, efektive supo, el fazeoloj. Per nelaŭta murmurado, Winston komencis paroli. Neniu el ili suprenrigardis; senpaŭze ili kulerumis la akvecaĵon en siajn buŝojn, kaj inter kuleroplenoj ili interŝanĝis la kelkajn necesajn vortojn, per nelaŭtaj senesprimaj tonoj.

"Je kioma horo vi foriros de la laboro?"

"Dekoka tridek."

"Kie ni povos renkontiĝi?"

"Placo de la Venko, proksime al la monumento."

"Ĝi plenas per teleekranoj."

"Ne gravas, se estos multaj homoj."

"Ĉu mi signalu?"

"Ne. Ne proksimiĝu al mi, krom se vi vidos min inter multaj homoj. Kaj ne rigardu min. Nur restu ie proksime al mi."

"Je kioma horo?"

"Deknaŭa."

"Konsentite."

Ampleforth ne vidis Winstonon, kaj sidiĝis ĉe alia tablo. La knabino rapide finis sian lunĉon kaj foriris, dum Winston restis por fumi cigaredon. Ili ne interparolis denove, kaj, kiom eblis por du personoj sidantaj unu kontraŭ la alia ĉe unusama tablo, ili ne interrigardis.

Winston estis en la Placo de la Venko antaŭ la interkonsentita horo. Li vagis ĉirkaŭ la enorma kanelita kolono, ĉe kies supro statuo de Granda Frato rigardis suden al la ĉielo kie li venkis la aviadilojn de Eŭrazio (antaŭ kelkaj jaroj: de Orientazio) en la Batalo de Flug-kampo Unu. En la strato antaŭ ĝi staris statuo de viro sur ĉevalo, kiu devis reprezenti Oliver Cromwellon[16]. Je kvin minutoj post la horo, la knabino ankoraŭ ne aperis. Denove la terura timo kaptis Winstonon. Ŝi ne venos, ŝi alidecidis! Li promenis nerapide al la norda flanko de la placo, kaj ricevis ian palkoloran plezuron, kiam li identigis la Preĝejon de Sankta Martino, kies sonoriloj, kiam ĝi havis sonorilojn, sonigis "La kosto, centimo". Tiam li ekvidis la knabinon starantan ĉe la fundamento de la monumento, legantan, aŭ ŝajnigantan legi, afiŝon kiu spiralis supren sur la kolumno. Ne estis sekure proksimiĝi al ŝi, antaŭ ol pli da homoj algrupiĝos. Teleekranoj abunde ĉirkaŭis la fundamenton. Sed je tiu momento aŭdiĝis bruega kriado kaj la zumado de pezaj veturiloj el ie live. Subite, ĉiuj ŝajnis kuradi trans la placon. La knabino vigle kuris ĉirkaŭ la leonojn ĉe la fundamento de la monumento, kaj partoprenis en la kuranta grupo. Winston sekvis. Dum li kuris, li konkludis per kelkaj kriitaj rimarkoj ke ŝarĝo da eŭr-aziaj kaptitoj preterpasas.

Jam densa amaso da homoj blokis la sudan flankon de la placo. Winston, dum normalaj tempoj tia persono kia altiriĝas al la ekstera rando de ĉia baraktado, puŝis, batis, ŝovis sin antaŭen en la centron de la amaso. Baldaŭ li estis nur braklongon for de la knabino, sed la vojon blokis enorma prolo, kaj preskaŭ egale enorma virino, supo-zeble lia edzino, kiuj aspektis nepenetrebla muro de karno. Winston flanken tordetis sin, kaj per violenta sinĵeto sukcesis puŝi sian ŝultron inter ilin. Dummomente sentiĝis kvazaŭ liajn intestojn dispremas la du muskoloplenaj koksoj, sed poste li trarompis sian vojon, iom ŝvi-tante. Li estis apud la knabino. Ili staris ŝultro-apud-ŝultre, kaj ambaŭ rigardadis fikse antaŭen.

Malrapide pasis laŭ la strato longa vico de kamionoj, kies gar-distoj kun ligne firmaj vizaĝoj, armitaj per mitraletoj, staris rekte en ĉiu angulo. En la kamionoj, malgrandaj flavuloj en ĉifonetaj preskaŭ-verdaj uniformoj kaŭradis, dense kunpuŝite. Iliaj malfeliĉaj mongolaj

---

16 Oliver Cromwell (1599-1658): estro de revolucio en Anglio, kiu establis nelonge daŭran respublikon 1653-1658. — *Trad.*

vizaĝoj rigardadis trans la flankojn de la kamionoj, tute neintere-
sate. Fojfoje, kiam kamiono ekskuetiĝis, sonis la tintado de metalo: la
kruroj de ĉiuj kaptitoj estis ligitaj per metalaj ĉenoj. Kamiono post ka-
miono da senĝojaj vizaĝoj pasis. Winston sciis ke ili pasas, sed li vidis
ilin nur intermite. La ŝultro de la knabino, kaj ŝia brako ĝis la kubuto,
premis kontraŭ liajn. Ŝia vango preskaŭ sufiĉe proksimis por ebligi
ke li sentu ĝian varmon. Ŝi tuj ekestris la situacion, same kiel en la
kantino. Ŝi komencis paroli per la sama senesprima tono kiel antaŭe,
kun preskaŭ senmovaj lipoj, nura murmurado facile dronigata de la
bruo de voĉoj kaj la muĝado de la kamionoj.

"Ĉu vi aŭdas min?"

"Jes."

"Ĉu vi povos esti libera dimanĉon posttagmeze?"

"Jes."

"Do aŭskultu atente. Vi devos memori ĉi tion. Iru al la Stacio de
Paddington —"

Kun ia militista precizemo kiu mirigis lin, ŝi skizis la vojon kiun
li iru. Duonhoran veturon per la fervojo; turnu vin liven ekster la
stacio; du kilometrojn laŭ la vojo; barilpordo kies plejsupra relo
mankas; pado trans kampon; herbokovrita vojeto; padeto inter ar-
bustoj; morta arbo sur kiu estas musko. Estis kvazaŭ troviĝis mapo
en ŝia kapo. "Ĉu vi povos memori ĉion ĉi?" ŝi murmuris fine.

"Jes."

"Turnu vin liven, poste dekstren, poste denove liven. Kaj mankas
relo ĉe la plejsupro de la barilpordo."

"Jes. Je kioma horo?"

"Ĉirkaŭ la dekkvina. Eble vi devos atendi. Mi iros tien laŭ alia
vojo. Ĉu vi certas ke vi ĉion memoras?"

"Jes."

"Do foriru de mi laŭeble plej rapide."

Ŝi ne bezonis diri tion al li. Sed dummomente ili ne povis liberigi
sin el la homamaso. La kamionoj ankoraŭ vice pasadis, la homoj an-
koraŭ nesatigeble gapadis. Komence aŭdiĝis kelkaj fikrioj kaj sibloj,
sed nur de la partianoj en la homamaso, kaj la sono baldaŭ ĉesis. La

ĉefa emocio estis simpla scivolemo. Fremduloj, ĉu el Eŭrazio, ĉu el Orientazio, konsideriĝis iaj strangaj bestoj. Oni tute vere neniam vidis ilin krom kiel kaptitojn, kaj eĉ kiel kaptitojn oni videtis ilin nur momente. Nek oni sciiĝis pri kio poste okazis al ili, krom ke kelkaj pendumiĝis kiel militokrimuloj: la aliaj simple malaperis, supozeble en bagnojn. La rondaj mongolaj vizaĝoj cedis al vizaĝoj pli eŭropecaj, malpuraj, barbohavaj, kaj lacegaj. Super harkovritaj vangostoj, okuloj rigardis la okulojn de Winston, kelkafoje kun stranga intenso, kaj ekforrigardis. La kamionvico komencis finiĝi. En la lasta kamiono li povis vidi maljunan viron, kies vizaĝo estis amaso da griziĝintaj haroj, starantan rekte kun la pojnoj krucitaj antaŭ li, kvazaŭ li kutimis ke ili estas kunligitaj. Preskaŭ alvenis la momento por la apartiĝo de Winston kaj la knabino. Sed lastamomente, dum la homamaso ankoraŭ ĉirkaŭis ilin, ŝia mano palpe serĉis lian, kaj nelonge premis ĝin.

Apenaŭ pasis dek sekundoj, tamen sentiĝis ke iliaj manoj kunpremiĝis dum longa tempo. Sufiĉe da tempo por ke li ekkonu ĉiun detalon de ŝia mano. Li esploris la longajn fingrojn, la belformajn ungojn, la labordurigitan polmon kun sia vico de kaloj, la glatan karnon sub la pojno. Nure sentinte ĝin, li rekonus ĝin pervide. Sammomente, li konsciiĝis ke li eĉ ne scias kiakoloraj estas la okuloj de la knabino. Verŝajne brunaj, sed kelkafoje homoj kun malhela hararo havas bluajn okulojn. Turni sian kapon kaj rigardi ŝin estus nekoncepteble malsaĝe. Kun la manoj kunmetitaj, nevideble inter la apudepremantaj korpoj, ili rigardadis firme antaŭen, kaj anstataŭ la okuloj de la knabino, la okuloj de la maljuna kaptito rigardis Winstonon malĝoje el nestoj de haroj.

II

Winston selektis sian vojon laŭ la pado tra intermitaj lumo kaj ombro, paŝante en lagetojn da oro kie ajn la branĉoj apartiĝis. Sub la arboj live de li, la tero nebulis per sciloj. La aero ŝajnis kisi la haŭton. Estis la dua de majo. El ie pli profunde en la koro de la arbaro sonis la kverado de turtoj.

Li iomete fruis. La veturo ne okazigis malfacilaĵojn, kaj la knabino tiel evidente spertis, ke li timis malpli ol normale. Verŝajne fideblas ke ŝi trovos sekuran lokon. Ĝenerale oni ne povis supozi ke estas pli sekure en la kamparo ol en Londono. Kompreneble mankis tele-ekranoj, sed restis ĉiama danĝero ke kaŝitaj mikrofonoj transsendas onian voĉon, kaj tiel oni rekoniĝas; krome, ne facilus veturi sola sen altiri atenton. Por distancoj malpli longaj ol 100 kilometroj ne necesis validigi la pasporton, sed kelkafoje patroloj kontrolas la fervojsta-ciojn, kiuj ekzamenas la paperojn de ĉiu partiano tie trovita, kaj faras maloportunajn demandojn. Tamen, neniuj patroloj aperis, kaj survoje de la stacio li certigis, per zorgoplenaj retrorigardoj, ke oni ne sekvas lin. La trajno plenis de proloj, ferihumoraj pro la somereca vetero. La lignabenka vagono en kiu li veturis plenplenis pro unusola enorma familio, kiu ampleksis de sendenta prapraavino ĝis monataĝa bebo, forirante por pasigi la posttagmezon kun "bo-uloj" en la kamparo, kaj, kiel ili senĝene klarigis al Winston, por akiri iom da nigramerkata butero.

La vojo plilarĝiĝis, kaj post minuto li atingis la padon pri kiu ŝi parolis al li, nura brutpado trairanta inter la arbustoj. Li ne surhavis brakhorloĝon, sed ankoraŭ ne povis esti la dekkvina. La sciloj tiom densis subpiede, ke ne eblis ne surtreti ilin. Li klinis sin, kaj ko-

mencis pluki kelkajn, parte por distri sin, sed ankaŭ pro svaga ideo
ke al li plaĉos havi bukedon da floroj, donotaj al la knabino kiam ili
renkontiĝos. Li kolektis grandan bukedon, kaj flaradis ilian mildan
naŭzetan odoron, kiam sono malantaŭ li glaciigis lin, la nemisreko-
nebla krepito de piedo sur branĉetoj. Li plu plukis scilojn. Jen la plej
bona ago. Eble estas la knabino, aŭ eble oni efektive sekvis lin. Turni
sin por rigardi indikus kulposenton. Li plukis plian kaj plian. Mano
leĝere tuŝis lian ŝultron.

Li suprenrigardis. Jen la knabino. Ŝi kapneis, evidente por averti
ke li silentu, poste apartigis la arbustojn, kaj rapide gvidis laŭ la
mallarĝa pado en la arbaron. Klare ŝi jam antaŭe iris tiun vojon, ĉar
ŝi evitis la marŝajn lokojn, kvazaŭ kutimiĝinte al ili. Winston sekvis,
ankoraŭ firme tenante sian bukedon da floroj. Lia unua sento estis
senstreĉiĝo, sed dum li rigardis la fortan sveltan korpon moviĝantan
antaŭ li, kun la sklarlata balteo ĝuste sufiĉe streĉita por montri la
kurbiĝon de ŝiaj koksoj, la sento de lia propra malsupereco pezis sur
li. Eĉ nun ŝajnis tre verŝajne ke, turninte sin por rigardi lin, ŝi tamen
fortiros sin. La dolĉo de la aero, kaj la verdo de la folioj, senkuraĝigis
lin. Jam dum la marŝado el la stacio, la maja sunbrilo instigis en li
senton de malpuro kaj etiolo, endoma loĝado, kun la fulga polvo de
Londono en la poroj de la haŭto. Li ekpensis, ke ĝis nun verŝajne ŝi
neniam vidis lin en la plena taglumo. Ili atingis la falintan arbon, pri
kiu ŝi antaŭe parolis. La knabino transsaltetis, kaj trudapartigis la ar-
bustojn, en kiuj ne videblis trairejo. Sekvinte ŝin, Winston trovis ke
ili estas en natura libera loko, eta herba teraltaĵo ĉirkaŭata de altaj ar-
bidoj, kiuj plene enfermis ĝin. La knabino haltis kaj turnis sin.

"Ni alvenis," ŝi diris.

Li frontis ŝin je distanco de pluraj paŝoj. Ankoraŭ li ne kuraĝis
movi sin pli proksimen.

"Mi ne volis paroli sur la vojeto," ŝi pludiris, "ĉar eventuale povus
esti kaŝita mikrofono tie. Mi supozas ke ne, sed eblas. Ĉiam eblas ke
iu el tiuj fiuloj rekonus la voĉon. Ni sekuras ĉi tie."

Li ankoraŭ ne kuraĝis proksimiĝi al ŝi. "Ni sekuras ĉi tie?" li ri-
petis stulte.

"Jes. Rigardu la arbojn." Malaltaj fraksenoj, iam forhakitaj, sed re-kreskintaj kiel arbaro de stangoj, neniu el ili pli dika ol pojno. "Nenio sufiĉe granda por kaŝi mikrofonon. Krome, mi jam antaŭe estis ĉi tie."

Ili nur simple konversaciadis. Li sukcesis pliproksimiĝi al ŝi nun. Ŝi staris antaŭ li tre rekte, kun rideto kiu aspektis iom ironiema sur la vizaĝo, kvazaŭ ŝi demandas al si kial li tiom lante agas. La sciloj kaskadis surteren. Laŭaspekte ili propraage falis. Li prenis ŝian manon.

"Ĉu vi kredus," li diris, "ke ĝis ĉi momento, mi eĉ ne sciis kiakoloraj estas viaj okuloj?" Brunaj, li konstatis, iom hele brunaj, kun malhelaj okulharoj. "Nun, vidinte kia mi vere aspektas, ĉu vi ankoraŭ toleras rigardi min?"

"Jes, facile."

"Mi estas trideknaŭjara. Mi havas edzinon, kiun mi ne povas senigi al mi. Mi havas varikajn vejnojn. Mi havas kvin falsajn dentojn."

"Neniom gravas al mi," diris la knabino.

La sekvan momenton, malfacilus konstati kiu iniciatis, ŝi estis en liaj brakoj. Komence li sentis nure malkredemon. La juna korpo premita al lia, la amaso da malhelaj haroj kontraŭ lia vizaĝo, kaj jes! efektive ŝi suprenturnis sian vizaĝon, kaj li kisis la larĝan ruĝan buŝon. Ŝi metis siajn brakojn ĉirkaŭ lian kolon, ŝi nomas lin karulo, plejŝatulo, amato. Li tiris ŝin sur la teron, ŝi neniel rezistis, li povus agi kun ŝi laŭdezire. Sed envere li havis nenian fizikan senton, escepte tiun de simpla kontakto. Li sentis nur nekredemon kaj fieron. Al li plaĉis ke la evento okazas, sed li havis nenian korpan deziron. Tro fruis, ŝiaj juno kaj belo timigis lin, li tro kutimiĝis vivi sen virinoj — li ne sciis la kialon. La knabino rektigis sin kaj plukis scilon el sia hararo. Ŝi sidis premante sin al li, metinte sian brakon ĉirkaŭ lian talion.

"Ne gravas, karulo. Ne necesas rapidi. Ni havas la tutan posttagmezon. Ĉu ne bonega kaŝejo? Mi trovis ĝin iam, kiam mi perdiĝis dum komunuma ekskurso. Se iu venus, eblus aŭdi lin jam cent metrojn for."

"Kiel vi nomiĝas?" diris Winston.

"Julia. Mi scias vian nomon. Winston — Winston Smith."

"Kiel vi eltrovis tion?"

"Verŝajne mi pli lertas pri eltrovoj ol vi, karulo. Diru, kion vi pensis pri mi, antaŭ tiu tago kiam mi donis al vi la noton?"

Li sentis nenian tenton mensogi al ŝi. Eĉ estis ia amofero, komence konfesi la plejfion.

"Mi hatis vidi vin," li diris. "Mi volis seksperforti vin kaj poste murdi vin. Antaŭ du semajnoj, mi serioze konsideris frakasi vian kapon per pavimoŝtonero. Se vere vi volas tion scii, mi imagis ke vi iel rilatas al la Pensopolico."

La knabino ridis ĝoje, evidente ŝi opiniis tion tributo al ŝia bonega sinmaskado.

"Ne la Pensopolico! Vi ne tutvere kredis tion?"

"Nu, eble ne ekzakte tion. Sed laŭ via ĝenerala aspekto — nur ĉar vi estas juna kaj freŝa kaj bonsana, komprenu — mi kredis ke verŝajne —"

"Vi kredis min bona partiano. Pura vorte kaj age. Standardoj, procesioj, sloganoj, ludoj, komunumaj ekskursoj — ĉio tia. Kaj vi kredis ke se mi eĉ trovus kvaronon de oportuno, mi denuncus vin kiel pensokrimulon, kaj instigus mortigi vin."

"Jes, iom tiel. Tre multaj junulinoj estas tiaj, komprenu."

"Tion kaŭzas ĉi merdaĵo," ŝi diris, forŝirante la skarlatan balteon de la Junulara Kontraŭ-Seksa Ligo, kaj ĵetante ĝin sur branĉon. Post tio, kvazaŭ tuŝo al sia talio memorigis al ŝi ion, ŝi palpis en la poŝo de sia kombineo, kaj aperigis malgrandan slabon da ĉokolado. Ŝi rompis ĝin en du partojn, kaj donis unu pecon al Winston. Eĉ antaŭ ol preni ĝin, li rekonis ĝin per ĝia odoro kiel tre nekutiman ĉokoladon. Ĝi estis malhela kaj brila, kaj volvita en metalfolio. Kutime ĉokolado aspektis malhele bruna kaj diseriĝema, kaj gustis, laŭ plej proksimuma analogio, kiel la fumo de rubfajro. Sed iam antaŭe li gustumis ĉokoladon similan al la peco kiun ŝi donis al li. Kiam li unue ekflaris ĝian odoron, vigliĝis en li ia memoro, kiun li ne povis precize identigi, sed potenca kaj ĝena.

"Kie vi akiris ĉi tion?" li diris.

"Nigra merkato," ŝi diris senzorge. "Efektive, mi ja ŝajnas tia knabino, laŭaspekte. Mi lertas pri ludoj. Mi estis trupestro en la Spionoj. Mi volontulas tri vesperojn ĉiusemajne por la Junulara KontraŭSeksa Ligo. Horojn post horoj, mi gluadas iliajn merdaĵojn tra la tuta Londono. Mi ĉiam portas unu finaĵon de standardo en la procesioj. Mi ĉiam aspektas gaja, kaj mi neniam malvolontas pri io ajn. Ĉiam kriu kun la homamaso, tion mi diras. Nur tiel sekuras."

La unua fragmento de ĉokolado fandiĝis sur la lango de Winston. La gusto estis plezurega. Sed ankoraŭ restis tiu memoro moviĝanta ĉirkaŭ la randoj de lia konscio, io forte sentata, sed ne reduktebla al klara formo, kvazaŭ objekto vidata per angulo de la okulo. Li forpuŝis ĝin de si, konsciante nur ke temas pri memoro pri ago kiun li volonte malfarus, sed ne povas.

"Vi tre junas," li diris. "Dek aŭ dek kvin jarojn pli juna ol mi. Kion allogan vi vidas en viro kia mi?"

"Io pri via vizaĝo. Mi decidis riski. Mi tre lerte rekonas homojn nekonformajn. Tuj kiam mi vidis vin, mi sciis ke vi kontraŭas *ilin*."

Ili, montriĝis, signifas la Partion, kaj plejprecipe la Internan Partion, pri kiu ŝi parolis kun klara mokoplena hato kiu malkvietigis Winstonon, kvankam li sciis ke ili sekuras ĉi tie, se efektive oni ie povas esti sekura. Plej mirigis lin la krudeco de ŝia parolo. Partiancj devas ne sakradi, kaj Winston mem tre malofte sakris, almenaŭ ne pervoĉe. Tamen Julia ŝajne ne kapablis mencii la Partion, precipe la Internan Partion, sen uzi tiajn vortojn, kiajn oni vidas perkrete skribaĉitajn en malsekaj mallarĝaj stratetoj. Li ne malŝatis tion. Jen nur unu simptomo de ŝia ribelo kontraŭ la Partio kaj ĉiuj ĝiaj ecoj, kaj ieĝi ŝajnis natura kaj sana, kiel la ternado de ĉevalo flaranta malbonan fojnon. Ili jam foriris el la libera loko, kaj vagadis denove tra la dise ombra loko, ĉiu kun brako ĉirkaŭ la talio de la alia, kie ajn sufiĉe larĝis por marŝi duope. Li rimarkis kiom pli mola sentiĝas ŝia talio nun, post la forpreno de la balteo. Ili parolis ne plu laŭte ol flustre. Ekster la libera spaco, diris Julia, preferindas marŝi senbrue. Baldaŭ ili atingis la randon de la arbareto. Ŝi haltigis lin.

"Ne iru en la senarbejon. Eble observas iu. Ni sekuros, se ni restos malantaŭ la branĉoj."

Ili staris en la ombro de avelarbustoj. La sunlumo, filtrite tra nenombreblaj folioj, ankoraŭ varmegis sur ilia vizaĝo. Winston rigardis la preteran kampon, kaj lin trafis kurioza, lanta ŝoko pro rekono. Li konis ĝin laŭvide. Malnova, multe mordita paŝtejo, kun pado vaganta trans ĝin, kaj talpejo tie kaj tie. En la malglata heĝo sur la kontraŭa flanko, la branĉoj de la ulmoj balanciĝis preskaŭ nepercepteble en la brizo, kaj iliaj folioj moviĝetis en densaj amasoj, kvazaŭ la hararo de virino. Nepre ie proksime, sed ekster la vidatingo, devas flui rivereto kun verdaj lagetoj kie naĝas leŭciskoj.

"Ĉu ne estas rivereto proksime?" li flustris.

"Vi pravas, ja estas rivereto. Efektive, ĉe la rando de la sekva kampo. Estas fiŝoj en ĝi, grandegaj fiŝoj. Oni povas rigardi ilin, kuŝantaj en la lagetoj sub la salikoj, skuante la vostojn."

"Estas la Ora Lando — preskaŭ," li murmuris.

"La Ora Lando?"

"Nenio diskutinda. Pejzaĝo kiun mi kelkafoje vidis en sonĝoj."

"Rigardu!" flustris Julia.

Turdo flugis al branĉo apenaŭ kvin metrojn for, preskaŭ je la sama nivelo kiel iliaj vizaĝoj. Eble ĝi ne rimarkis ilin. Ĝi estis en la sunlumo, ili en la ombro. Ĝi etendis siajn flugilojn, reĝustigis ilin zorge, klinis la kapon dum momento, kvazaŭ iel riverencante al la suno, kaj eksonigis torenton da kantado. En la posttagmeza silento, la amplekso de la sono ekskuis ilin. Winston kaj Julia kroĉiĝis unu al la alia, fascinate. La muziko daŭradis, minuton post minuto, kun mirigaj varioj, neniam ripetante sin, preskaŭ kvazaŭ la birdo intence demonstras sian virtuozecon. Kelkafoje ĝi ĉesis dum kelkaj sekundoj, etendis kaj remaletendis la flugilojn, ŝveligis sian makuloplenan bruston, kaj denove ekkantis. Winston rigardis ĝin svagadore. Por kiu, por kio kantas tiu birdo? Neniu kunulo, neniu rivalo rigardas ĝin. Pro kio ĝi sidas ĉe la rando de la soleca arbaro, verŝante sian muzikon en la nenion? Li demandis al si ĉu tamen ja estas kaŝita mikrofono ie proksime. Li kaj Julia parolis nur per nelaŭta flustrado, ĝi ne povus percepti ilian parolon, sed ĝi aŭdigus la turton. Eble ĉe la alia finaĵo de la instrumento, iu malgranda, skarabsimila viro aŭskultas intense — aŭskultadas *tion*. Sed iom post iom, la inundo da muziko forpelis ĉian supozadon el lia menso. Kvazaŭ ia likvo verŝiĝis sur lin, kaj kunmiksiĝis kun la sunlumo filtrata tra la folioj. Li ĉesis pensadi, kaj nur sentis. La talio de la knabino en la kurbo de lia brako estis mola kaj varma. Li turne tiris ŝin, tiel ke ili estis brusto-ĉe-bruste; ŝia korpo kvazaŭ fandiĝis en lian. Negrave kien li movis siajn manojn, estis cede kiel akvo. Iliaj buŝoj kunkroĉiĝis; tute malsimile al la duraj kisoj kiujn ili antaŭe interŝanĝis. Reapartiginte siajn vizaĝojn, ili ambaŭ profunde suspiris. La birdo ektimis kaj forflugis, bruigante siajn flugilojn.

Winston metis siajn lipojn sur ŝian orelon. "*Nun*," li flustris.

"Ne ĉi tie," ŝi flustre respondis. "Revenu al la kaŝejo. Tie pli sekuras."

Rapide, kun fojfoja kraketado de branĉetoj, ili reserpentumis al la libera loko. Kiam ili denove estis en la cirklo de arbidoj, ŝi turnis sin, kaj frontis lin. Ili ambaŭ rapide spiradis, sed la rideto reaperis ĉirkaŭ la anguloj de ŝia buŝo. Ŝi staris rigardante lin dum momento, poste fingrumis la zipon de sia kombineo. Kaj, jes! preskaŭ kiel en lia sonĝo. Preskaŭ tiel rapide kiel li antaŭe imagis, ŝi fortiris siajn vestojn, kaj kiam ŝi forĵetis ilin, estis per tiu sama grandioza gesto, per kiu plena civilizacio ŝajnas neniiĝi. Ŝia korpo scintilis blanke en la sunlumo. Sed dum momento li ne rigardis ŝian korpon; liajn okulojn ankris la efelida vizaĝo, kun sia neklara, aŭdaca rideto. Li surgenuiĝis antaŭ ŝi, kaj prenis ŝiajn manojn per siaj.

"Ĉu vi jam antaŭe faris ĉi tion?"

"Kompreneble. Centojn da fojoj — nu, dudekojn da fojoj, certe."

"Kun partianoj?"

"Jes, ĉiam kun partianoj."

"Kun membroj de la Interna Partio?"

"Ne kun tiuj porkaĉoj, ne. Sed multaj el ili *volonte* akceptus, se ili havus eĉ oportuneton. Ili ne tiel prudas kiel ili ŝajnigas."

Lia koro saltis. Dudekojn da fojoj ŝi amoris: li volegis ke estu centoj da fojoj — miloj. Ĉio, kio eĉ sugestetis korupton, ĉiam plenigis lin per sovaĝa espero. Kiu scias, eble la Partio putras sub sia surfaco, ĝia kultado al severeco kaj abstino nur trompe kaŝas senmoralecon. Se li povus infekti ilin ĉiujn per lepro aŭ sifiliso, kiom volonte li farus tion! Ĉion kio putrigas, febligas, subfosas! Li malsuprentiris ŝin, tiel ke ili surgenuis vizaĝ-al-vizaĝe.

"Aŭskultu. Ju pli da viroj vi amoris, des pli mi amas vin. Ĉu vi komprenas tion?"

"Jes, perfekte."

"Mi hatas puron, mi hatas bonon! Mi volas ke nenie plu ekzistu virto. Mi volas ke ĉiu estu ĝisoste korupta."

"Nu, do, nepre mi taŭgas por vi, karulo. Mi estas ĝisoste korupta."

"Ĉu al vi plaĉas fari ĉi tion? Mi volas diri, ne nur kun mi; fari ĉi agon mem?"

"Mi adoras ĝin."

Tion, pli ol ĉion alian, li volis aŭdi. Ne nur la amo al unu persono, sed la besta instinkto, simpla senmanka deziro: tiu estas la forto kiu dispecigos la Partion. Li premis ŝin sur la herbon, inter la falintaj sciloj. Ĉifoje neniel malfacilis. Baldaŭ la leviĝo kaj subiro de iliaj brustoj lantiĝis, kaj atingis normalan ritmon, kaj en ia agrabla senpovo ili falis aparten. La suno ŝajnis plivarmiĝinta. Ili ambaŭ dormemis. Li etendis manon por preni la demetitajn kombineojn, kaj tiris ilin parte sur ŝin. Preskaŭ tuj ili endormiĝis, kaj dormis dum ĉirkaŭ duono de horo.

Winston la unua vekiĝis. Li sidiĝis kaj rigardis la efelidan vizaĝon, ankoraŭ pace dormantan, kusenatan per la polmo de ŝia mano. Escepte de ŝia buŝo, oni ne povus diri ke ŝi belas. Estis unu-du linioj ĉirkaŭ la okuloj, se oni atente ekzamenis ilin. La nelonga malhela hararo eksterordinare dikis kaj molis. Li ekpensis ke li ankoraŭ ne scias ŝian familian nomon, nek kie ŝi loĝas.

La juna, forta korpo, nun senpova dum dormado, vekis en li kompatan, protektan senton. Sed la senmensa tenero kiun li sentis sub la avelarbusto, dum la turto ankoraŭ kantadis, ne plene revenis. Li detiris la kombineojn, kaj studis ŝian glatan blankan flankon. En la malnova epoko, li pensis, viro rigardis la korpon de knabino, kaj trovis ĝin dezirinda, kaj jen la fino de la rakonto. Sed oni ne povas pure ami aŭ pure amordeziri nuntempe. Neniu emocio puras, ĉar ĉio kunmiksiĝis kun timo kaj hato. Ilia ĉirkaŭpremo estis batalo, ilia orgasmo venko. Ĝi estis bato kontraŭ la Partion. Ĝi estis politika ago.

III

"Ni povos reveni ĉi tien unufoje," diris Julia. "Kutime sendanĝeras uzi kaŝejon dufoje. Sed nur post unu-du monatoj, kompreneble."

Tuj kiam ŝi vekiĝis, sia konduto aliis. Ŝi iĝis vigla kaj praktika, surmetis siajn vestojn, ligis la sklarlatan balteon ĉirkaŭ sian talion, kaj komencis aranĝi la detalojn de la retroiro hejmen. Ŝajnis nature, lasi ŝin fari tion. Ŝi evidente posedis praktikan ruzemon kiu mankis al Winston, kaj ŝi ankaŭ ŝajnis posedi neelĉerpeblan scion pri la pej-zaĝo ĉirkaŭ Londono, enmemorigitan per nenombreblaj komunumaj ekskursoj. La itinero kiun ŝi asignis al li tute malsimilis al tiu laŭ kiu li venis, kaj ellasis lin ĉe alia fervojstacio. "Neniam reiru hejmen laŭ la sama itinero, laŭ kiu vi venis," ŝi diris, kvazaŭ deklarante gravan ĝeneralan principon. Ŝi la unua foriros, kaj Winston atendu dum duono de horo, antaŭ ol sekvi ŝin.

Ŝi nomumis lokon kie ili povos postlabore renkontiĝi, post kvar vesperoj. Ĝi estis strato en unu el la povraj kvartaloj, loko de eksterdoma bazaro, kutime hom- kaj bruplena. Ŝi vagados inter la standoj, ŝajnigante serĉi ŝulaĉojn, aŭ kudrofadenon. Se ŝi decidos ke sekuras, ŝi mungos kiam li proksimiĝos; se ne, do li preterpaŝu sen rekoni ŝin. Sed verŝajne, bonfortuno, en la mezo de homamaso, ebligos sendanĝere konversaciadi dum kvarono de horo, aŭ aranĝi alian renkontiĝon.

"Kaj nun mi devas foriri," ŝi diris, tuj kiam li enmemorigis la instrukciojn. "Mi devos reesti je la deknaŭa tridek. Mi devos dediĉi du horojn al la Junulara Kontraŭ-Seksa Ligo, disdonante faldofoliojn, aŭ farante ion. Merde, ĉu ne? Brosu min, bonvolu. Ĉu estas tigoj en mia hararo? Ĉu vi certas? Do ĝis, amato, ĝis!"

Ŝi ĵetis sin en liajn brakojn, kisis lin preskaŭ violente, kaj post momento puŝis sin tra la arbidojn, kaj malaperis en la arbaron, farante tre malmultan bruon. Eĉ nun li ankoraŭ ne sciis ŝian familian nomon, nek ŝian adreson. Tamen, ja ne gravis, ĉar ne koncepteblis ke iam ili povos renkontiĝi endome, aŭ interŝanĝi ian ajn skribitan komunikaĵon.

Efektive, ili neniam reiris al la libera spaco en la arbaro. Dum la monato majo, nur unu fojon pli ili sukcesis amori. Tio okazis en alia kaŝejo konata de Julia, la sonorilejo de ruino preĝeja en preskaŭci- zertita kamparo kien atombombo falis antaŭ tridek jaroj. Ĝi estis bona kaŝejo, kiam oni atingis ĝin, sed atingi ĝin tre danĝeris. Ce- tere ili povis renkontiĝi nur en la stratoj, ĉiun vesperon en alia loko, kaj neniam por pli ol duono de horo. En la strato, kutime eblis pli- -malpli konversacii. Dum ili promenis laŭ la homoplenaj pavimaĵcj, ne tute duope, kaj neniam rigardante unu la alian, ili estigis kuriozan intermitan interparoladon kiu ekflagris kaj ekĉesis kiel la lumoj el lumturo, eksilentigitan pro la proksimiĝo de partia uniformo, aŭ la proksimeco de teleekrano, rekomencitan minutojn poste, en la mezo de frazo, poste abrupte haltigitan kiam ili apartiĝis ĉe la interkonsen- tita loko, poste daŭrigitan preskaŭ sen preparo la sekvan tagon. Julia evidente tre spertis pri tia konversaciado, kiun ŝi nomis "felietona interparolado". Ŝi ankaŭ mirinde lertis pri parolado sen lipmoviĝo. Nur unufoje en preskaŭ monato da ĉiunoktaj renkontiĝoj, ili sukcesis interŝanĝi kison. Ili silente paŝadis laŭ flankastrato (Julia neniam pa- rolis kiam ili estis for de la ĉefstratoj), kiam okazis surdiga bruego, la tero saltis, kaj la aero senlumiĝis, kaj Winston trovis sin kuŝanta sur sia flanko, kontuzita kaj terurita. Raketbombo evidente ĵus falis tre proksime. Subite li ekkonsciis pri la vizaĝo de Julia, kelkajn centi- metrojn de lia propra vizaĝo, morte blanka, krete blanka. Eĉ ŝiaj lipoj blankis. Ŝi mortis! Li premis ŝin al si, kaj trovis ke li kisas vivantan varman vizaĝon. Sed ia pulvoraĵo blokis liajn lipojn. Iliaj vizaĝoj ambaŭ estis dike kovritaj de gipso.

Okazis vesperoj kiam ili atingis sian renkontiĝejon, sed devis pre- terpasi unu la alian, sen signo de rekono, ĉar patrolo ĵus venis ĉirkaŭ la angulon, aŭ helikoptero ŝvebis superkape. Eĉ se malpli danĝerus, tamen malfacilus trovi sufiĉan tempon por renkontiĝi. La laborsemajno de Winston daŭris sesdek horojn, tiu de Julia eĉ pli longe, kaj iliaj liberaj tagoj variis laŭ la premo de laboro, kaj ne ofte koincidis. Julia, ĉiukaze, rare havis tute liberan vesperon. Ŝi pasigis mirinde grandan kvanton da tempo, ĉeestante prelegojn kaj demonstraciojn, distribuante literaturon por la Junulara Kontraŭ-Seksa Ligo, preparante standardojn por la Semajno da Hato, kolektante monon por la ŝparado-kampanjo, kaj tiaj agoj. Tiel oni gajnas, ŝi diris, ĝi estas kamuflo. Se oni obeas la malgrandajn regulojn, oni povas malobei la grandajn. Ŝi eĉ instigis Winstonon dediĉi plian el siaj vesperoj, per sinanonco por la partatempa municilaboro, kiun volontule faris zelotaj partianoj. Do unu vesperon ĉiusemajne, Winston pasigis kvar horojn da paraliza tediĝo, kunŝraŭbante pecetojn de metalo, verŝajne partoj de bombofuzeoj, en ventoplena, nebone lumigata laborĉambro, kie la batado de marteloj miksiĝis enuige kun la muziko el la teleekranoj.

Kiam ili renkontiĝis en la turo de la preĝejo, la paŭzoj en iliaj fragmentaj konversacioj estis plenigitaj. Estis arda posttagmezo. La aero en la malgranda kvadrata ĉambro super la sonoriloj varmege stagnis, kaj naŭzege odoris pro kolomba feko. Ili sidis parolante dum horoj, sur la polvoza, tigkovrita planko, dum unu aŭ alia el ili fojfoje stariĝis, por rigardeti tra la sagtruoj, por certigi ke neniu venas.

Julia aĝis dudek ses jarojn. Ŝi loĝis en gastejo kun tridek aliaj knabinoj ("Ĉiam en la fetoro de virinoj! Mi hategas virinojn!" ŝi diris parenteze), kaj ŝi prilaboris, kiel li divenis, la romanverkajn maŝinojn en la Departemento de Fikcio. Ŝi ĝuis sian laboron, kiu konsistis ĉefe el funkciigado kaj riparado de potenca sed tikla elektra motoro. Ŝi estis "nelerta", sed ŝi amis uzi siajn manojn kaj sentis familiarecon kun maŝinoj. Ŝi povis priparoli la tutan procedon verki romanon, komence per la ĝenerala ordono farita de la Komitato por Planado, ĝis la lasta revizio farita de la Reverka Teamo. Sed ŝin ne interesis la fina produktaĵo. Ŝi "ne multe amas legi", ŝi diris. Libroj estis nur varo produktenda, same kiel konfitaĵo aŭ ŝulaĉoj.

Ŝia memoro ne etendiĝis antaŭ la fruajn sesdekajn jarojn, kaj la
nura persono kiun ŝi iam konis, kiu ofte parolis pri la tagoj antaŭ la
Revolucio, estis avo kiu malaperis kiam ŝi estis okjara. En la lernejo ŝi
kapitanis la hoketeamon, kaj gajnis la trofeon por gimnastiko dum du
sinsekvaj jaroj. Ŝi iam estis trupestro en la Spionoj, kaj branĉosekre-
tario en la Junulara Ligo, antaŭ ol aniĝi en la Junulara Kontraŭ-Seksa
Ligo. Ŝi ĉiam raportiĝis kiel bonkaraktera. Oni eĉ (neeraripova signo
de bona reputacio) selektis ŝin por labori en Pornoseko, la subsekcio
de la Departemento de Fikcio, kiu produktadis malmultekostan por-
nografion distribuotan inter la proloj. Ĝin moknomis "Sterkodomo"
la homoj laborantaj en ĝi, ŝi komentis. Tie ŝi restis dum jaro, helpante
produkti libretojn en fermitaj pakaĵoj, kun titoloj kiaj *Gluteonbataj ra-
kontoj* aŭ *Unu nokto en lernejo por knabinoj*, kiujn kaŝeme aĉetos proletaj
junuloj, missupozante ke ili aĉetas kontraŭleĝaĵon.

"Kiaj estas tiuj libroj?" diris Winston scivoleme.

"Ho, terura rubo. Ili tedas, vere. Ili havas nur ses intrigojn, sed oni
intermiksas ilin iom. Kompreneble mi nur pritraktis la kalejdosko-
pojn. Mi neniam estis en la Reverka Teamo. Mi ne estas literaturema
karulo — eĉ ne sufiĉe por tio."

Li informiĝis, mirigate, ke en Pornoseko laboras, escepte de la de-
partementestro, nur knabinoj. La teorio estis ke virojn, kies seksin-
stinktoj malpli facile regeblas ol tiuj de virinoj, pli minacas koruptiĝo
pro la fiaĵoj, pri kiuj ili okupas sin.

"Ili eĉ ne volas ke edzinoj laboru tie," ŝi pludiris. "Ili supozas ke
knabinoj estas ĉiam tre puraj. Nu, tamen, jen knabino ne tia."

Ŝi unue amoris kiam deksesjara, kun sesdekjara partiano, kiu
poste mortigis sin por eviti arestiĝon. "Kaj ja bonis tiel," diris Julia,
"ĉar alie ili akirus mian nomon el li, kiam li konfesis." De tiam estas
diversaj aliaj. La vivo kia ŝi konceptis ĝin tre simplas. Oni volas ĝui
la vivon; "ili", t.e. la Partio, volas malebligi tion; oni malobeas la re-
gulojn laŭeble. Ŝi ŝajne opiniis ke egale naturas ke "ili" volas forpreni
oniajn plezurojn, kiel ke oni volas ne kaptiĝi. Ŝi hatis la Partion, kaj
diris tion per krudegaj vortoj, sed ŝi ne ĝenerale kritikis ĝin. Escepte
de kiam ĝi tuŝis ŝian propran vivon, tute ne interesis ŝin la partia dok-

trino. Li rimarkis ke ŝi neniam uzas Novparolajn vortojn, escepte de tiuj, kiuj jam fariĝis ĉiutagaĵoj. Ŝi neniam aŭdis pri la Frataro, kaj rifuzis kredi ke ĝi ekzistas. Ĉian organizitan ribelon kontraŭ la Partio, kio neeviteble fiaskus, ŝi opiniis stulta. Lerto signifis malobei la regulojn kaj tamen resti viva. Li svage demandis al si, kiom da homoj similaj al ŝi estas en la juna generacio, homoj kreskintaj en la mondo de la Revolucio, koninte nenion alian, akceptante la Partion kiel neŝanĝeblaĵon, same kiel la ĉielon, ne ribelante kontraŭ ĝia aŭtoritato, sed simple evitante ĝin, kiel kuniklo evitas hundon.

Ili ne diskutis eblon geedziĝi. Tio estis tro malpraktika por meriti pripenson. Neniu imagebla komitato aprobus tian geedziĝon, eĉ se Katharine, la edzino de Winston, iel forigeblus. Ĝi estis neesperebla, eĉ kiel revo.

"Kia ŝi estis, via edzino?" diris Julia.

"Ŝi estis — ĉu vi konas la Novparolan vorton *bonpensoplena*? Ĝi signifas nature ortodoksa, nekapabla havi malbonan penson?"

"Ne, mi ne konis la vorton, sed mi certe konas tian specon de persono."

Li komencis rakonti al ŝi la historion de sia vivo kiel edzo, sed, kurioze, ŝi ŝajne jam konis ĝiajn esencajn partojn. Ŝi priparolis al li, preskaŭ kvazaŭ vidinte aŭ sentinte, la rigidiĝon de la korpo de Katharine, tuj kiam li tuŝis ĝin, la manieron per kiu ŝi ankoraŭ ŝajnis forpuŝi lin plenforte, eĉ kiam ŝiaj brakoj estis strikte premitaj ĉirkaŭ lin. Kun Julia li sentis nenian malfacilon diskuti tiajn aferojn; Katharine, ĉiukaze, jam antaŭ longe ĉesis esti doloriga memoraĵo, kaj iĝis nur malbongustaĵo.

"Tamen mi povus toleri ĝin, se ne okazus unu afero," li diris. Li rakontis al ŝi pri la malerotika ceremonieto, kiun Katharine trudis al li dum la sama nokto ĉiun semajnon. "Ŝi abomenis ĝin, sed nenio povus devigi ŝin ne fari ĝin. Ŝi kutimis nomi ĝin — sed vi neniam divenus."

"Nia devo por la Partio," diris Julia tuj.

"Kiel vi sciis tion?"

"Ankaŭ mi studis en lernejo, karulo. Seksprelegoj unufoje en ĉiu monato, por la superdeksesjaruloj. Kaj en la Junulara Movado. Ili encerbigas ĝin multejarlonge. Mi supozas ke sukcese ĉe multaj personoj. Sed kompreneble, ne antaŭscieblas; la homoj tiom hipokritas."

Ŝi komencis plidetale paroli pri la temo. Kiam temis pri Julia, ĉio revenigis ŝin al ŝia propra seksemo. Tuj kiam tio estis iel aludita, ŝi kapablis tre akute diagnozi. Malkiel Winston, ŝi komprenis la internan ideon de la sekspuritanismo de la Partio. Ne nur ke la seksinstinkto kreas propran mondon ekster la regpovo de la Partio, kaj tial laŭeble detruendas. Pli grave, ke mankigo de seksspertoj instigas histerion, dezirindan ĉar ĝi transformeblas en militamon, kaj en adoradon al estro. Tiel ŝi esprimis ĝin:

"Kiam oni amoras, oni eluzas energion; kaj poste oni feliĉas, kaj oni fervoriĝas pri nenio. Ili ne povas toleri ke iu havas tian senton. Ili volas ke oni estu konstante energiplenega. La tutaj paradado, kaj krioj, kaj standardoflirtigoj, estas nur putrinta sekso. Se oni interne feliĉas, kial oni ekscitiĝus pri Granda Frato, kaj la Tri-Jaraj Planoj, kaj la Du Minutoj da Hato, kaj la tuta cetera merdegaĵo?"

Jes, vere, li pensis. Ja estis rekta intima ligo inter ĉasto kaj politika ortodokso. Ĉar kiel eblus sufiĉe ardigi la timon, la haton, kaj la frenezan kredemon, kiujn la Partio bezonas ekzistigi sufiĉe forte en siaj membroj, se ĝi ne subpremus potencan instinkton, uzante ĝin kiel motoron? La seksimpulso danĝeris por la Partio, kaj la Partio trovis metodon utiligi ĝin. Ili same ruzis pri la gepatrema instinkto. Ne eblus tute abolicii la familion, kaj, efektive, oni urĝis la homojn ami siajn infanojn, preskaŭ laŭ la malnova maniero. La infanoj, aliflanke, estis sisteme instigataj kontraŭi siajn gepatrojn, spionadi ilin, kaj raporti iliajn deviojn. La familio, laŭ la efekto de tio, iĝis ekstra fako de la Pensopolico. Ĝi estis metodo per kiu ĉiu persono ĉirkaŭatas tage kaj nokte de informantoj kiuj intime konas lin.

Abrupte lia menso reiris al Katharine. Katharine sendube denuncus lin al la Pensopolico, se ŝi, bonŝance, ne tro stultus por rekoni la malortodokson de liaj opinioj. Sed kio vere memorigis lin pri ŝi ĉimomente estis la sufoka varmego de la posttagmezo, kiu aperigis ŝviton el lia frunto. Li komencis rakonti al Julia ion okazintan, aŭ, pli ekzakte, neokazintan, dum alia arda posttagmezo antaŭ dek unu jaroj.

Okazis tri aŭ kvar monatojn post ilia geedziĝo. Ili perdis la vojon dum komunuma ekskurso ie en Kent[17]. Ili postrestis la aliajn nur je kelkaj minutoj, sed ili erare turnis sin, kaj baldaŭ trovis sin haltigitaj de la rando de malnova kretmino. Ĝi estis krutaĵo dek aŭ dudek metrojn profunda, kun rokegoj ĉe la fundo. Neniu ĉeestis al kiu ili povus demandi pri la ĝusta vojo. Tuj kiam ŝi ekkonsciis ke ili perdiĝis, Katharine tre maltrankviliĝis. Esti for de la bruema amaso da ekskursantoj, eĉ dum momento, sentigis al ŝi ke ŝi misagas. Ŝi volis hasti retroen laŭ la vojo sur kiu ili venis, kaj komenci serĉi alidirekte. Sed je tiu momento, Winston rimarkis kelkajn florojn kreskantajn en la krevoj de la klifo sub ili. Unu tufo estis dukolora, fuksina kaj brikruĝa, ŝajne sur unusola radiko. Li neniam antaŭe vidis tiaĵon, kaj li vokis al Katharine, ke ŝi venu rigardi ĝin.

"Rigardu, Katharine! Rigardu tiujn florojn. Tiun tufaĵon preskaŭ ĉe la fundo. Ĉu vi vidas ke ili havas du apartajn kolorojn?"

Ŝi jam estis turninta sin por foriri, sed ŝi iom malkviete revenis por momento. Ŝi eĉ klinis sin trans la randon de la klifo, por vidi al kio li gestas. Li staris iomete malantaŭ ŝi, kaj li metis manon sur ŝian talion, por malŝanceli ŝin. Je tiu momento, li ekpensis kiom ili tute solas. Neniu homo proksimis, neniu folio moviĝis, eĉ neniu birdo estis veka. En ĉi tia loko, apenaŭ ekzistus danĝero pro kaŝita mikrofono, kaj eĉ se ja tieis mikrofono, ĝi kaptus nur sonojn. Dum la plej varmega, plej dormiga horo de la posttagmezo, la suno brulige trafis ilin, ŝvito tiklis lian vizaĝon. Kaj li ekpensis...

"Kial vi ne regalis ŝin per forta puŝo?" diris Julia. "Tion mi farus."

"Jes, kara, tion vi farus. Ankaŭ mi, se mi estus tiam kia nun. Aŭ eble mi — mi ne certas."

"Ĉu vi bedaŭras ke vi ne puŝis ŝin?"

"Jes. Ĉion konsiderante, mi bedaŭras tion."

Ili sidis flank-al-flanke sur la polvokovrita planko. Li tiris ŝin pli proksimen al si. Ŝia kapo apogiĝis per lia ŝultro, la plaĉa odoro de ŝia hararo konkeris la kolombofekon. Ŝi tre junas, li pensis, ŝi ankoraŭ atendas ricevi ion el la vivo, ŝi ne komprenas ke puŝi ĝenan personon trans klifon, solvas nenion.

---

17 Distrikto en Anglio, ĉe la sudorienta ekstremo de la insulo.— *Trad.*

"Verdire, ŝovi ŝin ŝanĝus nenion."

"Do kial vi bedaŭras ke vi ne faris tion?"

"Nur ĉar mi preferas pozitivon anstataŭ negativon. En ĉi tiu ria ludo, ni ne povas sukcesi. Kelkaj specoj de malsukceso pli bonas ol aliaj, jen ĉio."

Li sentis ŝiajn ŝultrojn moviĝeti neante. Ŝi ĉiam kontraŭdiris lin, kiam li diris ion tian. Ŝi rifuzis akcepti kiel naturan leĝon, ke la individuo ĉiam venkiĝas. Parte ŝi komprenis ke ŝi mem destiniĝas malvenki, ke pli-malpli frue la Pensopolico kaptos ŝin kaj mortigos ŝin, sed per alia parto de sia menso ŝi kredis ke iel eblas konstrui sekretan mondon, en kiu oni povas vivi laŭvole. Necesas nur bonfortuno, lerto, kaj aŭdaco. Ŝi ne komprenis ke tute ne ne ekzistas feliĉo, ke la sola venko venos nur en la tre fora futuro, longe post onia morto, ke jam de la momento kiam oni proklamas militon kontraŭ la Partio, pli bonas opinii sin kadavro.

"Ni estas la mortuloj," li diris.

"Ankoraŭ ne," diris Julia konkreteme.

"Korpe, ne. Post ses monatoj, jaro — kvin jaroj, eble. Mi timas la morton. Vi junas, do verŝajne vi timas ĝin pli ol mi. Evidente ni forpuŝos ĝin laŭeble plej longe. Sed malmulte gravas. Dum homoj restas homoj, la morto kaj la vivo estas unusola afero."

"Merdo! Kun kiu vi preferus dormi, mi aŭ skeleto? Ĉu vi ne ĝuas la vivadon? Ĉu ne plaĉas al vi la sento: Jen mi, jen mia mano, jen mia kruro, mi realas, mi solidas, mi vivas! Ĉu ne plaĉas al vi ĉi tio?"

Ŝi torde tiris sin por fronti lin, kaj premis sian bruston kontraŭ lin. Li povis senti ŝiajn mamojn, maturajn tamen firmajn, tra ŝia kombineo. Ŝia korpo ŝajnis verŝi iom da siaj juno kaj viglo en lian.

"Jes, tio plaĉas al mi," li diris.

"Do ĉesu paroli pri la morto. Kaj nun aŭskultu, karulo, ni devas aranĝi pri nia posta renkontiĝo. Ni reiru al la loko en la arbaro. Ni bone ripozigis ĝin. Sed vi devos iri tien laŭ alia vojo, ĉifoje. Mi jam planis ĉiujn detalojn. Veturu per la trajno — sed, jen, mi desegnos la vojon por vi."

Kaj laŭ sia praktika maniero, ŝi kunpuŝis malgrandan kvadraton da polvo, kaj per tigo el kolombonesto komencis desegni mapon sur la planko.

IV

Winston ĉirkaŭrigardis en la kaduka ĉambreto super la butiko de S-ro Charrington. Apud la fenestro, la enorma lito estis pretigita, per ĉifaj lankovriloj kaj nekovrita cilindra kuseno. La malnovmoda horloĝo kun la dekdu-hora faco tiktakadis sur la kamenbreto. En la angulo, sur la klaphava tablo, la vitra paperpezilo, kiun li aĉetis dum sia antaŭa vizito, scintilis softe el la duonsenlumo.

Apud la kaminejo estis ĉifita stana oleforno, kuirpoto, kaj du tasoj, provizitaj de S-ro Charrington. Winston bruligis la flamingon, kaj surmetis poton da akvo por boligi ĝin. Li kunportis koverton da Kafo por la Venko, kaj kelkajn sakarintablojdojn. La horloĝindikiloj diris sep-dudek: en la vero, estis deknaŭ dudek. Ŝi venos je la deknaŭ tridek.

Malsaĝe, malsaĝe, ripetadis lia koro al li: konscia, nebezona, sinmortiga malsaĝo. El ĉiuj krimoj kiujn partiano povus okazigi, plej neeblis kaŝi ĉi tiun. Efektive, la ideo unue flosis en lian kapon en la formo de vizio, de la vitra paperpezilo reflektata de la surfaco de la klaphava tablo. Kiel li antaŭvidis, S-ro Charrington tute ne obĵetis ludoni la ĉambron. Li evidente ĝojis pro la kelkaj dolaroj, kiujn tio venigos al li. Nek li aspektis ŝokita, nek ofende komprenema, kiam klariĝis ke Winston deziras la ĉambron cele al amorado. Anstataŭe, li rigardis la mezdistancon, kaj parolis per ĝeneralaj komentoj, kun tiel delikata mieno, ke li impresis kvazaŭ parte nevidebliĝinte. "Privateco," li diris, "tre valoras. Ĉiu deziras lokon kie li povas kelkafoje esti sola. Kaj kiam iu havas tian lokon, ja simple ĝentilas ke kiu ajn alia scias pri ĝi, silentu pri sia scio." Li ankaŭ, ŝajnante preskaŭ fadi el ekzisto, pludiris ke estas du enirejoj por la domo, unu el ili ĉe la malantaŭa korto, kondukanta al mallarĝa vojeto.

Sub la fenestro iu kantadis. Winston elrigardetis, sekure protek-tate de la muslina kurteno. La junia suno ankoraŭ altis en la ĉielo, kaj en la suba sunlumoplena korto, enorma virino, solida kiel Nor-mana[18] kolono, kun fortaj ruĝaj antaŭbrakoj kaj sakŝtofa antaŭvesto ligita ĉirkaŭ ŝia talio, peze movadis sin tien kaj reen inter lavkuvo kaj sekigoŝnuro, alligante aron da kvadrataj blankaĵoj, kiujn Winston re-konis kiel vindotukojn por bebo. Kiam ajn ŝia buŝo ne estis korkita per vestopinĉiloj, ŝi kantis per potenca kontralta voĉo:

> Nur senespera dezirajo,
> Forglitema kiel tag' aprila,
> Kun ekvido, ekdiro, kaj rev-inspiro,
> Forŝteliĝis koro mia!

La kanto jam hantadis Londonon de multaj ĵusaj semajnoj. Ĝi estis unu el sennombraj similaj kantoj, eldonitaj de subsekcio de la Depar-temento de Muziko, por la proloj. La vortoj de tiuj kantoj estis verk-itaj, tute sen prilaborado fare de homoj, per maŝino nomata versigilo. Sed la virino kantis tiel melodie, ke la absurda rubo preskaŭ fariĝis plaĉa sono. Li povis aŭdi la virinon kanti, kaj la ŝoviĝadon de ŝiaj ŝuoj sur la pavimoblokoj, kaj la kriojn de la infanoj en la strato, kaj el ie tre for malfortan bruon de la trafiko, tamen la ĉambro ŝajnis kurioze si-lenta, pro la manko de teleekrano.

"Malsaĝe, malsaĝe, malsaĝe!" li pensis denove. Malkoncepteblis ke ili povus frekventi ĉi tiun lokon dum pli ol kelkaj semajnoj, sen kaptiĝi. Sed la tento havi kaŝejon kiu vere apartenas al ili, endome kaj proksime, estis tro granda por ili ambaŭ. Dum longa periodo post ilia vizito al la sonorilturo de la preĝejo, ne eblis aranĝi renkontiĝojn. La laborhoroj draste plimultiĝis, prepare por la Semajno da Hato. Tiu okazos post pli ol monato, sed la enormaj kompleksaj preparoj ne-cesaj postulis ekstran laboron de ĉiuj personoj. Fine ili ambaŭ suk-cesis akiri liberan posttagmezon dum unusama tago. Ili interakordis reiri al la libera spaco en la arbaro. La antaŭan vesperon ili renkon-

---

18 Laŭ francdevena arkitektura stilo, familiara ĉe imponaj konstruaĵoj, ekz. Katedraloj. — *Trad.*

tiĝis nelonge en la strato. Kiel kutime, Winston apenaŭ rigardis Julian dum ili proksimiĝis unu al la alia en la homamaso, sed per la kurta rigardeto kiun li faris direkte al ŝi, ŝajnis al li ke ŝi pli palas ol kutime.

"Ne eblos," ŝi murmuris, tuj kiam ŝi decidis ke sekuras paroli. "Morgaŭ, mi volas diri."

"Kion?"

"Morgaŭ posttagmeze. Mi ne povos veni."

"Kial?"

"Ho, la kutima kialo. Ĝi komenciĝis frue ĉifoje."

Dummomente li violente koleris. Dum la monato de lia konatiĝo kun ŝi, la naturo de lia deziro al ŝi ŝanĝiĝis. Komence enestis malmulta vera sentemo. Ilia unua amoro estis nur ago instigita de la volo. Sed post la dua fojo, malsamis. La odoro de ŝia hararo, la gusto de ŝia buŝo, la sento de ŝia haŭto, ŝajnis interniĝi en lin, aŭ en la ĉirkaŭantan aeron. Ŝi fariĝis korpa necesaĵo, io kion li ne nur volas sed al kio, laŭ lia sento, li rajtas. Kiam ŝi diris ke ŝi ne povos veni, lin trafis penso ke ŝi malfidelas al li. Sed ĝuste tiumomente, la homamaso kunen premis ilin, kaj iliaj manoj akcidente renkontiĝis. Ŝi rapide premetis la pintojn de liaj fingroj, ago kiu ŝajnis alvoki ne deziron sed amon. Trafis lin la ideo ke kiam oni loĝas kun virino, tiu esperperfido sendube estas normala ripetiĝanta evento; kaj profunda tenero, kian li ne antaŭe sentis pri ŝi, subite ekkaptis lin. Li deziregis ke ili estu geedzoj jam de dek jaroj. Li deziregis marŝi tra la stratoj kun ŝi, tute same kiel nun, sed malkaŝe kaj sentime, diskutante trivialaĵojn, kaj aĉetante diversajn erojn por la loĝejo. Li pleje deziris ke ili povu posedi lokon kie ili povos esti solaj, unu kun la alia, sen senti devon amori kiam ajn ili renkontiĝas. Efektive ne je precize tiu momento, sed iam dum la sekva tago, trafis lin la ideo lui la ĉambron de S-ro Charrington. Kiam li proponis tion al Julia, ŝi akceptis neatendite rapide. Ili ambaŭ sciis ke jen pura frenezo, kvazaŭ ili intence paŝas pli proksimen al la tombo. Dum li sidis atendante sur la rando de la lito, li denove pensis pri la keloj de la Ministrejo de la Amo. Kuriozis, kiel tiu antaŭdestinita teruro en- kaj el-iris la konscion. Jen ĝi, fiksita en la futuro, venonta tuj antaŭ la morto same certe kiel 99 venas tuj antaŭ 100.

Oni ne povas eviti ĝin, sed eble oni povas prokrasti ĝin: tamen, anstataŭe, fojfoje, per konscia intenca ago, oni elektas malgrandigi la intervalon antaŭ ĝia okazo.

Tiumomente sonis rapida paŝado sur la ŝtuparo. Julia ekkuris en la ĉambron. Ŝi portis instrumentosakon el kruda bruna kanvaso, kian li kelkafoje vidis ŝin porti tien kaj reen en la Ministrejo. Li antaŭenpaŝis por preni ŝin inter siajn brakojn, sed ŝi liberigis sin iom rapide, parte ĉar ŝi ankoraŭ tenis la sakon da instrumentoj.

"Atendu momenteton," ŝi diris. "Lasu min montri al vi kion mi alportis. Ĉu vi kunportis iom da tiu fiaĉa Kafo por la Venko? Mi supozis ke tiel estos. Forĵetu ĝin, ĉar ni ne bezonos ĝin. Rigardu..."

Ŝi surgenuiĝis, malfermis la sakon, kaj elfalis kelkaj boltiloj kaj malŝraŭbilo, kiuj plenigis ĝian supran parton. Sube estis kvanto da bonordaj paperpaketoj. La unua paketo kiun ŝi transdonis al Winston sentiĝis stranga tamen iel familiara. Ĝi plenis per ia peza, sableca aĵo kiu cedis al la tuŝo.

"Ĉu vere sukero?" li diris.

"Vera sukero. Ne sakarino, sukero. Kaj jen panbulko — vera blanka pano, ne nia merdaĵo — kaj malgranda poto da konfitaĵo. Kaj jen doso da lakto — sed rigardu! Pri ĉi tio mi vere fieras. Mi devis volvi iom da sako ĉirkaŭ ĝin, ĉar —"

Sed ŝi ne bezonis diri al li kial ŝi ĉirkaŭvolvis ĝin. La odoro jam plenigis la ĉambron, riĉa, varmega odoro, simila al io veninta el lia frua infaneco, sed kiun oni efektive renkontas fojfoje, bloviĝantan en koridoro antaŭ ol pordo brufermiĝas, aŭ disvastigantan sin mistere en homoplena strato, flaratan nur momente kaj poste malaperantan.

"Kafo," li murmuris, "vera kafo".

"Kafo de la Interna Partio. Mi havas tutan kilogramon, ĉi tie."

"Kiel vi ruzis akiri ĉion ĉi?"

"Ĉi ĉio estas de la Interna Partio. Nenion malhavas tiuj porkaĉoj, nenion. Sed komprenble manĝoservistoj kaj aliaj helpistoj kaj homoj ŝtelas, kaj — rigardu, mi havas paketon da teo ankaŭ."

Winston jam ekkaŭris apud ŝi. Li ŝire malfermis angulon de la paketo.

"Vera teo. Ne rubusfolioj."

"Estas multa teo, lastatempe. Ili kaptis Hindion, aŭ ion," ŝi diris sendetale. "Sed aŭskultu karulo. Mi volas ke vi turnu vian dorson al mi dum tri minutoj. Iru sidi sur la alia flanko de la lito. Ne tro proksimiĝu al la fenestro. Kaj ne turnu vin antaŭ ol mi permesos."

Winston rigardis senpripense tra la muslinan kurtenon. Sube, en la korto, la ruĝbraka virino ankoraŭ marŝadis tien kaj reen inter la lavkuvo kaj la sekigoŝnuro. Ŝi prenis du pliajn pinĉilojn el sia buŝo kaj kantis profundasente:

> "*Laŭdire la tempo kuracas,*
> *Laŭdire forgeso ja venos; nu*
> *Ankoraŭ ridetoj kaj larmoj tra l' jaroj,*
> *Tordegas la korŝnurojn plu!*"

Ŝi parkeris la tutan rimaĉaron, ŝajne. Ŝia voĉo flosis supren kun la dolĉa someraero, tre melodie, plena de ia feliĉa melankolio. Oni sentis ke ŝi tute kontentus, se la junia vespero senfinus, kaj la kvanto da vestoj neelĉerpeblus, resti tie dum mil jaroj, pendigante vindotukojn kaj kantante rimaĉojn. Li ekpensis ke, kurioze, li neniam aŭdis partianon kanti sola kaj spontanee. Eĉ ŝajnus iomete neordotokse, danĝere ekscentre, same kiel paroladi al si mem. Eble nur kiam oni proksimas al mortiga malsato, oni povas senkaŭze kantadi.

"Vi rajtas turni vin nun," diris Julia.

Li turnis sin, kaj dum sekundo li preskaŭ ne rekonis ŝin. Efektive, li atendis vidi ŝin nuda. Sed ŝi ne nudis. La transformiĝo okazinta multe pli surprizis. Ŝi estis kolorinta la vizaĝon.

Sendube ŝi kaŝe eniris iun butikon en la proleta kvartalo, kaj aĉetis por si kompleton da ŝminkaĵoj. Ŝiaj lipoj estis dense ruĝigitaj, ŝiaj vangoj ruĝetigitaj, ŝia nazo pudrita; eĉ videblis iomete sub la okuloj por plibriligi ilin. Ne tre lerte farite, sed la spertoj de Winston ne instruis al li altan normon. Li neniam antaŭe vidis nek imagis partianinon kun ŝminko sur la vizaĝo. La plibonigo de ŝia aspekto mirigis. Per nur kelkaj koloraĵetoj ĝustaloke metitaj, ŝi iĝis ne nur multe pli bela, sed, plej grave, pli ineca. Ŝiaj mallonga hararo kaj knabeca kombineo nur intensigis la efekton. Dum li prenis ŝin inter siajn brakojn, ondo da sintezaj violetoj inundis lian nazon. Li memoris la duonmallumon de kela kuirejo, kaj la kavernan buŝon de virino. La sama parfumo kiun uzis ŝi; sed tiumomente ŝajnis ne grave.

"Ĉu ankaŭ parfumo?" li diris.

"Jes, karulo, ankaŭ parfumo. Kaj ĉu vi scias kion mi sekve faros? Mi akiros veran virinan robon el ie, kaj surhavos ĝin anstataŭ ĉi merdan pantalonon. Mi surhavos silkajn ŝtrumpojn, kaj altakalkarumajn ŝuojn! En ĉi tiu ĉambro mi estos virino, ne partia kamarado."

Ili deĵetis siajn vestojn, kaj engrimpis la gigantan mahagonan liton. Nun la unuan fojon li plene nudigis sin antaŭ ŝi. Ĝis nun li multe tro hontis pro sia pala kaj magra korpo, kun la varikaj vejnoj elstaraj sur liaj suroj, kaj la miskoloraĵo sur lia maleolo. Mankis tolaĵo, sed la lankovrilo, sur kiu ili kuŝis, estis multeuzita kaj glata, kaj la dimensio kaj resaltemeco de la lito mirigis ilin ambaŭ. "Sendube ĝi plenas per cimoj, sed ĉu ja gravas?" diris Julia. Oni neniam vidis duopersonan liton nuntempe, escepte de en la hejmoj de la proloj. Winston kelkafoje dormis en tia dum sia infaneco; Julia neniam antaŭe estis en tia lito, laŭ ŝia memoro.

Baldaŭ ili dormis dum kelka tempo. Kiam Winston vekiĝis, la indikiloj de la horloĝo montris preskaŭ la naŭan horon. Li ne movis sin, ĉar Julia dormis kun la kapo en la angulo de lia brako. La plejparto de ŝia ŝminko estis transirinta al lia propra vizaĝo aŭ la kuseno, sed pala ruĝa koloro ankoraŭ beligis ŝian vangoston. Flava radio de la subiranta suno trafis la ekstremon de la lito, kaj lumigis la kamencon, kie la akvo en la poto rapide boladis. Sube en la korto, la virino ne plu kantis, sed la mallaŭtaj krioj de infanoj enflosis el la strato. Li demandis al si svage, ĉu dum la estingita paseo normale oni spertis kuŝi en lito ĉi tiel, en la malvarmeto de somera vespero — senvestaj viro kaj virino, amorante kiam ajn ili volas, parolante pri kion ajn ili volas, ne sentante devon ellitiĝi, nur kuŝante kaj aŭskultante la pacajn sonojn eleksterajn. Nepre neniam estis epoko kiam tio normalis, ĉu? Julia vekiĝis, frotis siajn okulojn, kaj levis sin surkubuten por rigardi la olefornon.

"Duono de la akvo forbolis," ŝi diris. "Mi leviĝos kaj preparos kafon post momento. Restas al ni horo. Je kioma horo oni malŝaltas la lumilojn ĉe via apartamentaro?"

"La dudektria tridek."

"Je la dudektria en la gastejo. Sed necesas ĉeesti pli frue, ĉar — Hej! For, fibrutaĉo!"

Ŝi ekturnis sin en la lito, kaptis ŝuon de la planko, kaj ĵetis ĝin en la angulon per knabeca brakflekso, precize kiel li vidis ŝin ĵeti la vortaron kontraŭ Goldsteinon, tiun matenon dum la Du Minutoj da Hato.

"Kio estis?" li diris surprizite.

"Rato. Mi vidis ĝin puŝi sian nazaĉon el la panelaĵo. Estas truo tie. Mi forte timigis ĝin, ĉiukaze."

"Ratoj!" murmuris Winston. "En ĉi tiu ĉambro!"

"Ili ĉieas," diris Julia, sen interesiĝo, dum ŝi rekuŝiĝis. "Ni eĉ havas ilin en la kuirĉambro de la gastejo. Kelkaj partoj de Londono svarmplenas de ili. Ĉu vi scias ke ili atakas infanojn? Jes ja. En kelkaj tiuj stratoj, virino ne kuraĝas lasi bebon sola dum du minutoj. La grandaj brunaj ratoj faras tion. Kaj plej aĉe estas ke la brutoj ĉiam —"

"*Ne daŭrigu!*" diris Winston, kun la okuloj firme fermitaj.

"Karulego! Vi tute paliĝis. Kio ĝenas? Ĉu malsanigas vin aŭdi pri ili?"

"El ĉiuj aĉaĵoj en la mondo — rato!"

Ŝi premis sin kontraŭ lin, kaj volvis siajn membrojn ĉirkaŭ lin, kvazaŭ penante rekuraĝigi lin per la varmo de sia korpo. Li ne tuj remalfermis siajn okulojn. Dum pluraj momentoj li sentis sin denove en koŝmaro kiu revenis al li fojfoje dum lia tuta vivo. Ĝi ĉiam pli-malpli samis. Li staras antaŭ muro da mallumo, kaj aliflanke de ĝi estas io netolerebla, io tro aĉa por fronti. En la sonĝo lia plej profunda sento estis de sintrompo, ĉar li efektive ja sciis kio malantaŭas la muron da mallumo. Per mortiga strebo, kvazaŭ elŝirante pecon el la propra cerbo, li eĉ povus tiri la aĵon en la lumon. Li ĉiam vekiĝis sen trovi kio ĝi estas, sed iel ĝi ligiĝis al io kion diradis Julia, kiam li haltigis ŝian paroladon.

"Mi bedaŭras," li diris, "estas nenio. Nur ke mi malŝatas ratojn."

"Ne ĝenu vin, karulo, ni ne lasos la brutaĉojn eniri ĉi tien. Mi plen-igos la truon per sakŝtofo antaŭ ol ni foriros. Kaj kiam ni revenos ĉi tien, mi kunportos gipson kaj ŝtopos ĝin ĝuste."

Jam la nigra panikmomento duone forgesiĝis. Sentante iom da honto pri si, li sidiĝis kontraŭ la murflankan breton de la lito. Julia ellitiĝis, surtiris sian kombineon, kaj preparis la kafon. La odoro lev-iĝanta el la kuirpoto tiom fortis kaj ekscitis, ke ili fermis la fenestron, por ke neniu ekstera rimarku ĝin, kaj scivolemu. Eĉ pli bona ol la gusto de la kafo, estis la silka kvalito donita al ĝi de la sukero, aĵo pri kiu Winston preskaŭ forgesis, post jaroj da sakarino. Kun unu mano en la poŝo, kaj peco da pano kun konfitaĵo en la alia, Julia vagis tra la ĉambro, rigardante indiferente la libroŝrankon, atentigante pri la plej bona metodo ripari la klaphavan tablon, faligante sin en la ĉifitan fo-telon por trovi ĉu ĝi komfortas, kaj ekzamenante la absurdan dekdu-horan horloĝon kun ia tolerema amuziĝo. Ŝi portis la vitran paperpe-zilon al la lito, por povu vidi ĝin en pli bona lumo. Li prenis ĝin el ŝia mano, fascinate, kiel ĉiam, de la mola, pluvakva aspekto de la vitro.

"Kio ĝi estas, laŭ via supozo?" diris Julia.

"Mi kredas ke ĝi estas nenio — mi volas diri, mi kredas ke oni ne-niam utiligadis ĝin. Ĝuste tio plaĉas al mi. Ĝi estas ereto da historio kiun ili forgesis ŝanĝi. Ĝi estas mesaĝo el antaŭ cent jaroj, se nur oni povoscius legi ĝin."

"Kaj tiu bildo tie" — ŝi kapgestis al la gravuraĵo sur la kontraŭa muro — "ĉu tio aĝas cent jarojn?"

"Pli. Ducent, verŝajne. Ne eblas scii. Ne eblas trovi la aĝon de io ajn, nuntempe."

Ŝi transpaŝis por ekzameni ĝin. "Ĉi tie tiu fibesto elpuŝis sian nazon," ŝi diris, piedbatante la panelaĵon tuj sub la bildo. "Kio estas tiu loko? Mi jam vidis ĝin ie."

"Ĝi estas preĝejo, pli ĝuste, estis. Sankta Klemento Danoj ĝi no-miĝis." La rimofragmento, kiun S-ro Charrington instruis al li, reme-morigis sin en lia kapo, kaj li pludiris iom nostalgie: *Oranĝo, citroneto, sonoras Klemento.*"

Mirige al li, ŝi sekvigis la verson:

> "Pencero, ne oro: de Martin sonoro —
> "Sendu kambion sonoras Bejlio —

"Mi ne memoras la sekvajn versojn. Negrave; mi memoras ke la fi-najo tekstas: *Venas kandelo en liton vin paki. Venas hakilo la kapon de-haki.*"

Kvazaŭ la du partoj de kromsubskribo. Sed nepre alia verso devas sekvi *sonoras Bejlio*. Eble ĝi elfoseblus el la memoro de S-ro Charring-ton, se li estus konvene instigita.

"Kiu instruis al vi tion?" li diris.

"Mia avo. Li ofte diris ĝin al mi, kiam mi estis knabineto. Li estis vaporigita kiam mi estis okjara — nu, ĉiukaze, li malaperis. Mi ne scias kio estis citrono," ŝi pludiris aliteme. "Mi vidis oranĝojn. Ili estas ia ronda flava frukto, kun dika ŝelo."

"Mi memoras citronojn," diris Winston. "Ili estis tre kutimaj dum la kvindekaj jaroj. Ili tiom maldolĉis, ke agacis la dentojn kiam oni eĉ nur flaris ilin."

"Mi certas pri cimoj malantaŭ tiu bildo," diris Julia. "Mi deprenos ĝin kaj bone lavos ĝin, iam. Mi supozas ke ni tre baldaŭ devos foriri. Mi devos komenci forlavi ĉi tiun koloraĵon. Kiom tede! Mi delavos la lipkoloraĵon de via vizaĝo, poste."

Winston dum pluraj pliaj minutoj ne ellitiĝis. La ĉambro komencis senlumiĝi. Li turnis sin cele la lumon, kaj kuŝis rigardante la vitran paperpezilon. Ĝia plej neelĉerpebla kvalito ne estis la korala frag-mento, sed la interno de la vitro mem. Ĝi havis tioman profundon, tamen ĝi preskaŭ travideblis kiel la aero. Kvazaŭ la surfaco de la vitro estas la ĉielvolbo, ĉirkaŭanta mondeton kun tuta atmosfero. Li havis senton ke li povus eniri ĝin, ke efektive li ja estas interne de ĝi, kune kun la mahagona lito kaj la klaphava tablo, kaj la horloĝo kaj la ŝtala gravuraĵo kaj la paperpezilo mem. La paperpezilo estas la ĉambro en kiu li troviĝas, kaj la koralo estas la vivo kaj de Julia kaj de li mem, fiksitaj en ia eterneco ĉe la koro de la kristalo.

V

Syme malaperis. Mateno venis kiam li mankis en la laborejo; kelkaj senpripensemuloj komentis pri lia foresto. La sekvan tagon neniu menciis lin. La trian tagon, Winston eniris la vestiblon de la Departemento de Registroj, por rigardi la afiŝtabulon. Unu el la informiloj surhavis presitan liston de la membroj de la Ŝakkomitato, en kiu Syme membris. Ĝi aspektis preskaŭ precize kiel antaŭe — nenio elstrekita — sed la listo je unu nomo malpli longis. Sufiĉis. Syme ĉesis ekzisti; li neniam ekzistis.

La vetero bakforne varmegis. En la laberinteca Ministrejo, la senfenestraj klimatizataj ĉambroj konservis sian normalan temperaturon, sed ekstere la pavimaĵoj bruligis la piedojn, kaj la fetoro de la subtera fervojo dum la pintahoroj abomenendis. La preparado por la Semajno da Hato plene viglis, kaj la staboj de ĉiuj Ministrejoj laboradis kromhorojn. Procesioj, kunvenoj, militparadoj, prelegoj, vaksfiguroj, filmmontroj, teleekranaj programoj, ĉiuj devis esti organizataj; budoj starigendis, figuraĵoj konstruendis, sloganoj elpensendis, kantoj verkendis, onidiroj disvastigendis, fotoj falsendis. La fako en kiu laboris Julia, en la Departemento de Fikcio, devis ĉesi produktadi romanojn, kaj rapide produkti serion de pamfletoj pri fiagoj de la malamiko. Winston, aldone al sia kutima laboro, pasigis longajn periodojn ĉiutage traserĉante arkivojn de *La Tempoj*, kaj ŝanĝante kaj plilarĝigante informerojn citotajn en prelegoj. Malfrue en la noktoj, kiam amasoj da tumultemaj proloj travagis la stratojn, la urbo havis kurioze febrecan etoson. La raketbomboj kraŝis multe pli ofte ol antaŭe, kaj kelkafoje, tre for, estis enormaj eksplodoj, kies kaŭzon neniu povis klarigi, kaj pri kiuj estis ĉiaj onidiroj.

La nova melodio, kiu estos la karakteriza kanto de la Semajno de la Hato ("La Hatkanto" oni nomis ĝin) jam estis verkita, kaj senĉese propagandata sur la teleekranoj. Ĝi havis sovaĝan bojan ritmon, kiun oni ne povus ĝuste nomi muziko, sed kiu similis al la batsonado de tamburo. Elkriegate de centoj da voĉoj, akompanate de la militmarŝada sono de piedoj, ĝi kreis timegon. La proloj ekŝatis ĝin, kaj en la meznoktaj stratoj ĝi konkuris kun la ankoraŭ populara "Nur senespera deziraĵo". La infanoj de la Geparsonsoj ludis ĝin dum ĉiuj horoj de la nokto kaj la tago, netolereble, per kombilo kaj peco da necesejpapero. La vesperoj de Winston eĉ pli plenis ol iam antaŭe. Teamoj de volontuloj, organizitaj de Parsons, preparadis la straton por la Semajno da Hato, kudrante standardojn, pentrante afiŝojn, starigante flagingojn sur la tegmentoj, kaj danĝeroplene streĉante dratojn trans la straton por la surmeto de paperaj rubandoj. Parsons fanfaronis ke la Apartamentoj de la Venko mem estos ornamitaj per kvarcent metroj da stamino. Li trovis sin en sia plejamata medio, kaj feliĉegis. La ardo kaj la permana laborado eĉ regalis lin per kialo por denove vesti sin per kuloto kaj senkravata ĉemizo, dum la vesperoj. Li estis ĉie ĉiam, puŝante, tirante, segante, martelante, improvizante, instigante ĉiujn per kamaradaj admonoj, kaj eligante el ĉiu faltaĵo de sia korpo akran ŝvitodoron, kiu ŝajnis neelĉerpebla.

Nova afiŝego subite ekaperis tra la tuta Londono. Ĝi surhavis nenian tekston, kaj simple montris monstran figuron de eŭrazia soldato, tri-kvar metrojn alta, antaŭenpaŝanta kun senesprima mongola vizaĝo, kaj enormaj botoj, de sia kokso celigante mitralon. Negrave el kiu angulo oni rigardis la afiŝegon, la aperturo de la pafilo, pligrandigita per la perspektivo, ŝajnis rekte celi la rigardanton. La bildo estis gluita sur ĉiun liberan spacon sur ĉiu muro, eĉ pli multenombre ol la portretoj pri Granda Frato. La proloj, kutime apatiaj pri la milito, estis pelataj en unu el siaj periodaj patriotismegoj. Kvazaŭ por agordi kun la ĝenerala humoro, la raketbomboj mortigadis pli grandajn kvantojn da homoj ol kutime. Unu falis sur homoplenan kinejon en Stepney, entombigante plurcent viktimojn per la rubo. La tuta loĝantaro de la distrikto eliris por longa funebra parado, kiu daŭris plurhore kaj estis efektive kunveno por esprimi indignon. Alia bombo falis sur pecon de neokupita tero, kiun oni utiligis kiel ludkampon, kaj plurdek infanojn diserigis la eksplodo. Okazis pliaj koleraj demonstracioj, oni bruligis figuraĵon pri Goldstein, oni deŝiris centojn da ekzempleroj de la afiŝo montranta la eŭrazian soldaton, kaj ĵetis ilin en la flamcjn, kaj nombro da butikoj estis prirabita dum la tumulto; poste, onidiro disflugis ke spionoj direktas la raketbombojn per radioondoj, kaj la domo de maljuna paro, kiun oni suspektis origininta en fremda lando, estis incendiita, kaj la paro pereis pro sufokiĝo.

En la ĉambro super la butiko de S-ro Charrington, kiam ili povis atingi ĝin, Julia kaj Winston kuŝis flank'-al-flanke sur senkovra lito sub la malfermita fenestro, nudaj por senvarmegigi sin. La rato neniam revenis, sed la cimoj multobliĝis aĉe en la varmego. Ŝajnis negrave. Ĉu malpura, ĉu pura, la ĉambro estis paradiza. Tuj post sia alveno, ili kutimis ŝuti ĉion per pipro aĉetita sur la nigra merkato, detiri siajn vestojn, kaj amori per ŝvitantaj korpoj, endormiĝi, vekiĝi, kaj trovi ke la cimoj reamasiĝis kaj preparas sin por reataki.

Kvar-, kvin-, ses-, sepfoje ili renkontiĝis dum la monato junio. Winston ĉesigis sian kutimon drinki ĝinon dum ĉiuj horoj. Ŝajne li ne plu bezonis ĝin. Li plidikiĝis, lia varika ulcero fadis, lasante nur brunan makulon sur la haŭto super lia maleolo, liaj matenaj tuskonvulsioj ĉesis. La vivoprocedo ĉesis esti netolerebla, li ne plu sentis impulson fimieni al la teleekrano, aŭ krii damnojn plenvoĉe. Nun, kiam ili havis sekuran kaŝejon, preskaŭ hejmon, eĉ ne ŝajnis peza ŝarĝo ke ili povas renkontiĝi nur neofte, kaj nur dum kelkaj horoj ĉiufoje. Kio gravis estis ke la ĉambro super la fatrasbutiko ekzistas. Scii ke ĝi troviĝas tie, neperfidite, preskaŭ egalis al esti en ĝi. La ĉambro estis mondo, niĉo el la paseo, kie ekstermiĝintaj bestoj povas marŝadi. S-ro Charrington, laŭ penso de Winston, estis alia ekstermiĝinta besto. Li kutime haltis por konversacii kun S-ro Charrington dum kelkaj momentoj, antaŭ ol supreniri. Ŝajnis ke la maljunulo malofte aŭ neniam eliris, kaj, aliflanke, havis preskaŭ neniujn klientojn. Li preskaŭ fantome ekzistis inter la eta senluma butiko, kaj la ankoraŭ pli eta malantaŭa kuirejo, kie li preparadis siajn manĝojn kaj kiu enhavis, i.a., nekredeble antikvan gramofonon kun enorma korno. Li ŝajnis ĝoji pro oportuno paroli. Ĉirkaŭvagante inter siaj senvaloraj stokaĵoj, kun siaj longa nazo kaj dikaj okulvitroj, kaj siaj kliniĝintaj ŝultroj en la velura jako, li ĉiam aspektis svage pli kiel kolektisto, ol kiel komercisto. Kun ia fadinta entuziasmo, li fingrumadis iun aŭ alian ruberon — ceramikan boteloŝtopilon, farbitan klapon de rompita flartabakujo, pseŭdooran medalionon, en kiu estis haro de bebo antaŭlonge mortinta — neniam petante ke Winston aĉetu ĝin, nur ke li admiru ĝin. Paroli kun li similis al aŭskulti la tintadon de eluzita muzikoskatolo. Li tiris el la anguloj de sia memoro kelkajn pliajn fragmentojn de forgesitaj rimaĵoj. Unu temis pri kvar-kaj-dudek merloj, alia pri bovino kun ĉifita korno, kaj alia pri la morto de kompatinda Virrubekolo. "Mi nur ekpensis ke eble interesus vin," li kutimis diri, kun sinmallaŭda kurta rido, kiam ajn li aŭdigis novan fragmenton. Sed li neniam povis memori pli ol kelkajn liniojn de iu specifa rimaĵo.

Ili ambaŭ sciis — verdire, neniam mankis en iliaj mensoj — ke kio okazas nun ne povos longe daŭri. Kelkafoje la fakto ke la morto baldaŭ venos ŝajnis egale palpebla kiel la lito sur kiu ili kuŝas, kaj ili kroĉis sin unu al la alia, kun ia senespera voluptemo, kiel kondamnito teneganta sian lastan plezuraĵeton, kiam la horloĝo post malpli ol kvin minutoj sonoros. Sed ankaŭ, alifoje ilin okupis iluzio, ne nur de sekuro, sed ankaŭ de ĉiameco. Dum ili vere estos en ĉi tiu ĉambro, ili ambaŭ sentis, ke nenia damaĝo povos trafi ilin. Atingi la ĉambron malfacilis kaj danĝeris, sed la ĉambro mem estis sekura rifuĝejo; simile al kiam Winston rigardis en la koron de la paperpezilo, sentante ke eblus eniri tiun vitran mondon, kaj ke kiam li estus en ĝi, la tempo haltigeblus. Ofte ili fordonis sin al revoj pri eskapo. Ilia bonfortuno daŭros senfine, kaj ili plu intrigos, same kiel nun, dum la cetero de siaj naturaj vivoj. Aŭ Katharine mortos, kaj per subtilaj manovradoj Winston kaj Julia sukcesos geedziĝi. Aŭ ili kune mortigos sin. Aŭ ili malaperos, nerekoneble ŝanĝos sin, lernos paroli kiel proloj, trovos laboron en fabriko, kaj elvivos siajn vivojn netrovite, en malĉefa strato. Estis tute absurde, ili ambaŭ sciis tion. Envere, ne eblis eskapi. Eĉ la solan fareblan planon, sinmortigon, ili neniel intencis plenumi. Daŭrigi, tagon post tago, kaj semajnon post semajno, long-igante nunon al kiu mankas futuro, ŝajnis nekonkerebla instinkto, same kiel pulmoj ĉiam spiras, dum restas aero spirebla.

Kelkafoje, ankaŭ, ili diskutis aktivan ribelon kontraŭ la Partio, sed kun nenia koncepto pri kiel fari la unuan paŝon. Eĉ se la fabela Fra-taro estas realaĵo, restas la malfacilo trovi eniron en ĝin. Li rakontis al ŝi pri la stranga intimeco kiu ekzistas, aŭ ŝajne ekzistas, inter li mem kaj O'Brien, kaj pri la impulso kiun li kelkafoje sentas, simple marŝi antaŭ O'Brienon, anonci sin malamiko de la Partio, kaj postuli ke li helpu. Tre kurioze, tio ne ŝajnis al ŝi neeble malprudenta ago. Ŝi kutimiĝis taksi homojn laŭ la vizaĝoj, kaj al ŝi ŝajnis nature ke Winston kredas O'Brienon fidinda, surbaze de unusola okulekbrilo. Krome, ŝi opiniis ke evidentas ke ĉiu, aŭ preskaŭ ĉiu, sekrete hatas la Partion, kaj malobeus la regulojn se li kredus tion sendanĝera. Sed ŝi rifuzis kredi ke disvastigita organizita opozicio ekzistas, aŭ povus ekzisti. La rakontoj pri Goldstein kaj lia subtera armeo, ŝi diris, estas nur absurdaĵaro inventita de la Partio por propraj celoj, kaj kiun oni devas kredi nur laŭŝajne. Nekalkuleble ofte ĉe partiaj mitingoj kaj sponta-neaj demonstracioj, ŝi kriis plenvoĉe, postulante la ekzekutiĝon de personoj kies nomojn ŝi neniam aŭdis, kaj pri kies supozataj krimoj ŝi neniom kredis. Kiam publikaj procesoj okazis, ŝi partoprenis en la de-legacioj de la Junulara Ligo kiuj ĉirkaŭis la tribunalejojn de la matenc ĝis la nokto, ĉantante je regulaj intervaloj "Morton al la Perfiduloj!". Dum la Du Minutoj da Hato, ŝi ĉiam superis ĉiujn aliajn personojn per kriataj insultoj kontraŭ Goldstein. Tamen ŝi nur tre malklare kon-ceptis kiu estis Goldstein, kaj kiajn doktrinojn li laŭdire reprezentis. Ŝi adoltiĝis post la Revolucio, kaj tro junis por memori la ideologiajn batalojn de la kvindekaj kaj sesdekaj jaroj. Ŝi tute ne kapablis imagi ke povus ekzisti sendependa politika movado; kaj ĉiukaze, la Partio nekonkereblas. Ĝi ĉiam ekzistos, kaj ĝi ĉiam samos. Oni povas ribeli kontraŭ ĝi nur per sekreta malobeado aŭ, plejekstreme, per izolaj vi-olentaj agoj, kiaj mortigo aŭ eksplodigo.

Kelkarilate ŝi multe pli akremensis ol Winston, kaj multe malpli influeblis per la partia propagando. Unufoje, kiam li hazarde rilate al iu temo, menciis la militon kontraŭ Eŭrazio, ŝi ŝokmirigis lin per simpla komento ke, laŭ ŝia opinio, la milito ne okazas. La raketbombojn, kiuj falas ĉiutage sur Londonon, verŝajne faligas la Registaro de Oceanio mem, "nur por plutimigi la popolon". Tia koncepto tute vere neniam estis pensita de lia menso. Ŝi ankaŭ iom kaŭzis envion en li, per informo ke dum la Du Minutoj da Hato, ŝi trovis grandan malfacilon ne ekridi laŭte. Sed ŝi dubis la instruojn de la Partio, nur kiam ili iel tuŝis ŝian propran vivon. Ofte ŝi pretis akcepti la oficialan mitologion, simple ĉar la distingo inter vero kaj malvero al ŝi ne ŝajnis grava. Ŝi kredis, ekzemple, ĉar tiel oni instruis al ŝi en la lernejo, ke la Partio inventis aviadilojn. (Dum la propraj lernojaroj, memoris Winston, en la lasta parto de la kvindekaj jaroj, la Partio pretendis esti inventinta nur la helikopteron; dekdu jarojn poste, dum Julia studis en lernejo, ĝi jam pretendis la aviadilon; post plia generacio, ĝi verŝajne pretendos esti inventinta la vapormotoron.) Kaj kiam li diris al ŝi ke aviadiloj ekzistis antaŭ ol li naskiĝis, kaj longe antaŭ la Revolucio, tiu fakto tute malinteresis ŝin. Ja vere, kiel gravas kiu inventis aviadilojn? Iom pli ŝokis lin, kiam li trovis, per iu hazarda komento, ke ŝi ne memoris ke Oceanio, antaŭ kvar jaroj, militis kontraŭ Orientazio, kaj aliancis kun Eŭrazio. Nu jes, ŝi kredis ke la tuta milito malrealas; sed ŝajne ŝi eĉ ne rimarkis ke la nomo de la malamiko ŝanĝiĝis. "Mi supozis ke ni ĉiam militadis kontraŭ Eŭrazio," ŝi komentis seninteresiĝe. Tio iomete timigis lin. La inventiĝo de aviadiloj okazis longe antaŭ ŝia naskiĝo, sed la inversigo de la milito okazis antaŭ nur kvar jaroj, longe post ŝia adoltiĝo. Li arde diskutis kun ŝi pri la afero, dum eble kvarono da horo. Fine li sukcesis retromemorigi ŝin, ĝis ŝi efektive neklare memoris ke iam Orientazio, ne Eŭrazio, estis la malamiko. Sed la aferon ŝi ankoraŭ opiniis malgrava. "Kiel gravas?" ŝi diris senpacience. "Estas ĉiam nur unu merda milito post alia, kaj oni scias ke la novaĵoj estas ĉiam nur mensogoj."

Kelkafoje li parolis al ŝi pri la Departemento de Registroj, kaj la impertinentaj falsadoj kiujn li faras tie. Tiaĵoj ŝajne ne hororigis ŝin. Ŝi ne sentis abismon malfermiĝi sub ŝiaj piedoj, pro konsciiĝo ke mensogoj fariĝas veraĵoj. Li rakontis al ŝi pri Jones, Aaronson, kaj Rutherford, kaj la epokfara paperpeco kiun li iam tenis inter siaj fingroj. Ĝi ne multe impresis ŝin. Unue, verdire, ŝi malsukcesis kompreni la celon de lia rakonto.

"Ĉu ili estis viaj amikoj?" ŝi diris.

"Ne, mi neniam konis ilin. Ili estis anoj de la Interna Partio. Krome, ili estis multe pli maljunaj ol mi. Ili apartenis al la malnova epoko, antaŭ la Revolucio. Mi apenaŭ konis ilin pervide."

"Do kial ĝenis vin? Homoj estas mortigataj konstante, ĉu ne?"

Li penis komprenigi ŝin. "Ĉi tio estis gravega kazo. Ne temis nur pri la fakto ke iu estis mortigita. Ĉu vi komprenas ke la paseo, ekde hieraŭ, efektive estas aboliciita? Se ĝi pluekzistas ie, ĝi estas en nur kelkaj solidaj objektoj, al kiuj vortoj ne estas ligitaj, kia tiu vitraĵo tie. Jam ni scias preskaŭ laŭvorte nenion pri la Revolucio kaj la jaroj antaŭ la Revolucio. Ĉiu registro estas detruita aŭ falsita, ĉiu libro estas reverkita, ĉiu bildo estas repentrita, ĉiu statuo kaj strato kaj konstruaĵo estas renomita, ĉiu dato estas ŝanĝita. Kaj tiu procedo daŭras tagon post tago, kaj minuton post minuto. La historio ekĉesis. Nenio ekzistas ekster senfina nuno, en kiu la Partio ĉiam pravas. Mi *scias*, kompreneble, ke la paseo estas falsita, sed neniam mi kapablus pruvi ĝion, eĉ kvankam mi mem falsis ĝin. Post la falsado, neniam restas pruvo. La sola pruvo estas en mia propra menso, kaj mi ne plencerte scias ke iu alia homo ankaŭ same memoras. Nur dum tiu unusola evento, en mia tuta vivo, mi posedis veran konkretan pruvon *post* la evento — jarojn poste."

"Kiel valoris tio?"

"Neniom valoris, ĉar mi forĵetis ĝin post kelkaj minutoj. Sed se samo okazus hodiaŭ, mi konservus ĝin."

"Nu, mi ne!" diris Julia. "Mi volonte akceptas riskojn, sed nur por io valora, ne por eroj el malnova ĵurnalo. Kion vi povus fari per ĝi, eĉ se vi ja konservus ĝin?"

"Ne multon, eble. Sed ĝi estis pruvo. Ĝi eble vekus kelkajn dubojn tie kaj tie, se ni supozus ke eble mi kuraĝus montri ĝin al iu. Mi ne imagas ke ni povos ŝanĝi la situacion dum nia propra vivo. Sed oni povas imagi malgrandajn arojn da rezistantoj estiĝontaj tie kaj tie —

malgrandajn grupetojn da homoj kiuj kungrupiĝos, kaj iom post iom kreskos, kaj eĉ postlasos kelkajn registrojn, tiel ke la sekvaj generacioj povos daŭrigi post nia ĉeso."

"Ne interesas min la sekva generacio, karulo. Min interesas ni."

"Vi ribelas nur malsupre de la talio," li diris al ŝi.

Ŝi opiniis tion belege sprita, kaj plenĝoje ĵetis siajn brakojn ĉirkaŭ lin.

Pri la subtilaĵoj de la partia doktrino, ŝi neniom interesiĝis. Kiam ajn li komencis paroli pri la principoj de Angsoco, duoblapenso, la ŝanĝebleco de la paseo, kaj la neado pri la objektiva realo, kaj uzi Novparolajn vortojn, ŝi tediĝis kaj konfuziĝis, kaj diris ke ŝi neniam atentas tiaĵon. Oni jam scias ke temas pri absurdaĵoj, do kial ĉagreniĝi pro ĝi? Ŝi scias kiam hurai kaj kiam malhurai, kaj nur tion oni bezonas. Kiam li persiste parolis pri tiaj temoj, ŝi konsterne emis ekdormi. Ŝi estis unu el la speco de homoj, kiuj kapablas endormiĝi je kiu ajn horo, kaj en kiu ajn pozicio. Parolante al ŝi, li ekkomprenis kiel facilas aspekti ortodoksa, kvankam neniom komprenante la signifon de ortodokso. Verdire, la mondokoncepto de la Partio trudis sin plej sukcese al homoj nekapablaj kompreni ĝin. Eblis devigi ilin akcepti la plej evidentajn malrealaĵojn, ĉar ili neniam plene komprenis la enormon de tio, kion oni postulas de ili, kaj ili ne sufiĉe interesiĝis pri publikaj eventoj por rimarki kio okazas. Per manko de kompreno ili restis malfrenezaj. Ili simple englutis ĉion, kaj tio, kion ili glutis, ne damaĝis ilin, ĉar ĝi postlasis nenion, same kiel tritika grajno trairas nedigestite la korpon de birdo.

VI

Fine okazis. La atendita mesaĝo venis. Dum la tuta vivo, tiel ŝajnis al li, li atendadis ke tio okazos.

Dum li marŝis laŭ la longa koridoro en la Ministrejo, kaj estis preskaŭ ĉe la loko kie Julia kaŝe metis la noton en lian manon, li konsciiĝis ke iu pli granda ol li mem marŝas tuj malantaŭ li. La persono, kiu ajn estis, tusetis, evidente kiel preludo por parolo. Winston ekhaltis kaj turnis sin. Estis O'Brien.

Fine ili vizaĝ-al-vizaĝis, kaj ŝajnis ke lia nura impulso estis forkuri. Lia koro bategis violente. Li tute ne kapablus paroli. Tamen, O'Brien pluiris antaŭen, laŭ sia jama moviĝado, kaj metis amikan manon momente sur brakon de Winston, tiel ke la paro marŝis flank-al-flanke. Li komencis paroli kun la kurioza solena ĝentileco kiu diferencigis lin de la pliparto de la membroj de la Interna Partio.

"Mi esperis trovi oportunon paroli kun vi," li diris. "Mi legis unu el viaj novparolaj artikoloj en La Tempoj, antaŭ kelkaj tagoj. Vi havas kleran interesiĝon pri Novparolo, ĉu ne?"

Winston jam reakiris parton da sia sinrego. "Apenaŭ kleran," li diris. "Mi estas diletanto. Ĝi ne estas mia fako. Mi neniam rilatis al la efektiva konstruado de la lingvo."

"Sed vi verkas ĝin tre elegante," diris O'Brien. "Ne nur mi opinias tiel. Mi konversaciis antaŭ nelonge kun amiko via, kiu nepre estas eksperto. Dummomente lia nomo ne eniras mian memoron."

Denove la koro de Winston moviĝis dolorige. Ne kredeblis ke povus temi pri iu alia ol Syme. Sed Syme ne nur estis morta, li estis aboliciita, malpersono. Ĉia identigebla aludo al li mortige danĝerus. La komento de O'Brien evidente intenciĝis kiel signalo, kodvorto. Per sia partopreno en malgranda pensokrima ago, li faris kunkrimulojn el ili ambaŭ. Ili plu paŝadis lante laŭ la koridoro, sed nun O'Brien haltis. Kun la kurioza, senpanikiga amikeco, kiun li ĉiam sukcesis doni al la gesto, li reĝustigis siajn okulvitrojn sur sia nazo. Post tio li pludiris:

"Kion mi vere intencis diris, estas ke mi rimarkis ke en via artikolo vi uzis du vortojn kiuj jam arkaikiĝis. Sed ili nur iĝis tiaj tre lastatempe. Ĉu vi vidis la dekan eldonon de la novparola vortaro?

"Ne," diris Winston. "Mi kredis ĝin ankoraŭ neeldonita. Ni ankoraŭ uzas la naŭan en la Departemento de Registroj."

"La deka eldono devos, laŭplane, aperi post pluraj monatoj, mi kredas. Sed kelkaj fruekzempleroj estas disdonitaj. Mi mem havas ekzempleron. Eble vin interesus rigardi ĝin, ĉu?"

"Tre multe," diris Winston, tuj komprenante kien la parolo de O'Brien celas.

"Kelkaj el la novaj enhavaĵoj estas tre ingeniaj. La redukto de la nombro da verboj — jen la punkto kiu plej interesos vin, mi kredas. Mi pensu, ĉu mi sendu mesaĝiston kun la vortaro? Sed mi timas ke mi senvarie ĉiam forgesas tiaĵojn. Eble vi povus preni ĝin ĉe mia apartamento, je tempo oportuna por vi? Atendu. Mi donu al vi mian adreson."

Ili staris antaŭ teleekrano. Iom senpense, O'Brien palpis du el siaj poŝoj, kaj poste elprenis malgrandan ledkovritan notlibron, kaj oran inkokrajonon. Tuj sub la teleekrano, en tia pozicio ke ĉiu rigardanto ĉe la alia finaĵo de la aparato povus legi kion li skribas, li skribaĉis adreson, elŝiris la paĝon kaj donis ĝin al Winston.

"Mi kutime estas ĉehejme dum la vesperoj," li diris. "Se ne, mia servisto donos al vi la vortaron."

Li foriris, lasante Winstonon tenanta la paperpecon, kiun ne necesis kaŝi, ĉifoje. Malgraŭ tio, li zorge parkerigis la skribaĵon sur ĝi, kaj kelkajn horojn poste li faligis ĝin en la memorotruon, kune kun amaso da aliaj folioj.

Ili estis konversaciintaj dum maksimume du minutoj. La epizodo povus havi nur unu signifon. Ĝi estis ruze aranĝita, por sciigi al Winston la adreson de O'Brien. Tio necesis, ĉar sen rekta demando, neniam eblis trovi kie loĝas iu ajn. Neniaj adreslistoj ekzistis. "Se iam vi volos viziti min, jen kie vi povos trovi min," jen kion diris al li O'Brien. Eble eĉ mesaĝo kaŝiĝos ie en la vortaro. Sed ĉiukaze, unu afero certis. La konspiro pri kiu li revis ja ekzistas, kaj li atingis ĝian eksteran randon.

Li sciis ke pli-malpli frue li obeos la alvokon de O'Brien. Eble morgaŭ, eble post longe — li ne certis. Kio okazas estis nur la disvolviĝo de procedo komenciĝinta antaŭ jaroj. La unua paŝo estis sekreta, neintencita penso; la dua estis malfermi la taglibron. Li transiris de pensoj al vortoj, kaj nun de vortoj al agoj. La lasta paŝo estas io okazonta en la Ministrejo de la Amo. Li akceptis ĝin. La fino troviĝas jam en la komenco. Sed timigis; aŭ, pli ekzakte, ĝi estis kvazaŭ antaŭgusto de la morto, kvazaŭ havi iomete malpli da vivo. Eĉ dum li parolis kun O'Brien, kiam la signifo de la vortoj enpenetris lin, malvarma skusento ekregis lian korpon. Li sentis kvazaŭ li marŝas en la malsekon de tombo, kaj ne multe pli bonis pro tio ke li ĉiam sciis ke la tombo jam deantaŭe pretas kaj atendas lin.

VII

Winston vekiĝis kun la okuloj plenaj de larmoj. Julia ruliĝis dormeme kontraŭ lin, murmurante ion eble deĉifreblan kiel "Kio estas?"

"Mi sonĝis —" li komencis, kaj ekhaltis. Tro kompleksis por envortigo. Ekzistis la sonĝo mem, kaj ekzistis memoro ligita al ĝi, renaĝinta en lian menson dum la kelkaj sekundoj post la vekiĝo.

Li kuŝis surdorse, kun la okuloj fermitaj, ankoraŭ trempita en la etoso de la sonĝo. Ĝi estis vasta, lumoplena sonĝo, en kiu lia tuta vivo ŝajnis etendiĝi antaŭ li kvazaŭ pejzaĝo dum somera vespero post pluvo. Ĉio okazis interne de la vitra paperpezilo, sed la surfaco de la vitro estis la ĉielkupolo, kaj interne de la kupolo ĉio estis iluminata de klara milda lumo, per kiu oni povas vidi senlime distancen. La sonĝo ankaŭ ampleksis geston — efektive, iusence konsistis el ĝi — faritan per la brako de lia patrino, kaj denove faritan post tridek jaroj de la juda virino kiun li vidis sur la novaĵfilmo, dum ŝi penis ŝirmi la knabeton kontraŭ la kugloj, antaŭ ol la helikoptero diseksplodigis ilin.

"Ĉu vi scias," li diris, "ke ĝis la nuna momento mi kredis ke mi murdis mian patrinon?"

"Kial vi murdis ŝin?" diris Julia, preskaŭ endorme.

"Mi ne murdis ŝin, ne korpe."

En la sonĝo li memoris sian lastan ekvidon de la patrino; kaj kelkajn momentojn post lia vekiĝo, rememoriĝis la grupo da malgrandaj eventoj kiuj ĉirkaŭis ĝin. Temis pri memoro kiun li evidente intence forpuŝis el sia konscio dum multaj jaroj. Li ne certis pri la dato, sed li nepre ne estis malpli ol dekjara, eble dekdujara, kiam ĝi okazis.

Lia patro jam antaŭ iom da tempo malaperis, kiom pli frue, li ne povis memori. Li pli bone memoris la bruplenajn malkvietajn cir-

konstancojn de la epoko: la periodaj panikoj pro aeratakoj, kaj la
sinŝirmado en la stacioj de la subtera fervojo, la amasoj da rubo ĉie,
la nekompreneblaj proklamoj afiŝitaj ĉe la stratanguloj, la bandoj de
junuloj vestitaj per identaj unukoloraj ĉemizoj, la enormaj vicoj ekster
la bakejoj, la intermita mitralado distanca — kaj ĉefe, la fakto ke ne-
niam haveblis sufiĉe da manĝaĵoj. Li memoris longajn posttagmezojn
pasigitajn kun aliaj knaboj per elserĉado ĉe rubujoj kaj rubamasoj,
dum ili elprenis la ripojn de brasikfolioj, terpomŝelerojn, eĉ kelkafoje
pecetojn de malfreŝaj pankrustoj, de kiuj ili zorgoplene deskrapis la
cindrojn; kaj ankaŭ dum ili atendadis la preterpason de kamionoj,
kiuj veturadis laŭ certa itinero kaj kiuj, oni sciis, portis brutnutraĵojn,
kaj kiuj, kiam ili ŝanceliĝis pro la malbonaj vojflikaĵoj, kelkafoje eĺetis
kelkajn fragmentojn de olebulkaĵo.

Kiam lia patro malaperis, lia patrino ne montris surpriziĝon aŭ
violentan malĝojon, sed subita ŝanĝo trafis ŝin. Ŝi ŝajnis ekiĝi tute
senspirita. Evidentis eĉ al Winston ke ŝi atendas ion kiu, kiel ŝi sciis,
neeviteble okazos. Ŝi faris ĉion bezonatan — plu kuiris, lavis, flikis,
ordigis la liton, balais la plankon, senpolvigis la kamenbreton — ĉiam
tre lante, kaj kun kurioza manko de superflua moviĝo, kvazaŭ ma-
nekeno farita de artisto moviĝas per si mem. Ŝia granda gracia korpo
ŝajnis nature refali en senmovecon. Dum horoplenaj periodoj ŝi sid-
adis preskaŭ senmove sur la lito, vartante lian pli junan fratinon, etan,
malsanan, tre silentan infanon du- tri-jaran kun vizaĝo simiaspekti-
gita pro magro. Tre neofte ŝi prenis Winstonon en siajn brakojn, kaj
premis lin kontraŭ sin dum longa tempo, tute sen diri ion. Li konsciis,
malgraŭ siaj juno kaj egoismo, ke iel tio kunligiĝis kun la neniam
menciita evento okazonta.

Li memoris la ĉambron en kiu ili loĝis, ĉambro senluma, senaera,
kiu ŝajnis duone plenigita per lito kun blanka kovrilo. Gasflamingo
situis antaŭ la kameno, kaj breto sur kiu manĝaĵoj konserviĝis, kaj sur
la libera planko ekstere bruna ceramika lavujo uzata de pluraj aparta-
mentoj. Li memoris la statuecan korpon de sia patrino klinitan super
la gasflamingo por kirli ion en kuirpoto. Pleje li memoris sian kon-
stantan malsaton, kaj la ferocajn sordidajn batalojn je la manĝotempoj.

Li ripete kaj konstante ĉagrenis sian patrinon per demandoj pri kial ne estas pli da manĝaĵo, li kriadis kolerege al ŝi (li eĉ memoris la tonojn de sia voĉo, kiu komencis sporade maturiĝi kaj kelkafoje muĝis strange), aŭ li provis ploraĉeman patosan tonon, penante havigi al si pli ol sian porcion. Ŝi akceptis ke normalas ke li, "la knabo", havu la plej grandan porcion; sed negrave kiom ŝi donis al li, senvarie li postulis pli. Je ĉiu manĝo ŝi petegis ke li ne egoismu, kaj ke li memoru ke lia fratineto malsanas, kaj ankaŭ bezonas manĝaĵojn, sed ne utilis. Li furioze kriis kiam ŝi ĉesis ĉerpi, li penis perforte preni de ŝiaj manoj la kuirpoton kaj kuleron, li prenadis manĝerojn el la telero de sia fratino. Li sciis ke li malsatigas la aliajn du, sed li ne povis malhelpi sin; li eĉ sentis ke li rajtas fari tion. La viglega malsato en lia stomako ŝajnis pravigi lin. Inter la manĝoj, se lia patrino ne gardis, li konstante ŝtelis partojn de la mizera stoketo de manĝaĵoj sur la breto.

Unu tagon oni distribuis ĉokoladporciojn. Okazis nenia tia distribuo dum la pasintaj semajnoj aŭ monatoj. Li tute klare memoris tiun valoregan ereton da ĉokolado. Ĝi estis du-unca[19] peco (oni ankoraŭ mezuris per uncoj dum tiu epoko) dividenda inter la tri personoj. Evidentis ke decus dividi ĝin en tri egalajn partojn. Subite, kvazaŭ aŭskultante alian personon, Winston aŭdis sin postuli per laŭta muĝa voĉo ke ŝi donu la tutan pecon al li. Lia patrino diris ke li ne estu avida. Sekvis longa, ripetoplena kverelo kiu ĉirkaŭiris sin senfine, kun krioj, ploraĉado, larmoj, avertoj, marĉandado. Lia fratineto, kroĉanta sin al sia patrino per ambaŭ manoj, ekzakte kiel simieto, sidis rigardante lin transŝultre per grandaj, mornaj okuloj. Fine lia patrino derompis tri kvaronojn de la ĉokolado kaj donis tion al Winston, kaj donis la alian kvaronon al lia fratino. La knabineto prenis ĝin kaj rigardis ĝin neentuziasme, eble ne sciante kio ĝi estas. Winston staris rigardante ŝin dum momento. Poste, per subita rapida salto li ekprenis la ĉokoladeron el la mano de sia fratino kaj kuris porden.

"Winston, Winston!" lia patrino kriis al li, "Revenu! Redonu al via fratino ŝian ĉokoladon!"

---

19 Proks. 57 gramoj. — *Trad.*

Li haltis, sed ne revenis. La angoraj okuloj de lia patrino fikse ri-
gardadis lian vizaĝon. Eĉ nun ŝi pensadis pri la afero, li ne sciis kio,
tuj okazonta. Lia fratino, konsciante ke io estis ŝtelita for de ŝi, ko-
mencis feble krii. Lia patrino ĉirkaŭbrakis la infanon kaj premis ĝian
vizaĝon kontraŭ sian bruston. Iel tiu gesto informis lin ke lia fratino
mortas. Li turnis sin kaj kuris malsupren laŭ la ŝtuparo, kun la ĉoko-
lado moliĝanta en lia mano.

Li neniam revidis sian patrinon. Vorinte la ĉokoladon li iomete
hontis pri si kaj restis en la stratoj dum pluraj horoj, ĝis malsato pelis
lin hejmen. Kiam li revenis, lia patrino estis malaperinta. Tio jam
komencis fariĝi normala tiutempe. Nenio mankis en la ĉambro, es-
cepte de liaj patrino kaj fratino. Ili ne forprenis vestojn, eĉ ne la dikan
mantelon de lia patrino. Ankoraŭ nun li ne plene certis ke lia patrino
mortis. Tute eblis ke ŝi nur sendiĝis al bagno. Kaj rilate al lia fratino,
eble oni forprenis ŝin, same kiel Winstonon mem, al unu el la kolonioj
por senhejmaj infanoj (oni nomis ilin "Centroj por Revalorigo") kiuj
rezultis de la intercivitana milito, aŭ eble ŝi sendiĝis al la bagno kun
lia patrino, aŭ simple lasiĝis ie por morti.

La songo ankoraŭ klaregis en lia menso, precipe la ĉirkaŭanta
protekta gesto de la brako, kiu ŝajnis ampleksi ĝian tutan signifon.
Lia menso reiris al alia songo de antaŭ du monatoj. Ekzakte kiel lia
patrino sidis sur la blanke kovrita litaĉo, kun la infano kroĉiĝinta al
ŝi, same ŝi sidis en la subakviĝinta ŝipo, longe sub li, konstante pli
profunde dronante, tamen ankoraŭ suprenrigardante al li tra la mal-
heliĝanta akvo.

Li rakontis al Julia pri la malapero de lia patrino. Sen malfermi
siajn okulojn ŝi ruliĝis kaj plikomfortigis sian pozicion.

"Verŝajne vi estis fiaĉuleto dum tiuj tagoj," ŝi diris malklare. "Ĉiuj
infanoj estas fiaĉuletoj."

"Jes. Sed la vera celo de la rakonto —"

Per ŝia spirado evidentis ke ŝi denove endormiĝas. Li volonte plu
parolus pri sia patrino. Li ne supozis, laŭ sia memoro pri ŝi, ke ŝi
estis nekutima virino, nek inteligentulino; kaj tamen ŝi posedis ian
noblecon, ian puron, simple ĉar la normoj kiujn ŝi obeis estis privataj
normoj. Ŝi havis proprajn sentojn, kiujn ekstera instanco ne povus

ŝanĝi. Neniel ŝi ekpensus ke ago senefika tial sensignifas. Kiam oni amas personon, oni amas lin, kaj kiam nenio plia restas donebla, oni tamen donas al li amon. Kiam la lastaj eroj de la ĉokolado estis for, lia patrino tenis la infanon en siaj brakoj. La ago senutilis, ĝi ŝanĝis nenion, ĝi ne rezultigis pli da ĉokolado, ĝi ne evitigis la morton de la infano nek ŝian propran morton; sed ŝajnis nature al ŝi, agi tiel. La fuĝinta virino en la boato ankaŭ kovris la knabeton per sia brako, kiu ne defendis lin pli bone ol paperfolio, kontraŭ la kugloj. La fiega ago de la Partio estis ĝia konvinkigo ke nuraj impulsoj, nuraj sentoj, senvaloras, dum samtempe ĝi forŝtelis de vi ĉian regon je la materia mondo. Kiam vi estis kaptita de la Partio, tute vere ne gravis kion vi sentis aŭ ne sentis, faris aŭ ne faris. Negrave kio okazis, vi malaperis, kaj nek vi nek viaj agoj denove memoratas. Vi estis tute forprenita el la historio. Tamen, al la homoj antaŭ nur du generacioj, tio ne ŝajnus gravega, ĉar ili ne strebis ŝanĝi la historion. Ilin regis privataj lojaloj kiun ili ne dubis. Kio gravis estis individuaj rilatoj, kaj plene senhelpa gesto, ĉirkaŭpremo, larmo, vorto parolita al mortanto, povus havi propran valoron. La proloj, li subite ekpensis, restas tiaj. Ili ne lojalas al partio aŭ lando aŭ ideo, ili lojalas unu al la alia. La unuan fojon en sia vivo li ne malestimis la prolojn nek imagis ilin senaga forto kiu iam ekvigliĝos kaj revivigos la mondon. La proloj restis homaj. Ili ne duriĝis interne. Ili konservis la primitivajn emociojn kiujn li mem devis reakiri per konscia strebado. Kaj pensante tion li ekmemoris, sen klara kialo, ke antaŭ kelkaj semajnoj li vidis detranĉitan manon kuŝantan sur la pavimo kaj li piedbatis ĝin en la defluilon kvazaŭ brasiktigon.

"La proloj estas homoj," li diris pervoĉe. "Ni ne estas homoj."

"Kial ne?" diris Julia, kiu revekiĝis.

Li pensis dum kelkaj momentoj. "Ĉu vi iam ekpensis," li diris, "ke plej bone por ni estus simple marŝi el ĉi tie antaŭ ol tro malfruos, kaj neniam denove renkonti unu la alian?"

"Jes, karulo, mi pensis tion, plurfoje. Malgraŭe, mi ne agos tiel."

"Ni bonfortunas," li diris, "sed tio ne povos longe daŭri. Vi junas. Vi aspektas normala kaj senkulpa. Se vi evitos homojn similajn al mi, vi eble povos vivi ankoraŭ kvindek jarojn."

"Ne. Mi trapensis ĉion. Kion vi faros, tion mi faros. Kaj ne tro sen-
esperu. Mi relative sukcesas kiam temas pri transvivado."

"Ni eble kunestos dum ses monatoj pli — jaro — ni ne povas scii.
Fine ni neeviteble apartiĝos. Ĉu vi konscias kiom tutege solecaj ni
estos? Kiam ili jam kaptis nin, nenion, plentute nenion, unu el ni
povos fari por la alia. Se mi konfesos, ili mortpafos vin, kaj se mi ri-
fuzos konfesi, malgraŭ tio ili mortpafos vin. Nenio farita aŭ dirita de
mi, aŭ nedirita de mi, prokrastigos vian morton je eĉ kvin minutoj.
Neniu el ni eĉ scios ĉu la alia plu vivas, aŭ jam mortis. Sole gravas ke
ni ne perfidu unu la alian, kvankam eĉ tio tute senefikos."

"Se vi parolas pri konfesado," ŝi diris, "nepre ni faros tion. Ĉiuj
ĉiam konfesas. Ne eblas eviti tion. Ili torturas."

"Mi ne parolas pri konfeso. Konfeso ne estas perfido. Ne gravas
kion oni diras aŭ faras; nur gravas la sentoj. Se ili povus devigi min
ne plu ami vin — tio estus vera perfido."

Ŝi pripensis tion. "Ili ne povus fari tion," ŝi fine diris. "Nur tion ili
ne kapablas fari. Ili povas devigi ke vi diru ion ajn — *ion ajn* — sed ili
ne povas devigi ke vi kredu ĝin. Ili ne povas eniri vin."

"Ne," li diris, iomete pli espere, "ne; estas tute vere. Ili ne povas
eniri vin. Se vi povas *senti* ke valoras resti homa, eĉ kiam tio ne povas
havi ian ajn rezulton, vi venkis ilin."

Li pensis pri la teleekrano, kun ĝia neniamdormanta orelo. Ili
povas spioni nokte kaj tage, sed se oni restas senpanika, oni povas
malgraŭ tio trompi ilin. Malgraŭ sia lertego, ili neniam sukcesis trovi
kion alia homo pensas. Eble tio malpli veras, kiam oni efektive estas
en iliaj manoj. Oni ne scias kio okazas interne de la Ministrejo de la
Amo, sed eblas diveni: torturoj, drogoj, delikataj instrumentoj, kiuj
registras oniajn nervoreagojn, iom-post-ioma malkaŝigo pere de sen-
dormigado kaj soligado kaj senĉesa demandado. Faktoj, certe, ne suk-
cese kaŝeblas. Ili povas trovi ilin per demandado, ili povas enlumigi
ilin per torturado. Sed se oni celas ne resti viva, sed homa, kiel finfine
gravas? Ili ne povas ŝanĝi oniajn sentojn: efektive, oni ne povas mem
ŝanĝi ilin, eĉ se oni volas. Ili povus enlumigi plej detale ĉion kion oni
faris aŭ diris aŭ pensis; sed la interna koro, kies agado misteras eĉ por
oni mem, restas nevenkebla.

VIII

Ili faris la agon, ili finfine faris la agon!

La ĉambro en kiu ili staris estis longa kaj softe lumigata. La tele-ekrano estis mallaŭtigita ĝis milda murmurado; la riĉa koloro de la malhelblua tapiŝo faris la impreson ke oni tretadas sur veluro. Ĉe ekstremo de la ĉambro, O'Brien sidis ĉe tablo sub verde kovrita lampo, kun amaso da folioj ambaŭflanke de si. Li eĉ ne suprenrigardetis, kiam la servisto gvidis al li Julian kaj Winstonon.

La koro de Winston bategadis tiel forte, ke li dubis ĉu li povos paroli. Ili faris la agon, ili finfine faris la agon; nur tion li povis pensi. Veni ĉi tien, en si mem, estis malsaĝa ago, kaj malsaĝegis veni kune; kvankam ili ja venis laŭ malsamaj vojoj, kaj renkontiĝis nur antaŭ la pordo de O'Brien. Sed necesis iom da aŭdaco por eĉ marŝi en tian lokon. Nur maloftege oni vidis la internon de la loĝejoj de la Interna Partio, aŭ eĉ penetris la kvartalon de la urbo kie ili loĝas. La tuta etoso de la giganta apartamentaro, la riĉo kaj vasto de ĉio, la nekutimaj odoroj de bonaj manĝaĵoj kaj bona tabako, la silentaj kaj nekredeble rapidaj liftoj, kiuj glitis supren kaj malsupren, la blankjakaj servistoj rapidantaj tien kaj reen — ĉio timigis. Kvankam li havis bonan pretekston por veni ĉi tien, lin hantis ĉiupaŝe timo ke nigre uniformita gardisto ekaperos de ĉirkaŭ angulo, postulos liajn identigilojn, kaj ordonos ke li foriru. Tamen la servisto de O'Brien enlasis ilin ambaŭ, sen hezito. Li estis negranda nigrahara viro en blanka jako, kun diamantoforma, plene senesprima vizaĝo, kia de ĉino. La koridoro laŭ kiu li kondukis ilin havis molajn tapiŝojn, kun kremkolore tegitaj muroj kaj blankaj paneloj, ĉio ekstreme purega. Ankaŭ tio timigis. Winston ne povis memori iam vidi koridoron kies muroj ne malpuraĉis pro kontaktado kun homaj korpoj.

O'Brien tenis paperfolieton inter siaj fingroj kaj laŭaspekte stu-
dadis ĝin intense. Lia malmilda vizaĝo, klinita tiel ke oni povis vidi la
linion de la nazo, aspektis kaj timiga kaj inteligenta. Dum eble dudek
sekundoj li sidis senmove. Post tio li altiris la paroloskribilon al si, kaj
eldiris mesaĝon per la hibrida ĵargono de la Ministrejoj.

"Punktoj unu komo kvin komo sep aprobitaj plene halto su-
geston enhavata ero ses duobleplus ridindan preskaŭ krimpenson
nuligu halto malpluagu konstrue antaŭakiri plusplenajn taksojn
maŝinkostajn halto mesaĝfino."

Li nerapide leviĝis el sia seĝo kaj venis direkte al ili trans la sen-
sonan tapiŝon. Iom el la oficiala etoso ŝajne forfalis de li kun la Nov-
parolaj vortoj, sed lia mieno malpli afablis ol kutime, kvazaŭ al li ne
plaĉas la ĝeno. La teroron jam sentatan de Winston subite trapafis
ordinara embaraso. Ŝajnis al li ke tute eble li nur faris stultan eraron.
Ĉar kian pruvon li havis efektive ke O'Brien estas ia politika kun-
konspiranto? Nur ekbrilon de la okuloj, kaj unusolan neklaran ko-
menton; krom tio, nur siajn sekretajn imagojn bazitajn sur songo. Li
eĉ ne povus pardonigi sin per pretendo ke li venis pruntepreni la vor-
taron, ĉar tiuokaze la ĉeesto de Julia maleksplikeblus. Dum O'Brien
pasis la teleekranon, ekpenso ŝajne trafis lin. Li haltis, turnis sin kaj
premis ŝaltilon sur la muro. Aŭdiĝis abrupta klako. La voĉo ekĉesis.

Julia ellasis malgrandan sonon, ian surprizokrieton. Eĉ meze de
sia paniko, Winston estis tro surprizita por povi silenti.

"Vi povas malŝalti ĝin!" li diris.

"Jes," diris O'Brien, "ni povas malŝalti ĝin. Ni havas tiun privile-
gion."

Li estis tuj antaŭ ili, nun. Lia solida formo turis super ili, kaj la
esprimo sur lia vizaĝo ankoraŭ ne deĉifreblis. Li atendadis, iom se-
vere, por ke Winston parolu, sed pri kio? Eĉ nun plene koncepteblis
ke li estas nur multe okupata viro, kiu demandas al si iritite kial oni
interrompis lin. Neniu parolis. Post la eksilentiĝo de la teleekrano, la
ĉambro ŝajnis morte silenta. La sekundoj pretermarŝadis, enormaj.
Malfacile Winston plu fiksadis siajn okulojn sur tiujn de O'Brien. Su-
bite la severa vizaĝo aperigis tion kio povus esti la komenco de rid-

eto. Per sia karakteriza gesto O'Brien reĝustigis siajn okulvitrojn sur sia nazo.

"Ĉu mi diru, aŭ ĉu vi?" li diris.

"Mi diros," respondis Winston tuj. "Tiu aparato vere estas malŝaltita?"

"Jes, ĉio estas malŝaltita. Ni estas solaj."

"Ni venis ĉi tien ĉar — "

Li paŭzis, la unuan fojon komprenante la svagecon de liaj propraj motivoj. Ĉar li ne efektive sciis kian helpon atendi de O'Brien, ne facilis diri kial li venis ĉi tien. Li plu parolis, konsciante ke kion li diras neeviteble sonas kaj febla kaj aroganta.

"Ni kredas ke ekzistas ia konspirado, ia sekreta organizo laboranta kontraŭ la Partio, kaj ke vi partoprenas en ĝi. Ni volas membriĝi en ĝi, kaj labori por ĝi. Ni estas malamikoj de la Partio. Ni malkredas la principojn de Angsoco. Ni estas pensokrimuloj. Ni ankaŭ estas adultantoj. Mi diras ĉi tion al vi, ĉar ni volas peti vian kompaton. Se vi volas ke ni kulpigu nin per iu alia maniero, ni pretas."

Li ĉesis, kaj rigardetis trans sian ŝultron, sentante ke la pordo malfermiĝis. Vere, la negranda flavvizaĝa servisto envenis, sen frapi sur la pordon. Winston vidis ke li portas pleton, sur kiu estas karafo kaj glasoj.

"Martino estas el nia grupo," diris O'Brien senemocie. "Alportu la trinkaĵojn ĉi tien, Martino. Metu ilin sur la rondan tablon. Ĉu ni havas sufiĉe de seĝoj? Do ni sidiĝu, kaj parolu komforte. Altiru seĝon por vi mem, Martino. Ni serioze interparolos. Vi rajtas ĉesi agi kiel servisto, dum la sekvaj dek minutoj."

La negrandulo sidiĝis tute komforta, tamen ankoraŭ kun servisteca mieno, la mieno de valeto ĝuanta privilegion. Winston rigardis lin el okulangulo. Ekeniris lian menson ke la tuta vivo de tiu viro konsistas el rolado, kaj ke li sentas ke danĝeras forlasi sian rolpersonecon eĉ dummomente. O'Brien prenis la karafon per ĝia kolo, kaj plenigis la glasojn per malhelruĝa likvo. Tio memorigis iom neklare al Winston ion viditan antaŭ longe sur muro aŭ reklampanelo — vastan botelon konsistantan el elektraj lampetoj, kiu ŝajnas supreniradi kaj subiradi kaj verŝi sian enhavon en glason. Vidate desupre la likvo aspektis preskaŭ nigra, sed en la karafo ĝi scintilis kiel rubeno. Ĝi havis amar-dolĉan odoron. Li vidis Julian preni sian glason kaj flari ĝin, klare kurioza.

"Oni nomas ĝin vino," diris O'Brien iomete ridetante. "Sendube vi legis pri ĝi en libroj. Malmulte da ĝi atingas la Eksteran Partion, mi timas." Lia vizaĝo denove serioziĝis, kaj li levis sian glason: "Mi kredas ke konvenas komenci per tosto. Al nia Gvidanto: al Emmanuel Goldstein."

Winston iom fervore prenis sian glason. Vino estis io pri kiu li legis kaj revis. Simile al la vitra paperpezilo, aŭ la duone memorataj rimaĵoj de S-ro Charrington, ĝi apartenis al la malaperinta romantika paseo, la antikva epoko, kiel li emis nomi ĝin en siaj sekretaj pensoj. Ial li ĉiam supozis ke vino havas intense dolĉan guston, similan al tiu de rubusa konfitaĵo, kaj tujan ebriigan efikon. Efektive, kiam li gustumis ĝin, la trinkaĵo tre seniluziigis. La vero estis ke post jaroj da ĝinodrinkado, li apenaŭ sentis ĝian guston. Li remetis la malplenigitan glason.

"Ĉu vere ekzistas tiu homo Goldstein?" li diris.

"Jes, li vere ekzistas, kaj li vivas. Mi ne scias kie."

"Kaj la konspirado — la organizo? Ĉu ĝi realas? Ĝi ne estas simple elpensaĵo de la Pensopolico?"

"Ne, ĝi realas. Ni nomas ĝin La Frataro. Vi neniam scios multe pli pri la Frataro, ol ke ĝi ekzistas, kaj ke vi apartenas al ĝi. Mi revenos al tiu temo post nelonge." Li rigardis sian brakhorloĝon. "Malsaĝas, eĉ por membroj de la Interna Partio, lasi la teleekranon malŝaltita dum pli ol duonhoro. Vi devus ne esti venintaj kune, kaj vi devos aparte foriri. Vi, kamarado" — li klinis sian kapon al Julia — "foriros la unua. Ni disponas proksimume dudek minutojn. Komprenu ke mi devas komenci per certaj demandoj al vi. Ĝenerale, kion vi pretas fari?"

"Ĉion kion ni kapablas," diris Winston.

O'Brien estis turninta sin iomete en sia seĝo, tiel ke li rigardis rekte al Winston. Li preskaŭ ignoris Julian, ŝajne li antaŭsupozis ke Winston rajtas paroli por ŝi. Dum momento la palpebroj malleviĝis sur liajn okulojn. Li komencis demandadi per nelaŭta, senesprima voĉo, kvazaŭ temus pri rutinaĵo, ia kateĥismo, por kiu li jam sciis la plej multajn respondojn.

"Vi pretas oferi viajn vivojn?"

"Jes."

"Vi pretas murdi?"

"Jes."

"Fari sabotadon kiu eble kaŭzos la morton de centoj da senkulpuloj?"

"Jes."

"Perfidi vian landon al fremdaj potencoj?"

"Jes."

"Vi pretas trompi, falsi, ĉantaĝi, korupti la mensojn de infanoj, distribuadi manikaŭzajn drogojn, kuraĝigi putinadon, disvastigi venereajn malsanojn — fari kion ajn por kaŭzi moralan korupton, kaj malfortigi la potencon de la Partio?"

"Jes."

"Se ekzemple, iel servus nin ĵeti sulfuracidon en la vizaĝon de infano — ĉu vi pretas fari tion?"

"Jes."

"Vi pretas perdi vian identon, kaj vivi la ceteron de via vivo kiel kelnero aŭ stivisto?"

"Jes."

"Vi pretas mortigi vin, se kaj kiam ni ordonos ke vi faru tion?"

"Jes."

"Vi pretas, vi ambaŭ pretas, apartiĝi kaj neniam revidi unu la alian?"

"Ne!" interrompis Julia.

Ŝajnis al Winston ke pasis longa tempo antaŭ ol li respondis. Dum momento, al li ŝajnis eĉ manki la kapablo paroli. Lia lango funkciis sensone, formante la komencajn silabojn unue de unu vorto, poste de alia, ree kaj ree kaj ree. Ĝis diri ĝin, li ne sciis kiun vorton li diros. "Ne," li fine diris.

"Estas bone ke vi informis min," diris O'Brien. "Necesas ke ni sciu ĉion."

Li turnis sin direkte al Julia, kaj pludiris per voĉo en kiu estis iom pli da esprimo:

"Ĉu vi komprenas ke eĉ se li transvivos, eble li estos malsama? Ni eble devos doni al li novan identon. Lia vizaĝo, lia moviĝado, la formo de liaj manoj, la koloro de lia hararo — eĉ lia voĉo estus diferencaj. Kaj vi mem eble fariĝus alia persono. Niaj kirurgoj kapablas ŝanĝi homojn tiel ke ili ne plu rekoneblas. Kelkafoje necesas. Kelkafoje ni eĉ fortranĉas membron."

Winston ne povis ne rigardeti flanken al la mongola vizaĝo de Martino. Neniuj cikatroj videblis. Julia iĝis pli pala, tiel ke ŝiaj efelidoj videblis, sed ŝi frontis O'Brienon kuraĝe. Ŝi murmuris ion, kio ŝajnis jesa.

"Bone. Do tio estas decidita."

Estis arĝenta cigaredujo sur la tablo. Kun iom senpripensa mieno, O'Brien puŝis ĝin direkte al la aliaj, mem prenis cigaredon, poste stariĝis, kaj komencis paŝadi tien kaj reen, kvazaŭ li pli bone pensas starante. Ili estis tre bonaj cigaredoj, tre dikaj, kaj bone pakitaj, kun nefamiliara silkeco en la papero. O'Brien denove rigardis sian brakhorloĝon.

"Plej bone estos ke vi reiru al via proviantejo, Martino," li diris "Mi reŝaltos post kvarono da horo. Atente rigardu la vizaĝojn de ĉi tiuj kamaradoj, antaŭ ol foriri. Vi revidos ilin. Mi mem, eble ne."

Ekzakte kiel ĉe la antaŭa pordo, la malhelaj okuloj de la negranda viro trarigardis iliajn vizaĝojn. Nenia spuro de amikeco montriĝis en lia maniero. Li parkerigis ilian aspekton, sed li sentis nenian interesiĝon pri ili, aŭ tiel ŝajnis. Winston ekpensis ke sintezita vizaĝo eble ne kapablas ŝanĝi sian mienon. Sen paroli aŭ iel ajn adiaŭi, Martino eliris, fermante la pordon silente post si. O'Brien paŝadis tien kaj reen, kun unu mano en poŝo de sia nigra kombineo, en la alia estis lia cigaredo.

"Komprenu," li diris, "ke vi batalados en mallumo. Vi ĉiam estos en mallumo. Vi ricevos ordonojn, kaj vi obeos ilin sen scii la kialon. Poste mi sendos al vi libron, per kiu vi informiĝos pri la vera naturo de la socio en kiu ni vivas, kaj la strategio per kiu ni detruos ĝin.

Leginte la libron, vi estos plenaj membroj de la Frataro. Sed inter la ĝeneralaj celoj por kiuj ni batalas kaj la tujaj taskoj de la aktuala momento, vi neniam scios ion ajn. Mi diras al vi ke la Frataro ekzistas, sed mi ne povas diri al vi ĉu en ĝi estas cent membroj, aŭ dek milionoj. Per via propra scio, vi neniam povos diri ke en ĝi estas eĉ dek du. Vi havos tri aŭ kvar kontaktulojn, kiuj anstataŭiĝos fojfoje post sia malapero. Ĉar ĉi tiu estas via unua kontakto, ĝi daŭros. Kiam vi ricevos ordonojn, ili venos de mi. Se necesos ke ni komuniku kun vi, estos per Martino. Kiam fine vi estos kaptitaj, vi konfesos. Tio ne eviteblas. Sed vi povos konfesi malmultegon, apenaŭ pli ol viajn proprajn agojn. Vi ne povos perfidi pli ol manplenon da malgravuloj. Verŝajne vi eĉ ne perfidos min. Mi mem eble estos jam mortinta, aŭ mi jam iĝis alia persono, kun alia vizaĝo."

Li plu moviĝadis tien kaj reen sur la mola tapiŝo. Malgraŭ la granda amplekso de lia korpo, estis rimarkinda gracio en lia moviĝado. Ĝi montriĝis eĉ en la gesto per kiu li ĵetis manon en sian poŝon, aŭ manipulis cigaredon. Eĉ pli ol forton, lia impreso konigis konfidon kaj komprenon kun nuanco de ironio. Negrave kiom li seriozis, en li estis neniom de la unupenseco kiu apartenas al fanatikulo. Kiam li parolis pri murdo, sinmortigo, venerea malsano, detranĉitaj membroj, kaj ŝanĝitaj vizaĝoj, estis kun neklara babila kvalito. "Ne eviteblas," lia voĉo ŝajne diris; "jen kion ni nepre devas fari, senhezite. Sed ĉi tio ne estas kion ni farados, kiam la vivo denove vivindos." Ondo da admiro, preskaŭ da adoro, fluis el Winston cele O'Brienon. Dum momento li forgesis la ombran figuron Goldstein. Kiam oni rigardis la potencajn ŝultrojn de O'Brien kaj lian duraspektan vizaĝon, tiel malbelan tamen tiel civilizitan, ne eblis kredi ke li konkereblas. Ne ekzistis ruzo kiu povus trompi lin, neniu danĝero kiun li ne povus antaŭvidi. Eĉ Julia aspektis impresita. Ŝi lasis sian cigaredon estingiĝi, kaj aŭskultadis intense. O'Brien parolis plu:

"Vi ja aŭdis onidirojn pri la ekzisto de la Frataro. Sendube vi faris bildon por vi mem pri ĝi. Vi imagis, verŝajne, grandegan subteran movadon de konspirantoj, kunvenantaj sekrete en keloj, skribetantaj mesaĝojn sur murojn, rekonantaj unu la alian per kodvortoj aŭ per specialaj mangestoj. Nenio tia ekzistas. La membroj de la Frataro havas tute neniun metodon rekoni unu la alian, kaj maleblas ke unu membro sciiĝus pri la idento de pli ol kelketo da aliaj. Goldstein mem, se li falus en la manojn de la Pensopolico, ne povus doni al ili kompletan liston de membroj, nek ian informon kiu gvidus ilin al plena listo. Tia listo ne ekzistas. La Frataro ne nuligeblas, ĉar ĝi ne estas organizo, laŭ la kutima senco de tiu vorto. Nenio kuntenas ĝin, escepte de ideo nedetruebla. Vi neniam havos ion kapablan subteni vin, escepte de la ideo. Vi ne ricevos kamaradecon, nek kuraĝigon. Kiam vi estos fine kaptitaj, vi ricevos nenian helpon. Ni neniam helpas niajn membrojn. Pleje, kiam absolute necesas ke iu silentu, ni kelkafoje sukcesas kaŝe meti razoklingon en la ĉelon de kaptito. Vi devos kutimiĝi al vivado sen rezultoj kaj sen espero. Vi laboros ĉum kelka tempo, kaj post tio vi mortos. Nur tiujn rezultojn vi iam vidos. Tute ne ekzistas ebleco ke perceptebla ŝanĝo okazos dum ni vivos. Ni estas la mortuloj. Nia sola vera vivo estas en la futuro. Ni partoprenos en ĝi kiel manplenoj da polvo kaj eretoj da osto. Sed kiom foras tiu futuro, ne eblas scii. Povos esti mil jaroj. Nuntempe nenio eblas, escepte de iom-post-ioma plivastigo de malfrenezo. Ni ne povas agi grupe. Ni povas disvastigi nian scion nur kiel individuoj al individuoj, generacion post generacio. Fronte al la Pensopolico, ne ekzistas alia metodo."

Li ekĉesis paroli, kaj triafoje rigardis sian brakhorloĝon.

"Preskaŭ venis la momento por via foriro, kamarado," li diris al Julia. "Atendu. La karafo ankoraŭ duone plenas."

Li plenigis la glasojn, kaj levis sian propran glason per ĝia tigo.

"Kian toston ĉifoje?" li diris, ankoraŭ kun sama malklara ironieco. "Al la konfuziĝo de la Pensopolico? Al la morto de Granda Frato? Al la homaro? Al la futuro?"

"Al la paseo," diris Winston.

"La paseo ja pli gravas," konsentis O'Brien tre serioze. Ili malplenigis siajn glasojn, kaj post momento Julia stariĝis por foriri. O'Brien prenis malgrandan skatolon de la supro de ŝranko, kaj transdonis al ŝi platan blankan tablojdon, kiun li ordonis meti sur la langon. Gravas, li diris, ne eliri odorante pro vino: la liftoservistoj tre perceptemas.

Tuj kiam la pordo fermiĝis post ŝi, li ŝajnis forgesi ŝian ekziston. Li denove paŝis unu-du-foje, kaj ekhaltis.

"Detaloj decidendas," li diris. "Mi supozas ke vi havas ian kaŝlokon?"

Winston klarigis pri la ĉambro super la butiko de S-ro Charrington.

"Tio sufiĉos provizore. Poste ni aranĝos ion alian por vi. Gravas ofte ŝanĝi onian kaŝlokon. Intertempe mi sendos al vi ekzempleron de *la libro*" — eĉ O'Brien, rimarkis Winston, ŝajnis prononci la vortojn kvazaŭ kursivigitajn — "la libron de Goldstein, komprenu, tuj kiam eble. Eble pasos pluraj tagoj, antaŭ ol mi povos akiri ekzempleron. Ne multaj ekzistas, kiel vi povas imagi. La Pensopolico elspuras kaj detruas ilin, preskaŭ tiel rapide kiel ni produktas ilin. Malmulte gravas. La libro ne detrueblas. Se la lasta ekzemplero perdiĝus, ni povus reprodukti ĝin preskaŭ laŭvorte. Ĉu vi kunportas tekon al via laboro?" li pludiris.

"Kutime, jes."

"Kia ĝi estas?"

"Nigra, tre trivita. Kun du rimenoj."

"Nigra, du rimenoj, tre trivita — bone. Unu tagon, relative nelonge post nun — mi ne povas precizigi la daton — unu el la mesaĝoj inter viaj laboraĵoj por la mateno enhavos miskompostitan vorton, kaj vi devos peti ripetitan sendon. La sekvan tagon vi iros al via laboro sen via teko. Iam dum la tago, viro tuŝos vian brakon kaj diros 'Mi kredas ke vi faligis vian tekon'. La teko kiun li donos al vi enhavos ekzempleron de la libro de Goldstein. Vi redonos ĝin ĝis dek kvar tagoj."

Ili silentis dum momento.

"Restas kelkaj minutoj, antaŭ ol vi devos foriri," diris O'Brien. "Ni rerenkontiĝos — se efektive ni rerenkontiĝos —"

Winston suprenrigardis al li. "En la loko kie mankas mallumo?" li diris heziteme.

O'Brien kapjesis sen videbla surpriziĝo. "En la loko kie mankas mallumo," li diris, kvazaŭ rekonante la aludon. "Kaj intertempe, ĉu vi deziras diri ion, antaŭ ol foriri? Ian mesaĝon? Ian demandon?"

Winston pensis. Ne ŝajnis resti plia demando kiun li volas de-
mandi: des malpli li sentis impulson deklami solensonajn ĝeneral-
aĵojn. Anstataŭ io rekte ligita al O'Brien aŭ la Frataro, eniris lian
menson ia kunmetita bildo pri la senluma litĉambro, kie lia patrino
loĝis dum siaj lastaj tagoj, kaj la ĉambreto super la butiko de S-ro
Charringon, kaj la vitra paperpezilo, kaj la ŝtala gravuraĵo en sia roz-
ligna kadro. Preskaŭ senelekte li diris:

"Ĉu hazarde vi iam aŭdis malnovan rimaĵon, kies unuaj vortoj
estas '*Oranĝo, citroneto, sonoras Klemento'*?"

Denove O'Brien kapjesis. Kun ia solena ĝentileco li kompletigis
la strofon:

> *Oranĝo, citroneto, sonoras Klemento,*
> *La kosto, centimo, sonoras Martino,*
> *Sendu kambion sonoras Bejlio,*
> *Sed kie la riĉo? sonoras Ŝordiĉo*[20].

---

20 Parto de Londono, kun konata preĝejo. — *Trad.*

La rimaĵo estas tradicia, kun diversaj variantoj, uzata en ludo populara
inter infanoj. La plej konata varianto estas citita en ĉi tiu libro. Angle:

"*Oranges and lemons*", *say the bells of St. Clement's* / Oranĝoj kaj citronoj
diras la sonoriloj de Sankta Klemento

"*You owe me five farthings*", *say the bells of St. Martin's* / Vi ŝuldas al mi kvin
kvaronpencojn, diras la sonoriloj de Sankta Martino

"*When will you pay me?*" *say the bells of Old Bailey* / Kiam vi pagos al mi?
diras la sonoriloj de Olda Bejlio

"*When I grow rich*", *say the bells of Shoreditch* / Kiam mi estos riĉa, diras la
sonoriloj de Ŝordiĉo

"*When will that be?*" *say the bells of Stepney* / Kiam okazos tio? diras la sono-
riloj de Stepnio

"*I do not know*", *says the great bell of Bow* / Mi ne scias, diras la sonorilego
de Boŭo

[Tiuj unuaj sep linioj interpretas la sonojn de la sonoriloj de diversaj londo-
naj preĝejoj. Subite la temo de la rimaĵo aliiĝas:]

Here comes a candle to light you to bed / Jen venas kandelo por gvidi vin al la
lito

And here comes a chopper to chop off your head! / Jen venas hakisto dehaki la
kapon!

Chip chop chip chop — The last man's dead. / Hak bat hak bat — La lasta homo
mortis.   [Daŭrigo sur la sekva paĝo – Eld)

"Vi konas la lastan linion!" diris Winston.

"Jes, mi konas la lastan linion. Kaj nun, mi timas, venis la momento por via foriro. Sed atendu. Lasu min doni al vi tablojdon."

Dum Winston stariĝis, O'Brien etendis manon. Lia forta premo dolorigis la ostojn en la polmo de Winston. Ĉe la pordo Winston retrorigardis, sed ŝajne O'Brien jam formetas lin el sia menso. Li atendas kun mano sur la ŝaltilo de la teleekrano. Preter li, Winston povis vidi la skribotablon kun sia verde ŝirmita lampo, kaj la paroloskribilon, kaj la dratajn korbojn plenplenajn per folioj. La incidento jam finiĝis. Antaŭ la plupaso de tridek sekundoj, li ekpensis, O'Brien denove faros sian interrompitan kaj gravan laboron por la Partio.

[La lastaj tri linioj, nur aluditaj en ĉi tiu libro, kantiĝas kiel fino de tiu parto de la ludo.]

En ĉi tiu libro, mankas la kvina, sesa, kaj naŭa linioj; kaj kvankam en la angla la dua linio parolas pri *"five"* farthings" (*kvin* kvaronpencoj), en nia libro la teksto ĉiam diras *"tri* farthings (*tri* kvaronpencoj).

Nia traduko estas tre libera redono de la senco de la angla rimaĵo:

Oranĝo, citroneto, sonoras Klemento

La kosto, centimo, sonoras Martino

Sendu kambion sonoras Bejlio

Sed kie la riĉo? sonoras Ŝordiĉo

En eble Finnio? sonoras Stepnio

Sed ne en Suĝoŭo sonoras Boŭo

Venas kandelo en liton vin paki

Venas hakilo la kapon dehaki:

Hak bat hak bat — mortigi la homon.

— *Trad.*

IX

Winston estis gelateneca pro laco. Gelateneca, jen la ĝusta vorto Ĝi spontanee eniris lian kapon. Lia korpo ŝajnis havi ne nur la feblecon de gelatenaĵo, sed ankaŭ ĝian diafanan kvaliton. Li sentis ke se li supren tenus manon, li povus vidi la lumon tra ĝi. La tutaj sango kaj limfo estis elfluigitaj el li de enorma orgio da laborado, lasante post si nur fragilan strukturon de nervoj, ostoj, kaj haŭto. Ĉiuj sentoj ŝajnis pligrandigitaj. Lia kombineo frotis liajn ŝultrojn, la pavimo tiklis liajn piedojn, eĉ malfermado kaj fermado de mano estis tasko kiu krakigis liajn artikojn.

Li laboris pli ol naŭdek horojn en kvin tagoj. Same ĉiu alia en la Ministrejo. Nun ĉio estis farita, kaj li vere havis nenion plian far-endan, tute nenian Partilaboron, ĝis la mateno morgaŭ. Li povos el-spezi ses horojn en la kaŝejo, kaj naŭ horojn pli en sia propra lito. Ne-rapide, en milda posttagmeza sunbrilo, li marŝis laŭ malpura strato, direkte al la butiko de S-ro Charrington, atente observante por vidi patrolojn, sed kontraŭracie konvinkite ke ne estas danĝero ke iu mal-helpos lin. La peza teko kiun li portas frapis lian genuon je ĉiu paŝo, sendante piketan senton tra la haŭton de lia kruro. En ĝi estis *la libro*, kiun li posedis jam de ses tagoj tamen ankoraŭ ne malfermis, eĉ ne rigardis.

La sesan tagon de la Semajno da Hato, post la paradoj, la pre-legoj, la kriado, la kantado, la standardoj, la afiŝoj, la vaksfiguroj, la muĝado de tamburoj kaj la kriĉado de trumpetoj, la pezega marŝa sono de piedoj, la grincado de la rulbendoj de la tankoj, la bruo de amasigitaj aviadiloj, la sonegado de pafiloj — post ses tagoj da tio, kiam la granda orgasmo proksimiĝis al sia klimakso, kaj la ĝenerala

hato kontraŭ Eŭrazio bolegis ĝis tia deliro, ke se la homamaso povus
atingi la 2000 eŭraziajn militokrimulojn publike pendumotajn dum
la lasta tago de la festo, ili senmanke disŝirus ilin — je precize tiu
momento, anonciĝis ke efektive Oceanio ne militas kontraŭ Eŭrazio.
Oceanio militas kontraŭ Orientazio. Eŭrazio estas aliancano.

Kompreneble mankis ĉia agnosko ke ŝanĝo okazis. Nur dissciiĝis,
ekstreme subite kaj ĉie samtempe, ke Orientazio, ne Eŭrazio, estas
la malamiko. Winston partoprenis en demonstracio, en iu el la cen-
traj placoj de Londono, je la momento kiam tio okazis. Noktis, kaj la
blankaj vizaĝoj kaj la skarlataj standardoj estis sensacie lumigataj. La
placo plenplenegis per plurmil homoj, inkluzive de grupo de ĉirkaŭ
mil lernejinfanoj vestitaj per la uniformo de la Spionoj. Sur sklarlate
drapirita podio, oratoro de la Interna Partio, negranda nedika viro
kun neproporcie longaj brakoj kaj granda kalva kranio, super kiu
kelkaj malkrispaj haroj rampetis, bombastadis la homamason. Mal-
granda Rumpelstilckina[21] figuro, tordite de hato, li tenegis la kolon de
la mikrofono per unu mano dum la alia, enorma ĉe la finaĵo de osteca
brako, minace ungis la aeron super lia kapo. Lia voĉo, al kiu la plilaŭt-
igiloj donis metalan sonon, kriegis senfinan katalogon da fiagoj, ma-
sakroj, elpeloj, amasaj ŝteloj, seksperfortoj, torturo je kaptitoj, bom-
bado je civitanoj, mensogoplena propagando, maljustaj agresoj, rom-
pitaj traktatoj. Preskaŭ ne eblis aŭskulti lin sen unue konvinkiĝi kaj
poste furiozi. Je intervaloj de kelkaj momentoj, la kolero de la hom-
amaso bolegis, kaj la voĉo de la preleganto dronis sub sovaĝa bruteca
muĝado, leviĝanta neregeble el miloj da gorĝoj. La plejplej sovaĝaj
krioj venis de la lernejinfanoj. La prelego jam daŭris eble dudek mi-
nutojn, kiam mesaĝisto rapidis sur la podion kaj puŝis paperfolieton
en la manon de la preleganto. Li malrulis kaj legis ĝin, sen paŭzi dum
sia parolado. Nenio ŝanĝiĝis en lia voĉo aŭ lia mieno, nek en la en-
havo de tio kion li diris, sed subite la nomoj estis aliaj. Sen parolitaj
vortoj, ondo da kompreno trafluis la homamason. Oceanio militas
kontraŭ Orientazio! La sekvan momenton estiĝis giganta malkvieto.
La standardoj kaj afiŝoj ornamantaj la placon ĉiuj eraris! Plena duono

---

21 Rumpelstilckino estis fifea malgranda viro, tre malbela, en fabelo porin-
    fana. — *Trad.*

da ili surhavis malĝustajn vizaĝojn! Sabotaĝo! La agentoj de Gold-
stein estis agintaj! Okazis tumultoplena interludo dum oni deŝiris la
afiŝojn de la muroj, disigis la standardojn kaj subpiede surtretis ilin.
La Spionoj nekredeble vigle agis, rampante trans la tegmentojn kaj
detrançante la rubandojn flirtintajn de la kamentuboj. Sed post du
aŭ tri minutoj, la kaoso jam finiĝis. La oratoro, ankoraŭ tenegante la
kolon de la mikrofono, kun siaj ŝultroj antaŭen klinitaj, kun sia libera
mano unganta la aeron, senpaŭze daŭrigis sian paroladon. Post unu
plia minuto, la sovaĝaj furiozegaj krioj denove flagradis el la hom-
amaso. La Hato daŭris ekzakte kiel antaŭe, estis ŝanĝita nur la celo.

Impresis Winstonon, kiam li rekonsideradis, ke la parolanto trans-
iris de unu vidpunkto al la alia efektive en la mezo de frazo, ne nur
sen paŭzo, sed eĉ sen interrompi la sintakson. Sed dum la momento
mem, lin okupis aliaj aferoj. Dum la momento da senordo, dum la
afiŝoj estis deŝirataj, viro kies vizaĝon li ne vidis frapetis lian ŝultron
kaj diris, "Pardonu, mi kredas ke vi faligis vian tekon." Li prenis la
tekon senatente, sen paroli. Li sciis ke pasos tagoj antaŭ ol li havos
oportunon rigardi ĝian enhavon. Tuj post la fino de la demonstrato,
li iris rekte al la Ministrejo de la Vero, kvankam jam estis preskaŭ la
dudektria horo. La tuta stabo de la Ministrejo same agis. La ordonoj
jam fluantaj el la teleekrano, revokante ilin al iliaj postenoj, apenaŭ
necesis.

Oceanio militas kontraŭ Orientazio: Oceanio de ĉiam militas
kontraŭ Orientazio. Granda parto de la politika literaturo de kvin
jaroj nun plene malaktualas. Ĉiaj raportoj kaj registraĵoj, ĵurnaloj,
libroj, pamfletoj, filmoj, sonstrekoj, fotoj — ĉiuj korektendas fulmra-
pide. Kvankam neniu ordono iam diskoniĝis, oni sciis ke la ĉefoj de
la Departemento intencas ke post unu semajno ne plu ekzistu ie ajn
ia ajn mencio pri la milito kontraŭ Eŭrazio; nek pri la alianco kun
Orientazio. La laboro estis enorma, des pli ĉar la necesaj procedoj ne
mencieblis per siaj veraj nomoj. Ĉiuj en la Departemento de Registroj
laboris dek ok horojn en la dudek kvar, kun du trihoraj periodetoj da
dormo. Oni alportis matracojn el la keloj kaj sternis ilin en ĉiuj ko-
ridoroj: manĝoj konsistis el sandviĉoj kaj Kafo por la Venko, distri-

buate, sur radtabloj, de servistoj el la kantino. Ĉiufoje kiam Winston paŭzis por unu el siaj dormoperiodetoj, li penis lasi sian labortablon malplena de laboraĵoj; kaj ĉiufoje kiam li rerampis dormemokule kaj doloroplene, li trovis ke nova pluvaĵo da papercilindroj kovris lian tablon kvazaŭ neĝdrivaĵo, duone kaŝante la paroloskribilon kaj superfluante sur la plankon — tiel ke la unua tasko ĉiam estis stakigi ilin sufiĉe ordan amason, por lasi al li spacon por laboro. Plej malbonis ke la laboro estis neniel sole mekanika. Ofte sufiĉis nur anstataŭigi unu nomon per alia, sed ĉia detala raporto pri eventoj postulis zorgon kaj imagemon. Eĉ la geografia scio necesa por transmeti la militon el unu parto de la mondo al alia estis tre granda.

Jam la trian tagon, liaj okuloj doloradis netolereble, kaj liaj okulvitroj bezonis viŝon je nur kelkaminutaj intervaloj. Estis kvazaŭ barakti kontraŭ ia dispremega fizika tasko, io kion oni rajtas rifuzi, kaj kion oni tamen neŭroze fervoras plenumi. Dum la malmultaj momentoj kiam li havis sufiĉan tempon por memori, lin tute ne ĝenis ke ĉiu vorto murmurata de li en la paroloskribilon, ĉiu streko de lia inkokrajono, estas konscia mensogo. Li fervoris tiom, kiom ĉiu alia en la Departemento, ke la falsado perfektu. La matenon de la sesa tago la alfluo de cilindroj lantiĝis. Dum eĉ duona horo nenio venis el la tubo; sekvis unu plia cilindro; sekvis nenio. Ĉie, proksimume samtempe, la laboro fariĝadis malpli urĝa. Profunda kaj kvazaŭ sekreta suspiro trairis la Departementon. Grandioza ago, kiu devos esti neniam menciita, plenumiĝis. Nun maleblis ke iu ajn homo povus pruvi per dokumentoj ke iam okazis la milito kontraŭ Eŭrazio. Je la dekducenta[22] neatendite anonciĝis ke ĉiuj laboristoj en la Ministrejo liberos ĝis la mateno morgaŭ. Winston, ankoraŭ portante la tekon en kiu estis *la libro*, restintan inter liaj piedoj dum li laboris kaj sub lia korpo dum li dormis, hejmeniris, razis sin, kaj preskaŭ ekdormis en sia bano, kvankam la akvo apenaŭ pli ol varmetis.

Kun ia volupta krakado en la artikoj, li grimpis la ŝtuparon super la butiko de S-ro Charrington. Li lacis, sed li ne plu dormemis. Li malfermis la fenestron, flamigis la malpuran oleforneton, kaj surmetis

---

22 12:00 = la tagmezo. — *Trad.*

kaldroneton da akvo por kafo. Julia venos baldaŭ: intertempe estas *la libro*. Li sidiĝis en la malfirma fotelo kaj malligis la rimenojn de la teko.

Peza nigra volumo, diletante bindita, sen nomo aŭ titolo sur la kovrilo. La presliteroj ankaŭ aspektis iomete neregulaj. La randoj de la paĝoj estis ĉifitaj kaj fragmentiĝis facile, kvazaŭ la libro jam trairis multajn manojn. La teksto sur la titolpaĝo legiĝis:

LA TEORIO KAJ PRAKTIKADO DE
OLIGARKIA KOLEKTIVISMO
de
Emmanuel Goldstein

[Winston komencis legi:]

Ĉapitro I
SENSCIO ESTAS FORTO.

Tra la tuta registrita tempo, kaj verŝajne de la fino de la Neo-litika Epoko, ekzistas tri specoj de homoj en la mondo: la Altaj, la Mezaj, kaj la Basaj. Ili estas subdividitaj multamaniere, ili havis sennombran kvanton da nomoj, kaj iliaj relativaj ampleksoj, kiel ankaŭ iliaj interrilatoj, varias de epoko al epoko: sed la esenca strukturo de la socio neniam ŝanĝiĝis. Eĉ post enormaj kaosoj kaj ŝajne neinversigeblaj ŝanĝoj, unu sola strukturo ĉiam reviviĝis, same kiel giroskopo ĉiam revenas al ekvilibro, negrave kiom foren ĝi estas puŝita laŭ unu aŭ alia direkto.

La celoj de ĉi tiuj grupoj plene nekunagordigeblas...

Winston ĉesis legadi, ĉefe por aprezi la fakton ke li *ja* legis, komforte kaj sekure. Li estis sola: neniu teleekrano, neniu orelo ĉe la ŝlosilotruo, neniu nervoza impulso transrigardeti sian ŝultron aŭ kovri la paĝon per sia mano. La dolĉa somera aero ludis ĉe lia vango. El ie tre for alflosis apenaŭ aŭdebla kriado de infanoj: en la ĉambro mem mankis sono escepte de la insekta voĉo de la horloĝo. Li komfortigis sin en la profundo de la fotelo kaj apogis siajn piedojn sur la fendro. Estis paradize, estis eterne. Subite, kiel oni kelkafoje faras pri libro pri kiu oni scias ke oni finfine legos kaj relegos ĉiun vorton, li malfermis ĝin ĉe alia paĝo kaj trovis sin ĉe la tria ĉapitro. Li plu legis:

Ĉapitro III
MILITO ESTAS PACO

La dispartigo de la mondo en tri grandajn superŝtatojn estis evento kiu povis kaj efektive ja estis previdita antaŭ la mezo de la dudeka jarcento. Pro la ensorbiĝo de Eŭropo fare de Rusio kaj de la Brita Imperio fare de Usono, du el la tri ekzistantaj potencoj, Eŭrazio kaj Oceanio, jam en la praktiko ekzistis. La tria, Orientazio, aperis kiel sendependa unuaĵo nur post plia jardeko da konfuzita batalado. La limoj inter la tri superŝtatoj kelkaloke arbitras, kaj en aliaj lokoj ili fluktuas laŭ la militeventoj, sed ĝenerale ili sekvas geografiajn liniojn. Eŭrazio konsistas el la tuta norda parto de la eŭropa kaj azia tereno, de Portugalio al la Markolo Beringa. Oceanio konsistas el la Amerikoj, la Atlantikaj insuloj inkluzive de la Britaj Insuloj, Aŭstralazio, kaj la suda parto de Afriko. Orientazio, malpli granda ol la aliaj kaj kun malpli difinita okcidenta limo, konsistas el Ĉinio kaj la landoj sude de tiu, la Japanaj insuloj kaj granda sed fluktuanta parto de Manĉurio, Mongolio, kaj Tibeto.

Kombinite unuforme aŭ alie, tiuj tri superŝtatoj estas por ĉiam militantaj inter si, kaj tiel estas jam de dudek kvin jaroj. La militado, tamen, ne plu estas la senespera, nuliga baraktado kia en la fruaj jardekoj de la dudeka jarcento. Ĝi estas militado kun limigitaj celoj inter batalantoj kiuj ne kapablas detrui unu la alian, havas nenian materian celon por sia batalado, kaj ne estas dividitaj per aŭtentika ideologia diferenco. Tio ne signifas ke aŭ la milita konduto, aŭ la reganta vidpunkto pri ĝi, fariĝis malpli sangonsoifa aŭ pli ĝentila. Male, milithisterio estas senĉesa kaj universala en ĉiuj landoj, kaj tiaj agoj kiaj seksperfortado, amasŝtelado, mortigado de infanoj, sklavigo de tutaj popoloj, kaj venĝagado kontraŭ kaptitoj, konsistanta eĉ el boligado kaj enterigado dum ili vivas, estas opiniataj normalaj, kaj, kiam ilin faras onia propra lando kaj ne la malamiko, laŭdindaj. Sed fizike la militado ampleksas tre malgrandajn nombrojn da homoj, plejparte multe trejnitajn specialistojn, kaj estigas relative malmulte da viktimoj. La batalado, kiam ĝi ja okazas, okazas ĉe la svagaj landlimoj kies pozicior. povas nur diveni la averaĝa homo, aŭ ĉirkaŭ la Flosantaj Fortikaĵoj kiuj gardas strategie gravajn lokojn sur la marvojoj. En la centroj de la civilizacio la milito signifas nenion pli ol senĉesan malmulton de konsumeblaj varoj, kaj sporadan kraŝon de raketbombo kiu pleje kaŭzas kelkdek mortojn. Efektive la militado ŝanĝis sian karakteron. Pli ekzakte, la kialoj pro kiuj oni faras militadon ŝanĝis sian ordon de graveco. Motivoj kiuj jam ekzistis iomete en la grandaj militoj de la frua dudeka jarcento nun dominas kaj estas konscie rekonataj kaj plenumataj.

Por kompreni la naturon de la aktuala milito — ĉar malgraŭ la regrupiĝado kiu okazas je kelkjaraj intervaloj, ĉiam temas pri unusama milito — oni devas unue kompreni ke ĝi malpovas fariĝi decida. Neniu el la tri superŝtatoj povus esti definitive konkerita eĉ de kombinaĵo de la aliaj du. Ili tro egale fortas, kaj iliaj naturaj defendaĵoj tro fortikas. Eŭrazion protektas ĝiaj vastaj terspacoj. Oceanion la larĝo de la Atlantiko kaj la Pacifiko. Orientazion la fekundo kaj laboremo de ĝiaj loĝantoj. Due, ne plu ekzistas, materie, io pribatalinda. Post la establiĝo de memsufiĉaj ekonomioj, en kiuj la produktado kaj la konsumado kongruas unu kun la alia, la penado akiri merkatojn, la ĉefa celo de antaŭaj militoj, finiĝis; kaj la konkuro por akiri bazajn materialojn ne plu estas afero de vivo kaj morto. Envere, ĉiu el la tri superŝtatoj tiel vastas, ke ĝi povas akiri preskaŭ ĉiujn bezonatajn materialojn inter siaj propraj landlimoj.

Rilate al militado pro rekte ekonomia celo: temas pri milito por laborantaro. Inter la landlimoj de la superŝtatoj, kaj ne daŭre posedata de iu el ili, kuŝas proksimuma kvarlaterajô kun anguloj ĉe Tanĝero, Brazavilo, Darvino, kaj Honkongo. En ĝi estas proksimume kvinono de la loĝantaro de la mondo. Por posedi tiujn dense loĝatajn regionojn, kaj la nordan glaciaron, la tri potencoj konstante baraktadas. En la praktiko, neniu potenco iam regas la tutan pridisputatan regionon. Partoj de ĝi konstante iras el unu paro da manoj en alian, kaj oportuno ekkapti tiun aŭ alian fragmenton per subita perfidago diktas la senfinan ŝanĝadon de aliancoj.

Ĉiuj pridisputataj teritorioj enhavas valorajn mineralojn, kaj kelkaj el ili disponigas gravajn vegetalajn produktojn; ekz. kaŭĉukon, kiun en pli malvarmaj klimatoj necesas sintezi per relative multekostaj metodoj. Sed plejgrave, ili enhavas senfundan rezervon da malmultekosta laborantaro. Tiu potenco kiu regas ekvatoran Afrikon, aŭ la landojn de la Mezoriento, aŭ Sudhindion, aŭ la Indonezian Arkipelagon, disponas ankaŭ pri la korpoj de dudekoj da centoj da milionoj da malmultepagataj kaj fortelaborantaj servutuloj. La loĝantoj de tiuj regionoj, pli-malpli malkaŝe sklavigitaj, daŭre transiras de unu konkerinto al alia konkerinto, kaj eluzatas kvazaŭ ili estus tiom da karbo aŭ petrolo en la konkuro produkti pli da armiloj, por kapti pli da teritorio, por regi pli da laborantoj, por produkti pli da armiloj, por kapti pli da teritorio, por regi pli da laborantoj kaj tiel plu senfine. Oni notu ke la batalado neniam moviĝas preter la limojn de la pridisputataj regionoj. La landlimoj de Eŭrazio fluas tien kaj reen inter la baseno de Kongo kaj la norda bordo de Mediteraneo; la insulojn de Hinda Oceano konstante kaptas kaj rekaptas Oceanio aŭ Orientazio; en Mongolio la dividlinio inter Eŭrazio kaj Orientazio neniam stabilas; ĉirkaŭ la Poluso ĉiuj tri potencoj pretendas enormajn teritoriojn kiuj efektive estas plejparte neloĝataj kaj neesploritaj: sed la ekvilibro de potenco ĉiam restas proksimume egala, kaj la teritorio kiu konsistigas la ĉefteron de ĉiu superŝtato ĉiam restas netuŝita. Krome, la laboro de la ekspluatataj popoloj ĉirkaŭ la Ekvatoro ne vere necesas por la ekonomio de la mondo. Ili aldonas neniom al la riĉo de la mondo, ĉar ĉio kion ili produktas uzatas por militaj celoj, kaj la militado ĉiam celas esti pli bone preparita por fari novan militon. Per sia laborado la sklavaj popoloj permesas ke la tempoj de senĉesa militado rapidiĝu. Sed se ili ne ekzistus, la strukturo de la monda socio, kaj la procedoj per kiuj ĝi konservas sin, ne esence malsamus.

La ĉefa celo de la moderna militado (konforme al la principoj de *duoblapenso*, tiun celon samtempe agnoskas kaj malagnoskas la direktantaj cerboj de la Interna Partio) estas eluzi la produktaĵojn de la maŝino sen plialtigi la ĝeneralan vivnivelon. Ekde la fino de la deknaŭa jarcento, ekzistas latenta problemo en la industriigita socio, pri kion fari per la surplusc da konsumvaroj. Nuntempe, kiam malmultaj homoj eĉ havas sufiĉon por manĝi, tiu problemo evidente ne urĝas, kaj povas esti ke ĝi ne iĝintus urĝa, eĉ se neniuj artefaritaj procedoj de detruado efikadus. La hodiaŭa mondo estas nuda, malsata, ĉifita loko kompare kun la mondo ekzistinta antaŭ 1914; des pl: se komparate kun la imagata futuro kiun antaŭrigardis la popolo de tiu periodo. En la frua dudeka jarcento, la antaŭvido al futura socio nekredeble riĉa, ripozoplena, orda, kaj multefika — scintilanta kontraŭsepsa mondo el vitro kaj ŝtalo kaj neĝe blanka betono — estis parto de la konscio de preskaŭ ĉiu malanalfabetulo. La scienco kaj la teknologio evoluadis nekredeble rapide, kaj ŝajnis nature supozi ke ili por ĉiam evoluados. Tio ne okazis, parte pro la malriĉigo kaŭzita de longa serio da militoj kaj revolucioj, parte ĉar la scienca kaj teknologia progreso dependas de empiria sistemo de pensado, kiu ne povas transvivi en plene ordigita socio. Entute, la mondo pli primitivas hodiaŭ ol antaŭ kvindek jaroj. Certaj subevoluintaj regionoj ja progresis, kaj oni eltrovis diversajn instrumentojn, ĉiam iel kunligitajn kun militado kaj polica spionado, sed eksperimentado kaj inventado plejparte ĉesis, kaj la ruinoj kaŭzitaj de la atoma milito en la milnaŭcentkvindekoj neniam estas plene riparitaj. Tamen la danĝeroj kiuj ekzistas nature en la maŝino ankoraŭ restas. De la momento kiam la maŝino unue aperis, fariĝis klare al ĉiuj pensemuloj ke la bezono je homa laboregado, kaj tial grandkvante la bezono je malegaleco de homoj, malaperis. Se oni utiligus la maŝinon intence por tiu celo, la malsato, la trolaboregado, la malpuro, la analfabeteco, kaj la malsanaro elimineblus dum la paso de nur kelkaj generacioj. Kaj efektive, sen utiliĝi por ia celo tia, sed kvazaŭ aŭtomate — per la produktado de riĉo kiu kelkafoje neeviteble distribuiĝis — la maŝino ja multe altigis la vivnivelon de la averaĝa homo dum proksimume kvindekjara periodo je la fino de la deknaŭa kaj la komenco de la dudeka jarcentoj.

Sed ankaŭ klaras ke ĝenerala pligrandiĝo de la riĉo minacas okazigi la detruon — efektive, kelkasence mem estas la detruo — de la hierarkia socio. En mondo en kiu ĉiuj laboras nelongajn horperiodojn, havas sufiĉe por manĝi, loĝas en domo kun banĉambro kaj friduja, kaj posedas aŭtomobilon aŭ eĉ aviadilon, la plej videbla kaj eble eĉ plej grava formo de malegaleco jam malaperus. Jam iĝinte ĝenerala, la riĉo ne distingus. Eblas, sendube, imagi socion en kiu la *riĉo*, kio signifas personajn posedaĵojn kaj lukson, estus egale distribuita, dum la *regpovo* restus en la manoj de malgranda privilegia kasto. Sed en la praktiko tia socio ne restus longe stabila. Ĉar se la liberan tempon kaj la sekuron ĝuus ĉiuj homoj egale, la granda amaso da homoj kiuj normale estas stultigitaj de malriĉo fariĝus malanalfabeta kaj komencus pensi por si mem; kaj farinte tion, ili pli-malpli frue konsciiĝus ke la privilegia minoritato ne plenumas necesan rolon, kaj ili forbalaus ĝin. Por ekzisti longatempe, hierarkia socio eblus nur surbaze de malriĉo kaj senscio. Reiri al la agrikultura paseo, kiel revis kelkaj pensuloj ĉirkaŭ la komenco de la dudeka jarcento, ne estis praktika solvo. Ĝi konfliktis kontraŭ la tendenco celanta mekanizadon, kiu jam iĝis kvazaŭ instinkta tra preskaŭ la tuta mondo; kaj krome, ĉiu lando kiu restus industrie malavangarda estus milite senhelpa kaj neeviteble dominata, rekte aŭ nerekte, de siaj pli progresintaj rivaloj.

Nek estis kontentiga solvo, ke oni daŭrigadu la malriĉon de la homamasoj per limigo de la produktado de varoj. Tio okazis grandparte dum la fina fazo de la kapitalismo, proksimume inter 1920 kaj 1940. Oni lasis ke la ekonomio de multaj landoj stagnu, agroj ne plu estis kultivataj, oni ne pliigis la kvanton da kapital-ekipaĵoj, oni malebligis la laboradon de grandaj amasoj de la popolo kaj disponigis al ili duonvivadon per Ŝtata filantropio. Sed ankaŭ tio sekvigis malforton militistan, kaj ĉar la mankoj kiujn ĝi devigis evidente ne necesas, ĝi neevitebligis opozicion. La problemo estis: kiel daŭrigi la ruliĝadon de la radoj de la industrio sen pligrandigi la realan riĉon de la mondo. Varoj produktendas, sed necesas ke ili ne distribuiĝu. Kaj en la praktiko la sola metodo efektivigi tion estis per senĉesa militado.

La esenca ago de militado estas detruo, ne nepre la detruo de homoj, sed de la produktoj de la homa laborado. La militado estas metodo disfrakasi, aŭ vaporigi en la stratosferon, aŭ subakvigi en la profundon de la maro, materialojn kiuj alie utiligeblus por tro komfortigi la homamasojn, kaj sekve, dum la paso de la tempo, trointeligentigi ilin. Eĉ kiam la militiloj ne estas efektive detruataj, ilia fabrikiĝo restas oportuna metodo uzi laboradon sen produkti ion konsumeblan. Por konstrui Flosantan Fortikaĵon, ekzemple, necesas laboro kiu povus konstrui plurcent kargoŝipojn. Post iom da tempo ĝi estas detruita ĉar eksmoda, sen iam venigi al iu ajn materialan valoron, kaj per pli da enorma laborado nova Flosanta Fortikaĵo estas konstruita. Principe, la subteno de la militado ĉiam tiel planitas ke ĝi konsumas ĉiun ekscesaĵon kiu povus ekzisti post la plenumiĝo de la plej elementaj bezonoj de la loĝantaro. En la praktiko oni ĉiam subtaksas la bezonojn de la popolo, kaj rezulte estas konstanta nesufiĉo de la vivnecesaĵoj, sed oni opinias tion avantaĝo. Oni intence planas ke eĉ la favorataj grupoj restu proksime al mankohavo, ĉar ĝenerala mankostato pligrandigas la gravecon de malgrandaj privilegioj kaj tiel pligrandigas la distingon inter unu grupo kaj alia. Laŭ la normoj de la frua dudeka jarcento, eĉ membro de la Interna Partio vivas preskaŭ aŭsteran, laboroplenan specon de vivo. Tamen, la malmultaj luksaĵoj kiujn li ja ricevas: lia granda bone meblita apartamento, la pli fajna teksonaturo de liaj vestaĵoj, la pli bona kvalito de liaj manĝaĵoj kaj trinkaĵoj kaj tabako, liaj du aŭ tri servistoj, lia privata aŭtomobilo aŭ helikoptero — metas lin en alian mondon ol tiu de membro de la Ekstera Partio, kaj la membroj de la Ekstera Partio havas similan avantaĝon kompare kun la subpremataj amasoj kiujn ni nomas "la proloj". La etoso de la socio estas tiu de sieĝata civito, kie posedi pecon da ĉevalviando distingas inter riĉo kaj malriĉo. Kaj samtempe, la konsekvencoj de militado, kaj pro tio danĝero, ŝajnigas ke transdoni la tutan potencon al malgranda kasto estas natura, neevitebla kondiĉo por transvivi.

Kiel oni vidas, la militado efektivigas la necesan detruadon, sed efektivigas ĝin laŭ psikologie akceptebla maniero. Principe, tute simplus malŝpari la superfluan laboron de la mondo per la konstruado de temploj kaj piramidoj, per fosado de truoj kaj ilia replenigado, aŭ eĉ per produktado de vastaj kvantoj da varoj kaj poste ilia bruligado. Sed tio provizus nur la ekonomian kaj ne la emocian bazon por hierarkia socio. Gravas ĉirilate ne la spirito de la homamasoj, kies vidpunkto estas malgrava, kondiĉe ke ili plu regule laboradas, sed la spirito de la Partio mem. Eĉ la plej humila partiano devas esti kompetenta, laborema, eĉ (mallarĝe) inteligenta, sed ankaŭ necesas ke li estu kredema kaj senscia fanatikulo kies regantaj humoroj estas timo, hato, adoro, kaj orgieca triumfo. Alivorte, necesas ke li havu tian menson kiu konvenas por stato de milito. Ne gravas ĉu la milito efektive okazas, kaj, ĉar neniu decida venko eblas, ne gravas ĉu la milito progresas bone aŭ malbone. Necesas nur ke ekzistu stato de milito. La dispartigo de la inteligento, kiun la Partio postulas de siaj membroj, kaj kiu estas pli facile akirata en milita medio, nun preskaŭ universalas, sed ju pli alten en la hierarkio oni iras, des pli intensa ĝi fariĝas. Precize en la Interna Partio la milithisterio kaj hato je la malamiko plej fortas. Kiel administraciisto, ofte necesas ke membro de la Interna Partio sciu ke tiu aŭ alia ero da militinformo malveras, kaj ofte povas esti ke li konscias ke la tuta milito estas falsa kaj ne okazas, aŭ ke ĝiaj celoj estas tute malaj al la deklaritaj celoj: sed tia scio facile neŭtraliĝas per la tekniko de *duoblapenso*. Intertempe, neniu membro de la Interna Partio lasas ŝanceliĝi eĉ dum momento sian mistikan kredon ke la milito *vere* realas, kaj ke ĝi nepre finiĝos per venko, kun Oceanio nekontesteble la mastro de la tuta mondo.

Ĉiuj membroj de la Interna Partio dogme kredas tiun futuran venkon. Ĝi efektivigeblos aŭ per iom-post-ioma akirado de pli kaj pli da teritorio, tiel ke la potenco fariĝas plejsupera, aŭ per la eltrovo de ia nova kaj nekontraŭebla armilo. La serĉado je novaj armiloj daŭras senĉese, kaj estas unu el la tre malmultaj restantaj agadoj en kiuj la inventema aŭ imagema menso povas trovi lokon. En Oceanio nuntempe, la Scienco, laŭ la malnova signifo, preskaŭ ĉesis ekzisti. En Novparolo ne ekzistas vorto por "Scienco". La empiria pensometodo, sur kiu la tuta scienca sukceso de la paseo estis bazita, kontraŭas la plej fundamentajn principojn de Angsoco. Kaj eĉ la teknologia progreso okazas nur kiam ĝiaj produktoj iel utilas por malpliigi la liberon de la homoj. Rilate al ĉiuj utilaj artoj, la mondo aŭ stagnas aŭ malprogresas. La kampoj estas kultivataj per ĉevaltirataj plugiloj, dum la librojn verkas maŝinoj. Sed rilate al absolute gravaj aferoj — nome, en la praktiko, la militado kaj polica spionado — la empiria vidpunkto ankoraŭ instigatas, aŭ almenaŭ tolerataj. La du celoj de la Partio estas konkeri la tutan surfacon de la tero kaj estingi unufoje por ĉiam la eblon sendepende pensi. Tial ekzistas du grandaj problemoj kiujn la Partio strebas solvi. Unu estis trovi, kontraŭ lia volo, kion pensas alia homo; kaj la alia estas kiel mortigi plurcent milionojn da homoj dum nur kelkaj sekundoj sen antaŭa avertiĝo. Se scienca reserĉado plu ekzistas, jen ĝia temo. La aktuala sciencisto estas aŭ mikso de psikologo kaj inkvizitoro, kiu studas plej eksterordinare ĝisfunde la signifojn de vizaĝmienoj, gestoj, kaj voĉtonoj, kaj provas la veronprodukt-antan efikon de drogoj, ŝokterapio, hipnoto, kaj fizika torturo; aŭ li estas kemiisto, fizikisto, aŭ biologo kiun interesas nur tiuj partoj de lia speciala fako kiuj koncernas la mortigadon. En la vastaj laboratorioj de la Ministrejo de la Paco, kaj en la ekspe-rimentostacioj kaŝitaj en la brazilaj arbaroj, aŭ en la aŭstralia dezerto, aŭ sur perditaj insuloj de Antarktiko, la teamoj de ek-spertoj nelacigeble laboradas. Kelkaj sin okupas simple per planado de la logistikoj de futuraj militoj; aliaj prilaboras ĉiam pli grandajn raketbombojn, ĉiam pli potencajn eksplodilojn, kaj ĉiam pli nepenetreblajn kirasoplatojn; aliaj serĉas novajn kaj pli mortigajn gasojn, aŭ solveblajn venenojn kapablajn pro-duktiĝi tiome ke ili povas detrui la vegetalon de tutaj konti-nentoj, aŭ specojn de malsanoĝermoj imunaj kontraŭ ĉiaj eblaj antikorpoj; aliaj strebas produkti veturilon kiu povos bori vojon sub la grundo kvazaŭ submara ŝipo sub la akvo, aŭ avia-dilon tiel sendependan de sia bazo kiel velŝipo; aliaj esploras eĉ malpli verŝajnajn eblojn, ekzemple fokusi la sunradiojn tra lensoj pendigitaj milojn da kilometroj for en la spaco, aŭ pro-dukti artefaritajn tertremojn kaj cunamojn per utiligado de la varmego de la centro de la tero.

Sed neniu el tiuj projektoj iam ajn eĉ proksimiĝas al efektiviĝo, kaj neniu el la tri superŝtatoj iam grave antaŭeniras pli ol la aliaj. Pli rimarkindas ke ĉiuj tri jam posedas, en la formo de atombomboj, armilon multe pli potencan ol kiu ajn probable troveblа per la aktuala reserĉado. Kvankam la Partio, laŭ sia kutimo, pretendas mem esti inventinta ilin, atombomboj unue aperis jam en la milnaŭcenkvardekaj jaroj, kaj unue uzitis grandaskale proksimume dek jarojn poste. Tiutempe plurcent bomboj estis faligitaj sur industricentrojn, precipe en Eŭropa Rusio, Okcidenta Eŭropo, kaj Nordameriko. La efekto konvinkis la regantajn grupojn en ĉiuj landoj ke kelkaj pliaj atombomboj okazigus la finon de la organizita socio, kaj tiel la finon de ilia propra regado. Post tiam, kvankam oni neniam faris formalan interkonsenton nek eĉ sugestis tion, neniuj pliaj bomboj estis faligitaj. Ĉiuj tri potencoj nur plu produktadas atombombojn kaj konservas ilin por la decida oportuno kiu, laŭ la kredo de ĉiuj, venos pli-malpli frue. Kaj intertempe la arto militi restas preskaŭ senŝanĝa de tridek aŭ kvardek jaroj. Helikopteroj estas pli uzataj ol antaŭe, bombaviadilojn plejparte anstataŭas sinpelantaj projektiloj, kaj la fragila movebla batalŝipo cedis al la preskaŭ nesubakvigebla Flosanta Fortikaĵo; sed alie okazis malmulta evoluo. La tanko, la submara ŝipo, la torpedo, la mitralo, eĉ la mitraleto kaj la grenado estas plu uzataj. Kaj malgraŭ la senfinaj buĉadoj raportataj de la ĵurnaloj kaj per la teleekranoj, la senesperaj bataloj de pli fruaj militoj, kiam centmiloj aŭ eĉ milionoj da homoj ofte estis mortigitaj dum nur manpleno da semajnoj, neniam ripetiĝis.

Neniu el la tri superŝtatoj iam provas manovron kiu riskas seriozan malvenkon. Kiam granda operacio estas entreprenata, kutime temas pri surprizatako kontraŭ aliancano. La strategio uzata de ĉiuj tri potencoj, aŭ kiun uzi ili kredigas al si, samas. La plano estas, per kombinaĵo de batalado, marĉandado, kaj ĝustatempaj perfidaj agoj, akiri ringon de bazoj tute ĉirkaŭantan unu el la rivalaj ŝtatoj, kaj poste subskribi packontrakton kun tiu rivalo kaj resti pacema dum tiom da jaroj ke ĉia suspekto ekdormos. Dum tiu periodo raketoj ŝarĝitaj per atombomboj pretigeblas ĉe ĉiuj strategiaj lokoj; fine ili ĉiuj estos samtempe elsenditaj, kun efektoj tiel detruaj ke ĉia kontraŭbatalo ne eblos. Tiam estos la ĝusta tempo por subskribi amikecotraktaton kun la restanta mondopotenco, prepare por plia atako. Apenaŭ necesas diri ke tiu plano estas nur revo, neniel realigebla. Krome, neniom da batalado vere okazas, escepte de en la pridisputataj regionoj ĉirkaŭ la Ekvatoro kaj la Poluso: oni neniam entreprenas invadi la teritorion de malamiko. Tio klarigas la fakton ke en kelkaj lokoj la limoj inter la superŝtatoj estas arbitraj. Ekzemple, Eŭrazio povus facile konkeri la Britajn Insulojn, kiuj geografie estas parto de Eŭropo, aŭ, aliflanke, Oceanio kapablus puŝi sian limon ĝis la Rejno aŭ eĉ la Vistulo. Sed tio malrespektus la principon, akceptatan de ĉiuj partioj kvankam neniam formale, de kultura integro. Se Oceanio konkerus la regionojn iam konatajn kiel Francio kaj Germanio, necesus aŭ ekstermi la loĝantojn, fizike tre malfacila tasko, aŭ asimili proksimume cent milionojn da loĝantoj kiuj, rilate al teknologia evoluo, estas proksimume samnivelaj kiel Oceanio. La problemo samas por ĉiuj tri superŝtatoj. Absolute necesas por ilia strukturo, ke estu nenia kontakto kun alilanduloj, escepte de, tre limigite, militkaptitoj kaj negraj sklavoj. Eĉ la oficiala aliancano de la nuna momento estas ĉiam rigardata suspektoplene. Escepte de militkaptitoj, la averaĝa civitano de Oceanio neniam vidas civitanon de aŭ Eŭrazio aŭ Orientazio, kaj ne licas ke li povosciu fremdajn lingvojn. Se kontakto kun fremduloj estus permesata, li ektrovus ilin uloj similaj al li mem, kaj ke la plejparto de tio dirita al li estas mensogoj. La sigelita mondo en kiu li loĝas estus rompita, kaj la timo, hato, kaj sinpravigo, de kiuj dependas lia emocia stato, povus forvaporiĝi. Tial estas agnoskate ĉiuflanke ke negrave kiom ofte Persio, Egiptio, aŭ Javo, aŭ Cejlono, iĝos posedaĵoj de aliaj manoj, neniam io escepte de bomboj transiru la ĉefajn landlimojn.

Sub tio kuŝas fakto neniam voĉigata, sed silente komprenata kaj utiligata: nome, ke la vivkondiĉoj en ĉiuj tri superŝtatoj efektive tre similas. En Oceanio oni nomas la aktualan filozofion "Angsoco", en Eŭrazio oni nomas ĝin "Novbolŝevismo", kaj en Orientazio oni uzas ĉinan nomon kutime tradu-

katan "Mortadoro", sed eble pli ĝuste tradukata "Memon-nu-
ligo". Al la Oceaniano ne licas scii ion ajn el la kredoj de la aliaj
du filozofioj, sed li estas instruata malestimi ilin kiel barba-
rajn atencojn kontraŭ la moraleco kaj la prudento. Efektive, la
tri filozofioj apenaŭ distingeblas, kaj la sociaj sistemoj kiujn ili
subtenas tute ne distingeblas. Ĉie estas sama piramida struk-
turo, sama adoro je duondia estro, sama ekonomio ekzistanta
per kaj por senĉesa militado. Estas klare ke la tri superŝtatoj ne
nur ne povas konkuri unu la alian, sed estus neniel avantaĝe
por ili fari tion. Tute male, dum ili interkonfliktas, ili subtenas
unu la alian, same kiel tri maizspikoj. Kaj, kiel kutime, la reg-
antaj grupoj de ĉiuj tri potencoj samtempe konscias kaj ne kon-
scias kion ili faras. Ilia vivo estas dediĉata al mondokonkero,
sed ili ankaŭ scias ke necesas ke la milito daŭru por ĉiam kaj
sen venko. Intertempe la fakto ke ne *ekzistas* la danĝero ke iu
konkeros, ebligas la neadon al la realo, kio estas la speciala
karaktero de Angsoco kaj ĝiaj rivalaj pensosistemoj. Ĉi tie ne-
cesas ripeti tion jam diritan: ke pro sia daŭra ekzisto, la milit-
ado fundamente ŝanĝis sian karakteron.

Dum antaŭaj epokoj, milito, preskaŭ laŭdifine, estis io kio pli-
malpli frue finiĝis, kutime per neneebla venko aŭ malvenko.
Ankaŭ dum la paseo, la milito estis unu el la ĉefaj instrumentoj
per kiuj la homaj socioj daŭre kontaktas la fizikan realon. Ĉiuj
regantoj en ĉiuj epokoj penis trudi falsan komprenon pri la
mondo al siaj sekvantoj, sed ili ne povis toleri ian iluzion kiu
povus malfaciligi militadan efikecon. Dum malvenko signifis
perdi sendependecon, aŭ alian rezulton kutime opiniatan ne-
dezirinda, la defendoj kontraŭ venkiĝo devis esti seriozaj. Fi-
zikaj faktoj ne ignoreblas. En filozofio, aŭ religio, aŭ etiko, aŭ
politiko, povas esti ke du plus du faras kvin, sed kiam oni
planas pafilon aŭ aviadilon ili devas egali al kvar. Senefikaj
nacioj ĉiam estis pli-malpli frue konkeritaj, kaj la strebo efiki
malamikas al iluzioj. Krome, por efiki necesis povi lerni de la
paseo, kio signifis posedi plejparte ĝustan scion pri kio okazis

dum la paseo. La ĵurnaloj kaj historilibroj estis, kompreneble, ĉiam unuvidaj kaj tendencaj, sed falsado kia okazas nuntempe ne eblus. La militado fidinde protektis kontraŭ malfrenezo, kaj koncerne la regantajn klasojn, ĝi estis verŝajne la plej grava protekto. Dum militoj povas sukcesi aŭ malsukcesi, neniu reganta klaso povus esti plene senrespondeca.

Sed kiam la militado fariĝas vere senfina, ĝi ankaŭ ĉesas esti danĝera. Kiam militado estas senhalta, nenia milita neceso povas ekzisti. La teknika progreso povas ĉesi kaj la plej palpeblaj faktoj povas esti neataj aŭ ignorataj. Kiel ni vidis, reserĉadoj kiujn oni povus nomi sciencaj plu ekzistas cele al militado, sed ili estas esence speco de revado, kaj ilia malsukceso doni rezultojn estas negrava. Nenio efikis en Oceanio escepte de la Pensopolico. Ĉar ĉiu el la tri superŝtatoj ne konkereblas, ĉiu el ili en la praktiko estas aparta universo en kiu preskaŭ ĉia misformita pensado estas sekure praktikata. La realo nur sentigas sian premon per la ĉiutagaj bezonaĵoj — la bezono manĝi kaj trinki, esti ŝirmata kaj vestata, eviti engluton de veneno aŭ paŝadon el altetaĝaj fenestroj, kaj simile. Inter la vivo kaj la morto, kaj inter korpa plezuro kaj korpa doloro, ankoraŭ ekzistas distingo, sed jen ĉio. Detranĉite for de kontakto kun la ekstera mondo, kaj kun la paseo, la civitano de Oceanio estas kiel homo en la interstela spaco, kiu tute ne povas scii kiu direkto iras supren kaj kiu malsupren. La regantoj de tia ŝtato estas absolutaj, malsimile al la Faraonoj aŭ la Cezaroj. Por ili necesas malebligi tioman mortadon de la civitanoj pro malsato kiom estus ĝena, kaj ankaŭ necesas ke ili restu sur la sama malalta nivelo de militada tekniko kiel iliaj rivaloj; sed atinginte tiun minimumon, ili povas tordi la realon laŭ kiu ajn dezirata formo.

La milito, sekve, se ni taksas ĝin laŭ la normoj de antaŭaj militoj, estas nur fraŭdo. Ĝi similas al la bataloj inter certaj paŝtobestoj kies kornoj estas je tia angulo ke ili ne kapablas vundi unu la alian. Sed kvankam ĝi malrealas, ĝi ne sensignifas. Ĝi voras la superfluon de konsumvaroj, kaj ĝi helpas konservi la specialan mensan etoson bezonatan de hierarkia socio. La milito, kompreneble, estas nuntempe nur interna afero. Dum la paseo, la regantaj grupoj de ĉiuj landoj, kvankam ili eble rekonis sian komunan intereson kaj tial limigis la militan detruadon, vere batalis unu kontraŭ alia, kaj la venkinto ĉiam disrabis la venkiton. En nia propra epoko ili tute ne batalas inter si. La militon ĉiu reganta grupo okazigas kontraŭ siaj propraj regatoj, kaj la celo de la milito ne estas okazigi aŭ malebligi la konkeron de teritorio, sed restigi senŝanĝa la strukturon de la socio. La vorto "milito" mem, sekve, fariĝis miskompreniga. Verŝajne estus ĝuste diri ke fariĝinte senfina la militado ĉesis ekzisti. La speciala premo kiun ĝi havis sur homojn inter la Neolitika Epoko kaj la frua dudeka jarcento malaperis kaj anstataŭiĝis per io tute diferenca. La efekto pli-malpli samus se la tri superŝtatoj, anstataŭ militi unu kontraŭ alia, akceptus vivi en senĉesa paco, ĉiu izolita en siaj propraj landlimoj. Ĉar tiuokaze ĉiu ankoraŭ estus memsufiĉa universo, por ĉiam libera de la sobriga influo de ekstera danĝero. Paco kiu estus vere senfina samus kiel senfina milito. Tio — kvankam la grandega plejparto de partianoj komprenas ĝin nur malpli profunde — estas la interna senco de la Partia slogano: _Milito estas Paco._

Winston ĉesis legi dum momento. Ie tre for raketbombo tondris. La paradiza sento ke li solas kun la malpermesita libro, en ĉambro sen teleekrano, ankoraŭ daŭris. Soleco kaj sekuro estis korpaj sentoj, iel miksitaj kun la laco de lia korpo, la molo de la seĝo, la tuŝo de la febla venteto el la fenestro kiu trafis lian vangon. La libro fascinis lin, aŭ, pli ekzakte, ĝi repacigis lin. Unusence, ĝi diris al li nenion novan, sed parte tial ĝi allogis. Ĝi diris kion li dirus, se li kapablus ordigi siajn senorganizajn pensojn. Ĝin produktis menso simila al lia, sed enorme pli forta, pli sistema, malpli timoplena. La plej bonaj libroj, li perceptis, estas tiuj dirantaj al vi kion vi jam scias. Li ĵus reiris al Ĉapitro I kiam li aŭdis la paŝojn de Julia sur la ŝtuparo kaj ekstaris el sia seĝo por renkonti ŝin. Ŝi faligis sian brunan instrumentosakon sur la plankon kaj ĵetis sin en liajn brakojn. Jam de pli ol semajno ili ne vidis unu la alian.

"Mi havas *la libron*," li diris dum ili disapartigis sin.

"Ho, vi havas ĝin? Bone," ŝi diris sen multa interesiĝo, kaj preskaŭ tuj surgenuiĝis apud la oleforno por prepari kafon.

Ili ne parolis denove pri la temo ĝis kiam ili jam estis en la lito duonan horon. La vespero ĝuste sufiĉe malvarmetis por agrabligi la surtiron de la kovraĵo. El sube venis la familiara sono de kantado kaj de la skrapado de botoj sur la pavimoŝtonoj. La forta ruĝbraka virino kiun Winston vidis tie dum sia unua vizito estis preskaŭ meblo en la korto. Ŝajne ne ekzistis horo da taglumo dum kiu ŝi ne marŝadis tien kaj reen inter la lavkuvo kaj la sekigoŝnuro, alterne plenigante la buŝon per vestopinĉiloj kaj ekkantante plenforte. Julia jam komfortigis sin sur sia flanko kaj aspektis jam tuj dormonta. Li etendis manon por la libro, kiu kuŝis sur la planko, kaj sidiĝis kontraŭ la litobreto.

"Ni devas legi ĝin," li diris. "Vi ankaŭ. Ĉiuj membroj de la Frataro devas legi ĝin."

"Vi legu ĝin," ŝi diris, kun la okuloj fermitaj. "Laŭtlegu ĝin. Estas plej bone tiel. Tiel vi povos ekspliki ĝin al mi, dum vi legos."

La indikiloj de la horloĝo montris al ses, t.e. dekok. Restis tri-kvar horoj por ili. Li apogis la libron per siaj genuoj kaj komencis legi:

Ĉapitro I
SENSCIO ESTAS FORTO.

Tra la tuta registrita tempo, kaj verŝajne jam ekde la fino de la Neolitika Epoko, ekzistas tri specoj de homoj en la mondo: la Altaj, la Mezaj, kaj la Basaj. Ili estas subdividitaj multmaniere, ili havis sennombran kvanton da nomoj, kaj iliaj relativaj ampleksoj, kiel ankaŭ iliaj interrilatoj, varias de epoko al epoko: sed la esenca strukturo de la socio neniam ŝanĝiĝis. Eĉ post enormaj kaosoj kaj ŝajne neinversigeblaj ŝanĝoj, unu sola strukturo ĉiam reviviĝis, same kiel giroskopo ĉiam revenas al ekvilibro, negrave kiom foren ĝi estis puŝita laŭ unu aŭ alia direkto.

"Julia, ĉu vi estas veka?" diris Winston.

"Jes, karulo, mi aŭskultas. Plulegu. Estas mirinde."

Li plu legis:

La celoj de ĉi tiuj grupoj plene nekunagordigeblas. La Alta celas resti kie ĝi estas. La celo de la Meza estas interŝanĝi sian pozicion kun la Alta. La Basa celas, kiam ĝi havas celon — ĉar ĉiame karakterizas la Basulojn ke ilin tiom dispremas la laboregado ke ili apenaŭ pli ol intermite konscias pri io ekster la ĉiutaga vivc — abolicii ĉiujn distingojn kaj krei socion en kiu ĉiuj homoj egalas. Tiel, tra la tuta historio okazas baraktado kiu estas senŝanĝa rilate al sia ĉefa karaktero, kaj kiu reokazas ĉiam denove. Dum longaj periodoj ŝajnas ke la Alta sekure plenpotencas, sed pli-malpli frue ĉiam venas momento kiam ili aŭ perdas sian sinfidon aŭ sian kapablon efike regi, aŭ ambaŭ. Tiam ilin faligas la Meza, kiu aliancigas la Basan pretekstante al ili ke ili batalas por libero kaj justo. Tuj kiam ili atingas sian celon, la Meza reĵetas la Basan en ĝian antaŭan servutulan pozicion, kaj mem fariĝas la Alta. Baldaŭ nova Meza grupo apartiĝas de unu el la aliaj grupoj, aŭ de ambaŭ, kaj la baraktado rekomenciĝas. El la tri grupoj, nur la Basa neniam eĉ provizore atingas sian celon. Estus troige se oni dirus ke dum la tuta historio tute ne okazis materia progreso. Eĉ nuntempe, dum periodo de malprogreso, la averaĝa homo korpe pli bone statas ol antaŭ kelkaj jarcentoj. Sed neniu progreso rilate al riĉo, neniu mildiĝo de la moroj, neniu reformo aŭ revolucio iam pliproksimigis la egalecon de la homaro je eĉ unu milimetro. Laŭ la vidpunkto de la Basa, neniu historia ŝanĝo iam signifis pli ol ŝanĝon de la nomo de la mastroj.

En la malfrua parto de la deknaŭa jarcento, la reokazado de ĉi tiu fenomeno evidentiĝis al multaj observantoj. Ekaperis skoloj de pensuloj interpretantaj la historion kiel ciklan procedon, kaj ili pretendis montri ke malegaleco estas neŝanĝebla leĝo de la homa vivo. Tiu doktrino, komprenebla, ĉiam havis kredantojn, sed en la maniero per kiu oni nun aperigis ĝin okazis grava ŝanĝo. Antaŭe, la bezono je hierarkia formo de la socio estis doktrino precipe de la Alta. Ĝin predikis reĝoj kaj aristokratoj kaj la pastroj, juristoj, kaj aliaj similuloj, iliaj parazitoj, kaj kutime oni mildigis ĝin per promesoj pri kompensoj en la imagata posttomba mondo. La Meza, dum ĝi strebis potenciĝi, ĉiam utiligadis tiajn terminojn kiaj libero, justo, kaj frateco. Nun, tamen, la koncepton pri la interhoma frateco komencis atenci personoj kiuj ankoraŭ ne estis regantoj sed nur esperis ekregi post nelonge. Antaŭe, la Meza revoluciadis sub la standardo de egaleco, kaj poste establis novan tiranion tuj kiam la malnova estis nuligita. La novaj Mezaj grupoj, en la praktiko, jam antaŭanoncis sian tiranion. La Socialismon, teorio aperinta en la frua parto de la deknaŭa jarcento, kaj kiu estis la lasta ero en pensoĉeno etendiĝanta malantaŭen ĝis la sklavribeloj antikvaj, ankoraŭ infektis la Utopiismo de antaŭaj epokoj. Sed ĉiu varianto de Socialismo kiu aperis ekde ĉirkaŭ 1900, pli malkaŝe forlasis la celon establi liberon kaj egalecon. La novaj movadoj aperintaj en la mezaj jaroj de la jarcento, Angsoco en Oceanio, Novbolŝevismo en Eŭrazio, Mort-

adoro, kiel oni kutime nomas ĝin, en Orientazio, havis kon-
scian celon daŭrigi *malliberon* kaj *malegalecon*. Tiuj novaj mo-
vadoj, kompreneble, originis en la malnovaj kaj kutimis kon-
servi iliajn nomojn kaj pretendis akcepti ilian ideologion. Sed
ili ĉiuj celis haltigi la progreson kaj glaciigi la historion je elek-
tita momento. La familiara balanciĝo de la pendolo devus unu
plian fojon okazi, kaj tiam ekhalti. Kiel kutime, la Altan devos
forigi la Meza, kiu tiam fariĝos la Alta; sed ĉifoje, per konscia
strategio, la Alta kapablos por ĉiam gardi sian pozicion.

La novaj doktrinoj aperis parte pro la akumuliĝo de scio pri la
historio, kaj la kresko de sento pri historio, kiu apenaŭ ekzistis
antaŭ la deknaŭa jarcento. Eblis nun kompreni la ciklan mo-
viĝon de la historio, aŭ tiel ŝajnis; kaj se eblas kompreni ĝin,
sekve ĝi ŝanĝeblas. Sed la ĉefa subkuŝanta kaŭzo estis ke, jam
en la komenco de la dudeka jarcento, la egaleco de homoj fa-
riĝis teknike ebla. Ankoraŭ restis vere ke la homoj ne egalas
rilate al siaj naturaj talentoj, kaj ke funkcioj devis esti specia-
ligitaj laŭ manieroj kiuj favoras kelkajn individuojn kontraŭ
aliaj; sed ne plu ekzistis vera bezono je klasdistingoj aŭ je
grandaj diferencoj de riĉeco. En pli fruaj epokoj, klasdistingoj
ne nur ne eviteblis, sed dezirindis. Malegaleco estis la prezo
de civiliziĝo. Tamen, kiam evoluis permaŝina produktado,
la afero ŝanĝiĝis. Eĉ kvankam ankoraŭ necesis ke homoj faru
diversajn specojn de laboro, ne plu necesis ke ili vivu laŭ di-
versaj sociaj aŭ ekonomiaj niveloj. Tial, laŭ la vidpunkto de la
novaj grupoj tuj ekprenontaj potencon, la homa egaleco ne plu
estas alstrebenda celo, sed danĝero evitenda. En pli primitivaj
tempoj, kiam justa kaj paca socio efektive maleblis, relative fa-
cilis kredi ĝin. La koncepto pri tera paradizo, en kiu homoj
kunvivos en stato de frateco, sen leĝoj kaj sen laboregado,
hantis la homan imagon dum miloj da jaroj. Kaj tiu vizio suk-
cesis iom regi eĉ en la grupoj kiuj efektive profitis per ĉiu his-
toria ŝanĝo. La heredintoj de la franca, angla, kaj usona revolu-
cioj parte kredis siajn proprajn frazojn pri la rajtoj de la homo,

libera parolado, egaleco antaŭ la leĝo, k.s., kaj eĉ permesis sian konduton esti iom influata de ili. Sed jam en la kvara jardeko de la dudeka jarcento ĉiuj ĉeffluoj de la politika pensado estis aŭtoritatismaj. La tera paradizo perdis kredeblecon precize en la momento kiam ĝi fariĝis realigebla. Ĉiu nova politika teorio, negrave kiun nomon ĝi donis al si, rekondukis al hierarkio kaj perforta ordigado. Kaj en la ĝenerala rigidiĝo de vidpunkto komenciĝanta ĉirkaŭ 1930, agadoj jam delonge forlasitaj, kelkakaze jam de centoj da jaroj — enkarcerigo sen proceso, utiligado de militkaptitoj kiel sklavoj, publikaj ekzekutoj, torturado por devigi konfesojn, uzadon de ostaĝoj, kaj elpelo de tutaj popoloj — ne nur rekutimiĝis, sed ilin toleris kaj eĉ defendis personoj opiniantaj sin kleraj kaj progresemaj.

Nur post jardeko da naciaj militoj, internaj militoj, revolucioj, kaj kontraŭrevolucioj, Angsoco kaj ĝiaj rivaloj enlumiĝis kiel plene ellaboritaj politikaj teorioj. Sed ilin anticipis la diversaj sistemoj, kutime nomataj totalismaj, aperintaj pli frue en la jarcento, kaj la ĝenerala aspekto de la mondo kiu rezultos el la aktuala kaoso jam delonge evidentis. Ankaŭ egale evidentis kiaj personoj regos tiun mondon. La nova aristokrataro konsistis plejparte el burokratoj, sciencistoj, teknikistoj, organizantoj de sindikatoj, ekspertoj pri reklamado, sociologoj, instruistoj, ĵurnalistoj, kaj profesiaj politikistoj. Tiuj personoj, kies originoj troviĝis en la salajrata meza klaso kaj la supraj niveloj de la laborista klaso, estis formitaj kaj kunigitaj de la malfekunda mondo de monopolaj industrioj kaj centrigita regado. Kompare kun la respektivaj oficistoj en la pasintaj epokoj, ili estis malpli avaraj, malpli tentataj de lukso, pli malsataj je senpera potenco, kaj, plejĉefe, pli konsciaj pri kion ili faras kaj pli fervoraj dispremi opozicion. Ĉi lasta diferenco havis la unuan lokon. Kompare kun la nun ekzistanta, ĉiuj tiranioj en la paseo estis nur duonfervoraj kaj senefikaj. La regantajn grupojn ĉiam infektis almenaŭ iomete liberalaj ideoj, kaj ne ĝenis ilin ke ili lasas nesolvitajn erojn ĉie, ilin kontentigis atenti nur videblajn agojn kaj havi nenian intereson pri kion pensas la regatoj. Eĉ la Katolika Eklezio de la Mezepoko estis tolerema laŭ nuntempaj normoj. Parte kaŭzis tion la fakto ke dum la paseo neniu regantaro kapablis konstante kontroli siajn civitanojn. La invento de la presarto, tamen, plifaciligis manipuladon de la opinioj de la publiko, kaj la filmo kaj la radio progresigis tiun agadon. Pro la eltroviĝo de televizio, kaj la teknika progreso ebliganta ricevi kaj dissendi samtempe per unusama instrumento, privata vivado atingis sian finon. Ĉiu civitano, almenaŭ ĉiu civitano sufiĉe grava por meriti observadon, povus esti tenata dudek kvar horojn ĉiutage sub la okuloj de la polico kaj en la sonado de oficiala propagando, kaj ĉiuj aliaj komunikiloj mankus. La eblo devigi ne nur plenan obeon al la volo de la Ŝtato, sed ankaŭ plenan unuformecon de opinioj pri ĉiuj temoj, nun unuafoje ekzistis.

Post la revolucia periodo de la kvindekoj kaj sesdekoj, la socio regrupigis sin, kiel ĉiam, en Altan, Mezan, kaj Basan. Sed la nova Alta grupo, malsimile al siaj antaŭuloj, ne agis per instinktoj sed sciis kio necesas por protekti sian pozicion. De longe oni komprenis ke la sola sekura bazo por oligarkio estas kolektivismo. Oni plej facile defendas riĉon kaj privilegion kiam oni kune ilin posedas. La tiel nomita "aboliciiĝo de privataj posedaĵoj", okazinta dum la mezaj jaroj de la jarcento, signifis en la praktiko la kungrupiĝon de posedaĵoj en multe malpli da manoj ol antaŭe; kun ĉi tiu diferenco, ke la novaj posedantoj estas grupo anstataŭ amaso da individuoj. Individue, neniu partiano posedas ion ajn, escepte de malgravaj personaĵoj. Kolektive la Partio posedas ĉion en Oceanio, ĉar ĝi regas ĉion, kaj disponas pri la produktaĵoj laŭ sia bontrovo. Dum la jaroj post la Revolucio ĝi povis paŝi en tiun regan pozicion preskaŭ sen opozicio, ĉar la tuta procedo estis pretendata esti kolektivigado. Oni ĉiam supozis ke se la kapitalista klaso perdos siajn posedaĵojn, Socialismo neeviteble sekvos; kaj ekzistis nenia dubo ke la kapitalistoj perdis siajn posedaĵojn. Fabrikoj, minoj, tero, domoj, transporto — ĉion oni forprenis de ili, kaj ĉar tiujn aferojn individuoj ne plu posedis, sekve ilin sendube posedis la publiko. Angsoco, kiu kreskis el la pli frua Socialista movado kaj heredis ĝian frazeologion, efektive plenumis la ĉeftemon de la Socialista programo, kun la rezulto, antaŭvidita kaj antaŭintencita, ke ekonomia malegaleco iĝis permanenta.

Sed la problemoj eternigi hierarkian socion havas pli profundajn radikojn. Ekzistas nur kvar manieroj laŭ kiuj reganta grupo povas perdi sian potencon. Aŭ ĝin konkeras eksteruloj, aŭ ĝi regas tiom malkompetente ke la amasoj incitiĝas ribeli, aŭ ĝi permesas la ekzistiĝon de forta kaj malkontenta Meza Grupo, aŭ ĝi perdas siajn propran sinfidon kaj deziron regi. Tiuj kaŭzoj ne agas unuope, kaj kutime ĉiuj kvar kunekzistas iugrade. Reganta klaso kiu povus gardi sin kontraŭ ili ĉiuj restus reganta permanente. Finfine la decida faktoro estas la mensa vidpunkto de la reganta klaso mem.

Post la mezo de la nuna jarcento, la unua danĝero en la realo malaperis. Ĉiu el la tri potencoj nun dividantaj la mondon en la praktiko ne konkereblas, kaj povus iĝi konkerebla nur per lantaj demografiaj ŝanĝoj kiujn registaro kun vastaj povoj kapablas facile eviti. La dua danĝero, ankaŭ, estas nur teoria. La amasoj neniam ribelas propraage, kaj ili neniam ribelas nur pro subpremiĝo. Vere, dum oni ne lasas ilin havi la eblon kompari, ili eĉ neniam ekkonscias ke ili subpremiĝas. La ripetaj ekonomiaj krizoj de pasintaj epokoj tute ne necesis kaj oni nun ne permesis ilin okazi, sed aliaj kaj egale grandaj misoj povas okazi kaj efektive okazas, sed sen politikaj rezultoj, ĉar ekzistas neniu metodo per kiu eblas voĉigi malkontenton. Koncerne la problemon de troproduktado, latenta en nia socio ekde la evoluiĝo de maŝinteknikologio, ĝin solvas la rimedo de senfina militado (vidu Ĉapitron III), kiu ankaŭ utilas por sufiĉe vigligi la entuziasmon de la publiko. Laŭ la vidpunkto de niaj aktualaj regantoj, do, la solaj veraj danĝeroj estas la apartiĝo de nova grupo de kapablaj, nesufiĉe okupataj, potencavidaj homoj, kaj la kresko de liberalismo kaj skeptikismo en la propra anaro. Tio signifas edukan problemon. La problemo estas daŭre formi la konscion kaj de la direktanta grupo kaj de la pli granda ekzekutiva grupo kiu kuŝas tuj sub ĝi. La konscion de la amasoj nur necesas influi negative.

Laŭ tiu fono, oni povus dedukti, se oni ne jam scius, la ĝeneralan strukturon de la Oceania socio. Ĉe la apekso de la piramido staras Granda Frato. Granda Frato estas neeraripova kaj plenpotenca. Oni proklamas ke ĉiu sukceso, ĉiu atingo, ĉiu venko, ĉiu scienca trovaĵo, ĉiu scio, ĉiu saĝo, ĉiu feliĉo, ĉiu virto, rezultas rekte el liaj estrado kaj inspiro. Neniu iam vidis Grandan Fraton. Li estas vizaĝo sur la afiŝegoj, voĉo sur la teleekrano. Ni povas sufiĉe certi ke li neniam mortos, kaj jam ekzistas multa necerto pri kiam li naskiĝis. Granda Frato estas la masko per kiu la Partio elektas montri sin al la mondo. Lia funkcio estas agi kiel fokuso por amo, timo, kaj respektego, emocioj kiujn oni multe pli facile sentas pri individuo ol pri organizo. Sub Granda Frato estas la Interna Partio. Ĝia amplekso estas limigita al ses milionoj, t.e. iomete malpli ol 2% de la loĝantaro de Oceanio. Sub la Interna Partio estas la Ekstera Partio, kiu, se oni povas kompari la Internan Partion al la cerbo de la Ŝtato, pravigeble similigatas al la manoj. Sub tio estas la silentaj amasoj, kiujn ni kutimas nomi "la proloj", ampleksantaj ĉ. 85% de la loĝantaro. Laŭ la terminoj en nia pli frua klasigado, la proloj estas la Basa: ĉar la sklavaj popoloj de la ekvatoraj landoj, kiuj transiras konstante de unu konkerinto al alia konkerinto, ne estas permanenta aŭ necesa parto de la strukturo.

Principe, membreco en tiuj tri grupoj ne heredeblas. La infano de gepatroj internapartiaj ne estas, laŭteorie, denaske en la Interna Partio. Anecon en ĉiu el la du branĉoj de la Partio oni akiras per ekzameno, kiun oni spertas kiam deksesjara. Nek okazas rasdiskriminacio, nek atentinta dominado de unu regiono fare de alia. Judoj, Negroj, Sudamerikanoj pure Indiandevenaj, troveblas en la plejaltaj rangoj de la Partio, kaj la administrantoj de ĉiu regiono ĉiam konsistas el loĝantoj de tiu regiono. En neniu parto de Oceanio la loĝantoj sentas ke ili loĝas en kolonio regata de fora ĉefurbo. Oceanio ne havas ĉefurbon, kaj ĝia laŭtitola ĉefo estas persono kies lokon neniu konas. Escepte de ke la Angla estas ĝia ĉefa interlingvo kaj Novparolo ĝia oficiala lingvo, ĝi estas neniel centrigita. Ĝiajn regantojn ne kunligas sangoparenceco, sed akcepto de komuna doktrino. Veras ke nia socio enhavas nivelojn, tre rigidajn nivelojn, laŭŝajne, unuavide, hereda sistemo. Estas multe malpli da transiro inter la diversaj grupoj ol dum la kapitalismo aŭ eĉ dum la antaŭindustria epoko. Inter la du branĉoj de la Partio ja estas certa kvanto da interŝanĝo, sed nur tiom kiom certigas ke febluloj ekskluditas el la Interna Partio kaj ke ambiciaj membroj de la Ekstera Partio sendanĝeriĝas per permeso ke ili atingu pli altan nivelon. Oni ne permesas ke proletoj, en la praktiko, alten iru en la Partion. La plej talentajn el ili, kiuj povus eble iĝi nukleoj de malkontento, simple trovas la Pensopolico kaj eksterminas. Sed tiu sistemo ne estas nepre permanenta, nek principa. La Partio ne estas klaso laŭ la malnova senco de tiu vorto. Ĝi ne celas principe transdoni la potencon al siaj propraj infanoj; kaj se ekzistus neniu alia maniero restigi la plej kapablajn personojn ĉe la supro, ĝi plene pretus rekrutigi tute novan generacion el la proletaro. Dum la decidaj jaroj, la fakto ke la Partio ne estas hereda grupo multe rolis en la nuligo de la opozicio. La malnova speco de Socialisto, trejnita kontraŭbatali ion nomatan "klasprivilegio", supozis ke kio ne heredeblas ne povas esti permanenta. Li ne komprenis ke la daŭro de oligarkio ne bezonas esti fizika, nek li paŭzis por konsideri ke heredaj aristokratioj ĉiam mallonge daŭras, dum adoptemaj organizoj, kia la Katolika Eklezio, kelkafoje daŭris centojn aŭ milojn da jaroj. La esenco de oligarkia regado ne estas heredigo fare de patro al filo, sed la daŭrigo de certa mondokoncepto kaj certa vivmaniero, truditaj de la mortintoj al la vivantoj. Reganta grupo restas reganta grupo nur kiam ĝi povas nomumi siajn posteulojn. La Partio ne okupas sin pri daŭrigado de sia sango sed pri sindaŭrigo. Ne gravas *kiu* havas potencon, kondiĉe ke la hierarkia strukturo ĉiam restas neŝanĝita.

Ĉiuj kredoj, kutimoj, gustoj, emocioj, mensaj vidpunktoj, kiuj karakterizas nian epɔkon estas efektive formulitaj por subteni la mistikon de la Partio kaj malebligi ke oni perceptos la veran naturon de la nuntempa socio. Fizika ribelo, aŭ ia preparo celanta ribelon, nuntempe maleblas. De la proletaro nenio timindas. Lasitaj al si mem, ili daŭros de generacio al generacio kaj de jarcento al jarcento, laborante, naskante, kaj mortante, ne nur tute sen impulso ribeli, sed sen kapablo kompreni ke la mondo povus esti alia ol nun. Ili povus iĝi danĝeraj nur se la progreso de la industritekniko necesigus pli profunde eduki ilin; sed, ĉar la milita kaj komerca rivaladoj ne plu gravas, la nivelo de la edukiĝo de la publiko efektive malaltiĝas. Ori tute indiferentas pri kion opinias, aŭ ne opinias, la amasoj. Ori povas lasi intelektan liberon al ili, ĉar ili ja ne havas intelekton. En partiano, aliflanke, eĉ ne plej eta opinidevio pri la plej malgrava temo tolereblas.

Partiano vivas de naskiĝo ĝis morto sub la okuloj de la Pensopolico. Eĉ kiam li solas, li neniam povas certi ke li solas. Kie ᵃn li estas, ĉu dormante, ĉu vekiĝinte, ĉu laborante, ĉu ripozante, en bankuvo aŭ en lito, li povas esti senaverte kontrolata sen scii ke li estas kontrolata. Nenio farata de li estas indiferenta. Liaj amikecoj, liaj ripozoj, lia konduto rilate al siaj edzino kaj infanoj, la mieno sur lia vizaĝo kiam li solas, la vortoj kiujn li murmuras dum dormo, eĉ la karakterizaj moviĝoj de lia korpo, estas ĉiuj detale observataj. Ne nur ĉiu vera misago, sed ĉia ekscentraĵo, negrave kiom eta, ĉiu ŝanĝo de kutimoj, ĉiu nervoza ageto kiu povus eble simptomi internan barakton, estas neeviteble rimarkata. Li havas tute nenian liberon elekti pri io ajn. Aliflanke, liajn agojn ne direktas leĝoj aŭ ia klare esprimita kondutoformulo. En Oceanio ne ekzistas leĝoj. Pensoj kaj agoj kiuj, rimarkite, sekvigas neeviteblan morton, ne estas formale malpermesitaj, kaj la senfinaj purigoj, arestoj, torturoj, enkarcerigoj, kaj vaporigoj, ne estas puno pro krimoj efektive faritaj, sed nur la elimino de personoj kiuj eble iam onte faros krimon. Partiano devas nepre havi ne nur la ĝustajn opiniojn, sed la ĝustajn instinktojn. Multaj el la kredoj kaj vidpunktoj kiujn oni postulas de li estas neniam klare deklaritaj, kaj ne eblus deklari ilin sen malkaŝi la kontraŭdirojn ekzistantajn en la fundamento de Angsoco. Se li estas persono nature ortodoksa (en Novparolo: *bonpensanto*), li ĉiucirkonstance scias, sen pripensi, kio estas la vera kredo aŭ la dezirata emocio. Sed ĉiukaze, detalega mensa trejnado, ricevita dum la infaneco kaj kiu grupigas ĉirkaŭ si la Novparolajn vortojn *krimhalto, nigroblanko*, kaj *duoblapenso*, malvoligas lin kaj malkapabligas lin tro profunde pensi pri iu ajn temo.

Partiano devas havi neniujn privatajn emociojn kaj neniujn ĉesojn de entuziasmo. Li devas vivi kun senpaŭza fervorego de hato kontraŭ fremdaj malamikoj kaj internaj perfiduloj, triumfo pro venkoj, kaj sinsubmeto al la potenco kaj saĝo de la Partio. Rimedoj kia la Du Minutoj da Hato intence eksterenigas kaj disŝutas la malkontentojn rezultantajn el lia senenhava, senkontentiĝa vivo; kaj lia frue akirita interna disciplino antaŭmortigas konjektadon kiu eble povus okazigi skeptikan aŭ ribelan vidpunkton. La unua kaj plejsimpla etapo en la disciplino, instruebla eĉ al junaj infanoj, nomiĝas, en Novparolo, *krimhalto*. *Krimhalto* signifas la kapablon ekhalti, kvazaŭ instinkte, ĉe la sojlo de kiu ajn danĝera penso. Ĝi inkluzivas la kapablon ne kompreni analogiojn, ne percepti logikajn erarojn, miskompreni eĉ la plej simplajn argumentojn se ili malamikas al Angsoco, kaj enui aŭ senti naŭzon pro kia ajn pensodirekto kiu kondukus herezen. *Krimhalto*, mallonge, signifas sinprotektan stultecon. Sed ne sufiĉas stulteco. Male, ortodokso plenasence postulas regi la mensajn procedojn tiel komplete kiel sintordisto sian korpon. La Oceania socio baziĝas, funde, sur la kredo ke Granda Frato estas ĉiompotenca kaj ke la Partio estas neeraripova. Sed ĉar en la realo Granda Frato ne estas ĉiompotenca kaj la Partio ne estas neeraripova, necesas senlaca, momenton-al-momenta flekseblo rilate al faktoj. La ŝlosilvorto por tio estas *nigroblanko*. Kiel tiom da Novparola vortoj, tiu vorto havas du sinkontraŭdirajn signifojn. Uzate pri malamiko, ĝi signifas la kutimon impertinente pretendi ke nigro estas blanko, kontraŭe al la evidentaj faktoj. Uzate pri partiano, ĝi signifas lojalan preton diri ke nigro estas blanko kiam tion postulas la partia disciplino. Sed ĝi ankaŭ signifas la kapablon *kredi* ke nigro estas blanko, kaj, eĉ pli, *scii* ke nigro estas blanko, kaj forgesi ke oni iam kredis la malon. Tio postulas senĉesan ŝanĝadon de la paseo, ebligatan de la pensosistemo kiu efektive inkluzivas ĉiujn aliajn, kaj kiu en Novparolo nomiĝas *duoblapensc*.

La ŝanĝado de la paseo necesas pro du kialoj, el kiuj unu sekundara kaj, pli-malpli, antaŭprotekta. La sekundara kialo estas ke la partiano, kiel la proleto, toleras la aktualajn kondiĉojn parte ĉar li havas nenion kun kiu li povas kompari ilin. Li devas esti detranĉita for de la paseo, same kiel li devas esti detranĉita for de fremdaj landoj, ĉar necesas ke li kredu sin pli bonstata ol la prapatroj, kaj ke la averaĝa nivelo de materiala komforto konstante altiĝas. Sed multe pli grava kialo por la reĝustigo de la paseo estas la bezono gardi la neeraripovon de la Partio. Ne nur ke prelegoj, statistikoj, kaj registroj ĉiuspecaj devas konstante ĝisdatiĝi por montri ke la antaŭdiroj de la Partio senescepte ĝustas, sed ankaŭ ĉar neniu ŝanĝo en la doktrino aŭ politika alianco estas konfesebla. Ŝanĝi onian opinion, aŭ eĉ onian politikon, signifas konfesi malforton. Se, ekzemple, Eŭrazio aŭ Orientazio (kiu ajn aktuale estas) estas la malamiko nuntempe, sekve tiu lando devas esti de ĉiam la malamiko. Kaj se la faktoj diras ion alian, do la faktoj devas esti ŝanĝitaj. Tial la historio konstante reverkatas. Tiu tagon-posttaga falsado de la paseo, farata de la Ministrejo de la Vero, egale necesas por la stabilo de la reĝimo kiel la subpremado kaj spionado farataj de la Ministrejo de la Amo.

La ŝanĝebleco de la paseo estas la centra dogmo de Angsoco. Pasintaj eventoj, oni argumentas, havas nenian objektivan ekziston, ili plu ekzistas nur en skribitaj registroj kaj en la memoro de homoj. La paseo konsistas el kion ajn kune diras la registroj kaj la memoroj. Kaj ĉar la Partio plene regas ĉiujn registrojn kaj egale plene regas la mensojn de siaj membroj, konsekvence la paseo estas kion ajn la Partio decidas. Ankaŭ konsekvence, kvankam la paseo ŝanĝeblas, ĝi neniam estis ŝanĝita rilate al iu ajn specifa afero. Ĉar kiam ĝi estas rekreita en kiu ajn formo necesa en la nuna momento, tiam tiu nova versio *ja estas* la paseo, kaj sekve neniu diferenca paseo povus esti ekzistinta. Tio validas eĉ kiam, kiel ofte okazas, la sama evento estas nerekoneble ŝanĝenda plurfoje dum unu jaro. Ĉiam la Partio posedas la absolutan veron, kaj klare la absoluto neniam povas diferenci de tio kio ĝi nun estas. Oni do konkludu ke regi la paseon dependas plejfundamente de la trejnado de la memoro. Certigi ke ĉiuj skribitaj registroj akordas kun la aktuala ortodokso estas nur mekanika ago. Sed ankaŭ necesas *memori* ke la eventoj okazis laŭ la dezirata maniero. Kaj se necesas rearanĝi oniajn memorojn aŭ falsi skribitajn registrojn, do necesas *forgesi* ke oni faris tion. La metodo fari tion lerneblas same kiel ĉiu alia mensotekniko. Ĝin *ja* lernas la plejparto de la partianoj, certe ĉiuj same inteligentaj kiel ortodoksaj. En Oldparolo oni nomis tion, tute malkaŝe, "realonrego". En Novparolo ĝi nomiĝas *duoblapenso*, kvankam *duoblapenso* inkluzivas ankaŭ multon pli.

Duoblapenso signifas la kapablon havi du sinkontraŭantajn kredojn en la menso samtempe, kaj akcepti ilin ambaŭ. La partia intelektulo scias laŭ kiu direkto ŝanĝi siajn memorojn; do li scias ke li manipulas la realon; sed per utiligado de *duoblapenso* li ankaŭ pruvas al si ke la realo ne estas ŝanĝita. La procedo devas esti konscia, alie ĝi ne estus sufiĉe precize efektivigata, sed ĝi ankaŭ devas esti nekonscia, alie ĝi kunportus senton de falsado kaj tial de kulpo. *Duoblapenso* kuŝas ĉe la koro mem de Angsoco, ĉar la esenca ago de la Partio estas uzi konscian trompon dum ĝi konservas firman celon necesigantan honeston. Intence diri mensogojn kaj samtempe tute plene kredi ilin, forgesi ĉiun neoportunan fakton, kaj poste, kiam ĝi refariĝas bezona, retiri ĝin el la forgeso dum precize la daŭro de tiu bezono, nei la ekziston de la objektiva realo kaj tutdume atenti la realon kiun oni neas — ĉio ĉi nepre necesas. Eĉ kiam oni uzas la vorton *duoblapenso,* necesas utiligi *duoblapenson.* Ĉar uzante la vorton oni konfesas ke oni falsas la realon; per freŝa ago duoblapensi, oni nuligas tiun scion; kaj tiel plu senfine, kun la mensogo ĉiam unu salton antaŭ la vero. Finfine per la *duoblapenso* la Partio sukcesis — kaj eble, ĉar ni ne povas scii, plu sukcesos dum miloj da jaroj — haltigi la fluon de la historio.

Ĉiuj estintaj oligarkioj perdis sian potencon aŭ pro rigidiĝo aŭ pro moliĝo. Aŭ ili iĝis stultaj kaj arogantaj, malsukcesis adapti sin al ŝanĝiĝintaj cirkonstancoj, kaj estis venkitaj; aŭ ili iĝis liberalaj kaj kovardaj, cedis kiam ili devus perforti, kaj ankaŭ estis venkitaj. Ili estis venkitaj, do, aŭ pro konscio aŭ pro nekonscio. La granda sukceso de la Partio estis produkti pensosistemon en kiu ambaŭ statoj povas samtempe ekzisti. Kaj sur neniu alia intelekta fundamento povus la regado fare de la Partio permanentiĝi. Por regi, kaj ĉiam regi, oni devas elartikigi la senton de realo. Ĉar la sekreto de regado estas la kombinado de kredo pri la propra neeraripovo kun la kapablo lerni per faritaj eraroj.

Apenaŭ necesas diri ke plej subtile praktikas *duoblapenson* la inventintoj de *duoblapenso.* Ili scias ke ĝi estas vasta sistemo de mensotrompado. En nia socio, kiuj plej misvidas la veran mondon samtempe plej bone scias kio okazas. Ĝenerale, ju pli granda la kompreno, des pli granda la iluziiĝo; ju pli inteligenta, des malpli malfreneza. Unu klara ilustraĵo pri tio estas la fakto ke la milithisterio pliintensiĝas laŭ kiom oni alteniras en la socia rangaro. La personoj kies vidpunkto pri la milito estas plej preskaŭraciaj estas la subpremataj popoloj de la pridisputataj teritorioj. Por tiuj homoj la milito estas simple senfina katastrofo kiu ondas tien kaj reen super iliaj korpoj kvazaŭ cunamo. Kiu partio venkas, tute indiferentas por ili. Ili konscias ke ŝanĝo de registaro signifas nur ke ili same laboros kiel antaŭe, por novaj mastroj kiuj traktas ilin same kiel la malnovaj. La iomete pli favorataj laboristoj kiujn ni nomas "la proloj" nur intermite konscias pri la milito. Kiam necese, eblas instigi ilin al freneza fervoro de timo kaj hato, sed lasitaj al si mem ili kapablas longaperiode forgesi ke la milito okazas. Nur en la rangoj de la Partio, kaj ĉefe en la Interna Partio, troviĝas la vera militentuziasmo. Mondokonkeron kredas plej firme la personoj sciantaj ke ĝi maleblas. Tiu kurioza kunligo de kontraŭoj — scio kun nescio, cinikismo kun fanatikismo — estas unu el la ĉefaj distingaj signoj de la Oceania socio. La oficiala ideologio abunde enhavas kontraŭojn eĉ kiam ne ekzistas praktika kialo por tio. Sekve, la Partio malakceptas kaj fikulpigas ĉiun principon kiun origine subtenis la Socialista movado, kaj ĝi elektas fari tion en la nomo de Socialismo. Ĝi predikas malestimon pri la laborista klaso, kian oni ne povas trovi jam de jarcentoj, kaj ĝi vestigas siajn membrojn per uniformo kiu iam estis propraĵo de la manlaboristoj kaj estis adoptita pro tio. Ĝi sisteme subfosas la solidarecon de la familio, kaj nomas sian estron per nomo kiu estas rekta veksignalo por la sentimento de familia lojaleco. Eĉ la nomoj de la kvar Ministrejoj per kiuj ni estas regataj montras ian impudencon per sia intenca inversigo de la faktoj. La Ministrejo de la Paco okupas sin per milito, la Ministrejo de la Vero per mensogoj, la Ministrejo de la Amo per torturado, kaj la Ministrejo de la Abundo per malsatigado. Tiuj kontraŭdiroj ne estas akcidentaj, nek ili rezultas el ordinara hipokriteco; ili estas intencaj aplikoj de *duoblapenso*.

Ĉar nur per kunakordigo de kontraŭdiroj povas la regpotenco esti senfine gardata. Laŭ neniu alia maniero eblus rompi la antikvan ciklon. Por malokazigi la egalecon de homoj por ĉiam — por ke la Alta, kiel ni nomis ilin, gardu sian pozicion permanente — la ĉefa mensa stato devas esti moderigata frenezo.

Sed restas unu demando kiun ĝis nun ni preskaŭ ignoris. Nome: *kial* malebligi la egalecon de homoj? Se ni supozas ke la mekaniko de la procedo ĝuste priskribitas, kiun motivon havas tiu giganta, precize planita peno glaciigi la historion je specifa momento?

Ĉi tie ni atingas la centran sekreton. Kiel ni vidis, la mistiko de la Partio, kaj super ĉio de la Interna Partio, dependas de *duoblapenso*. Sed pli profunde ol tio kuŝas la origina motivo, la neniam dubata instinkto kiu unue instigis la alprenon de potenco kaj ekzistigis la *duoblapenson*, la Pensopolicon, la senĉesan militadon, kaj ĉiujn aliajn necesajn ilojn. Tiu motivo efektive konsistas...

Winston konsciiĝis pri silento, same kiel oni konsciiĝas pri nova sono. Ŝajnis al li ke Julia jam de multa tempo tre kvietas. Ŝi kuŝis sur sia flanko, nuda supre de la talio, kun la vango apogata de mano kaj unu malhela harfasketo falinta trans ŝiajn okulojn. Ŝia brusto leviĝis kaj malleviĝis nerapide kaj regule.

"Julia."

Neniu respondo.

"Julia, ĉu vi estas veka?"

Neniu respondo. Ŝi dormas. Li fermis la libron, metis ĝin zorge sur la plankon, kuŝiĝis, kaj tiris la kovrotukon super kaj sin kaj ŝin.

Li ankoraŭ, li pensis, ne lernis la ĉefsekreton. Li komprenas la *kielon*; li ne komprenas la *kialon*. Ĉapitro I, same kiel Ĉapitro III, efektive ne diris al li ion ne jam sciatan de li; ĝi nur sisteme prezentis scion kiun li jam posedis. Sed leginte ĝin li sciis pli bone ol antaŭe ke li ne frenezas. Esti en minoritato, eĉ minoritato konsistanta el nur unu, ne signifas frenezon. Ekzistas vero kaj ekzistas malvero, kaj se oni kroĉiĝas al la vero eĉ kontraŭ la tuta mondo, oni ne frenezas. Flava radio el la subiranta suno oblikve venis tra la fenestro kaj falis trans la kusenon. Li fermis siajn okulojn. La sunbrilo sur lia vizaĝo kaj la tuŝsento de la glata korpo de la knabino donis al li fortan, dormeman, sekurecan senton. Li sekuras, ĉio estas en ordo. Li endormiĝis murmurante "Malfrenezo ne estas statistikaĵo", sentante ke tiu komento enhavas profundan saĝon.

X

Vekiĝinte, li sentis ke li longe dormis, sed rigardeto al la antikva-moda horloĝo informis lin ke estas nur la dudeka kaj tridek. Li kuŝis dormetante dum kelka tempo; post tio la kutima profundapulma kantado eksonis el la suba korto:

> *"Nur senespera dezirâĵo.*
> *Forglitema kiel tag' aprila,*
> *Kun ekvido, ekdiro, rev-inspiro,*
> *Forŝteliĝis koro mia!"*

Tiu rimaĉa kanto ŝajne konservis sian popularecon. Oni ankoraŭ aŭ-dadis ĝin ĉie. Ĝi transvivis la Hatokanton. Julia vekiĝis pro la sono, streĉis sin lukse, kaj ellitiĝis.

"Mi malsatas," ŝi diris. "Ni pretigu pli da kafo. Damne! La forno estingiĝis kaj la akvo malvarmas." Ŝi prenis la fornon kaj skuis ĝin. "Mankas oleo en ĝi."

"Ni povos akiri iom de olda Charrington, supozeble."

"Kurioze; mi certis ke ĝi plenas. Mi surmetos vestojn," ŝi pludiris. "Ŝajnas ke pli malvarmiĝis."

Winston ankaŭ ellitiĝis kaj vestis sin. La senlaca voĉo ankoraŭ kantadis:

> *"Laŭdire la tempo kuracas,*
> *Laŭdire forgeso ja venos; nu*
> *Ankoraŭ ridetoj kaj larmoj tra l' jaroj,*
> *Tordegas la korŝnurojn plu!"*

Dum li ligis la zonon de sia kombineo li paŝis al la fenestro. Sendube la suno jam subiris malantaŭ la domojn; la suno ne plu brilis en la korton. La pavimŝtonoj malsekis, kvazaŭ ĵus lavite, kaj li sentis ke ankaŭ la ĉielo laviĝis, ĉar tiom freŝas kaj palas la bluo inter la ĉapeloj de la kamentuboj. Senlace la virino marŝis tien kaj reen, korkante kaj malkorkante sin, kantante kaj eksilentante, pendigante pli da vindaĵoj, kaj ankoraŭ pli, kaj eĉ ankoraŭ pli. Li demandis al si ĉu ŝi perlaboras la vivon per lavado de vestoj, aŭ nur estas la sklavo de dudek aŭ tridek genepoj. Julia transvenis apud lin; kune ili rigardis kvazaŭ fascinate de la fortika figuro suba. Dum li rigardis la virinon en ŝia karakteriza pozo, kun la dikaj brakoj etenditaj al la ŝnuro, kaj la fortaj ĉevalinecaj gluteoj emfazitaj, li la unuan fojon ekpensis ke ŝi belas. Antaŭ tiam li neniam supozis ke la korpo de kvindekjara virino, monstrigita pro multa naskado, poste durigita, malglatigita de laborado ĝis ĝi malglatas kiel tromatura napo, povus esti bela. Sed tiel estas, kaj, li pensis, kial ja ne? La solida senkontura korpo, kvazaŭ granita bloko, kaj la raspa ruĝa haŭto, same rilatis al la korpo de knabino kiel la rozbero al rozo. Kial la frukto malpli valoru ol la floro?

"Ŝi belas," li murmuris.

"Ŝiaj koksoj nepre estas metron larĝaj, tamen," diris Julia.

"Jen ŝia speco de belo," diris Winston.

Li tenis la suplan talion, kiun facile ĉirkaŭis lia brako. De la kokso ĝis la genuo ŝia flanko estis apud lia. El iliaj korpoj neniam venos infano. Nur tion ili ne povis fari. Nur perparole, intermense, ili povos transdoni la sekreton. La virino suba ne havis menson, ŝi havis nur fortajn brakojn, varman koron, kaj fekundan ventron. Li demandis al si kiom da infanoj ŝi naskis. Verŝajne almenaŭ dek kvin. Ŝi spertis sian efemeran floradon, jaron, eble, da sovaĝroza belo, kaj poste ŝi subite ekŝvelis kvazaŭ fekundigita frukto kaj fariĝis dura kaj ruĝa kaj malglata, kaj post tio ŝia vivo konsistis el vestolavado, frotlavado, fadenflikado, kuirado, balaado, polurado, flikado, frotlavado, vestolavado, unue por infanoj, poste por genepoj, dum tri senpaŭzaj jaroj. Kaj post ĉio ĉi ŝi ankoraŭ kantadas. La mistika respekto kiun li sentis pri ŝi iel miksiĝis kun la aspekto de la pala, sennuba ĉielo, etendiĝanta malantaŭ la ĉapeloj de la kamentuboj en senfinan distancon. Kurioze, pensi ke la ĉielo samas por ĉiuj, en Eŭrazio aŭ Orientazio same kiel ĉi tie. Kaj la homoj sub la ĉielo ankaŭ tre multe samas — ĉie, en la tuta mondo, centoj da miloj da milionoj da homoj tute similaj al ĉi tiu, homoj sciantaj pri la ekzisto de la aliaj homoj, apartigitaj de muroj da hato kaj mensogoj, tamen preskaŭ ekzakte samaj — homoj lernintaj pensi sed stokantaj en siaj koroj kaj ventroj kaj muskoloj la potencon kiu unu tagon renversos la mondon. Se ekzistas espero, ĝi troviĝas inter la proloj! Sen ĝisfine legi *la libron*, li sciis ke tio devas esti la lasta mesaĝo de Goldstein. La futuro apartenas al la proloj. Kaj ĉu li povas certi ke kiam venos ilia vico, la mondo konstruota de ili ne egale fremdos por li, Winston Smith, kiel la mondo de la Partio? Jes, ĉar almenaŭ ĝi estos malfreneza mondo. Kie estas egaleco, tie povas esti malfrenezo. Pli-malpli frue tio okazos: forto iĝos konscio. La proloj senmortas, oni ne povas dubi tion rigardante tiun bravan personon en la korto. Fine ilia vekiĝo okazos. Kaj ĝis tio okazos, kvankam eble nur post mil jaroj, ili restos vivantaj malgraŭ ĉio, kvazaŭ birdoj, pasigante de korpo al korpo la vivokvaliton kiun ne havas la Partio kaj kiun ĝi ne povas nuligi.

"Ĉu vi memoras," li diris, "la turdon kiu kantis al ni, tiun unuan tagon, ĉe la rando de la arbareto?"

"Li ne kantis al ni," diris Julia. "Li kantis por plaĉi sin. Eĉ ne tion. Li nur kantis."

La birdoj kantas, la proloj kantas. La Partio ne kantas. Ĉie en la mondo, en Londono kaj Novjorko, en Afriko kaj Brazilo, kaj en la misteraj, malpermesitaj landoj preter la limoj, en la stratoj de Parizo kaj Berlino, en la vilaĝoj de la senfina rusa stepo, en la bazaroj de Ĉinio kaj Japanio — ĉie staras la sama solida nekonkerebla figuro, monstrigita de laborado kaj naskado, laboreganta de naskiĝo ĝis morto sed ankoraŭ kantanta. El tiuj fortikaj lumboj raso de konsciuloj nepre iam venos. Vi estas la mortuloj; ilia la futuro. Sed vi povos partopreni en tiu futuro se vi pluvivigos la menson kiel ili pluvivigas la korpon, kaj transdonados la sekretan doktrinon ke du plus du faras kvar.

"Ni estas la mortuloj," li diris.

"Ni estas la mortuloj," eĥis Julia lojale.

"Vi estas la mortuloj," diris fera voĉo malantaŭ ili.

Ili eksaltis aparten. La intestoj de Winston ŝajnis glaciiĝi. Li povis vidi la blankon kiu tute ĉirkaŭas la iridojn de la okuloj de Julia. Ŝia vizaĝo lakte flaviĝis. La streko da ruĝo ankoraŭ sur ĉiu vangosto elstaris akre, preskaŭ kvazaŭ nekonektite al la suba haŭto.

"Vi estas la mortuloj," ripetis la fera voĉo.

"Ĝi estis malantaŭ la bildo," spiris Julia.

"Ĝi estis malantaŭ la bildo," diris la voĉo. "Restu ekzakte kie vi estas. Neniom moviĝu antaŭ ol vi ricevos ordonon."

Komenciĝis, finfine komenciĝis! Ili povis fari nenion escepte de stari rigardante en la okulojn unu de la alia. Fuĝi por savi la vivon, eliri el la domo antaŭ ol tro malfruos — neniu tia penso okazis en ili. Ne koncepteblus, malobei la feran voĉon el la muro. Sonis krako kvazaŭ hoko turniĝis, kaj kraŝo de rompiĝanta vitro. La bildo falis sur la plankon, malkovrante la teleekranon malantaŭ si.

"Nun ili povas vidi nin," diris Julia.

"Nun ni povas vidi vin," diris la voĉo. "Staru en la mezo de la ĉambro. Staru dors'-al-dorse. Kunmetu viajn manojn malantaŭ viaj kapoj. Ne tuŝu unu la alian."

Ili ne tuŝis unu la alian, sed ŝajnis al li ke li povas senti la tremadon de la korpo de Julia. Aŭ eble nur estis la tremado de lia propra korpo. Li ja sukcesis ĉesigi la kunklakadon de liaj dentoj, sed liaj genuoj ne regeblis. Sonis la treto de botoj sube, interne de kaj ekster la domo. La korto ŝajnis plena de homoj. Oni trenis ion trans la ŝtonojn. La kantado de la virino ekĉesis abrupte. Aŭdiĝis longa, ruliĝanta sonoro, kvazaŭ oni ĵetas la lavkuvon trans la korton, kaj sekvis konfuza sonaro de koleraj krioj, finiĝinta per kriego pro doloro.

"La domo estas ĉirkaŭita," diris Winston.

"La domo estas ĉirkaŭita," diris la voĉo.

Li aŭdis Julian klakfermi la dentojn. "Mi supozas ke ni devus adiaŭi," ŝi diris.

"Vi devus adiaŭi," diris la voĉo. Kaj post tio tute alia voĉo, svelta, kultivita voĉo kiun, laŭ la sento de Winston, li aŭdis iam antaŭe, komenciĝis: "Kaj krome, dum ni parolas pri tio, '*Venas kandelo en liton vin paki. Venas hakilo la kapon dehaki.'*"

Io kraŝis sur la liton malantaŭ la dorso de Winston. La supro de eskalo estis ĵetita tra la fenestron kaj rompis la kadron. Iu grimpas tra la fenestron. Amase kuris botoj sur la ŝtuparo. La ĉambro pleniĝis per solidaj viroj en nigraj uniformoj, kun ferkovritaj botoj sur la piedoj kaj klaboj en la manoj.

Winston ne plu tremadis. Eĉ liaj okuloj apenaŭ moviĝis. Nur unu afero gravis; resti senmova, resti senmova, ne donu al ili kialon vin bati! Viro kun glata makzelo de boksisto, super kiu la buŝo estis nur fendeto, haltis kontraŭ li balancante sian klabon mediteme inter siaj polekso kaj montrofingro. La okuloj de Winston renkontis liajn okulojn. La sento de nudo, kun la manoj malantaŭ la kapo kaj la vizaĝo kaj korpo tute neprotektataj, preskaŭ netolereblis. La viro elpuŝis la pinton de blanka lango, lekis la lokon kie devus esti la lipoj, kaj preterpaŝis. Sekvis nova kraŝo. Iu prenintis la vitran paperpezilon de la tablo kaj disfrakasis ĝin sur la kamenoŝtono.

La fragmento de koralo, eta ĉifaĵo palruĝa simila al sukera roz-burĝoneto de kuko, rulis trans la maton. Kiel malgranda, pensis Winston, kiel malgranda ĝi ĉiam estis! Sekvis anhelo kaj batsono malantaŭ li, kaj li ricevis violentan piedbaton sur la maleolo, kio preskaŭ faligis lin. Unu el la viroj pugnobatis la sunplekson de Julia, tiel faldante ŝin kvazaŭ poŝliniilon. Ŝi baraktadis sur la planko, strebegante spiri. Winston ne aŭdacis turni sian kapon eĉ milimetron, sed kelkafoje ŝia livida anhelanta vizaĝo trafis lian vidangulon. Eĉ en teroro li kvazaŭ povas senti ŝian doloron en sia propra korpo, la mortigan doloron kiu tamen malpli urĝas ol ŝia barakto reakiri sian spirpovon. Li sciis kiel sentiĝas: la terura, agoniiga doloro kiu konstante restas sed pro kiu ŝi ankoraŭ ne povas suferi ĉar antaŭ ĉio necesas kapabli spiri. Post tio du el la viroj levis ŝin per ŝiaj genuoj kaj ŝultroj, kaj portis ŝin el la ĉambro kvazaŭ sakon. Winston ekvidetis ŝian vizaĝon, renversitan, flavan kaj torditan, kun la okuloj fermitaj, kaj ankoraŭ kun strieto da ruĝo sur ĉiu vango; kaj li ne revidis ŝin.

Li staris senmove kvazaŭ morte. Ankoraŭ neniu batis lin. Pensoj kiuj venis propravole, sed kiuj ŝajnis tute seninteresaj, komencis traflugi lian menson. Li demandis al si ĉu ili kaptis S-ron Charrington. Li demandis al si kion ili faris al la virino en la korto. Li rimarkis ke li bezonegas urini, kaj sentis feblan surprizon, ĉar li jam faris tion antaŭ nur du-tri horoj. Li rimarkis ke la horloĝo sur la kamenbreto indikas naŭ, kio signifas dudek unu. Sed la lumo ŝajnis tro forta. Ĉu la lumo ne jam fadus je la dudekunua horo en aŭgusta vespero? Li demandis al si ĉu tamen li kaj Julia miskomprenis la tempon — dormis dum plena horloĝ-cirklo, kaj kredis ke estas la dudektria, kiam efektive estas nul-ok-tridek la sekvan matenon. Sed li ne daŭrigis la penson. Ĝi ne interesis.

Sekvis alia, malpli peza paŝo en la koridoro. S-ro Charrington eniris la ĉambron. La mieno de la nigre uniformitaj viroj subite mildiĝis. Iel ankaŭ estis ŝanĝita la aspekto de S-ro Charrington. Lia vido trafis la fragmentojn de la vitra paperpezilo.

"Prenu tiujn pecojn," li diris severe.

Viro klinis sin por obei. La londonokvartala akĉento mankis. Winston subite rekonis kies voĉon li aŭdis antaŭ kelkaj momentoj per la teleekrano. S-ro Charrington ankoraŭ surhavis sian malnovan veluran jakon, sed lia hararo, kiu antaŭe estis preskaŭ blanka, nun montriĝis nigra. Ankaŭ li ne surhavis siajn okulvitrojn. Li unufoje rigardis Winstonon penetre, kvazaŭ por certigi lian identon, kaj poste ne plu atentis lin. Li ankoraŭ rekoneblis, sed li ne plu estis la sama persono. Lia korpo estis rekta, kaj ŝajnis pligrandiĝinta. Lia vizaĝo montris nur ŝanĝetojn, kiuj tamen tute transformis ĝin. La nigraj okulobrovoj estis malpli arbustaj, la faldetoj malaperis, la tuta formo de la vizaĝo ŝajnis aliiĝinta; eĉ la nazo aspektis malpli longa. Ĝi estis la atentoplena, malvarma vizaĝo de viro ĉirkaŭ tridekkvinjara. Winston ekpensis ke nun, la unuan fojon en sia vivo, li konscias rigardi membron de la Pensopolico.

TRI

Li ne sciis kie li estas. Verŝajne en la Ministrejo de la Amo, sed ne eblis certi pri tio.

Li estis en altaplafona senfenestra ĉelo kun muroj el scintilante blanka porcelano. Kaŝitaj lampoj inundis ĝin per frida lumo, kaj aŭdiĝis nelaŭta konstanta zumado kiu, laŭ lia supozo, iel rilatas al la provizado de aero. Benko, aŭ breto, nur sufiĉe larĝa por sursido, laŭiris la cirkonferencon de la ĉambro, interrompis ĝin nur la pordo kaj, ĉe la ekstremo frontanta la pordon, necesujo sen ligna sursidilo. Estis kvar teleekranoj, po unu en ĉiu muro.

Neakre doloradis en lia ventro. Tiel estis ekde kiam ili pakis lin en la fermitan veturilon kaj forkondukis lin. Sed li ankaŭ malsatis, per ronĝema, nesana speco de malsato. Eble jam de dudek kvar horoj li ne manĝis, eble tridek ses. Li ankoraŭ ne sciis, verŝajne neniam scios, ĉu ili arestis lin dum la mateno aŭ la vespero. Ekde lia arestiĝo oni ne donis al li manĝaĵon.

Li sidis kiel eble plej senmove sur la mallarĝa benko, kun la manoj krucitaj sur la genuo. Li jam lernis sidadi senmove. Se oni neatendite moviĝis, ili krie riproĉis per la teleekrano. Sed la avido manĝi pligrandiĝas en li. Kion li plej avidis estis peco de pano. Li kredis memori ke troviĝas kelkaj paneretoj en la poŝo de la kombineo. Eĉ eblis — tion li pensis, ĉar fojfoje io ŝajnis tikli lian kruron — ke eble troviĝas relative granda peco de krusto tie. Fine la tento trovi ĉu tio veras superis lian timon; li puŝis manon en sian poŝon.

"Smith!" kriis voĉo el la teleekrano. "6079 Smith W.! Manojn el la poŝoj, en la ĉeloj!"

Denove li sidis senmove, kun la manoj krucitaj sur la genuo. Antaŭ ol oni portis lin ĉi tien oni prenis lin al alia loko, sendube ordinara prizono, aŭ provizora kaptitejo uzata de la patroloj. Li ne sciis kiom longe li restis tie; plurajn horojn, nepre; sen horloĝoj kaj sen taglumo, malfacilis konjekti la tempopason. Ĝi estis bruplena fiodoraĉa loko. Ili metis lin en ĉelon similan al tiu en kiu li nun estas, sed fie malpuraĉa kaj konstante plenega per dek aŭ dek kvin homoj. Plejparte ili estis ordinaraj krimuloj, sed ankaŭ inter ili estis kelkaj politikaj kaptitoj. Li sidis silente kontraŭ la muro, ŝovate de malpuraj korpoj, tro okupate de timo kaj la doloro en la ventro por serioze atenti la ĉirkaŭaĵojn, tamen rimarkante la mirigan diferencon de konduto de la partianoj kaj de la aliaj. La partikaptitoj senescepte silentis, plenaj de timego, sed ŝajnis ke al la ordinaraj krimuloj neniu gravas. Ili kriadis insultojn al la gardistoj, batalis feroce kiam iliaj posedaĵoj estis forprenitaj, skribadis obscenajn vortojn sur la planko, manĝis kaŝe kunportitajn aĵojn, kiujn ili produktis el misteraj kaŝejoj en siaj vestoj, kaj eĉ superkriis la teleekranon kiam ĝi penis restarigi ordon. Aliflanke, kelkaj el ili ŝajnis amike rilati kun la gardistoj, vokis ilin per kromnomoj, kaj penis kaĵoli el ili cigaredojn tra la spionotruo en la pordo. Ankaŭ la gardistoj traktis la ordinarajn krimulojn iom tolereme, eĉ kiam necesis perforte manipuli ilin. Estis multa parolado pri la bagnoj, al kiuj atendis sendiĝi la plejparto de la enkarcerigitoj. Estas "sufiĉe bone" en la bagnoj, li informiĝis, se oni scias kiujn personojn kontakti, kaj kiel manipuli la sistemon. Estas subaĉeto, favorismo, kaj gangstera agado ĉiuspeca, krome samseksamoro, kaj putinoj, eĉ estas kontraŭleĝa alkoholaĵo distilata el terpomoj. Por la fidonecesaj postenoj oni akceptas nur la ordinarajn krimulojn, precipe la gangsterojn kaj la murdistojn, kiuj konsistigas ian aristokrataron. Ĉiujn filaborojn faras la politikuloj.

Okazis konstanta veno-kaj-foriro de enkarcerigitoj ĉiuspecaj: drogvendistoj, ŝtelistoj, banditoj, nigramerkatistoj, ebriuloj, putinoj. Kelkaj el la ebriuloj tiom violentis, ke la aliaj karceranoj devis unuiĝi por subpremi ilin. Enorma vrakaspekta virino, eble sesdekjara, kun grandaj falantaj mamoj, kaj dikaj ŝnuregoj da blankaj haroj kiuj senordiĝis dum ŝia baraktado, estis enportita, piedbatante kaj kriegante, de kvar gardistoj, kiuj tenis ŝin, ĉiu ĉe unu angulo. Ili deŝiris la botojn

per kiuj ŝi penadis piedbati ilin, kaj faligis ŝin sur la genuojn de Win-
ston, preskaŭ rompante liajn femurostojn. La virino tiris sin rekten
kaj sekvis ilian eliron per krio: "F–aj bastardoj!²³" Poste, rimarkinte
ke ŝi sidas sur io neebena, ŝi glitis de la genuoj de Winston sur la
benkon.

"Pardonon, karulĉjo," ŝi diris. "Mi ne sidus sur vi, sed la bugruloj
metis min tien. Ili n' sciaŝ konduti kun virino, ĉu ne?" Ŝi paŭzis, fra-
petis sian bruston, kaj ruktis. "Pardonon," ŝi diris, "M'ankoraŭ ne
reĝustiĝiŝ."

Ŝi klinis sin antaŭen kaj vomis abunde sur la plankon.

"Pli bonaŝ," ŝi diris, malklinante sin kun fermitaj okuloj. "Neniam
subpremu ĝin, tion mi diraŝ. Eligu ĝin dum ĝi freŝaŝ en la stomako,
tiel."

Ŝi revigliĝis, turnis sin por denove rigardi Winstonon, kaj ŝajnis
tuj ekŝati lin. Ŝi metis grandegan brakon ĉirkaŭ lian ŝultron, kaj tiris
lin al si, elspirante bieron kaj vomon en lian vizaĝon.

"Kiel vi nomiĝaŝ, karulĉjo?" ŝi diris.

"Smith," diris Winston.

"Smith?" diris la virino. "Kurioje. M' ankaŭ nomiĝaŝ Smith. Ha."
ŝi aldonis sentimentale, "Mi poveŝtuŝ via patrino!"

Ŝi ja povus, pensis Winston, esti lia patrino. Ŝi estas proksimume
ĝustaĝa kaj ĝuste forta, kaj verŝajne homoj ŝanĝiĝas iom pro dudek
jaroj en bagno.

Neniu alia parolis al li. Surprize, kiom la ordinaraj krimuloj ig-
noris la partiajn enkarcerulojn. La "politoj", tiel ili nomis ilin kun ia
seninteresa malestimo. La partiaj karceruloj ŝajnis timegi paroli al iu
ajn, kaj, plejĉefe, unu al la alia. Nur unufoje, kiam du partianoj, vi-
rinoj ambaŭ, estis kunpremitaj sur la benko, li subaŭdis en la bruego
de voĉoj kelkajn rapide flustritajn vortojn; kaj precipe mencion pri io
nomata "ĉambro unu-nul-unu", kion li ne komprenis.

Eble antaŭ du aŭ tri horoj ili portis lin ĉi tien. La malakra do-
loro en la ventro neniam malaperis, sed kelkafoje ĝi plimildiĝis kaj
kelkafoje malplimildiĝis, kaj liaj pensoj konsekvence plivastiĝis aŭ

---

23 Tiel en la originalo. F-a = fikaj. — *Trad.*

malvastiĝis. Kiam ĝi malplimildiĝis li pensis nur pri la doloro mem, kaj pri sia deziro havi manĝaĵon. Kiam ĝi plimildiĝis, paniko kaptis lin. Okazis momentoj dum kiuj li antaŭvidis kio okazos al li tiel vivoklare ke lia koro galopis kaj lia spirado ĉesis. Li sentis la frakasbatadon per klaboj sur la kubutojn, kaj per ferkovritaj botoj sur la tibiojn; li vidis sin humiloplene kaŭranta sur la planko, krie peteganta kompaton, tra rompitaj dentoj. Li apenaŭ pensis pri Julia. Li ne povis koncentri sian menson sur ŝin. Li amis ŝin kaj ne perfidos ŝin; sed tio estis nur fakto, sciata same kiel li scias la regulojn de aritmetiko. Li ne sentis amon al ŝi, kaj li apenaŭ eĉ demandis al si pri kio okazas al ŝi. Li pensis pli ofte pri O'Brien, kun intermita espereto. O'Brien certe scias ke li estis arestita. La Frataro, li estis dirinta, neniam provas savi siajn membrojn. Sed ja estas la razoklingo; ili sendos la razoklingon, se ili povos. Pasos eble nur kvin sekundoj antaŭ ol la gardisto kuros en la ĉelon. La klingo mordos lin per ia bruliganta malvarmo, kaj eĉ la fingroj tenantaj ĝin estos ĝisoste trançitaj. Ĉio rekondukis al lia malsana korpo, kiu treme fortiris sin de la plej malgranda doloro. Li ne certis ke li uzus la razoklingon, eĉ se venus oportuno. Estas pli nature ekzisti de momento al momento, akceptante dek minutojn pli da vivo, eĉ kvankam certante ke sekvos torturo ĉe la fino.

Kelkafoje li penis kalkuli la nombron da porcelanaj brikoj en la muroj de la ĉelo. Tio devus esti facila, sed li ĉiam miskalkulis ie aŭ tie. Pli ofte li demandis al si kie li estas, kaj kioma horo estas. Unu momenton li certis ke brile taglumas ekstere, kaj la sekvan momenton li egale certis ke plejnigre senlumas tie. En ĉi tiu loko, li sciis instinkte, la lumoj neniam estingiĝos. Ĝi estas la loko kie mankas mallumo: li nun komprenis kial O'Brien ŝajnis rekoni la aludon. En la Ministrejo de la Amo ne ekzistis fenestroj. Lia ĉelo estis eble en la koro de la konstruaĵo, aŭ ĉe ĝia ekstera muro; ĝi estis eble dek etaĝojn sub la tero, aŭ tridek super ĝi. Li movis sin enmense de loko al loko, kaj penis determini per sia korposento ĉu li troviĝas alte en la aero aŭ profunde en la tero.

Sonis marŝantaj botoj ekstere. La ŝtala pordo malfermiĝis brue. Juna oficiro, bonorda nigre uniformita figuro, kiu ŝajnis plene scintilanta pro polurita ledo, kaj kies pala rektaspekta vizaĝo similis al vaksa masko, paŝis impone tra la pordejon. Li gestis al la eksteraj gardistoj enkonduki la kaptiton kiun ili gvidas. La poeto Ampleforth malcerte paŝaĉis en la ĉelon. La pordo brue refermiĝis.

Ampleforth moviĝis unu-dufoje malcerte de flanko al flanko, kvazaŭ ial supozante ke ekzistas alia pordo tra kiu li povos eliri, kaj poste komencis paŝi tien kaj reen tra la ĉelo. Li ankoraŭ ne rimarkis la ĉeeston de Winston. Liaj konfuzoplenaj okuloj firme rigardis la muron ĉirkaŭ metron super la nivelo de la kapo de Winston. Li estis senŝua; grandaj, malpuraj piedfingroj puŝis sin tra la truoj en liaj ŝtrumpetoj. Li ankaŭ estis plurajn tagojn for de sinrazo. Malgrata barbo kovris lian vizaĝon ĝis la vangostoj, donante al li aspekton de brutulo, kio kontrastis kurioze kun lia granda febla formo kaj liaj nervozaj moviĝoj.

Winston vigligis sin iomete el sia letargio. Li nepre parolu al Ampleforth, kaj risku ke krio venos el la teleekrano. Eĉ eblis konjekti ke Ampleforth estas la portanto de la razoklingo.

"Ampleforth," li diris.

Mankis krio el la teleekrano. Ampleforth paŭzis, iomete surprizite. Liaj okuloj lante fokusigis sin je Winston.

"Ha, Smith!" li diris. "Ankaŭ vi!"

"Pro kio vi estas ĉi tie?"

"Efektive —" Li sidiĝis malkomforte sur la benko kontraŭ Winston. "Ekzistas nur unu krimo, ĉu ne?" li diris.

"Kaj vi faris ĝin?"

"Ŝajnas ke jes."

Li metis manon sur sian frunton, kaj premis siajn tempiojn dum momento, kvazaŭ penante memori ion.

"Ĉi tiaj aferoj okazas," li komencis malklare. "Mi sukcesis memori unu ekzemplon — eblan ekzemplon. Temis pri misago, sendube. Ni preparadis definitivan eldonon de la poemoj de Kipling. Mi lasis la vorton "God"[24] resti ĉe la fino de linio. Mi ne povis ne fari tion!" li aldonis preskaŭ indigne, "Ne eblis ŝanĝi la linion. La rimendaĵo estis

---

24 "Dio". — *Trad.*

"rod". Ĉu vi scias ke ekzistas nur dek du rimaĵoj por "rod" en la tuta lingvo? Dum tagoj mi cerbumadis. Ne *ekzistis* alia rimaĵo."

La esprimo sur lia vizaĝo ŝanĝiĝis. La ĉagreno foriris el ĝi, kaj dum momento li aspektis preskaŭ plaĉita. Ia intelekta varmo, la ĝojo de pedanto kiu trovis iun senutilan fakton, brilis tra la malpuro kaj la senorda hararo.

"Ĉu iam vi rimarkis," li diris, "ke la tuta historio de la anglalingva poezio estas determinita de la fakto ke mankas rimoj en la Angla lingvo?"

Ne, tiu specifa penso neniam ekestiĝis en la menso de Winston. Nek, en la aktuala cirkonstanco, ĝi ŝajnis al li tre grava aŭ interesa.

"Ĉu vi scias kioma horo estas?" li diris.

Ampleforth denove aspektis surprizita. "Mi apenaŭ pensis pri tio. Ili arestis min — antaŭ eble du tagoj — eble tri." Liaj okuloj flirtadis ĉirkaŭ la muroj, kvazaŭ li duone atendis trovi fenestron ie. "Mankas diferenco inter nokto kaj tago en ĉi tiu loko. Mi ne scias kiel oni povas kalkuli la tempon."

Ili parolis malvigle dum kelkaj minutoj, kaj tiam, sen evidenta kialo, krio el la teleekrano ordonis ke ili silentu. Winston sidis senmove, kun la manoj krucitaj. Ampleforth, tro granda por sidi komforte sur la mallarĝa benko, baraktetis de flanko al flanko, kunmetante siajn sveltajn manojn unue ĉirkaŭ unu genuon, poste ĉirkaŭ la alian. La teleekrano kriis al li ke li kvietiĝu. La tempo pasis. Dudek minutoj, horo — malfacilis taksi. Denove sonis botoj ekstere. La intestoj de Winston kuntiriĝis. Baldaŭ, tre baldaŭ, eble post kvin minutoj, eble jam nun, la almarŝado de botoj signifos ke nun venis lia vico.

La pordo malfermiĝis. La malvarmavizaĝa oficiro paŝis en la ĉelon. Per mallonga mangesto li indikis Ampleforthon.

"Ĉambro 101," li diris

Ampleforth elmarŝis mallerte inter la gardistoj, lia vizaĝo svage perturbita sed senkomprena.

Kio ŝajnis longa tempo pasis. La doloro en la ventro de Winston revigliĝis. Lia menso sagis ripete ĉirkaŭen laŭ unusola trako, kvazaŭ

pilko falanta konstante en la saman serion de fendetoj. Li havis nur
ses pensojn. La doloro en la ventro; peco da pano; la sango kaj la
kriado; O'Brien; Julia; la razoklingo. Spasmis denove en liaj intestoj,
la pezaj botoj proksimiĝas. Dum la pordo malfermiĝis, la ondo da
aero kreita de ĝi enportis fortan odoron de malvarma ŝvito. Parsons
marŝis en la ĉelon. Li surhavis kakian kuloton kaj sportoĉemizon.

Ĉifoje Winston surpriziĝis tiom, ke li parolis senpense.

"*Vi* ĉi tie!"

Parsons ĵetis al Winston rigardeton, en kiu estis nek interesiĝo
nek surprizo, sed nur mizero. Li komencis marŝadi tien kaj reen,
malglate, evidente nekapabla teni sin kvieta. Ĉiufoje kiam li rektigis
siajn kompaktajn genuojn, evidentis ke ili tremas. Liaj okuloj havis
plene apertan, intensan rigardon, kvazaŭ li ne povas deteni sin de ri-
gardado al io en la mezdistanco.

"Pro kio vi enestas?" diris Winston.

"Pensokrimo!" diris Parsons, preskaŭ plore. La tono de lia voĉo
samtempe kredigis plenan konfeson pri sia kulpo, kaj ian nekre-
deblan teruriĝon ke tia vorto aplikeblas al li. Li paŭzis kontraŭ Win-
ston, kaj komencis fervore apelacii al li: "Vi ne kredas ke ili pafos
min, ĉu, kamaradĉjo? Ili ne pafas onin, se oni nenion efektive faris
— nur pensojn, kiujn oni ne povas malhelpi, ĉu? Mi scias ke ili juste
aŭskultas onin. Ho, mi fidas ilin tiurilate! Ili konos mian historion,
ĉu ne? *Vi* scias kia ulo mi estis. Ne malbona ulo, miaspece. Ne cer-
boplena, sed fervora. Mi penis fari mian plejmulton por la Partio, ĉu
ne? Mi ricevos nur kvin jarojn da puno, ĉu ne? Aŭ eĉ dek jarojn? Ulo
kia mi povus multe utili en bagno. Ili ne pafus min nur ĉar mi unu-
foje eraris."

"Ĉu vi kulpas?" diris Winston.

"Kompreneble mi kulpas!" kriis Parsons, farante servutan rigar-
deton al la teleekrano. "Vi ne kredas ke la Partio arestus senkulpulon,
ĉu?" Lia raneca vizaĝo plitrankviliĝis, kaj eĉ alprenis mienon iomete
pseŭdopiaspektan. "La Pensokrimo estas terura afero, kamaradĉjo,"
li diris sentence. "Ĝi insidas. Ĝi povas kapti onin sen onia konscio.
Ĉu vi scias kiel ĝi kaptis min? Dum mia dormo! Jes, fakte. Jen mi,

laboregante, penante fari mian taskon — tute ne sciante ke mi havas aĉpensojn en mia menso. Kaj subite mi komencis paroli dum mia dormo. Ĉu vi scias kion ili aŭdis min diri?"

Li malaltigis sian voĉon, kvazaŭ persono devigata, pro malsano, paroli fivorte.

"For Granda Frato!" Jes, mi diris tion! Diris ĝin ripete, ŝajnas. Inter vi kaj mi, kamaradĉjo, mi ĝojas ke ili atingis min, antaŭ ol ĝi plivastiĝis. Ĉu vi scias kion mi diros al ili, kiam mi iros antaŭ la tribunalon? 'Dankon,' mi diros, 'dankon, ĉar vi savis min antaŭ ol estis tro malfrue."

"Kiu denuncis vin?" diris Winston.

"Mia filineto," diris Parsons, kun ia malgaja fiero. "Ŝi aŭskultis ĉe la ŝlosiltruo. Aŭdis kion mi diras, kaj kuris al la patroloj tuj la sekvan tagon. Tre lerta ago, por sepjaruleto, ĉu ne? Mi ne riproĉas ŝin pro tio. Efektive, mi fieras pro ŝi. Indikas ke mi ĝustaspirite edukis ŝin, vere."

Li faris kelkajn pliajn sinektiretojn tien kaj reen, plurfoje deziroplene rigardante la necesujon. Subite li depuŝis sian kuloton.

"Pardonu min, kamaradĉjo," li diris. "Mi ne povas deteni min. Pro la atendado."

Li puŝis sian grandan postaĵon en la necesujon. Winston kovris sian vizaĝon per siaj manoj.

"Smith!" kriis la voĉo el la teleekrano. "6079 Smith W! Malkovru vian vizaĝon. Ne kovru la vizaĝon en la ĉeloj."

Winston malkovris sian vizaĝon. Parsons utiligis la necesujon, laŭte kaj abunde. Post tio montriĝis ke la ŝtopilo difektas, kaj la ĉelo fetoris naŭzege dum la sekvaj horoj.

Parsons estis forkondukita. Aliaj karceranoj venis kaj foriris mistere. Unu, virino, estis destinita al "Ĉambro 101", kaj, rimarkis Winston, ŝi ŝajnis ŝrumpi kaj alikoloriĝi aŭdante tiujn vortojn. Venis horo kiam, se li portiĝis ĉi tien dum la mateno, do nun posttagmezas; aŭ se dum la posttagmezo, do nun noktomezas. Estis ses karceranoj en la ĉelo, viroj kaj virinoj. Ĉiuj sidis tre kviete. Kontraŭ Winston sidis viro kun senmentona, dentoplena vizaĝo, ekzakte simila al tiu de iu granda sendanĝera ronĝobesto. Liaj dikaj makulitaj vangoj tiom poŝformis ĉe sia malsupro, ke malfacilis ne kredi ke li estis stakinta etajn stokojn da manĝaĵoj en ili. Liaj palgrizaj okuloj flirtis time de vizaĝo al vizaĝo kaj forturnis sin rapide kiam li atentigis ies okulon.

La pordo malfermiĝis, kaj plia karcerulo enkondukiĝis, kies aspekto dummomente estigis malvarman senton en Winston. Li estis ordinara, malafablaspekta viro, eble estis inĝeniero aŭ ia teknikisto. Sed kio tremigis estis la magreco de lia vizaĝo. Ĝi estis kvazaŭ kranio. Pro sia maldikeco la vizaĝo kaj okuloj aspektis neproporcie grandaj, kaj la okuloj ŝajnis plenaj de murdema, nekontentigebla hato al iu aŭ io.

La viro sidiĝis sur la benkon ne tre distance de Winston. Winston ne rigardis lin denove, sed la turmentita, kranieca vizaĝo restis tiel vivida en lia menso, kiel se ĝi rekte antaŭus liajn okulojn. Subite li komprenas kio okazas. La viro mortas pro malsato. La sama penso ŝajnis ektrafi preskaŭ samtempe ĉiun personon en la ĉelo. Tre feble malkvietis sur la tuta benko. La okuloj de la senmentonulo ripete flirtadis direkte al la kranivizaĝulo, poste turnis sin kulpe, poste retiriĝis al li kvazaŭ nerezisteble allogite. Baldaŭ li komencis malkvietiĝi sur sia sidejo. Fine li stariĝis, anaspaŝis mallerte trans la ĉelon, serĉis en la profundo de poŝo en sia kombineo, kaj, kun aspekto de embaraso, etendis malpuraĉan pecon da pano al la kranivizaĝulo.

Ekaŭdiĝis furioza surdiga muĝo el la teleekrano. La senmentonulo eksaltis. La kranivizaĝulo rapide ĵetis siajn manojn malantaŭ sian dorson, kvazaŭ pruvante al la tuta mondo ke li rifuzas la donacon.

"Bumstead!" muĝis la voĉo. "2713 Bumstead J.! Lasu fali tiun pecon da pano!"

La senmentonulo lasis la pecon da pano fali sur la plankon.

"Restu starante kie vi estas," diris la voĉo. "Frontu direkte al la pordo. Faru nenian moviĝon."

La senmentontulo obeis. Liaj grandaj poŝformaj vangoj tremadis neregeble. La pordo bruege malfermiĝis. Dum la juna oficiro eniris kaj flanken paŝis, vidiĝis malantaŭ li malalta dika gardisto kun enormaj brakoj kaj ŝultroj. Li stariĝis kontraŭ la senmentonulo kaj, je signalo farita de la alia oficiro, faligis teruran bategon, fortigatan de la tuta pezo de lia korpo, plene sur la buŝon de la senmentonulo. La forto de tio ŝajnis preskaŭ bati lin super la plankon. Lia korpo ĵetiĝis trans la ĉelon kaj surplankiĝis ĉe la bazo de la necesujo. Dum momento li kuŝis kvazaŭ en stuporo, kun malhela sango verŝiĝanta el la buŝo kaj nazo. Tre febla ploretado aŭ grincado, kiu ŝajnis nekonscia, venis el li. Post tio li ruliĝis kaj levis sin malstabile sur la manojn kaj genuojn. Meze de fluado de sango kaj salivo, la du duonoj de dentoplako falis el lia buŝo.

La enkarceruloj sidis tre senmove, kun la manoj krucitaj sur la genuoj. La senmentonulo rerampis en sian lokon. Laŭ unu flanko de lia vizaĝo la karno malheliĝadis. Lia buŝo estis ŝvelinta ĝis esti senforma ĉerizkolorajˆo kun nigra truo en la mezo. De tempo al tempo iom da sango gutis sur la bruston de lia kombineo. Liaj grizaj okuloj ankoraŭ flirtadis de vizaĝo al vizaĝo, eĉ pli kulpoplene ol antaŭe, kvazaŭ li penas trovi kiom la aliaj malestimas lin pro lia humiliĝo.

La pordo malfermiĝis. Per malgranda gesto la oficiro indikis la kranivizaĝulon.

"Ĉambro 101," li diris.

Sonis anhelego kaj malkvieto ĉe la flanko de Winston. La viro estis efektive ĵetinta sin surgenuen sur la planko, kun la manoj kunpremitaj.

"Kamarado! Oficiro!" li kriis. "Ne necesas konduki min al tiu loko! Ĉu mi ne jam diris ĉion al vi? Kion plian vi volas scii? Nenion mi rifuzus konfesi, nenion! Nur diru al mi kio ĝi estas, kaj mi konfesos tuj. Skribu ĝin kaj mi subskribos ĝin — ion ajn. Ne ĉambro 101!"

"Ĉambro 101," diris la oficiro.

La vizaĝo de la viro, jam tre pala, iĝis tiakolora, kian Winston ne kredus ebla. Ĝi estis klare, nemisvideble, verdeca.

"Faru kion ajn al mi!" li kriis. "Vi de semajnoj min malsatigadas. Finu la aferon, por ke mi mortu. Pafu min. Pendumu min. Kondamnu min al dudek kvin jaroj. Ĉu vi volas ke mi denuncu iun alian? Nur diru kiun, kaj mi diros al vi kion ajn vi deziras. Ne gravas al mi kiu estas, aŭ kion vi faros al tiu. Mi havas edzinon kaj tri infanojn. La plej aĝa el ili estas ankoraŭ ne sesjara. Vi povos preni la tutan aron kaj tranĉi iliajn gorĝojn antaŭ miaj okuloj, kaj mi staros apude kaj rigardos. Sed ne ĉambro 101!"

"Ĉambro 101," diris la oficiro.

La viro ĉirkaŭrigardis freneze senespere al la aliaj kaptitoj, kvazaŭ kun ideo ke li povos anstataŭigi sin per alia viktimo. Liaj okuloj haltis ĉe la frakasita vizaĝo de la senmentonulo. Li eletendis magran brakon.

"Tiun vi devas preni, ne min!" li kriis. "Vi ne aŭdis kion li diradis, post kiam ili batis lian vizaĝon. Donu al mi oportunon, kaj mi ripetos ĉiun vorton. *Li* estas la persono kiu kontraŭas la Partion, ne mi." La gardistoj paŝis antaŭen. La voĉo de la viro iĝis kriegaĉa. "Vi ne aŭdis lin!" li ripetis. "La teleekrano misfunkciis. *Lin* vi volas. Prenu lin, ne min!"

La du fortaj gardistoj klinis sin por preni lin per liaj brakoj. Sed je ĝuste tiu momento li ĵetis sin trans la plankon de la ĉelo, kaj kaptis unu el la feraj kruroj kiuj subtenis la benkon. Li komencis senvortan kriegadon, kvazaŭ besto. La gardistoj prenis lin por detiri lin, sed li kroĉis sin al ĝi per miriga forto. Dum eble dudek sekundoj ili tiradis lin. La ĉelanoj sidis kviete, kun la manoj krucitaj sur la genuoj, rigardante rekte antaŭ sin. La kriegado ĉesis; la viro ne plu havis sufiĉan spiron por pli ol nur kroĉadi sin. Sekvis alispeca krio. Bato farita de la boto de gardisto rompis la fingrojn de unu el liaj manoj. Ili trenis lin starpozicien.

"Ĉambro 101," diris la oficiro.

La viro estis elkondukita, marŝante malstabile, kun la kapo klinita, suĉante sian dispremitan manon, en li plene mankis pli da batalkapablo.

Longa tempo pasis. Se estis la noktomezo kiam la kranivizaĝulo estis forprenita, do nun estas la mateno; se matene, do la posttagmezo. Winston estis sola, kaj jam de horoj estis sola. La doloro pro sidado sur la mallarĝa benko estis tia, ke ofte li stariĝis kaj ĉirkaŭmarŝis, ne riproĉate de la teleekrano. La peco da pano ankoraŭ kuŝis tie, kie la senmentonulo faligis ĝin. Komence necesis fari fortan penon por ne rigardi ĝin, sed baldaŭ malsato cedis al soifo. Lia buŝo estis glueca kaj aĉgusta. La zumsono kaj la senvaria blanka lumo okazigis ian svenan senton, senton de vako en la kapo. Ofte li stariĝis ĉar la doloro en la ostoj ne plu tolereblis, kaj poste residiĝis preskaŭ tuj, ĉar li tro svensentis por certi ke li restos surpieda. Ĉiam, kiam liaj fizikaj sentoj estis iomete regataj, la teruriĝo revenis. Kelkafoje, kun febliĝanta espero, li pensis pri O'Brien kaj la razoklingo. Koncepteblis ke la razoklingo alvenos kaŝite en liaj manĝaĵoj, se oni ja iam donos al li manĝaĵojn. Pli malklare li pensis pri Julia. Ie, nepre, ŝi suferas eble multe pli ol li. Eble ŝi ĉimomente kriegas pro doloro. Li pensis: "Se mi povus savi Julian per duobligo de mia propra sufero, ĉu mi farus tion? Jes, ja." Sed tio estis nur intelekta decido, farita ĉar li sciis ke li devus fari ĝin. Li ne sentis ĝin. En ĉi loko ne eblis senti ion ajn, escepte de doloro kaj anticipo de doloro. Krome, ĉu eblis, kiam oni efektive suferas ĝin, voli pro ia kialo ke la propra doloro plimultiĝu? Sed tiu demando ankoraŭ nerespondeblis.

La botoj denove alproksimiĝis. La pordo malfermiĝis. O'Brien envenis.

Winston ekstariĝis. La ŝoko de la vido plene pelis el li ĉian antaŭzorgemon. La unuan fojon en multaj jaroj li forgesis la ĉeeston de la teleekrano.

"Ankaŭ vin ili kaptis!" li kriis.

"Min ili kaptis antaŭ longe," diris O'Brien, kun milda, preskaŭ bedaŭrema ironio. Li flankenpaŝis. De malantaŭ li venis larĝabrusta gardisto, kun longa nigra klabo en la mano.

"Vi sciis, Winston," diris O'Brien. "Ne trompu vin. Vi ja sciis — vi ĉiam sciis."

Jes, li komprenis nun, li ja ĉiam sciis. Sed ne estis tempo por pensi pri tio. Tute okupis lian vidon la klabo en la mano de la gardisto. Ĝi povus fali ien ajn: sur la verton, sur la orelpinton, sur la supran parton de la brako, sur la kubuton —

La kubuton! Li estis falinta surgenuen, preskaŭ paralizite, ĉirkaŭtenante la batitan kubuton per la alia mano. Ĉio estis eksplodinta en flavan lumon. Nekoncepteble, nekoncepteble ke unu bato povus kaŭzi tiom da doloro! La lumego malaperis kaj li povis vidi la aliajn du malsupren rigardantajn al li. La gardisto ridis pro lia tordiĝado. Unu demando, klare, estis jam respondita. Neniam, pro iu ajn kialo, oni povus deziri pliiĝon de doloro. Pri doloro oni povas deziri nur unu aferon: ke ĝi ĉesu. Nenio en la mondo tiel aĉas kiel fizika doloro. Kiam ĉeestas doloro, ne ekzistas herooj, neniuj herooj, li pensis ripete dum li baraktadis sur la planko, kroĉante senutile sian senpovigitan livan brakon.

II

Li kuŝis sur io, kio sentiĝis kiel kampada lito, escepte ke ĝi estis pli alta super la tero kaj ke li estis ligita iel, tiel ke li ne povas moviĝi. Lumo, kiu ŝajnis pli forta ol kutime, faladis sur lian vizaĝon. O'Brien staris ĉe lia flanko, malsupren rigardante intense al li. Aliflanke de li staris viro en blanka mantelo, tenante hipoderman injektilon.

Eĉ kiam liaj okuloj malfermiĝis, li nur iom post iom rekonis la ĉirkaŭaĵojn. Li havis senton ke li naĝas supren en ĉi tiun ĉambro el tre malsimila mondo, ia subakva mondo multe suba. Kiom longe li estis sube, tie, li ne sciis. De la momento kiam ili arestis lin, li ne vidis mallumon nek taglumon. Krome, liaj memoroj ne estis seninterrompaj. Kelkajn fojojn lia konscio, eĉ tia konscio kian oni havas dum dormo, ekĉesis kaj rekomenciĝis post senenhava intervalo. Sed ĉu la intervaloj ampleksis tagojn aŭ semajnojn aŭ nur sekundojn, ne eblis scii.

Per tiu unua surkubuta bato la koŝmaro komenciĝis. Poste li konsciiĝis ke ĉio tiam okazanta estis nur prepara rutina pridemandado, kiun ricevas preskaŭ ĉiuj kaptitoj. Pri granda nombro da krimoj — spionado, sabotado, kaj tiel plu — ĉiu konfesis tute rutine. La konfeso estis formalaĵo, kvankam la torturo realis. Kiomfoje li estis batita, kiom longe daŭris la batadoj, li ne povis memori. Ĉiam atakis lin samtempe kvin aŭ ses viroj en nigraj uniformoj, kelkafoje per pugnoj, kelkafoje per klaboj, kelkafoje per ŝtalaj batiloj, kelkafoje per botoj. Diversfoje li ruliĝadis sur la planko, senhonte kiel besto, korpe baraktante tien kaj tien per senfina, senespera peno eviti la piedbatojn, kaj simple invitante pli kaj ankoraŭ pli da piedbatoj, en la ripojn, en la ventron, sur la kubutojn, sur la tibiojn, en la ingvenon, en la testikojn, sur la oston baze de la vertebraro. Kelkafoje tio daŭris tiom ri-

pete, ke fine kruele, fie, nepardoneble al li ŝajnis, ne ke la gardistoj
plu batadas lin, sed ke li ne povas devigi sin perdi la konscion. Kel-
kafoje lia kuraĝo tiom forlasis lin ke li komencis kriegi petante kom-
paton, eĉ antaŭ la komenciĝo de la batado, kiam nur vidi pugnon re-
tiritan prepare por bato sufiĉis por verŝigi el li konfeson pri realaj kaj
imagataj krimoj. Alifoje li komencis kun firma decido konfesi nenion,
kiam necesis perforte eligi el li ĉiun vorton inter suspiroj pro doloro,
kaj kelkafoje li feble provis kompromisi, kiam li diris al si: "Mi ja kon-
fesos, sed ankoraŭ ne. Mi devos elteni ĝis la doloro iĝos netolerebla.
Tri piedbatojn pli, du piedbatojn pli, post tio mi diros al ili kion ajn
ili volas." Kelkafoje li estis batita ĝis li apenaŭ povis stari, poste ĵetita
kvazaŭ sako da terpomoj sur la ŝtonan plankon de ĉelo, lasita por
refortiĝi dum kelkaj horoj, kaj poste reelprenita kaj rebatita. Ankaŭ
okazis pli longaj periodoj da refortiĝado. Li memoris ilin malklare,
ĉar ili ĉefe okazis dum dormo aŭ stuporo. Li memoris ĉelon kun lito
el ligna tabulo, ia breto etendiĝanta el la muro, kaj stana lavpelvo,
kaj manĝoj konsistantaj el varmega supo kaj pano kaj kelkafoje kafo.
Li memoris malafablan barbiron, kiu alvenis por skrapi lian men-
tonon kaj tondi lian hararon, kaj profesiecajn, sensimpatiajn virojn en
blankaj manteloj, kiuj sentis lian korbatadon, perfrapete provis liajn
refleksojn, suprenpuŝis liajn palpebrojn, palpadis lin per malglataj
fingroj serĉante rompitajn ostojn, kaj puŝis injektilojn en lian brakon
por dormigi lin.

La batadoj iĝis malpli oftaj, kaj plejparte estiĝis minaco, hororo
al kiu li resendeblus kiam ajn liaj respondoj ne kontentigus. Liaj de-
mandantoj nun ne estis nigre uniformitaj gangsteruloj, sed partiaj
intelektuloj, nealtaj rondaj viroj kun rapidaj moviĝoj kaj scintilantaj
okulvitroj, kiuj prilaboris lin relajse dum periodoj daŭrantaj — li kon-
jektis, li ne povis esti certa — po dek aŭ dek du horojn. Tiuj aliaj de-
mandantoj certigis ke li spertas konstantan nefortan doloron, sed ili
ne apogis sin ĉefe per doloro. Ili frapis lian vizaĝon, tordis liajn ore-
lojn, tiris liajn harojn, devigis lin stari sur unu kruro, rifuzis permesi
ke li urinu, briligis lumojn en lian vizaĝon ĝis liaj okuloj akvis; sed
la celo de tio estis simple humiligi lin, kaj detrui lian kapablon argu-

menti kaj rezonadi. Ilia vera armilo estis la senkompata demandado, kiu daŭris, horon post horo, inside renversante lin, kaŝe kaptante lin, tordante ĉion kion li diris, kondamnante lin ĉiupaŝe pri mensogoj kaj sinkontraŭdiro, ĝis li komencis plori, tiom pro honto kiom pro nerva laco. Kelkafoje li ploris sesfoje dum unusola sesio. Plejofte ili kriis insultojn kontraŭ lin, kaj minacis, je ĉiu hezito, transdoni lin denove al la gardistoj; sed kelkafoje ili subite ŝanĝis sian melodion, nomis lin kamarado, petegis lin nome de Angsoco kaj Granda Frato, demandis al li malĝoje ĉu eĉ nun ne restas en li sufiĉa lojalo al la Partio por voli malfari la mavon kiun li faris. Kiam liaj nervoj estis ĉifitaj pro horoj da demandado, eĉ tiu peto povis devigi lin ploraĉadi. Fine la senĉesaj voĉoj rompis lin pli komplete ol la botoj kaj pugnoj de la gardistoj. Li iĝis nur parolanta buŝo, mano subskribanta kion ajn ili volis, lia sola deziro estis trovi kion ili volas ke li konfesu, kaj rapide konfesi ĝin, antaŭ ol la tiranado rekomenciĝos. Li konfesis esti murdinta eminentajn partianojn, distribuinta perfidajn pamfletojn, ŝtelinta publikajn monojn, vendinta militsekretojn, sabotinta ĉiumaniere. Li konfesis ke li estas spiono pagata de la orientazia registaro jam de 1968. Li konfesis ke li estas religikredanto, kapitalismoadmiranto, kaj seksperversulo. Li konfesis ke li murdis sian edzinon, kvankam li sciis, kaj tutcerte liaj demandantoj sciis, ke lia edzino ankoraŭ vivas. Li konfesis ke jam de jaroj li persone kontaktas Goldsteinon, kaj estas membro de subtera organizo kiu inkluzivas preskaŭ ĉiun homon kiun iam li konis. Pli facilis konfesi ĉion kaj impliki ĉiujn. Krome, unusence tio estis tute vera. Vera ke li estas malamiko de la Partio, kaj laŭ la vidpunkto de la Partio, ekzistas nenia diferenco inter penso kaj ago.

Ankaŭ ekzistis alispecaj memoroj. Ili elstaris en lia menso unuope, kvazaŭ bildoj ĉirkaŭataj de nigro.

Li estas en ĉelo kiu estas aŭ senluma aŭ lumigata, ĉar li povas vidi nenion escepte de paro da okuloj. Proksimis ia instrumento, tiktakanta lante kaj regule. La okuloj iĝas pli grandaj kaj pli lumaj. Subite li flosas el sia sidejo, plonĝas en la okulojn, kaj voriĝas.

Li estas ligita per rimenoj al seĝo kiun ĉirkaŭas ciferplatoj, sub brilegaj lumiloj. Viro en blanka mantelo legas la ciferplatojn. Aŭdiĝas la marŝado de pezaj botoj elekstere. La pordo laŭte malfermiĝas. La vaksvizaĝa oficiro enmarŝas, sekvate de du gardistoj.

"Ĉambro 101," diris la oficiro.

La viro en la blanka mantelo ne turnas sin. Li ankaŭ ne rigardas Winstonon; li nur rigardis la ciferplatojn.

Li ruliĝas laŭlonge de giganta koridoro, kilometron larĝa, plena de glora, ora lumo, ridegante kaj elkriante konfesojn plejlaŭtavoĉe. Li konfesas ĉion, eĉ la aferojn kiujn li sukcesis kaŝi dum la torturado. Li rakontas la tutan historion de sia vivo al aŭskultantaro kiu jam konas ĝin. Kun li estas la gardistoj, la aliaj demandantoj, la viroj en blankaj manteloj, O'Brien, Julia, S-ro Charrington, ĉiuj ruliĝantaj kune laŭlonge de la koridoro kaj ridegante. Ia teruraĵo kaŝota en la futuro iel estis transsaltita kaj ne okazis. Ĉio estas en ordo, ne plu estas doloro, la lasta detalo de lia vivo estas enlumigita, komprenita, pardonita.

Li komencis leviĝi de la tabullito, duoncerte ke li aŭdis la voĉon de O'Brien. Tra la tuta demandado, kvankam li neniam vidis lin, li sentis ke O'Brien estas apud lia kubuto, kvankam ne tuj videbla. O'Brien direktas ĉion. Li sendis la gardistojn kontraŭ Winstonon, kaj malebligis ke ili mortigu lin. Li decidis kiam Winston kriegu pro doloro, kiam li rajtu ripozi, kiam li estu manĝigata, kiam li dormu, kiam oni pumpu la drogojn en lian brakon. Li faris la demandojn kaj proponis la respondojn. Li turmentas, li protektas, li inkvizitoras, li amikas. Kaj unufoje — Winston ne povis memori ĉu dum perdroga dormo, ĉu dum normala dormo, ĉu eĉ dum momento da vekiteco — voĉo murmuris en lian orelon: "Ne vin ĝenu, Winston, mi gardas vin. Dum sep jaroj mi kontrolis vin. Nun venis la turnopunkto. Mi savos vin. Mi perfektigos vin." Li ne certis ĉu jen la voĉo de O'Brien; sed jes ja la sama voĉo kiu diris al li: "Ni renkontiĝos en la loko kie mankas mallumo", en tiu alia songo, antaŭ sep jaroj.

Li ne memoris finiĝon de la demandado. Estis periodo da nigreco, kaj poste la ĉelo, aŭ ĉambro, en kiu li nun estis, laŭgrade materialiĝis ĉirkaŭ li. Li kuŝas preskaŭ plata sur sia dorso, nekapabla movi sin. Lia korpo estas ligita ĉe ĉiu esenca punkto. Eĉ la dorso de lia kapo estas tenita iel. O'Brien rigardas lin serioze kaj iom malĝoje. Lia vi-zaĝo, vidate elsube, aspektas kruda kaj ĉifita, kun poŝoj sub la okuloj kaj laclinioj de la nazo ĝis la mentono. Li malpli junas ol Winston an-taŭe supozis; li estas eble kvardekok- aŭ kvindekjara. Sub lia mano estas ciferplato kun ŝaltilo sur la supro kaj ciferoj kuŝantaj ĉirkaŭ la faco.

"Mi diris al vi," diris O'Brien, "ke se ni rerenkontiĝos, estos ĉi tie."

"Jes," diris Winston.

Tute sen averto, escepte de moviĝeto de mano de O'Brien, ondo da doloro inundis lian korpon. Estis timiga doloro, ĉar li ne povis vidi kio okazas, kaj li sentis ke ia mortiga damaĝo fariĝas al li. Li ne sciis ĉu vere okazis, aŭ ĉu la efekto produktiĝis perelektre; sed lia korpo distordiĝas, la artikoj malfacile distiriĝas. Kvankam la doloro kaŭzis ŝviton sur lia frunto, la plej malbona parto estis la timo ke lia dors-ostaro krevos Li kunmetis siajn dentojn kaj spiris forte tra sia nazo, penante resti silenta kiel eble plej longe.

"Vi timas," diris O'Brien, rigardante lian vizaĝon, "ke post plia momento io rompiĝos. Precipe vi timas ke rompiĝos via dors-ostaro. Vi havas vividan mensan bildon pri la disapartiĝo de la vertebroj kaj la elfluado de la spina likvo. Tion vi pensas, ĉu ne, Winston?"

Winston ne respondis. O'Brien ŝovis la ŝaltilon sur la ciferplato. La ondo da doloro foriris preskaŭ tiel rapide kiel ĝi venis.

"Tio estis kvardek," diris O'Brien. "Vi povas vidi ke la numeroj sur ĉi tiu plato atingas centon. Ĉu vi bonvolos memori, dum nia tuta konversacio, ke mi kapablas dolorigi vin je kiu ajn momento, kaj kiom ajn mi decidos? Se vi mensogos al mi, aŭ provos trompi min iel ajn, aŭ eĉ falos sub vian kutiman nivelon de inteligento, vi kriegos pro doloro, tuj. Ĉu vi komprenas tion?"

"Jes," diris Winston.

La mieno de O'Brien malpli malafabliĝis. Li reĝustigis siajn okul-vitrojn penseme, kaj paŝis tien-reen unu-du-foje. Kiam li parolis, lia voĉo estis milda kaj pacienca. Li havis la mienon de kuracisto, instru-isto, eĉ sacerdoto, fervora klarigi kaj persvadi, anstataŭ puni.

"Mi ĝenas min pri vi, Winston," li diris, "ĉar vi valoras la ĝenon. Vi scias tute bone kio misas en vi. Vi scias ĝin jam de jaroj, kvankam vi batalis kontraŭ la scio. Vi mense malsanas. Vi suferas pro difekta memoro. Vi ne povas memori realajn eventojn, kaj vi persvadas vin ke vi memoras aliajn eventojn kiuj tute ne okazis. Bonfortune, tio kuraceblas. Vi neniam kuracis vin mem, ĉar vi ne deziris. Necesis malgranda peno, kiun vi rifuzis fari. Eĉ nun, mi bone konscias, vi kroĉiĝas al via malsano, miskredante ĝin virto. Nun ni prenu ekzemplon. Ĉimomente, kontraŭ kiu potenco militas Oceanio?"

"Kiam oni arestis min, Oceanio militadis kontraŭ Orientazio."

"Kontraŭ Orientazio. Bone. Kaj Oceanio de ĉiam militadas kontraŭ Orientazio, ĉu ne?"

Winston entiris sian spiron. Li malfermis sian buŝon, kaj poste ne parolis. Li ne povis preni siajn okulojn for de la ciferplato. "La veron, Winston. *Vian* veron. Diru al mi kion vi kredas memori."

"Mi memoras ke ĝis nur semajno antaŭ ol mi estis arestita, ni tute ne militadis kontraŭ Orientazio. Ni estis aliancanoj kun ili. La milito estis kontraŭ Eŭrazio. Tio daŭris kvar jarojn. Antaŭ tiam —"

O'Brien silentigis lin, gestante per sia mano.

"Plia ekzemplo," li diris. "Antaŭ pluraj jaroj, vi suferis pro vere grava iluzio. Vi kredis ke tri viroj, tri iamaj partianoj, nomitaj Jones, Aaronson, kaj Rutherford, viroj ekzekutitaj pro perfido kaj sabotado farinte plej plenan konfeson — ke ili ne kulpis pri la krimoj pri kiuj ili estis akuzitaj. Vi kredis esti vidinta nemiskompreneblan dokumentan ateston, kiu pruvis ke iliaj konfesoj estis falsaj. Estis certa foto pri kiu vi haluciniĝis. Vi kredis esti reale teninta ĝin en viaj manoj. Estis foto iom simila al ĉi tiu."

Oblonga slipo el ĵurnalo aperis inter la fingroj de O'Brien. Dum eble kvin sekundoj ĝi estis en angulo de la vidpovo de Winston. Ĝi estis foto, kaj ne eblis dubi ĝian identon. Ĝi estis *la* foto. Ĝi estis alia ekzemplero de la foto pri Jones, Aaronson, kaj Rutherford ĉe la partia kunveno en Novjorko, kiun li ŝance trovis antaŭ dek unu jaroj kaj tuj detruis. Dum nura momento ĝi estis antaŭ liaj okuloj, poste ĝi ne plu videblis. Sed li ja vidis ĝin, nedubeble li vidis ĝin! Li faris senesperan, agoniigan penon liberigi la supran duonon de sia korpo. Ne eblis movi sin eĉ centimetron je iu ajn direkto. Dum la momento li eĉ forgesis la

ciferplaton. Li nur volis denove teni la foton per siaj fingroj, aŭ al-
menaŭ vidi ĝin.

"Ĝi ekzistas!" li kriis.

"Ne," diris O'Brien.

Li paŝis trans la ĉambron. Estis memortruo en la kontraŭa muro.
O'Brien levis la kradon. Nevidate, la fragila papera slipo forkirliĝis
sur la fluo de varma aero; ĝi malaperis en flagro de flamo. O'Brien
forturnis sin de la muro.

"Cindroj," li diris. "Eĉ ne identigeblaj cindroj. Polvo. Ĝi ne ek-
zistas. Ĝi neniam ekzistis."

"Sed ĝi jes ekzistis! Ĝi ja ekzistas. Ĝi ekzistas en la memoro. Mi
memoras ĝin. Vi memoras ĝin."

"Mi ne memoras ĝin," diris O'Brien.

La koro de Winston malfortiĝis. Tio estas duoblapenso. Li sentis
mortigan senpovon. Se li povus certi ke O'Brien mensogas, ne ŝajnus
grave. Sed tute eblis ke O'Brien vere forgesis la foton. Kaj se tiel, do
jam li forgesis ke li neis ĝian memoriĝon, kaj forgesis ke li forgesis.
Kiel certi ke temas pri simpla trompo? Eble tiu lunatika misartikiĝo
de la menso vere povas okazi: tiu penso venkis lin.

O'Brien rigardadis lin kontempleme. Pli ol antaŭe, li mienis kiel
instruisto penanta labori kun misfarinta sed talenta infano.

"Ekzistas partia slogano pri rego je la paseo," li diris. "Deklamu
ĝin, mi petas."

"'Kiu regas la paseon, tiu regas la futuron: kiu regas la nunon, tiu
regas la paseon,'" obee deklamis Winston.

"'Kiu regas la nunon, tiu regas la paseon,'" diris O'Brien, lante
jesante per sia kapo, aprobe. "Ĉu laŭ via opinio, Winston, la paseo
havas realan ekziston?"

Denove la sento de senhelpeco descendis sur Winstonon. Liaj
okuloj rigardetis la ciferplaton. Li ne nur ne sciis ĉu "jes" aŭ "ne"
estas la respondo kiu savos lin kontraŭ doloro; li eĉ ne sciis kiun res-
pondon li kredas vera.

O'Brien ridetis milde. "Vi ne estas metafizikisto, Winston," li diris.
"Antaŭ ĉi tiu momento, vi neniam pensis pri la signifo de ekzisto. Mi
esprimos la temon pli precize. Ĉu la paseo ekzistas konkrete, en la

spaco? Ĉu estas loko ie, mondo de solidaj objektoj, kie la paseo ankoraŭ okazas?"

"Ne."

"Do kie ekzistas la paseo, se ĝi ja ekzistas?"

"En registroj. Ĝi estas skribita."

"En registroj. Kaj —?"

"En la menso. En la homaj memoroj."

"En la memoro. Bone, do. Ni, la Partio, regas ĉiujn registrojn, kaj ni regas ĉiujn memorojn. Sekve ni regas la paseon, ĉu ne?"

"Sed kiel vi povas malebligi ke homoj memoras aferojn?" kriis Winston, denove dummomente forgesante la ciferplaton. "Ĝi estas ne laŭvola. Ĝi estas ekster oni. Kiel vi povas regi la memoron? Vi ne regas mian!"

La mieno de O'Brien denove iĝis severa. Li metis manon sur la ciferplaton.

"Male," li diris, "*vi* ne regas ĝin. Tio portigis vin ĉi tien. Vi estas ĉi tie ĉar vi malsukcesis pri humileco, pri sinrego. Vi rifuzis submeti vin, kaj sinsubmeto estas la prezo de malfrenezo. Vi preferis esti lunatiko, minoritato konsistanta el unu persono. Nur la disciplinita menso povas vidi la realon, Winston. Vi kredas ke la realo estas io objektiva, ekstera, ekzistanta per si mem. Vi ankaŭ kredas ke la naturo de la realo estas evidenta. Kiam vi iluzie kredas ke vi vidas ion, vi supozas ke ĉiu alia vidas la samon kiel vi. Sed mi diras al vi, Winston, ke la realo ne estas ekstera. La realeco ekzistas en la homa menso, nenie alie. Ne en la menso de individuo, kiu povas erari, kaj ĉiukaze baldaŭ pereas; nur en la menso de la Partio, kiu estas kolektiva kaj senmorta. Kion ajn la Partio nomas vera, *estas* la vero. Ne eblas vidi la realon escepte de per rigardo tra la okuloj de la Partio. Jen la fakto kiun vi devas relerni, Winston. Ĝi necesigas sindetruan agon, agon de la volo. Vi devos humiligi vin, antaŭ ol vi povos malfrenezi."

Li paŭzis dum kelkaj momentoj, kvazaŭ lasante siajn diritaĵojn enradikiĝi.

"Ĉu vi memoras," li pludiris, "skribi en via taglibro: 'La libero estas la libero diri ke du plus du faras kvar'?"

"Jes," diris Winston.

O'Brien supren tenis sian livan manon, kun ĝia dorso direkte al Winston, kaj kun la polekso kaŝita kaj la kvar aliaj fingroj etenditaj.

"Kiom da fingroj mi etendas, Winston?"

"Kvar."

"Kaj se la Partio diras ke ne kvar, sed kvin — tiuokaze, kiom?"

"Kvar."

La vorto finiĝis per dolor-anhelo. La nadlo de la ciferplato atingis kvindek kvin. La ŝvito elverŝiĝis sur la tutan korpon de Winston. La aero inundis liajn pulmojn kaj reeliris per laŭtaj ĝemoj, kiujn li ne povis ĉesigi eĉ per kunpremego de la dentoj. O'Brien rigardadis lin, kun la kvar fingroj ankoraŭ etenditaj. Li retiris la ŝaltilon. Ĉifoje la doloro nur iomete mildiĝis.

"Kiom da fingroj, Winston?"

"Kvar."

La nadlo atingis sesdek.

"Kiom da fingroj, Winston?"

"Kvar! Kvar! Kion alian mi povas diri? Kvar!"

La nadlo sendube denove plialtiĝis, sed li ne rigardis ĝin. La peza severa vizaĝo kaj la kvar fingroj plenigis lian vidkampon. La fingroj staris rekte antaŭ liaj okuloj kvazaŭ kolonoj, enormaj, nebulaj, kaj ŝajne vibrantaj, sed nemiskompreneble kvar.

"Kiom da fingroj, Winston?"

"Kvar! Ĉesigu, ĉesigu! Kiel vi povas daŭrigi? Kvar! Kvar!"

"Kiom da fingroj, Winston?"

"Kvin! Kvin! Kvin!"

"Ne, Winston, tio ne utilas. Vi mensogas. Vi ankoraŭ kredas ke estas kvar. Kiom da fingroj, mi petas?"

"Kvar! Kvin! Kvar! Kiom ajn vi volas. Nur ĉesigu, ĉesigu la doloron!"

Abrupte li sidis rekte, kun brako de O'Brien ĉirkaŭ la ŝultroj. Li eble senkonsciis dum kelkaj sekundoj. La ligiloj tenantaj lian korpon estis malstriktigitaj. Li sentis grandan malvarmon, li tremis neregeble, liaj dentoj klakis, la larmoj ruliĝis sur liaj vangoj. Dum momento li kroĉis sin al O'Brien kvazaŭ bebo, kurioze komfortigate de la peza brako ĉirkaŭ la ŝultroj. Li sentis ke O'Brien protektas lin, ke la doloro venas elekstere, el iu alia fonto, kaj ke O'Brien savos lin el ĝi.

"Vi lante lernas, Winston," diris O'Brien milde.

"Kiel mi povus agi alie?" li larmadis. "Kiel mi povas ne vidi kio estas antaŭ miaj okuloj? Du plus du faras kvar."

"Kelkafoje, Winston. Kelkafoje ili faras kvin. Kelkafoje tri. Kelkafoje ili estas ĉiuj sumoj samtempe. Vi devas pli strebi. Ne facilas, malfreneziĝi."

Li kuŝigis Winstonon sur la liton. La ligiĝo de liaj memoroj plistriktiĝis denove, sed la doloro estis fadinta, kaj la tremado ĉesis, lasante lin nur malforta kaj malvarma. O'Brien gestis per sia kapo al la viro en la blanka mantelo, kiu staris senmove dum la tuta procedo. La viro en la blanka mantelo klinis sin, kaj rigardis zorge en la okulojn de Winston, palpis lian korbatadon, metis orelon sur lian bruston, frapetis tie kaj tie; kaj post tio kapjesis al O'Brien.

"Denove," diris O'Brien.

La doloro fluis en la korpon de Winston. La nadlo nepre atingis sepdek, sepdekkvin. Li tenis siajn okulojn fermitaj, ĉifoje. Li sciis ke la fingroj restas, kaj ankoraŭ kvar. Gravis nur resti vivanta ĝis la paroksismo finiĝis. Li ĉesis rimarki ĉu aŭ ne li ploras. La doloro denove mildiĝis. Li malfermis siajn okulojn. O'Brien estis retirinta la ŝaltilon.

"Kiom da fingroj, Winston?"

"Kion vi volas: persvadi min ke vi vidas kvin, aŭ vere vidi ilin?"

"Vere vidi ilin."

"Denove," diris O'Brien.

Eble la nadlo atingis okdek — naŭdek. Winston nur intermite povis memori kial la doloro okazas. Malantaŭ liaj kunpremitaj palpebroj arbaro da fingroj ŝajnis moviĝadi laŭ ia danco, enirante kaj elirante, malaperante unu malantaŭ alia kaj reaperante. Li penis kalkuli ilin, li ne povis memori la kialon. Li sciis nur ke ne eblas kalkuli ilin, kaj ke tio iel estas pro la mistera idento de kvin kaj kvar. La doloro refadis. Kiam li malfermis siajn okulojn li trovis ke li ankoraŭ

vidas la samon. Nenombreblaj fingroj, kvazaŭ moviĝantaj arboj, an-
koraŭ fluadas ambaŭdirekten, krucante kaj rekrucante. Li refermis
siajn okulojn.

"Kiom da fingroj mi etendas, Winston?"

"Mi ne scias. Mi ne scias. Vi mortigos min se vi refaros tion. Kvar,
kvin, ses — tuthoneste mi ne scias."

"Pli bone," diris O'Brien.

Injektilo glate eniris la brakon de Winston. Preskaŭ sammomente
feliĉiga, kuraca varmo disvastiĝis tra lia tuta korpo. La doloro jam
duone forgesiĝis. Li malfermis siajn okulojn kaj suprenrigardis dank-
eme al O'Brien. Vidante la pezan, linikovritan vizaĝon, tiel malbelan
kaj tiel inteligentan, lia koro ŝajnis turni sin. Se li povus moviĝi, li
etendus manon, kaj metus ĝin sur la brakon de O'Brien. Li neniam
amis lin tiom profunde kiom ĉimomente, kaj ne nur ĉar li ĉesigis la
doloron. La malnova sento, ke fundamente ne gravas ĉu O'Brien estas
amiko aŭ malamiko, revenis. O'Brien estas persono al kiu li povas pa-
roli. Eble oni ne tiom volas esti amata, kiom esti komprenata. O'Brien
torturis lin ĝis la rando de frenezo, kaj post nelonge, certe, li sendos
lin en la morton. Ne gravas. Laŭ ia senco pli profunda ol amikeco, ili
intimas: t.e, kvankam la vortoj mem eble neniam estos diritaj, estas
loko kie ili povus renkontiĝi kaj konversacii. O'Brien rigardis mal-
supren al li, kun esprimo kiu kredigis ke la sama penso eble estas en
lia propra menso. Kiam li parolis, estis per facila, konversacia tono.

"Ĉu vi scias kie vi estas, Winston?" li diris.

"Mi ne scias. Mi povas diveni. En la Ministrejo de la Amo."

"Ĉu vi scias de kiom longe vi jam estas ĉi tie?"

"Mi ne scias. Tagojn, semajnojn, monatojn — mi kredas ke mona-
tojn."

"Kaj kial, laŭ via supozo, ni portas homojn al ĉi tiu loko?"

"Por devigi ilin konfesi."

"Ne, jen ne la kialo. Divenu denove."

"Por puni ilin."

"Ne!" krietis O'Brien. Lia voĉo estis ŝanĝiĝinta eksterordinare, kaj
lia vizaĝo subite iĝis kaj severa kaj tre vigla. "Ne! Ne nure por ek-

strakti vian konfeson, ne por puni vin. Ĉu mi diru al vi kial ni venigis vin ĉi tien? Por resanigi vin! Por malfrenezigi vin! Ĉu vi akceptas, Winston, ke neniu persono kiun ni portas al ĉi tiu loko iam foriras el niaj manoj neresanigita? Ne interesas nin tiuj stultaj krimoj kiujn vi faris. Ne interesas la Partion la ago mem: interesas nin nur la penso. Ni ne nur simple detruas niajn malamikojn, ni ŝanĝas ilin. Ĉu vi komprenas kion mi celas diri per tio?"

Li estis klininta sin super Winstonon. Lia vizaĝo aspektis enorma, pro sia proksimeco, kaj hide malbela, ĉar ĝi vidiĝis desube. Krome, ĝi plenis per ia ekzalto, lunatika intenso. Denove la koro de Winston retiriĝis. Se eble, li tirus sin pli profunden en la liton. Li certis ke O'Brien tordos la ciferplaton pro simpla malbonvolo. Je tiu momento, tamen, O'Brien forturnis sin. Li paŝis unu-du paŝojn tien kaj reen. Post tio li parolis plu, malpli intensege:

"Unue, vi devas kompreni ke en ĉi tiu loko ne okazas martiriĝoj. Vi legis pri la religiaj persekutoj dum la paseo. En la Mezepoko okazis la Inkvizicio. Ĝi fiaskis. Ĝi celis nuligi herezemon, kaj finiĝis eternigante ĝin. Pro ĉiu herezulo kiun ĝi bruligis ĉe la ŝtipo, miloj da aliaj ekaperis. Kial tio okazis? Ĉar la Inkvizicio mortigis siajn malamikojn malkaŝe, kaj mortigis ilin dum ili ankoraŭ ne pentis: fakte, ĝi mortigis ilin ĉar ili ne pentis. Homoj mortadis pro rifuzo forlasi siajn verajn kredojn. Nature la gloro entute apartenis al la viktimo kaj la honto entute al la Inkviziciisto kiu bruligis lin. Poste, en la dudeka jarcento, estis la totalismistoj, tiel oni nomis ilin. Estis la germanaj Nazioj kaj la rusaj Komunistoj. La Rusoj persekutis herezojn pli kruele ol la Inkvizicio. Kaj ili imagis ke ili lernis pro la eraroj de la paseo; ili sciis, almenaŭ, ke oni nepre ne faru martirojn. Antaŭ ol publike aperigi siajn viktimojn antaŭ tribunalo, ili intense entreprenis detrui ilian dignon. Ili trivis ilin per torturado kaj soleco, ĝis ili iĝis malestimindaj timoplenaj aĉuloj, konfesantaj kion ajn oni metis en iliajn buŝojn, kovrantaj sin per riproĉoj, akuzantaj kaj ŝirmantaj sin unu malantaŭ la alia, larmoplene peteɡante kompaton. Tamen post nur kelkaj jaroj la samo reokazis. La mortintoj iĝis martiroj, kaj ilia malindo estis forgesita. Denove, kial? Unue, ĉar la konfesoj kiujn ili faris estis evidente truditaj kaj malveraj. Ni ne faras tiajn erarojn. Ĉiuj konfesoj diritaj ĉi tie veras. Ni verigas ilin. Kaj, plejgrave, ni ne permesas ke la mortintoj releviĝu kontraŭ ni. Vi devas ĉesi imagi ke la posteuloj pravigos vin, Winston. La posteuloj neniam aŭdos pri vi. Vi malekzistiĝos tute senspure el la historia fluo. Ni faros el vi gason kaj verŝos vin en la stratosferon. Nenio el vi restos: nek nomo en registro, nek memoro en viva cerbo. Vi nuliĝos en la paseo same kiel en la futuro. Vi neniam ekzistintus."

"Do kial min torturi?" pensis Winston, kun efemera amaro. O'Brien haltigis sian paŝadon, kvazaŭ Winston voĉigis la penson. Lia granda malbela vizaĝo proksimiĝis, kun la okuloj iomete mallarĝigitaj.

"Vi pensas," li diris, "ke ĉar ni intencas tuteplene detrui vin, tiel ke nenio dirita aŭ farita de vi eĉ etete gravos — tiukaze, kial ni donas al ni la penon pridemandadi vin unue? Tion vi pensis, ĉu ne?"

"Jes," diris Winston.

O'Brien ridetis iom. "Vi estas fuŝaĵo en la desegno, Winston. Vi estas makulo forviŝenda. Ĉu mi ne ĵus diris al vi ke ni malsimilas al la iamaj persekutantoj? Ne kontentigas nin negativa obeo, eĉ ne kune kun la plej humilega submetiĝo. Kiam fine vi cedos al ni, devos esti pro via libera volo. Ni ne detruas la herezulon ĉar li rezistas nin: dum li rezistas nin, ni neniam povas detrui lin. Ni konvertas lin, ni kaptas la internon de lia menso, ni re-formas lin. Ni elbruligas ĉian malbonon kaj ĉian iluzion el li; ni venigas lin al nia flanko, ne nuraspekte, sed tutvere, elkore kaj elanime. Ni faras el li unu el ni, antaŭ ol mortigi lin. Ne tolereblas por ni, ke erara penso ekzistas ie en la mondo, negrave kiom sekrete kaj senpove. Eĉ en la momento de la morto ni ne povas permesi ian devion. Dum la antikva epoko la herezulo marŝis al la ŝtipo ankoraŭ herezulo, proklamante sian herezon, ekzaltante sin pro ĝi. Eĉ la viktimo de la rusaj purigoj povis porti ribelemon ŝlositan en sia kranio, dum li marŝis laŭlonge de la koridoro atendante la kuglon. Sed ni perfektigas la cerbon, antaŭ ol detrui ĝin. La ordono de la totalismoj estis "Vi ne...". La ordono de la totalismuloj estis "Vi devas...". Nia ordono estas "*Vi estas*". Neniu portita de ni al ĉi tiu loko iam staras kontraŭ ni. Ĉiu estas purige lavita.

Eĉ tiuj tri mizeraj perfiduloj kies senkulpecon vi iam kredis — Jones, Aaronson, kaj Rutherford — fine ni rompis ilin. Mi partoprenis en ilia pridemandado. Mi vidis ilin iom post iom triviĝi, larmi, humiliĝi, plori — kaj fine, ne pro doloro nek timo, nur pro pento. Kiam ni elprilaboris ilin, ili estis nur la ŝeloj de homoj. Nenio restis en ili, escepte de malĝojo pro siaj agoj, kaj amo al Granda Frato. Kortuŝis vidi kiom ili amas lin. Ili petis rapidan mortpafon, tiel ke ili povos morti dum iliaj mensoj ankoraŭ puras."

Lia voĉo preskaŭ revemiĝis. La ekzaltiĝo, la lunatika entuziasmo, ankoraŭ estis en lia vizaĝo. Li ne ŝajnigas, pensis Winston, li ne hipokritulas, li kredas ĉiun vorton kiun li diras. Plej premis konscio pri la propra intelekta malsupero. Li rigardis la pezan, tamen gracian, formon paŝadi tien kaj reen, en kaj el la etendo de lia vidpovo. O'Brien estis ulo ĉiumaniere pli granda ol li mem. Neniun ideon li mem iam havis, aŭ povus havi, kiun O'Brien ne jam antaŭ longe konis, ekzamenis, kaj malakceptis. Lia menso ampleksas *ankaŭ* la menson de Winston. Sed tiukaze kiel povas veri ke O'Brien frenezas? Li mem, Winston, devas esti la frenezulo. O'Brien haltis, kaj malsupren rigardis al li. Lia voĉo denove severis.

"Ne imagu ke vi savigos vin, Winston, negrave kiom plene vi cedos al ni. Neniu kiu misvojis iam renkontas akcepton. Kaj eĉ se ni decidus lasi vin vivi ĝis la natura fino de via vivo, tamen vi ankoraŭ neniam eskapus de ni. Kio okazas al vi ĉi tie estas poreterne. Komprenu tion jam dekomence. Ni disfrakasos vin ĝis punkto de kiu vi ne povos reveni. Okazos al vi spertoj el kiuj vi ne povus reveni eĉ se vi vivus mil jarojn. Neniam denove vi kapablos havi ordinaran homan senton. Ĉio estos morta en vi. Neniam denove vi kapablos ami, aŭ amiki, aŭ ĝui la vivon, aŭ ridi, aŭ scivolemi, aŭ kuraĝi, aŭ integri. Vi vakuos. Ni premos vin ĝis senenhavo, kaj poste ni plenigos vin je ni mem."

Li paŭzis, kaj gestis al la viro en la blanka mantelo. Winston konsciis ke ia peza aparato puŝiĝas en lokon malantaŭ lia kapo. O'Brien sidigis sin apud la lito, tiel ke lia vizaĝo estis preskaŭ samnivela kiel tiu de Winston.

"Tri mil," li diris, parolante trans la kapon de Winston al la viro en la blanka mantelo.

Du molaj vatoj, kun iomete malseka sento, premis sin kontraŭ la tempiojn de Winston. Li tremis. Venos doloro, nova speco de doloro. O'Brien metis manon komfortige, preskaŭ afable, sur lian manon.

"Ĉifoje ne doloros," li diris. "Tenu viajn okulojn fiksitaj je miaj."

Tiumomente detruege eksplodis, almenaŭ ŝajnis eksplode, kvankam ne certis ĉu bruis. Tute certe fulme lumis blindige. Ne vundis Winstonon, nur platigis. Kvankam li jam kuŝis sur sia dorso kiam la afero okazis, kurioze li sentis sin batita en tiun pozicion. Terure, sendolore, ebenigis lin. Ankaŭ io okazis en lia menso. Dum liaj okuloj reakiris fokuson, li memoris kiu li estas, kaj kie li estas, kaj rekonis la vizaĝon rigardantan en lian; sed, ie, iuloke li trovis grandan pecon da vako, kvazaŭ tie mankis peco en lia cerbo.

"Tio ne daŭros," diris O'Brien. "Rigardu rekte miajn okulojn. Kontraŭ kiu lando Oceanio militas?"

Winston pensis. Li sciis kion signifas Oceanio, kaj ke li mem civitanas en Oceanio. Li ankaŭ memoris Eŭrazion kaj Orientazion; sed kiu militas kontraŭ kiu, tion li ne sciis. Efektive li ne konsciis ke okazas milito.

"Mi ne memoras."

"Oceanio militas kontraŭ Orientazio. Ĉu vi memoras tion, nun?"

"Jes."

"Oceano de ĉiam militas kontraŭ Orientazio. De la komenco de via vivo, de la komenco de la Partio, de la komenco de la historio, la milito daŭras senpaŭze, ĉiam unusama milito. Ĉu vi memoras tion?"

"Jes."

"Antaŭ dek unu jaroj vi kreis legendon pri tri viroj mortokondamnitaj pro perfido. Vi pretekstis ke vi vidis pecon da papero kiu pruvis ke ili ne kulpas. Neniam tia paperpeco ekzistis. Vi inventis ĝin, kaj poste vi iom post iom kredis pri ĝi. Vi memoras nun la momenton mem kiam vi unue inventis ĝin. Ĉu vi memoras tion?"

"Jes."

"Mi ĵus etendis la fingrojn de mia mano antaŭ vi. Vi vidis kvin fingrojn. Ĉu vi memoras tion?"

"Jes."

O'Brien supren etendis la fingrojn de sia liva mano, kun la polekso kaŝita.

"Estas kvin fingroj tie. Ĉu vi vidas kvin fingrojn?"

"Jes."

Kaj li ja vidis ilin, dum efemera momento, antaŭ ol la sceno en lia menso ŝanĝiĝis. Li vidis kvin fingrojn, sen deformiĝo. Poste ĉio denove normalis, kaj la malnova timo, la hato, kaj la konfuzo reamasiĝis en li. Sed dum momento — li ne sciis kiom longa, eble tridek-sekunda — da lumoplena certo, ĉiu nova sugesto de O'Brien plenigis eron da vako, kaj iĝis absoluta vero, kaj du plus du povus fari tri tiel facile kiel kvin, se tio necesus. Ĝi fadis jam antaŭ ol O'Brien faligis sian manon; sed kvankam li ne povis revivigi ĝin, li povis memori ĝin, same kiel oni memoras vividan sperton de malproksima periodo de la vivo kiam oni estis, en la praktiko, malsama persono.

"Vi vidas nun," diris O'Brien, "ke efektive almenaŭ eblas."

"Jes," diris Winston.

O'Brien stariĝis kun mieno de kontento. Live de si Winston vidis la viron en la blanka mantelo rompi ampolon kaj retiri la puŝilon de injektilo. O'Brien turnis sin al Winston ridetante. Preskaŭ laŭ sia malnova maniero, li reĝustigis siajn okulvitrojn sur sia nazo.

"Ĉu vi memoras skribi en via taglibro," li diris, "ke ne gravas ĉu mi estas amiko aŭ malamiko, ĉar mi estas almenaŭ persono kiu komprenas vin, kaj kun kiu vi povas paroli? Vi pravis. Min plezurigas paroli kun vi. Via menso allogas min. Ĝi similas mian propran menson, escepte de ke vi frenezas. Antaŭ ol ni finos la sesion, vi rajtas fari al mi kelkajn demandojn, se vi deziras."

"Ĉu kiun ajn demandon mi deziras?"

"Kiun ajn." Li vidis ke la okuloj de Winston rigardas la ciferplaton. "Ĝi estas malŝaltita. Kiu estas via unua demando?"

"Kion vi faris al Julia?" diris Winston.

O'Brien denove ridetis. "Ŝi perfidis vin, Winston. Tuje — senrezerve. Mi malofte vidis personon transveni al ni tiom rapide. Vi apenaŭ rekonus ŝin, se vi vidus ŝin. Ĉiom el ŝiaj emoj ribeli, trompi, malsaĝi, malprudi — ĉio estas elbruligita el ŝi. Ĝi estis perfekta konverto, laŭlibra kazo."

"Vi torturis ŝin?"

O'Brien lasis tion nerespondita. "Sekvan demandon," li diris.

"Ĉu Granda Frato ekzistas?"

"Kompreneble li ekzistas. La Partio ekzistas. Granda Frato estas la enkorpiĝo de la Partio."

"Ĉu li ekzistas sammaniere kiel mi ekzistas?"

"Vi ne ekzistas," diris O'Brien.

Denove la sento de senhelpeco atakis lin. Li sciis, aŭ li povis imagi, la argumentojn kiuj pruvas lian propran neekziston; sed ili estis sensencaĵo, nur vortludado. Ĉu la frazo "Vi ne ekzistas" ne en si mem enhavas logikan absurdon? Sed kiel utilus diri tion? Lia menso velkis dum li pensis pri la nerespondeblaj, frenezaj argumentoj per kiuj O'Brien nuligus lin.

"Mi kredas ke mi ekzistas," li diris lace. "Mi konscias pri mia propra idento. Mi naskiĝis kaj mi mortos. Mi havas brakojn kaj krurojn. Mi okupas specifan punkton en la spaco. Neniu alia solida objekto povas samtempe okupi la saman punkton. Tiusence, ĉu Granda Frato ekzistas?"

"Ne gravas. Li ekzistas."

"Ĉu Granda Frato iam mortos?"

"Kompreneble ne. Kiel li povus morti? Sekvan demandon."

"Ĉu la Frataro ekzistas?"

"Tion, Winston, vi neniam scios. Se ni decidos liberigi vin, kiam ni estos finintaj pri vi, kaj se vi vivos ĝis vi estos naŭdekjara, tamen vi neniam trovos ĉu la demando al tiu demando estas Jes aŭ Ne. Dum via tuta vivo ĝi estos nesolvita enigmo en via menso."

Winston kuŝis silente. Lia brusto leviĝis kaj malleviĝis iom pli rapide. Li ankoraŭ ne diris la demandon kiu la unua venis en lian menson. Li devos diri ĝin, tamen lia lango kvazaŭ rifuzas diri ĝin. Vidiĝis spuro de amuzo en la vizaĝo de O'Brien. Eĉ liaj okulvitroj ŝajnis enhavi brileton de ironio. Li scias, pensis Winston subite, li scias kion mi demandos! Je tiu penso la vortoj ŝovis sin el li:

"Kio estas en Ĉambro 101?"

La esprimo sur la vizaĝo de O'Brien ne ŝanĝiĝis. Li respondis seke:

"Vi scias kio estas en Ĉambro 101, Winston. Ĉiu scias kio estas en Ĉambro 101."

Li levis fingron signale al la viro en la blanka mantelo. Evidente la sesio finiĝis. Injektilo eniris la brakon de Winston. Li preskaŭ tuj profunde dormis.

III

"Estas tri etapoj en via reintegriĝo," diris O'Brien. "Lerno, kompreno, kaj akcepto. Venis la tempo kiam vi devas eniri la duan etapon."

Kiel ĉiam, Winston kuŝadis surdorse. Sed lastatempe liaj ligiloj malpli striktis. Ili ankoraŭ ligis lin al la lito, sed li povis movi siajn genuojn iomete, kaj li povis turni sian kapon flank'-al-flanke, kaj levi siajn brakojn de la kubuto. La ciferplato, ankaŭ, iĝis malpli timiga. Li povis eviti ĝiajn dolorigojn, kiam li lertis sufiĉe rapide: O'Brien tiris la ŝaltilon ĉefe nur kiam li montris stulton. Kelkafoje ili pasigis tutan sesion sen utiligo de la ciferplato. Li ne povis memori kiom da sesioj okazis. La tuta procedo ŝajnis etendiĝi dum longa, neklara periodo — semajnoj, eble — kaj la intervaloj inter la sesioj eble kelkafoje estis tagoj, kelkafoje nur unu-du horoj.

"Kuŝante tie," diris O'Brien, "vi ofte cerbumis, vi eĉ demandis al mi — kial la Ministrejo de Amo elspezas tiom da tempo kaj da penoj pri vi. Kaj kiam vi estis libera, malklaris al vi esence la sama temo. Vi povis kompreni la mekanismon de la socio en kiu vi vivas, sed ne ĝiajn fundamentajn motivojn. Ĉu vi memoras skribi en via taglibro: 'Mi komprenas la *kielon*; mi ne komprenas la *kialon*'? Kiam vi pensis pri 'kial', tiam vi dubis pri via propra malfrenezo. Vi legis *la libron*, la libron de Goldstein, aŭ partojn de ĝi. Ĉu ĝi diris al vi ion, kion vi ne jam sciis?"

"Vi legis ĝin?" diris Winston.

"Mi verkis ĝin. Tio estas, mi kunverkis ĝin. Neniun libron produktas individuo, kiel vi scias."

"Ĉu veras kion ĝi diras?"

"La priskribo, jes. Sensencas la programo kiun ĝi proponas. La sekreta akumulado de scio — laŭgrada plivastiĝo de konsciiĝo — ŝinfine, proletara ribelo — la konkeriĝo de la Partio. Vi mem antaŭvidis ke tion ĝi diros. Tio estas tute sensenca. La proletoj neniam ribelos, ne post milo da jaroj, nek post miliono. Ili ne povos. Mi ne bezonas diri al vi la kialon; vi jam scias ĝin. Se iam vi nutris revojn pri violenta revolucio, vi devas forlasi ilin. Per neniu metodo estas la Partio konkerebla. La regado fare de la Partio estas por ĉiam. Faru el tio la komencopunkton de viaj pensoj."

Li venis pliproksimen de la lito. "Por ĉiam!" li ripetis. "Kaj nun ni revenu al la demando pri la 'kielo' kaj la 'kialo'. Vi sufiĉe bone komprenas *kiel* la Partio daŭrigas sian regpovon. Nun diru al mi *kial* ni kroĉiĝas al la regpovo. Kiun motivon ni havas? Kial ni volas la regpovon? Jen, parolu," li aldonis, dum Winston restis silenta.

Tamen Winston ne parolis ĝis post unu-du momentoj. Laca sento superis lin. La malforta, freneza brilo de entuziasmo jam revenis al la vizaĝo de O'Brien. Li antaŭsciis kion diros O'Brien: ke la Partio ne avidas regpovon por siaj propraj celoj, sed nur por la plejbono de la plejmulto. Ke ĝi avidas la regpovon ĉar homoj en amasoj estas fragilaj senkuraĝuloj, kiuj ne povas toleri la liberon nek fronti la veron, ke necesas ke regu kaj sisteme trompu ilin aliaj personoj pli fortaj ol ili mem. Ke la homaro devas elekti inter la libero kaj la feliĉo, kaj ke, por la granda plejmulto de la homaro, feliĉo preferindas. Ke la Partio estas la eterna gardanto de la febluloj, dediĉita sekto farar ta malbonon por ke ekzistu bono, oferanta sian propran feliĉon por la feliĉo de aliaj. La terurajo, pensis Winston, la terurajo estas ke kiam O'Brien diros tion, li kredos ĝin. Oni povas vidi tion en lia vizaĝo. O'Brien scias ĉion. Miloble pli bone ol Winston, li scias kia vere estas la mondo, en kia fistato vivas la homamaso, kaj per kiuj mensogoj kaj barbarajoj la Partio restigas ilin tie. Li komprenis ĉion ĉi, pesis ĉion ĉi, kaj tute ne gravis al li: ĉion pravigas la fina celo. Kion oni povas fari, pensis Winston, kontraŭ la lunatiko pli inteligenta ol oni mem, kiu juste aŭskultas oniajn argumentojn, tamen persistas pri sia lunatikeco?

"Vi regas nin por nia propra bono," li diris feble. "Vi kredas ke la homoj ne taŭgas por regi sin, kaj tial —"

Li ektremegis, kaj preskaŭ kriis. Subita doloro trairis lian korpon. O'Brien estis ŝovinta la ŝaltilon de la ciferplato al tridek kvin.

"Tio stultis, Winston, stultis!" li diris. "Nepre vi komprenas ke tio estas erara."

Li retiris la ŝaltilon, kaj daŭrigis:

"Nun mi donos al vi la respondon al mia demando. Jen ĝi. La Partio avidas la regpovon nur por sia propra profito. Nin ne interesas la bono por aliuloj; nin interesas nure la potenco. Ne riĉo, nek lukso, nek longa vivo, nek feliĉo: nur potenco, pura potenco. Kion signifas pura potenco, tion vi komprenos baldaŭ. Ni diferencas de ĉiuj oligar-kioj de la paseo, ĉar ni scias kion ni faras. Ĉiuj aliaj, eĉ tiuj kiuj similis al ni, estis kovardoj kaj hipokrituloj. La germanaj Nazioj kaj la rusaj Komunistoj tre proksimis al ni, rilate al siaj metodoj, sed ili neniam havis sufiĉan kuraĝon por rekoni siajn proprajn motivojn. Ili pre-tendis, eble ili eĉ kredis, ke ili alprenis la regpovon kontraŭvole, kaj por limigita periodo, kaj ke tre baldaŭ aperos paradizo, kie la homoj estos liberaj kaj egalaj. Ni ne estas tiaj. Ni scias ke neniu kaptas la reg-povon intencante forlasi ĝin. La potenco ne estas perilo, ĝi estas celo. Oni ne establas diktaturon por protekti revolucion; oni faras revolu-cion por establi la diktaturon. La celo de persekuto estas persekuti. La celo de torturo estas torturi. La celo de potenco estas potenci. Nun ĉu vi komencas kompreni min?"

Al Winston impresis, kiel al li impresis antaŭe, la granda laco en la vizaĝo de O'Brien. Ĝi estis forta kaj karnoplena kaj brutala, ĝi estis plena de inteligento, kaj ia sinreganta pasio kiu sentigis al li sen-povon; sed ĝi estis laca. Estis poŝoj sub la okuloj, la haŭto faletis de la vangostoj. O'Brien klinis sin super li, intence pliproksimigante la trivitan vizaĝon.

"Vi pensas," li diris, "ke mia vizaĝo maljunas kaj lacas. Vi pensas ke kvankam mi paroladas pri potenco, tamen mi eĉ ne kapablas mal-ebligi la disfalon de mia propra korpo. Ĉu vi ne komprenas, Winston, ke la individuo estas nur ĉelo? La febleco de la ĉelo estas la forto de la organismo. Ĉu vi mortas kiam vi tondas viajn ungojn?"

Li forturnis sin de la lito, kaj rekomencis paŝadi tien kaj reen, kun unu mano en la poŝo.

"Ni estas la pastroj de la potenco," li diris. "Dio estas potenco. Sed nuntempe potenco estas nur vorto, laŭ via kompreno. Nun venis la tempo kiam vi devos akiri ian komprenon pri la signifo de la potenco. Unue, vi devas kompreni ke la potenco kolektivas. La individuo potencas nur per ĉeso individui. Vi konas la partian sloganon: 'Libero estas Sklaveco'. Ĉu iam vi ekpensis ke tio inversigeblas? Sklaveco estas libero. Sola — libera — la homo estas ĉiam venkata. Necesas tiel, ĉar ĉiu homo repre mortos, la plej granda fiasko ebla. Sed se li povas plene, tute submeti sin, se li povas eskapi el sia idento, se li povas mergi sin en la Partion tiel ke li *estas* la Partio, tiel li estas tutpotenca kaj senmorta. Due, vi devas kompreni ke la potenco estas potenco kiu regas homojn. La korpon, sed, plejĉefe, la menson. La potenco reganta la materion — la eksteran realon, laŭ via nomado — ne gravas. Jam nia regado de la materio absolutas."

Dummomente Winston ignoris la ciferplaton. Li faris violentan penon levi sin al sidpozicio, kaj nur sukcesis dolorege tordi sian korpon.

"Sed kiel vi povas regi la materion?" li ekkriis. "Vi eĉ ne regas la klimaton nek la leĝon de gravitado. Kaj ekzistas malsanoj, doloro, la morto —"

O'Brien silentigis lin per mangesto. "Ni regas la materion ĉar ni regas la menson. La realo estas interne de la kranio. Vi lernos laŭgrade, Winston. Nenio maleblas por ni. Nevidebleco, supreniro — kio ajn. Mi povus flosi super ĉi tiu planko kvazaŭ sapveziko, se mi dezirus. Mi ne deziras, ĉar la Partio ne deziras tion. Vi devos formeti tiujn deknaŭjarcentajn ideojn pri la leĝoj de la naturo. Ni faras la leĝojn de la naturo."

"Sed ne! Vi eĉ ne mastras ĉi tiun planedon. Kion pri Eŭrazio kaj Orientazio? Vi ankoraŭ ne konkeris ilin."

"Negrave. Ni konkeros ilin, kiam ni opinias tion bezona. Kaj se ne, kiel gravus? Ni povas fermi ilin el la ekzisto. Oceanio estas la mondo."

"Sed la mondo mem estas nur polvereto. La homo etas, senhelpas! De kiom longe ĝi ekzistas? Dum milionoj da jaroj la tero ne havis loĝantojn."

"Absurdaĵo. La tero aĝas same kiom ni, ne pli. Kiel ĝi povus aĝi pli? Nenio ekzistas, escepte de per la homa konscio."

"Sed la rokoj plenas de la ostoj de pereintaj bestoj — mamutoj kaj mastodonoj kaj enormaj reptilioj kiuj loĝis ĉi tie longe antaŭ ol ekaperis la homo."

"Ĉu iam vi vidis tiujn ostojn, Winston? Kompreneble ne. Deknaŭjarcentaj biologoj inventis ilin. Antaŭ la homo estis nenio. Post la homo, se la homo povus finiĝi, estus nenio. Ekster la homo estas nenio."

"Sed la tuta universo estas ekster ni. Rigardu la stelojn! Kelkaj el ili estas milionon da lumjaroj distancaj. Ili estas neatingeblaj de ni por ĉiam."

"Kio estas la steloj?" diris O'Brien, indiferente. "Ili estas fajreroj kelkajn kilometrojn for. Ni povus atingi ilin se ni volus. Aŭ ni povus estingi ilin. La tero estas la centro de la universo. La suno kaj la steloj ĉirkaŭiras ĝin."

Winston faris plian konvulsian moviĝon. Ĉifoje li diris nenion. O'Brien plu parolis, kvazaŭ respondante parolitan kontraŭdiron.

"Por certaj celoj, kompreneble, tio ne veras. Kiam ni navigas la oceanon, aŭ kiam ni antaŭdiras eklipson, por ni ofte utilas supozi ke la tero ĉirkaŭiras la sunon, kaj ke la steloj estas milionojn da milionoj da kilometroj for. Sed kiel gravas? Ĉu vi supozas ke ni ne kapablas produkti duoblan sistemon de astronomio? La steloj povas esti proksimaj aŭ malproksimaj, laŭ nia bezono. Ĉu vi supozas ke niaj matematikistoj ne kapablas tion? Ĉu vi forgesis duoblapenson?"

Winston retiris sin sur la lito. Negrave kion li diris, la respondo frakasis lin kvazaŭ klabo. Kaj tamen li sciis, li *sciis*, ke li pravas. La kredo ke nenio ekzistas ekster onia menso — nepre ekzistas ia metodo pruvi tion falsa. Ĉu oni ne jam antaŭ longe pruvis ĝin erara? Eĉ estis nomo por ĝi, nomo kiun li forgesis. Malforta rideto tordis la angulojn de la buŝo de O'Brien, dum li malsuprenrigardis lin.

"Mi diris al vi, Winston," li diris, "ke la metafiziko ne estas via fortaĵo. La vorto kiun vi penas memori estas solipsismo. Sed vi eraras. Ne temas pri solipsismo. Kolektiva solipsismo, eble. Sed tio malsamas; efektive, tute malas. Ĉio ĉi estas flankvojo," li pludiris per alia tono. "La vera potenco, la potenco por kiu ni devas batali nokte kaj tage, ne signifas la potencon regi objektojn, sed homojn." Li paŭzis, kaj dummomente reprenis sian mienon de instruisto pridemandanta talentan lernanton: "Kiel unu viro evidentigas sian potencon super alia, Winston?"

Winston pensis. "Suferigante lin," li diris.

"Ekzakte. Suferigante lin. Obeo ne sufiĉas. Krom se li suferas, kiel oni povas certi ke li obeas onian volon, kaj ne la propran? La potenco signifas altrudi doloron kaj humiliĝon. La potenco signifas disŝiri homajn mensojn, kaj rekunmeti ilin en novaj formoj kiujn oni mem elektas. Ĉu, do, vi komencas kompreni kian mondon ni kreas? Ĝi estas la ekzakta malo de la stultaj hedonismaj Utopioj kiujn imagis la malnovaj reformantoj. Mondo de timo kaj perfido kaj turmento, mondo de tretado kaj surtretiĝo, mondo kiu ne malpli sed *pli* senkompatas dum ĝi rafinas sin. La progreso en nia mondo estos progreso celanta pli da doloro. La malnovaj civilizacioj pretendis fundamenton de amo aŭ justo. Nia fundamentas sur hato. En nia mondo ne ekzistos emocioj, escepte de timo, furiozo, triumfo, kaj sinhumiliĝo. Ĉion alian ni detruos — ĉion. Jam ni disrompas la pensokutimojn transvivantajn de antaŭ la Revolucio. Ni tranĉis la ligojn inter infano kaj gepatroj, kaj inter viro kaj viro, kaj inter viro kaj virino. Neniu plu kuraĝas fidi edzinon, aŭ infanon, aŭ amikon. Sed en la futuro ne estos edzinoj, nek amikoj. Infanojn oni prenos for de siaj patrinoj je la naskiĝo, same kiel oni prenas ovojn de kokino. La seksinstinkto elradikiĝos. Naskado estos ĉiujara formalaĵo, simila al la renovigo de porciumkarto. Ni abolos la orgasmon. Niaj neŭrologoj prilaboras tion nun. Ne ekzistos lojalo, escepte de lojalo al la Partio. Ne estos amo, escepte de la amo al Granda Frato. Ne estos rido, escepte de la rido kiam oni triumfas pro venkita malamiko. Ne ekzistos arto, nek literaturo, nek scienco. Kiam ni estos ĉionpovaj, ni ne plu bezonos la sciencon.

Ne estos distingo inter belo kaj malbelo. Ne estos scivolemo, neniu utiligo de la procedo de la vivo. Ĉiuj konkurantaj plezuroj estos detruitaj. Sed ĉiam — ne forgesu tion, Winston — ĉiam restos la ebrio pro potenco, konstante pligranda, kaj konstante pli subtila. Ĉiam, je ĉiu momento, estos la ekscito pro venko, la sento de surtretado sur senhelpa malamiko. Se vi volas bildon pri la futuro, imagu boton tretantan sur homa vizaĝo — eterne.

Li paŭzis, kvazaŭ supozante ke Winston parolos. Winston penis retiri sin denove en la surfacon de la lito. Li povis diri nenion. Lia koro ŝajnis frostita. O'Brien parolis plu:

"Kaj memoru ke estas por ĉiam. La vizaĝo ĉiam troviĝos por esti surtretata. La herezulo, la malamiko de la socio, ĉiam troviĝos, por esti denove venkata kaj humiligata ripete. Ĉio kion vi spertis, ekde kiam vi venis en niajn manojn — ĉio tia daŭros, kaj plia mavo. La spionado, la perfidoj, la arestoj, la torturoj, la ekzekutoj, la malaperoj neniam ĉesos. Estos mondo de teroro, egale kiom mondo de triumfo. Ju pli potencos la Partio, des malpli ĝi toleremos: ju pli malforta la opozicio, des pli strikta la despotismo. Goldstein kaj liaj herezoj vivos por ĉiam. Ĉiutage, ĉiumomente, ili estos venkataj, malestimataj, mokataj, surkraĉataj — tamen ili ĉiam transvivos. Tiu dramo kiun mi ludis kun vi dum sep jaroj estos reludata ree kaj ree, generacion post generacio, ĉiam pli subtile. Ĉiam ni disponos pri la herezulo, krieganta pro doloro, disrompita, malestiminda — kaj fine tute pentoplena, savita kontraŭ si mem, rampanta antaŭ niaj piedoj propravole. Tian mondon ni preparas, Winston. Mondon de venko post venko, triumfo post triumfo post triumfo: senfina premo, premo, premo sur la nervo de potenco. Vi komencas, mi vidas, kompreni kia estos tia mondo. Sed fine vi ne nur komprenos ĝin. Vi akceptos ĝin, bonvenigos ĝin, iĝos parto de ĝi."

Winston reakiris sinregon sufiĉe por paroli. "Vi ne povas!" li diris feble.

"Kion signifas tiu komento, Winston?"

"Vi ne povus krei tian mondon, kian vi ĵus priparolis. Ĝi estas revo. Ĝi maleblas."

"Kial?"

"Maleblas fondi civilizacion sur timo kaj hato kaj kruelo. Ĝi ne povus daŭri."

"Kial ne?"

"Ĝi havus nenian viglon. Ĝi diseriĝus. Ĝi mortigus sin."

"Absurde. Vi supozas ke la hato estas pli energiuza ol la amo. Kial? Kaj se tiel, kiel gravus? Supozu ke ni decidos trivi nin pli rapide. Supozu ke ni rapidigos la tempojn de la homa vivo, tiel ke oni senilos kiam tridekjara. Sed kiel gravus? Ĉu vi ne povas kompreni ke la morto de individuo ne estas morto? La Partio estas senmorta."

Kiel kutime, la voĉo batis Winstonon ĝis senpovo. Krome li timegis ke se li persiste disputos, O'Brien denove turnos la ciferplaton. Tamen, li ne povis resti silenta. Feble, sen argumentoj, kun nenia subteno escepte de sia nevortigebla teruriĝo pro kion ĵus diris O'Brien, li rekomencis ataki.

"Mi ne scias — ne gravas al mi. Iel vi malsukcesos. Io venkos vin. La vivo venkos vin."

"Ni regas la vivon, Winston, je ĉiu nivelo. Vi imagas ke ekzistas io nomata la homa naturo, kiu estos kolerigita de niaj agoj, kaj kiu batalos kontraŭ ni. Sed ni kreas la homan naturon. La homoj senlime ŝanĝeblas. Aŭ eble vi reiris al via malnova ideo, ke la proletoj aŭ la sklavoj leviĝos, kaj renversos nin. Elmensigu tion. Ili estas senhelpaj, same kiel la bestoj. La homaro estas la Partio. La eksteruloj — malgravaj."

"Ne gravas al mi. Fine ili venkos vin. Pli-malpli frue ili vidos vin tiaj, kiaj vi vere estas, kaj tiam ili disŝiros vin."

"Ĉu vi vidas ian ateston ke tio okazas? Aŭ ian kialon kiu kaŭzus tion?"

"Ne. Sed mi kredas. Mi *scias* ke vi fiaskos. Ekzistas io en la universo — mi ne scias, iu spirito, iu principo — kiun vi neniam venkos."

"Ĉu vi kredas je Dio, Winston?"

"Ne."

"Do kio ĝi estas, tiu principo kiu venkos nin?"

"Mi ne scias. La spirito de la Homo."

"Kaj ĉu vi opinias vin homo?"

"Jes."

"Se vi estas homo, Winston, vi estas la lasta homo. Via speco for-mortis; ni estas la heredintoj. Ĉu vi komprenas ke vi estas *sola*? Vi estas ekster la historio, vi estas senekzista." Lia mieno ŝanĝiĝis, kaj li diris pli severe: "Kaj ĉu vi opinias vin morale super ni, kun niaj men-sogoj kaj nia kruelo?"

"Jes, mi opinias min supera."

O'Brien ne parolis. Du aliaj voĉoj parolis. Post momento, Win-ston rekonis ke unu el ili estas lia. Ĝi estis sonregistro de la konver-sacio kiun li havis kun O'Brien, tiunokte kiam li aniĝis en la Frataro. Li aŭdis sin promesi mensogi, ŝteli, falsi, murdi, kuraĝigi droguz-adon kaj putinadon, disvastigi venerajn malsanojn, ĵeti vitriolon en la vizaĝon de infano. O'Brien faris malgrandan senpaciencan geston, kvazaŭ dirante ke la pruvo apenaŭ farindas. Post tio li turnis ŝaltilon, kaj la voĉoj haltis.

"Stariĝu el tiu lito," li diris.

La ligiloj estis malligiĝintaj. Winston suriris la plankon, kaj staris nestabile.

"Vi estas la lasta homo," diris O'Brien. "Vi estas la gardanto de la homa spirito. Vi vidos vin kia vi estas. Demetu viajn vestojn."

Winston malligis la ŝnureton kiu kuntenis lian kombineon. La zipilo jam antaŭ longe estis forŝirita el ĝi. Li ne povis memori ĉu iam post sia arestiĝo li deprenis ĉiujn siajn vestojn samtempe. Sub la kom-bineo lian korpon ĉirkaŭis malpuraĉaj flavetaj ĉifonoj, apenaŭ reko-neblaj kiel subvestoj. Puŝante ilin al la tero, li vidis triflankan spe-gulon ĉe la ekstremo de la ĉambro. Li proksimiĝis al ĝi, kaj ekhaltis. Neintencita krio sonis el li.

"Pluen," diris O'Brien. "Staru inter la flugiloj de la spegulo. Vi vidu la flankaspekton ankaŭ."

Li ekhaltis ĉar li ektimis. Klinita, grizkolora skeletaĵo venas al li. Ĝia aspekto timigis, kaj ne nur la fakto ke li sciis ke ĝi estas li mem. Li paŝis pli proksimen al la vitro. La vizaĝo de la ulaĉo aspektis antaŭen-puŝita, pro sia klinita korpo. Senfeliĉa, karcerula vizaĝo kun malglata frunto kiu supreniras por fariĝi kalva kranio, malrekta nazo, kaj batitaspektaj vangostoj, super kiuj la okuloj aspektis ferocaj kaj atentemaj. La vangoj estis kniitaj, la buŝo aspektis entirita. Certe lia vizaĝo, sed ŝajnis al li ke ĝi ŝanĝiĝis pli ol li interne ŝanĝiĝis. La emocioj kiujn ĝi registris diferencus de tiuj kiujn li sentis. Li iĝis parte kalva. Je la unua momento li kredis ke li ankaŭ griziĝis, sed nur lia kranihaŭto grizis. Escepte de la manoj kaj vizaĝcirklo, lia korpo tute grizis pro malnova, enhaŭtiĝinta malpuro. Tie kaj tie sub la malpuro estis la ruĝaj cikatroj de vundoj, kaj proksime al la maleolo la varika ulcero estis inflamita amaso kun haŭtpecoj deŝiriĝantaj. Sed kio vere timigis estis la marasmo de lia korpo. La ripobarelo estis mallarĝa kiel tiu de skeleto: la kruroj estis ŝrumpintaj, tiel ke la genuoj pli dikis ol la femuroj. Li vidis nun kion celis O'Brien kiam li parolis pri lia flankaspekto. La kurbo de la spino mirigis. La maldikaj ŝultroj kliniĝis antaŭen tiel ke ili kavigis la bruston, la magra kolo aspektis duobligita pro la pezo de la kranio. Divene, li dirus ke temas pri la korpo de sesdekjaraĝulo, kiu suferas pro ia maligna malsano.

"Vi kelkafoje pensis," diris O'Brien, "ke mia vizaĝo — la vizaĝo de membro de la Interna Partio — aspektas maljuna kaj trivita. Kion vi opinias pri via propra vizaĝo?"

Li kaptis ŝultron de Winston kaj turnis lin tiel ke li frontis lin.

"Rigardu vian staton!" li diris. "Rigardu tiun fimalpuron sur via tuta korpo. Rigardu la malpuraĵon inter viaj piedfingroj. Rigardu tiun naŭzan etenditan inflamaĵon sur via kruro. Ĉu vi scias ke vi fetoras kvazaŭ kapro? Verŝajne vi eĉ ne plu rimarkas tion. Rigardu vian marasmon. Ĉu vi vidas? Mi povas kunmeti miajn dikfingron kaj montrofingron ĉirkaŭ vian bicepson. Mi povus rompi vian kolon kvazaŭ karoton. Ĉu vi scias ke vi perdis dudek kvin kilogramojn, de kiam vi estas en niaj manoj? Eĉ viaj haroj elfalas faske. Vidu!" Li faris ŝirtiron sur la kapo de Winston kaj deprenis fasketon da haroj. "Malfermu vian buŝon. Restas naŭ, dek, dek unu dentoj. Kiom vi havis kiam vi venis al ni? Kaj la malmultaj restantaj faladas el via kapo. Vidu!"

Li prenis unu el la restantaj antaŭdentoj de Winston inter siaj forta polekso kaj montrofingro. Ekdoloro trairis la makzelon de Winston.

O'Brien eltiris la malfirme fiksitan denton per la radikoj. Li ĵetis ĝin trans la ĉelon.

"Vi forputras," li diris; "vi disfalas. Kio vi estas? Sako da malpuraĵoj. Nun turnu vin, kaj denove rigardu per la spegulo. Ĉu vi vidas tion, kio frontas vin? Tio estas la lasta homo. Se vi estas homo, tio estas la homaro. Nun revestu vin."

Winston komencis vesti sin per lantaj rigidaj movoj. Ĝis nun li ŝajne ne rimarkis kiom magra kaj febla li estas. Nur unu penso moviĝis en lia menso: ke evidente li estis en ĉi tiu loko pli longe ol li supozis. Subite, dum li metis la mizerajn ĉifonojn ĉirkaŭ sin, sento de kompato por lia ruinita korpo trairis lin. Antaŭ ol li konsciis pri kion li faras, li kolapsis sur tabureton kiu staris apud la lito kaj ekploris. Li konsciis pri sia malbela, malgracia aspekto, fasko da ostoj en malpuraĉaj subvestoj, sidanta plorante en la severa blanka lumo: sed li ne povis deteni sin. O'Brien metis manon sur lian ŝultron, preskaŭ afable.

"Tio ne daŭros por ĉiam," li diris. "Vi povas eskapi de ĝi kiam ajn vi deziras. Ĉio dependas de vi."

"Vi faris tion," larmis Winston. "Vi reduktis min al ĉi tiu stato."

"Ne, Winston, vi reduktis vin mem al ĝi. Jen kion vi akceptis kiam vi unue starigis vin kontraŭ la Partion. Ĉio jam estis en tiu unua ago. Nenio okazis kion vi ne antaŭvidis."

Li paŭzis, poste pludiris:

"Ni venkis vin, Winston. Ni disrompis vin. Vi vidis kia estas via korpo. Via menso estas en sama stato. Mi ne kredas ke povas resti multa fiero en vi. Vi estas piedbatita kaj vipita kaj insultita, vi kriegadis pro doloro, vi ruliĝis sur la planko en viaj propraj sango kaj vomaĵo. Vi plorpetis kompaton, vi perfidis ĉiun kaj ĉion. Ĉu vi povas pensi pri eĉ unusola malfieraĵo kiu ne trafis vin?"

Winston ĉesis plori, kvankam la larmoj ankoraŭ fluadis el liaj okuloj. Li suprenrigardis al O'Brien.

"Mi ne perfidis Julian," li diris.

O'Brien malsuprenrigardis lin penseme. "Ne," li diris; "ne; tio estas tute vera. Vi ne perfidis Julian."

La kurioza respekto al O'Brien, kion ŝajne nenio povis detrui, inundis la koron de Winston denove. Kiel inteligenta, li pensis, kiel inteligenta! O'Brien neniam malsukcesis kompreni kion oni diras al li. Ĉiu alia sur la tero tuj respondus ke li ja perfidis Julian. Ĉar kion ili ne sukcesis eltrudi el li per torturo? Li rakontis al ili ĉion kion li sciis pri ŝi, ŝiaj kutimoj, ŝia karaktero, ŝia estinta vivo; li konfesis, ĝis la plej trivialaj detaloj, ĉion okazintan dum iliaj renkontiĝoj, ĉion diritan de li al ŝi kaj de ŝi al li, iliajn nigramerkatajn manĝojn, iliajn adultagojn, iliajn svagajn komplotadojn kontraŭ la Partio — ĉion. Tamen, laŭ la senco kiun li intencis por tiu vorto, li ne perfidis ŝin. Li ne ĉesis ami ŝin; lia sento pri ŝi restis senŝanĝa. O'Brien komprenis lian intencon sen bezoni klarigon.

"Diru," li diris, "kiom baldaŭ ili mortpafos min?"

"Eble post longe," diris O'Brien. "Vi estas malfacila kazo. Sed ne senesperu. Ĉio estas resanigita, pli-malpli frue. Fine ni mortpafos vin."

IV

Li fartis multe pli bone. Li plidikiĝis kaj plifortiĝis ĉiun tagon, se pravis paroli pri tagoj.

La blanka lumo kaj la zumanta sono restis samaj kiel antaŭe, sed la ĉelo iomete pli komfortis ol la aliaj en kiuj li estis. Kapkuseno kaj matraco kuŝis sur la lignotabula lito, kaj ili permesis ke li lavu sin iom ofte en stana baseno. Ili eĉ donis al li varman akvon per kiu li lavu sin. Ili donis al li novajn subvestojn kaj puran kombineon. Ili ŝmiris lian varikan ulceron per mildiga ungvento. Ili eltiris la restaĵojn de liaj dentoj kaj donis al li novan falsdentaron.

Sendube pasis semajnoj aŭ monatoj. Eblus nun kontroli la pasadon de la tempo, se lin interesus fari tion, ĉar oni manĝigis lin laŭ ŝajne regulaj intervaloj. Li ricevadis, laŭ lia takso, tri manĝojn en ĉiu dudekkvarhora periodo; kelkafoje li svage demandis al si ĉu li ricevas ilin nokte aŭ tage. La manĝaĵoj estis surprize bonaj, kun viando en ĉiu tria manĝo. Unufoje eĉ estis paketo da cigaredoj. Li ne havis alumetojn, sed la neniamparolanta gardisto, kiu alportis lian manĝaĵon, akceptis flamigi liajn cigaredojn. Kiam li unuafoje provis fumi, li vomis, sed li persistis, kaj utiligis la paketon dum longa tempo, fumante duonan cigaredon post ĉiu manĝo.

Ili donis al li blankan skribtabuleton al kiu estis ligita ero de krajono. Unue li ne uzis ĝin. Eĉ kiam li estis veka, li tute torporis. Ofte li kuŝis inter unu manĝo kaj la sekva, preskaŭ senmove, kelkafoje dormante, kelkafoje vekiĝante en svagajn revojn dum kiuj malfermi la okulojn postulus tro da energio. Li delonge kutimiĝis dormi dum forta lumo brilas sur lian vizaĝon. Ŝajne tio ne influis lin, escepte de ke la sonĝoj pli koheris. Li multe sonĝis dum tiu tuta periodo, kaj ĉiam la sonĝoj estis feliĉaj. Li estis en la Ora Lando, aŭ li sidis inter enormaj, gloraj, sunlumigataj ruinoj, kun sia patrino, kun Julia, kun O'Brien — farante nenion, nur sidante en la sunbrilo, parolante pri pacaj aferoj. La pensoj kiujn li havis vekiĝinte plejparte temis pri liaj sonĝoj. Li ŝajne perdis la kapablon intelekti, nun post la forigo de la stimula doloro. Li ne estis tedita, li ne deziris konversacii aŭ distriĝi. Nur esti sola, ne esti batata aŭ pridemandata, havi sufiĉon por manĝi, esti tutkorpe pura, plene kontentigis.

Laŭgrade li komencis pasigi malpli da tempo per dormado, sed li ankoraŭ ne sentis impulson foriri de la lito. Al li nur gravis kuŝi trankvile kaj senti la forton amasiĝantan en lia korpo. Li fingrumis sin tie kaj tie, provante certiĝi ke ne temas pri iluzio, ke liaj mus-koloj plirondiĝas kaj lia haŭto plistriktiĝas. Fine li pruvis al si sen a na dubo ke li plidikiĝas; liaj femuroj nun palpeble pli dikas ol liaj genuoj. Post tio, unue senvole, li komencis ekzercadi sin regule. Post nelorge li povis marŝi tri kilometrojn, mezuritajn per paŝkalkulado de la dimensioj de la ĉelo, kaj liaj klinitaj ŝultroj plirektiĝis. Li provis pli kompleksajn ekzercojn, kaj lin mirigis kaj hontigis trovi kion li ne povas fari. Li ne povis iri pli rapide ol paŝado, li ne povis etendi sian brakon kaj ankoraŭ teni sian tabureton, li ne povis stari sur unu kruro sen fali. Li kaŭriĝis sur siaj kalkanoj, kaj trovis ke kun suferigaj doloroj en la femuroj kaj suroj, li povas kun multa malfacilo starigi sin. Li kuŝis plata sur la ventro kaj penis levi sian pezon per la manoj. Estis senesperige, li ne povis levi sin eĉ je unu centimetro. Sed post kelkaj pliaj tagoj — kelkaj pliaj manĝoj — eĉ tiu ago estis plenumita. Venis tempo kiam li povis fari ĝin sesfoje sinsekve. Li eĉ komencis fieri pri sia korpo, kaj intermite konvinki sin ke la vizaĝo reiĝas normala. Nur kiam li hazarde metis manon sur sian kalvan kranion, li memoris la liniitan ruiniĝintan vizaĝon kiu rerigardis al li el la spegulo.

Lia menso pliaktiviĝis. Li sidiĝis sur la lignan liton, kun sia dorso kontraŭ la muro kaj la skribtabulo sur siaj genuoj, kaj intense dediĉis sin al sinreedukado.

Li ja plene kapitulacis, konsentite. Efektive, kiel li nun komprenis, li pretis kapitulaci longe antaŭ ol li decidis fari tion. De la momento

kiam li unue estis en la Ministrejo de Amo — kaj, jes, eĉ dum tiuj mi-
nutoj kiam li kaj Julia staris senhelpe dum la fera voĉo el la teleekrano
ordonis al ili kion fari — li konsciiĝis pri la frivoleco, la senprofun-
deco de sia provo kontraŭi la potencon de la Partio. Li sciis nun ke
jam dum sep jaroj la Pensopolico observadis lin, kvazaŭ skarabon
sub lupeo. Neniu korpa ago, neniu voĉigita vorto, estis nerimarkita
de ili, neniu penstemo ne estis induktita de ili. Eĉ la blanketan polv-
eron sur la kovrilo de lia taglibro ili zorge remetis. Ili ludis por li
sonstrekojn, montris al li fotojn. Kelkaj estis fotoj pri li kaj Julia. Jes,
eĉ... Li ne plu povis kontraŭbatali la Partion. Krome, la Partio pravas.
Devas esti tiel; kiel la senmorta, kolektiva cerbo povus erari? Laŭ kiu
ekstera normo eblas kontroli ĝiajn konkludojn? Malfrenezo estas sta-
tistika. Nur necesas lerni pensi kiel ili pensas. Nur — !

La krajono sentiĝis dika kaj malfacile manipulebla en liaj fingroj.
Li komencis skribi la pensojn fluantajn en lian kapon. Li skribis unue
per grandaj mallertaj majuskloj:

LIBERO ESTAS SKLAVECO

Poste, preskaŭ sen paŭzo, li sub tio skribis:

DU KAJ DU FARAS KVIN

Sed post tio sentiĝis ia neceso halti. Lia menso, kvazaŭ time fortirante
sin de io, ŝajne ne kapablis koncentri. Li sciis ke li scias kio sekvas,
sed dum momento li ne povis memori ĝin. Kiam li ja memoris ĝin,
tio rezultis nur per konscia rezonado: ĝi ne memoriĝis proprage. Li
skribis:

DIO ESTAS POTENCO.

Li akceptis ĉion. La paseo ŝanĝeblas. La paseo neniam estis ŝanĝita.
Oceanio militas kontraŭ Orientazio. Oceanio de ĉiam militas kon-
traŭ Orientazio. Jones, Aaronson, kaj Rutherford kulpis pri la krimoj

pri kiuj oni akuzis ilin. Li neniam vidis la foton kiu malpruvis ilian kulpon. Ĝi neniam ekzistis; li inventis ĝin. Li memoris ke li memoris la kontraŭon, sed temis pri falsaj memoroj, produktoj de sintrompo. Kiel facile ja estas! Nur cedu, kaj ĉio alia sekvas. Similis al kiam oni naĝas kontraŭ akvofluon kiu retropuŝas onin, negrave kiom forte oni baraktas, kaj subite oni decidas turni sin kaj iri kun la fluo, anstataŭ kontraŭi ĝin. Nenio alia ŝanĝiĝis ol onia propra vidpunkto; la antaŭdestinaĵo okazas ĉiukaze. Li apenaŭ sciis kial li iam ribelis. Ĉic facilas, escepte de—!

Ĉio ajn povus esti vera. La tiel nomitaj leĝoj de la Naturo sensencas. La leĝo de gravitado sensencas. "Mi povus flosi super ĉi tiu planko," ja diris O'Brien, "kvazaŭ sapveziko." Winston trapensis tion. "Se li *kredas* ke li flosas super la planko, kaj se mi samtempe *kredas* vidi lin fari tion, do tio okazas." Subite, kvazaŭ amaseto da submergita rompaĵo supreniris tra la surfacon de la akvo, la penso trudis sin en lian menson: "Ne vere okazas. Ni imagas ĝin. Ĝi estas halucinacio." Li subpuŝis la penson tuj. La penseraro evidentis. Ĝi antaŭsupozis ke ie, ekster oni mem, ekzistas "reala" mondo kie okazas "realaj" eventoj. Sed kiel povus ekzisti tia mondo? Kian scion ni havas pri io ajn, escepte de per niaj propraj mensoj? Ĉiuj eventoj okazas en la menso. Kio okazas en ĉiuj mensoj, tio vere okazas.

Li trovis neniun malfacilon forĵeti la penseraron, kaj lin tute ne minacis danĝero cedi al ĝi. Li konsciis, tamen, ke ĝi devus neniam esti enirinta lian menson. La menso devas blindiĝi, kiam ajn danĝera penso prezentas sin. La procedo devas esti aŭtomata, instinkta. *Krimhalto*, oni nomis tion en Novparolo.

Li komencis ekzercadi sin pri krimhaltado. Li prezentis al si propoziciojn — "la Partio diras ke la mondo estas plata", "la Partio diras ke glacio pezas pli ol akvo" — kaj trejnis sin ne vidi, aŭ ne kompreni, la argumentojn kiuj kontraŭdiras ilin. Ne facilis. Necesas havi grandajn povojn rezonadi kaj improvizi. La aritmetikajn problemojn kaŭzatajn de, ekzemple, tia deklaro kia "du plus du faras kvin" preteris lian intelektan kapablon. Ankaŭ necesas ia mensa atletikismo, kapablo unu momenton fari la plej delikatan utiligon de la logiko kaj la sekvan momenton ne konscii pri la plej krudaj logikaj eraroj. Stulteco necesas tiom kiom inteligento, kaj egale malfacile atingeblas.

Tutdume, per unu parto de sia menso, li demandis al si kiom baldaŭ ili mortopafos lin. "Ĉio dependas de vi," ja diris O'Brien; sed li sciis ke per neniu konscia ago li povus plibaldaŭigi ĝin. Eble okazos post dek minutoj, aŭ dek jaroj. Ili eble tenos lin sola en karcero dum jaroj, ili eble sendos lin al bagno, ili eble liberigos lin provizore, tion ili kelkafoje faras. Tute eblis ke antaŭ ol la mortpafado, la tuta dramo de lia arestiĝo kaj pridemandiĝo reokazos. Sole certis nur tio ke la morto neniam venas kiam atendita. La tradicio — la neparolata tradicio: iel oni scias ĝin, kvankam oni neniam aŭdas iun diri ĝin — estis ke ili mortopafas de malantaŭe; ĉiam en la malantaŭon de la kapo, sen averto, dum oni marŝas laŭlonge de koridoro de ĉelo al ĉelo.

Unu tagon — sed "unu tagon" ne estis ĝusta esprimo, ĉar egale verŝajne okazus dum la noktomezo: unufoje li eniris strangan, feliĉoplenan revadon. Li marŝis laŭlonge de la koridoro, atendante la kuglon. Li scias ke ĝi venos post momento. Ĉio estis decidita, glatigita, interkonsentita. Neniuj pliaj duboj, neniuj pliaj argumentoj, neniu plia doloro, neniu plia timo. Lia korpo sanis kaj fortis. Li marŝis facile, kun ĝojo pro moviĝado kaj kun la sento ke li marŝas en la sunlumo. Ne plu en la mallarĝaj blankaj koridoroj de la Ministrejo de Amo, sed en la enorma sunluma koridoro, kilometron larĝa, laŭ kiu li ŝajnis marŝi en la deliro okazigita de drogoj. Li estis en la Ora Lando, sekvante la piedpadon trans la malnovan paŝtejon elmanĝitan de kunikloj. Li povis senti la mallongan resalteman gazonon sub siaj piedoj kaj la mildan sunlumon sur sia vizaĝo. Ĉe la rando de la kampo estis la ulmoj, viglete movataj, kaj ie preter tie la rojo kie la leŭciskoj kuŝis en la verdaj lagetoj sub la salikoj.

Subite li ektremegis kun hororŝoko. La ŝvito ekverŝiĝis el lia dorsostaro. Li aŭdis sin pervoĉe krii:

"Julia! Julia! Julia, mia amata! Julia!"

Dum momento lin trafis fortega halucinacio pri ŝia ĉeesto. Ŝi ŝajnis ne nur kun li, sed en li. Kvazaŭ ŝi eniris la strukturon de lia haŭto. Tiumomente li amis ŝin multe pli ol iam kiam ili estis kunaj kaj liberaj. Ankaŭ li sciis ke ie ŝi ankoraŭ vivas, kaj bezonas ke li helpu ŝin.

Li rekuŝiĝis sur la lito kaj penis trankviligi sin. Kion li faris? Kiom da jaroj li aldonis al sia servuto per tiu momento da febleco?

Post unu momento plia li aŭdos la marŝadon de botoj ekstere. Ili ne permesos ke tia elkrio restu nepunita. Ili nepre scias nun, se li ne jam sciis, ke li rompas la konsenton kiun li faris kun ili. Li obeis la Partion, sed li ankoraŭ hatas la Partion. En la malnovaj tagoj li kaŝis herezan menson malantaŭ konforma aspekto. Nun li retroiris paŝon plian: en la menso li kapitulacis, sed li esperis gardi la internan koron integra. Li sciis ke li malpravas, kaj li preferis malpravi. Ili komprenos tion — O'Brien komprenos ĝin. Ĉio konfesiĝis per tiu unusola stulta elkrio.

Li devos rekomenci de la komenco. Eble necesos jaroj. Li palpis sian vizaĝon per mano, penante familiarigi al si la novan formon. Estis profundaj sulketoj en la vangoj, la vangostoj sentiĝis akraj, la nazo platigita. Krome, post kiam li lastafoje vidis sin per la spegulo, li ricevis tute novan dentaron. Ne facilas konservi senespriman mienon, kiam oni ne scias kiel aspektas la vizaĝo. Ĉiukaze, nur regi la mienon ne sufiĉas. La unuan fojon li perceptis ke se oni volas kaŝi sekreton, necesas ankaŭ kaŝi ĝin de si mem. Oni devas tutdume scii ke ĝi estas en la menso, sed ĝis bezono oni devas neniam lasi ĝin eliri en la konscion en iu formo nomebla. De nun li devas ne nur pensi ĝuste; li devas senti ĝuste, sonĝi ĝuste. Kaj tutdume li devas gardi sian haton enŝlosita, kvazaŭ bulo da materialo kiu estas parto de li mem tamen ne konektita al la cetero de li mem, ia cisto.

Iun tagon ili decidos pafi lin. Ne eblas scii kiam tio okazos, sed kelkajn sekundojn antaŭe devos esti eble diveni. Ĉiam ili pafas de malantaŭe, dum oni marŝas laŭlonge de koridoro. Dek sekundoj sufiĉos. En tia kvanto da tempo, la mondo interne de li povos renversiĝi. Kaj tiam subite, sen vorto dirita, sen paŭzo en la paŝado, sen ia ŝanĝiĝo de linio en lia vizaĝo — subite la kamuflo malaperos kaj bang! eksplodos la baterioj de lia hato. Hato plenigos lin kvazaŭ enorma ardega flamo. Kaj preskaŭ sammomente bang! eksplodos la kuglo, tro tarde aŭ tro frue. Ili estos dispafintaj lian cerbon antaŭ ol povi rehavigi ĝin al si. La hereza penso restos nepunita, nepentita, ekster ilia atingopovo por ĉiam. Ili tiel pafos truon en sia propra protekto. Morti dum oni hatas ilin, jen libero.

Li fermis siajn okulojn. Pli malfacilis ol akcepti intelektan disciplinon. Temis pri malvirtigi sin, damaĝi sin. Li devos plonĝi en la plej fiaĉan fiaĉon. Kio estas la plejpleje terura, naŭza afero? Li pensis pri Granda Frato. La enorma vizaĝo (ĉar li konstante vidis ĝin sur afiŝoj, li ĉiam pensis pri ĝi kiel metron larĝa), kun siaj densa nigra liphararo kaj okuloj kiuj sekvas vin tien kaj reen, ŝajnis flosi propravole en lian menson. Kion li vere sentas rilate al Granda Frato?

Sonis peza marŝado de botoj en la koridoro. La ŝtala pordo brue apertiĝis. O'Brien paŝis en la ĉelon. Malantaŭ li sekvis la vaksvizaĝa oficiro kaj la nigre uniformitaj gardistoj.

"Stariĝu," diris O'Brien. "Venu ĉi tien."

Winston staris kontraŭ li. O'Brien prenis la ŝultrojn de Winston inter siaj fortaj manoj kaj rigardis lin intense.

"Vi pensis pri trompi min," li diris. "Estis stulte. Staru pli rekte. Rigardu min en la vizaĝon."

Li paŭzis, kaj daŭrigis per pli milda tono:

"Vi pliboniĝas. Intelekte, vere malmulto malĝustas en vi. Nur emocie vi malsukcesis progresi. Diru al mi, Winston — kaj memoru, ne mensogu; vi scias ke mi ĉiam povas rimarki mensogon — diru al mi, kiel vi vere sentas pri Granda Frato?"

"Mi hatas lin."

"Vi hatas lin. Bone. Do la tempo venis kiam vi devos fari la lastan paŝon. Vi devos ami Grandan Fraton. Ne sufiĉas obei lin; vi devas ami lin."

Li delasis Winstonon kun puŝeto direkte al la gardistoj.

"Ĉambro 101," li diris.

V

Je ĉiu etapo de sia enkarcereco li sciis, aŭ ŝajnis scii, kie li estas en la senfenestra konstruaĵo. Eble pro malgrandaj diferencoj en la aero-premo. La ĉeloj kie la gardistoj batadis lin estis sub la ternivelo. La ĉambro kie O'Brien pridemandadis lin estis alte, proksime al la tegmento. Ĉi tiu loko estis multajn metrojn subtere, ne eblis pli suben iri.

Ĝi estis pli granda ol la plejmultaj el la ĉeloj en kiuj li antaŭe estis. Sed li apenaŭ rimarkis siajn ĉirkaŭaĵojn. Li rimarkis nur ke jen du malgrandaj tabloj rekte antaŭ li, ĉiu kovrita per verda felto. Unu nur unu-du metrojn for de li, la alia pli fora, proksima al la pordo. Li estis ligita rekta en seĝo, tiel strikte ke li povis movi nenion, eĉ ne la kapon. Ia vato tenis lian kapon de malantaŭe, devigante lin rigardi rekte antaŭen.

Dum momento li solis; poste la pordo malfermiĝis kaj O'Brien envenis.

"Iam vi demandis al mi," diris O'Brien, "kio estas en Ĉambro 101. Mi diris al vi ke vi jam scias la respondon. Ĉiu scias ĝin. Kio estas en Ĉambro 101 estas la plej terura afero en la mondo."

La pordo denove malfermiĝis. Gardisto envenis, portante ion konstruitan el drato, ian skatolon aŭ korbon. Pro la pozicio kie staris O'Brien, Winston ne povis vidi kio la objekto estas.

"La plej terura afero en la mondo," diris O'Brien, "varias de individuo al individuo. Ĝi povas esti entombigo dum oni vivas, aŭ mortigo per fajro, aŭ drono, aŭ la puŝo de pika stango tra onin, aŭ kvindek alispecaj mortoj. Kelkafoje ĝi estas io tute banala, eĉ ne mortiga."

Li moviĝis iomete flanken, tiel ke Winston pli bone vidis la objekton sur la tablo. Ĝi estis oblonga drata kaĝo, kun tenilo sur sia supro, per kiu oni povas porti ĝin. Fiksita al ĝia antaŭaĵo estis io aspektanta kiel skermomasko, kun la konkava flanko ekstere. Kvankam ĝi estis tri aŭ kvar metrojn for de li, li povis vidi ke la kaĝo dividiĝis en du fakojn, kaj ke estas ia besto en ĉiu el ili. Ili estis ratoj.

"Viakaze," diris O'Brien, "la plej terura afero en la mondo estas ratoj."

Ia antaŭtremo, timo pri li-ne-sciis-kio, trapasis Winstonon tuj, kiam li unue ekvidis la kaĝon. Sed ĉimomente la signifo de la maskaspekta ligaĵo antaŭ ĝi subite penetris lin. Liaj intestoj ŝajnis akviĝi.

"Vi ne povas fari tion!" li kriis per alta fendita voĉo. "Vi ne povus, vi ne povus! Ne eblas!"

"Ĉu vi memoras," diris O'Brien, "la panikan momenton kiu ofte okazis en viaj sonĝoj. Estis muro da nigreco antaŭ vi, kaj muĝanta sono en viaj oreloj. Io terura afliktis vin aliflanke de la muro. Vi sciis ke vi scias kio ĝi estas, sed vi ne kuraĝis treni ĝin en la lumon. La ratoj estis tiuj aliflanke de la muro."

"O'Brien!" diris Winston, penante regi sian voĉon. "Vi scias ke tio ne necesas. Kion vi volas ke mi faru?"

O'Brien ne rekte respondis. Kiam li parolis, estis per la instruista maniero kiun li kelkafoje afektis. Li rigardis penseme en la distancon, kvazaŭ parolante al aŭskultantaro ie malantaŭ la dorso de Winston.

"Per si mem," li diris, "la doloro ne ĉiam sufiĉas. Ekzistas okazoj kiam homo eltenos malgraŭ doloro, eĉ ĝismorte. Sed por ĉiu persono io ne toleriblas – io ne kontempleblas. Ne temas pri kuraĝo kaj malkuraĝo. Se oni falas de altaĵo, ne estas malkuraĝe peni kapti ŝnuron. Se oni venis el profunda akvo, ne estas malkuraĝe plenigi la pulmojn per aero. Tio estas nur instinkto, nemalobeebla. Same rilate al ratoj. Por vi, ili ne toleriblas. Ili estas formo de premo kiun vi ne povas elteni, eĉ kvankam vi volas. Vi faros tion kiun oni postulas de vi."

"Sed kion, kion? Kiel mi povas fari ĝin, se mi ne scias kio ĝi estas?"

O'Brien prenis la kaĝon kaj transportis ĝin al la pli proksima tablo. Li zorge metis ĝin sur la feltan ŝtofon. Winston povis aŭdi la sangon zumi en liaj oreloj. Li sentis kvazaŭ li sidas en plena soleco. Li estas en la mezo de granda malplena ebenaĵo, plata dezerto inundata de sunlumo, trans kiun venis al li ĉiuj sonoj el enormaj distancoj. Tamen la kaĝo kun la ratoj estis apenaŭ du metrojn for de li. Ili estis enormaj ratoj. Ili havis la aĝon kiam la muzelo de rato iĝas malakra kaj feroca, kaj ĝia hararo bruna anstataŭ griza.

"La rato," diris O'Brien, ankoraŭ parolante al sia nevidebla aŭskultantaro, "kvankam ronĝulo, estas karnovora. Vi konscias pri tio. Vi sendube aŭdis pri eventoj kiuj okazas en la malriĉaj kvartaloj de ĉi tiu urbo. En kelkaj stratoj virino ne aŭdacas lasi sian bebon sola en la domo por eĉ kvin minutoj. La ratoj nepre atakus ĝin. En tre mallonga tempo ili manĝus ĝis restus nur la ostoj. Ili ankaŭ atakas malsanajn aŭ mortantajn personojn. Ili montras mirindan inteligenton, per sia rekono ke homo senhelpas."

Sonis krioj el la kaĝo. Ili ŝajnis atingi Winstonon el tre fore. La ratoj interbatalis; ili penis atingi unu la alian tra la apartiga muro. Li ankaŭ aŭdis profundan ĝemon senesperan. Ankaŭ tio ŝajnis veni el ekster li.

O'Brien prenis la kaĝon, kaj farante tion li premis ion en ĝi. Aŭdiĝis akra klako. Winston frenezfervore penegis liberigi sin de la seĝo. Estis senespere: ĉiu parto de li, eĉ la kapo, estis tenata nemovebla. O'Brien pliproksimigis la kaĝon. Ĝi estis malpli ol unu metron for de la vizaĝo de Winston.

"Mi premis la unuan levostangon," diris O'Brien. "Vi komprenas la konstruon de ĉi tiu kaĝo. La masko kovros vian kapon, lasante nenian elirejon. Kiam mi premos la alian levostangon, la pordo de la kaĝo glitos supren. Ĉi malsategaj brutoj elflugos kvazaŭ kugloj. Ĉu iam vi vidis raton salti tra la aeron? Ili saltos sur vian vizaĝon kaj boros rekte en ĝin. Kelkafoje li atakas unue la okulojn. Kelkafoje ili trafosas la vangojn kaj voras la langon."

La kaĝo pli proksimis; ĝi apuden-iris. Winston aŭdis serion da akraj krioj, kiuj ŝajne okazis en la aero super lia kapo. Sed li batalis furioze kontraŭ sia paniko. Pensi, pensi, eĉ kiam restas nur onc da sekundo — pensi, jen la sola espero. Subite la fetora moska odoro de la brutoj trafis lian nazon. Okazis violenta naŭzokonvulsio en li, kaj li preskaŭ senkonsciiĝis. Ĉio nigriĝis. Dum momento li estis freneza, krieganta besto. Tamen li revenis el la nigro kroĉiĝante al ideo. Ekzistis unu, nur unusola, metodo sin savi. Li devos meti alian homon, la *korpon* de alia homo, inter sin kaj la ratojn.

La cirklo de la masko nun sufiĉe grandis por malebligi vidon al io alia. La dratpordo estis du manlarĝojn for de lia vizaĝo. La ratoj sciis kio okazos, nun. Unu el ili saltadis supren kaj suben, la alia, maljuna skvama avo el la kloakoj, stariĝis, kun siaj palruĝaj manoj kontraŭ la bariloj, kaj feroce snufis la aeron. Winston povis vidi la lipharojn kaj la flavajn dentojn. Denove la nigra paniko kaptis lin. Li estis blinda, senhelpa, senmensa.

"Ĝi estis kutima punmetodo en Imperia Ĉinio," diris O'Brien, didakte kiel ĉiam.

La masko komencis tuŝi lian vizaĝon. La drato frotis lian vangon. Kaj tiam — ne, ne senzorgiĝo, nur espero, eta fragmento da espero. Tro tarde, eble tro tarde. Sed li subite komprenis ke en la tuta mondo estas nur *unu* persono al kiu li povus transŝovi sian punon — *unu* korpo kiun li povos ĵeti inter sin kaj la ratojn. Kaj li kriadis freneze, ripete:

"Faru al Julia! Faru al Julia! Ne mi! Julia! Ne gravas kion vi faros al ŝi. Forŝiru ŝian vizaĝon, nudigu ŝin ĝis la ostoj. Ne min! Julian! Ne min!"

Li sentis falon malantaŭen, en enormajn profundojn, for de la ratoj. Li restis ligita al la seĝo, sed li falis tra la plankon, tra la murojn de la konstruo, tra la teron, tra la oceanojn, tra la atmosferon, en la eksterteran spacon, en la profundojn inter la steloj — ĉiam foren, foren, for de la ratoj. Li distancis lumjarojn for, sed O'Brien ankoraŭ staris apude. Ankoraŭ li sentis la malvarman draton kontraŭ sia vango. Sed tra la nigro ĉirkaŭanta lin li aŭdis alian metalan klake02n, kaj sciis ke la pordo de la kaĝo klakfermiĝis, ne plu apertas.

VI

La Kaŝtanarbo preskaŭ malplenis. Radio de sunlumo transverse bri-
lanta tra fenestro trafis polvokovritajn tablosuprojn. Estis la soleca
dekkvina horo. Staneca muziko fluetadis el la teleekranoj.

Winston sidis en sia kutima angulo, gapante en malplenan glason.
Fojfoje li suprenrigardetis al vasta vizaĝo, okulumanta lin de la kon-
traŭa muro. **Granda Frato Rigardas Vin**, diris la subskribaĵo. Nepe-
tite, kelnero venis kaj plenigis lian glason per Ĝino por la Venko, el-
skuante en ĝin kelkajn gutojn el alia botelo kiu havis plumon tra la
korko. Ĝi estis sakarino, gustigita per kariofiloj, specialaĵo de la kafejo.

Winston aŭskultadis la teleekranon. Nuntempe nur muziko ven-
adis el ĝi, sed eblis ke ĵumomente sonos speciala bulteno de la Minis-
trejo de Paco. La informoj el la afrika fronto ege maltranviligis. Foj-
foje li maltrankvilis pri ĝi, dum la tuta tago. Eŭrazia armeo (Oceanio
militas kontraŭ Eŭrazio: Oceanio de ĉiam militas kontraŭ Eŭrazio)
moviĝas suden terure rapide. La tagmeza bulteno ne menciis spe-
cifan lokon, sed versane jam la buŝo de la Kongo estas batalkampo.
Brazavilo kaj Leopoldvilo estas en danĝero. Oni ne bezonas rigardi
mapon por vidi la signifon de tio. Ne nur temis pri perdi Centran Af-
rikon; la unuan fojon dum la tuta milito, la teritorio de Oceanic mem
estas minacata.

Violenta emocio, ne precize timo sed ia senforma ekscitiĝo, ek-
flamis en li, poste fadis. Li ĉesis pensi pri la milito. Nuntempe li ne-
niam povis fiksi sian menson al unu temo dum pli ol kelkaj mo-
mentoj. Li prenis sian glason kaj elglutis la enhavon. Kiel ĉiam, ĝi tre-
migis lin, kaj eĉ iomete vomemigis lin. La aĵo estis aĉa. La kariofiloj
kaj la sakarino, mem sufiĉe naŭzaj laŭ sia propra karaktero, ne povis

maski la platan olean odoron; kaj plej malbone, la odoro de ĝino, kiu loĝis en li nokte kaj tage, estis neevitebla kunmiksita en lia menso kun la odoro de tiuj —

Li neniam nomis ilin, eĉ en siaj pensoj, kaj laŭeble li neniam imagis ilian aspekton. Ili estis io pri kio li duone konsciis, ŝvebanta proksime al lia vizaĝo, odoro kroĉiĝanta al lia nazo. Dum la ĝino leviĝis en li, li ruktis tra purpuraj lipoj. Li plidikiĝis post sia liberiĝo, kaj li reakiris sian malnovan koloron — eĉ pli ol reakiris ĝin. Liaj trajtoj dikiĝis, la haŭto sur la nazo kaj vangostoj estis krude ruĝa, eĉ la kalva kranio tro malhele palruĝis. Kelnero, denove nepetite, alportis la ŝaktabulon kaj la aktualan eldonon de *La Tempoj*, kun paĝo faldita ĉe la ŝakproblemo. Poste, vidinte ke la glaso de Winston malplenas, li alportis la botelon da ĝino kaj replenigis ĝin. Ne necesis mendi. Ili konis liajn kutimojn. La ŝaktabulo ĉiam atendis lin, lia tablo en la angulo estis ĉiam rezervita; eĉ kiam la kafejo estis plena, li havis tiun tablon nur por si mem, ĉar neniu deziris vidiĝi sidanta tro proksime al li. Li eĉ neniam ĝenis sin pri kalkulado de siaj trinkaĵoj. Je neregulaj intervaloj ili prezentis al li malpuran paperan slipon, kiu, laŭ ili, estis la fakturo, sed li sentis ke ĉiam ili postulas maltro da mono de li. Ne gravus eĉ se estus inverse. Li ĉiam havis multan monon nuntempe. Li eĉ havis laboron, sinekuron, pli bone pagatan ol lia antaŭa laboro.

La muziko el la teleekrano ĉesis kaj voĉo komencis paroli. Winston levis sian kapon por aŭskulti. Tamen mankis bultenoj el la fronto. Temis nur pri nelonga anonco de la Ministrejo de Abundo. Dum la antaŭa jarkvarono, montriĝis ke la kvoto de botlaĉoj, en la Deka Trijarplano, estis superplenumita je 98%.

Li ekzamenis la ŝakoproblemon, kaj aranĝis la ludfigurojn. La ludfino kompleksis, pritemante paron da ĉevaloj. "Blanka ludu kaj matu per du movoj." Winston suprenrigardis al la portreto de Granda Frato. Blanka ĉiam matas, li pensis kun ia nebula mistikismo. Ĉiam, senescepte, tiel estas aranĝite. En neniu ŝakoproblemo ekde la komenco de la mondo iam venkis Nigra. Ĉu tio ne simbolas la eternan, senvarian triumfadon de la Bono super la Malbono? La giganta vizaĝo rerigardis al li, plena de trankvila potenco. Blanka ĉiam matas.

La voĉo el la teleekrano paŭzis, kaj aldonis per alia kaj multe pli solena tono: "Ni avertas ke vi atendu gravan anoncon je la dek kvin trideka. Dek kvin trideka. Informo plej gravega. Atentu ne maltrafi ĝin. Dek kvin trideka!" La metaleca muziko rekomenciĝis.

La koro de Winston rapidiĝis. Jen venas la bulteno el la fronto; instinkto diris al li ke venos malagrablaj informoj. La tutan tagon, dum nelongaj ekscitoplenaj momentoj, la penso pri plena malvenko en Afriko eniris kaj eliris lian menson. Li preskaŭ vere vidis la eŭrazian armeon svarmi trans la neniam-rompitan limon kaj verŝiĝi en la pinton de Afriko kvazaŭ kolumno da formikoj. Kial ne eblis ĉirkaŭflanki ilin iel? Skizo de la Okcidentafrika Bordo klare videblis en lia menso. Li prenis la blankan ĉevalon kaj movis ĝin trans la tabulon. *Jen* la ĝusta pozicio. Eĉ dum li vidis la nigran hordon kuradi suden, li vidis alian forton, mistere kunvenigitan, subite metitan malantaŭ ili, detranĉi iliajn komunikojn surterajn kaj marajn. Li sentis ke volante tion li ekzistigas tiun alian forton. Sed necesos rapide agi. Se ili povus regi la tutan Afrikon, se ili havus aerkampojn kaj submarŝipajn bazojn ĉe la Kabo, tio dividus Oceanion en du partojn. Povus signifi ĉion ajn: malvenkon, paneon, la redividiĝon de la mondo, la detruiĝon de la Partio! Li forte enspiris. Eksterordinara miksaĵo de sentoj — sed ne ekzakte miksaĵo; pli ĝuste, sinsekvaj tavoloj de sentoj, kie ne eblas diri kiu tavolo plejsubas — baraktis interne de li.

La spasmo pasis. Li remetis la blankan ĉevalon en ĝian pozicion, sed dum la nuna momento li ne povis dediĉi sin al serioza studo pri la ŝakoproblemo. Liaj pensoj denove vagis. Preskaŭ senkonscie li desegnis per sia fingro en la polvo sur la tablo:

$$2 + 2 = 5$$

"Ili ne povas eniri vin," ŝi ja diris. Sed ili ja povis eniri vin. "Kio okazas al vi ĉi tie estas *poreterne*," O'Brien diris. Tio estis veroplena parolo. De kelkaj aferoj, oniaj propraj agoj, oni neniam povas resaniĝi. Io estis mortigita en via brusto: elbruligita, elkaŭterizita.

Li vidis ŝin; li eĉ parolis al ŝi. Nenia danĝero estis en tio. Li sciis kvazaŭ instinkte ke ili nuntempe preskaŭ neniom interesiĝas pri lia agado. Li povus aranĝi renkonti ŝin duan fojon, se iu el ili volus. Efektive, ili renkontiĝis nur hazarde. En la Parko, dum aĉa, mordanta tago en marto, kiam la tero estis kvazaŭ fero, kaj la herbo ŝajnis tute morta, kaj troviĝis neniu burĝono ie ajn, escepte de kelkaj krokusoj kiuj estis suprenpuŝintaj sin por esti dispartigitaj de la vento. Li marŝadis rapide kun frostitaj manoj kaj larmantaj okuloj, kiam li vidis ŝin apenaŭ dek metrojn for. Li tuj rimarkis ke ŝi ŝanĝiĝis, iel neklare koncepteble. Ili preskaŭ pasis unu la alian sen indiko de sinrekono; poste li turnis sin kaj sekvis ŝin, ne tre fervore. Li sciis ke ne estas danĝero, neniu interesiĝos pri li. Ŝi ne parolis. Ŝi formarŝis oblikve trans la herbon, kvazaŭ penante perdi lin, poste ŝajnis rezigne akcepti ke li estos apud ŝi. Baldaŭ ili estis en aro da ĉifonaj senfoliaj arbustoj, senutilaj aŭ por kaŝejo aŭ por protekto kontraŭ la vento. Ili haltis. Fimalvarmegis. La vento sibladis tra la branĉetoj kaj mordis la hazardajn malpuraspektajn krokusojn. Li metis brakon ĉirkaŭ ŝian talion.

Mankis teleekrano, sed sendube estis kaŝitaj mikrofonoj: krome, ili videblis. Ne gravis, nenio gravis. Ili povus kuŝiĝi sur la tero kaj fari *tion*, se ili dezirus. Lia karno frostiĝis pro hororo, kiam li pensis tion. Ŝi tute ne respondis al la ĉirkaŭmeto de lia brako; ŝi eĉ ne provis liberigi sin. Li sciis nun kio ŝanĝiĝis en ŝi. Ŝia vizaĝo estis pli pale flava, kaj estis longa cikatro, parte kaŝita de ŝia hararo, trans ŝiajn frunton kaj tempion; sed jen ne la ŝanĝo. Ŝia talio estis pli dika, kaj, laŭ surpriza maniero, pli rigida. Li memoris ke unufoje, post la eksplodo de raketbombo, li helpis tiri kadavron el iuj ruinoj, kaj lin mirigis ne nur la nekredebla pezo de la objekto, sed ĝia rigido, kaj kiom malfacilis manipuli ĝin, tio ŝajnigis ĝin pli kiel ŝtono ol kiel karno. Ŝia korpo sentiĝis tiel. Li ekpensis ke la tekso de ŝia haŭto tre malsimilas al sia iama karaktero.

Li ne provis kisi ŝin, nek ili parolis. Dum ili remarŝis trans la herbon, ŝi rigardis lin rekte la unuan fojon. Nur momenta rigardeto, plena de malestimo kaj malŝato. Li demandis al si ĉu temas pri malŝato veninta nure el la paseo, aŭ ĉu ĝin ankaŭ inspiris lia pufiĝinta vizaĝo kaj la akvo kiun la vento daŭre premis el liaj okuloj. Ili sidiĝis sur du feraj seĝoj, flank'-al-flanke sed ne tro apude. Li vidis ke ŝi volas paroli. Ŝi movis sian maldelikatan ŝuon kelkajn centimetrojn, kaj intence dispremis brancêton. Ŝiaj piedoj aspektis plilarĝiĝintaj, li rimarkis.

"Mi perfidis vin," ŝi diris nure.

"Mi perfidis vin," li diris.

Denove ŝi ekrigardis lin malŝate.

"Kelkafoje," ŝi diris, "ili minacas vin per io — io kion vi ne povas toleri, eĉ ne povas pripensi. Kaj post tio vi diras: 'Ne faru tion al mi, faru ĝin al iu alia, faru ĝin al tiu-tiu.' Kaj eble vi pretekstas, poste, ke temis nur pri truko kaj ke vi diris ĝin nur por haltigi ilin kaj ke vi ne vere intencis ĝin. Sed tio ne veras. Kiam ĝi okazas al vi, vi ja intencas ĝin. Vi kredas ke per neniu alia maniero vi povas savi vin, kaj vi plene pretas savi vin tiel. Vi *volas* ke ĝi okazu al la alia persono. Tute ne gravetetas al vi kion tiu suferos. Nur gravas al vi vi mem."

"Nur gravas al vi vi mem," li eĥis.

"Kaj post tio, vi ne plu havas samajn sentojn pri la alia persono."

"Ne," li diris, "vi ne plu havas samajn sentojn."

Ŝajne nenio pli dirindis. La vento platpuŝis iliajn maldikajn kombineojn kontraŭ iliajn korpojn. Preskaŭ tuj iĝis tro embarase, sidi tie silente: krome, estis tro malvarmege por sidi senmove. Ŝi diris ion pri trafi subteran trajnon, kaj stariĝis por foriri.

"Ni devos rerenkontiĝi," li diris.

"Jes," ŝi diris, "ni devos rerenkontiĝi."

Li sekvis ŝin kelkan distancon, necerte, duonan paŝon malantaŭ ŝi. Ili ne interparolis denove. Ŝi ne vere provis forlasi lin, sed nur marŝis sufiĉe rapide por neebligi ke li marŝas apud ŝi. Li ja decidis akompani ŝin ĝis la subtera fervojo, sed subite tia sekvo en la malvarmego ŝajnis sencela kaj netolerebla. Lin superis deziro, ne tiom deziro foriri de Julia, kiom reiri al la Kaŝtanarba Kafejo, kiu neniam antaŭe ŝajnis tiel alloga kiel ĉimomente. Li havis nostalgian vidmemoron pri sia tablo en la angulo, kun la ĵurnalo kaj la ŝaktabulo kaj la ĉiamfluanta ĝino. Plejgrave, varmos tie. La sekvan momenton, ne tute senintence,

li lasis malgrandan grupon da homoj apartigi lin de ŝi. Li duonsin-
cere provis reatingi ŝin, poste lantigis sin, turnis sin, kaj komencis iri
kontraŭdirekten. Irinte kvindek metrojn, li retrorigardis. La strato
ne estis homplena, sed jam li ne povis distingi ŝin. Iu ajn el dekduo da
rapidantaj figuroj povus esti ŝi. Eble ŝia dikiĝinta, rigidiĝinta korpo
ne plu rekoneblis de malantaŭe.

"Kiam ĝi okazas al vi," ŝi diris, "vi ja intencas ĝin".

Li ja intencis ĝin. Li ne nur diris ĝin, li volis ĝin. Li volis ke ŝi, kaj
ne li, estu transdonita al la —

Io ŝanĝiĝis en la muziko fluetanta el la teleekrano. Fendita, moka
noto, flava noto, estis en ĝi. Kaj tiam — eble ne vere okazis, eble nur
estis ke memoro ŝajnis aŭdiĝi — voĉo kantis:

> "Sub la vasta kaŝtanarbo
> Mi vendis vin, vi vendis min."

La larmoj abundiĝis en liaj okuloj. Pasanta kelnero rimarkis ke lia
glaso malplenas, kaj revenis kun la botelo da ĝino.

Li prenis sian glason kaj snufis ĝin. La trinkaĵo ne malpli sed
pli aĉis je ĉiu buŝopleno trinkata. Sed ĝi jam iĝis la medio en kiu li
naĝas. Ĝi estis lia vivo, lia morto, kaj lia reviviĝo. Ĝino stuporigis lin
ĉiunokte, kaj ĝino revivigis lin ĉiumatene. Kiam li vekiĝis, malofte
antaŭ dek unu cent[25], kun gluiĝintaj palpebroj, kaj flamsenta buŝo,
kaj dorso kiu sentiĝis rompita, ne eblus eĉ stariĝi el horizontala po-
zicio sen la botelo kaj tetaso por la nokto metitaj apud la liton. Tra
la tagmezaj horoj li sidis kun duonkonscia vizaĝo, la botelo ĉemane,
aŭskultante la teleekranon. De la dekkvina ĝis la fermotempo li estis
kvazaŭmeblo en la Kaŝtanarba Kafejo. Ne gravis al iu ajn, nun, kion li
faras, neniu siblo vekis lin, neniu teleekrano admonis lin. De tempo al
tempo, eble dufoje en la semajno, li iris al polvoplena, forgesitaspekta
oficejo en la Ministrejo de la Vero kaj faris iom da laboro, nu, kion
oni nomis laboro. Li estis nomumita al subkomitato de subkomitato
burĝoninta el unu el la nenombreblaj komitatoj pritraktantaj trivia-

---

25 10.00 atm. — *Trad.*

lajn malfacilojn kiuj aperis dum la kompilado de la Dekunua Eldono
de la Novparola Vortaro. Ili okupadis sin per produktado de io no-
mata Provizora Raporto, sed pri kio ili raportas li neniam klare trovis.
Iel temis pri la demando ĉu meti komojn antaŭ parentezojn aŭ post
ilin. Kvar aliaj personoj membris en la komitato, ĉiu el ili simila al li.
Iujn tagoj ili kunvenis kaj poste tuj apartiĝis, malkaŝe konfesante unu
al alia ke vere nenio bezonas prilaboron. Sed dum aliaj tagoj ili ekde-
diĉis sin al sia laboro preskaŭ fervore, kolose pretekstante skribi sian
protokolon kaj pretigi longajn memorandojn kiuj neniam estis fin-
verkitaj — kiam la disputo pri kion ili supozeble disputas iĝis ekster-
ordinare kompleksa kaj malkomprenebla, kun subtila marĉandado
pri difinoj, enormaj deflankiĝoj, kvereloj — eĉ minacoj apelacii al pli
alta aŭtoritato. Kaj tiam, subite, la viglo malaperis el ili, kaj ili sidis
ĉirkaŭ la tablo, rigardante unu la alian per estingitaj okuloj, kvazaŭ
fantomoj fadantaj je la kokokrio.

La teleekrano silentis dum momento. Winston denove levis sian
kapon. La bulteno! Sed ne, ili nur ŝanĝas la muzikon. Li vidis la
mapon de Afriko malantaŭ siaj palpebroj. La moviĝado de la armeoj
estis diagramo: nigra sago rapidanta vertikale suden, kaj blanka sago
rapidanta horizontale orienten, trans la voston de la unua. Kvazaŭ
por rekuraĝigi sin li suprenrigardis al la neperturbebla vizaĝo en la
portreto. Ĉu koncepteblis ke la dua sago eĉ ne ekzistas?

Lia interesiĝo denove ekfeblis. Li trinkis plian buŝoplenon da
ĝino, prenis la blankan ĉevalon, kaj faris necertan movon. Mat! Sed
evidente erara movo, ĉar —

Nevokite, memoro flosis en lian menson. Li vidis ĉambron lumi-
gatan per kandelo, kun vasta blanke kovrita lito, kaj sin mem, knabo
naŭ- aŭ dekjara, sidanta sur la planko, skuante skatolon da ĵetkuboj,
kaj ridante ekscitite. Lia patrino sidis kontraŭ li kaj ankaŭ ridis.

Verŝajne estis ĉirkaŭ monaton antaŭ ŝia malapero. Ĝi estis mo-
mento de repacigo, kiam la konstanta malsato en lia ventro estis for-
gesita kaj lia antaŭa amo al ŝi efemere reviviĝis. Li bone memoris tiun
tagon, pluvoplenan, malsekan tagon kiam la akvo suben fluadis sur
la fenestro, kaj la lumo en la domo tro malfortis por ebligi legadon.

La tediĝo de la du infanoj, en la senluma, malvasta ĉambro, iĝis ne-
tolerebla. Winston konstante plendis kaj grumblis, senefike postulis
manĝaĵojn, agitite vagis en la ĉambro, tirante ĉion el ĝia pozicio kaj
piedbatante la panelaĵon ĝis la najbaroj bategis la murojn, kaj dume la
pli juna infano laŭte ploris intermite. Fine lia patrino diris, "Nu, kon-
dutu bone, kaj mi aĉetos ludilon por vi. Belan ludilon — vi amos ĝin";
kaj post tio ŝi eliris en la pluvo, al malgranda ĝeneralbutiko prok-
sima, kiu ankoraŭ estis sporade malferma, kaj revenis kun kartona
skatolo enhavanta la tabulludon Serpentoj kaj Eskaloj. Li ankoraŭ
memoris la odoron de la malseka kartono. Ĝi estis mizera ludilo. La
tabulo estis rompita, kaj la etaj lignaj ĵetkuboj estis tiel misĉizitaj, ke
ili apenaŭ kuŝis sur siaj flankoj. Winston rigardis la ludilon paŭte kaj
seninterese. Sed lia patrino flamigis malgrandan kandelpecon, kaj ili
sidiĝis sur la planko por ludi. Baldaŭ li ege ekscitiĝis, kaj kriadis ri-
dante, dum la saltodiskoj grimpis esperoplene la eskalojn, kaj poste
malgrimpis laŭlonge de la serpentoj, preskaŭ al la komencopunkto.
Ili ludis ok partiojn, ĉiu venkis kvarfoje. Lia fratineto, tro juna por
kompreni pri kio temas la ludo, sidis apogate de kuseno, ridante ĉar
la aliaj ridas. Dum plena posttagmezo ili ĉiuj kune feliĉis, kiel dum lia
pli frua infaneco.

Li forpuŝis la bildon el sia menso. Ĝi estis falsa memoro. Lin ĝenis
falsaj memoroj kelkafoje. Ili ne gravis, se nur oni scias kio ili estas.
Kelkaj aferoj vere okazis, aliaj ne okazis. Li returnis sin al la ŝaktabulo
kaj denove prenis la blankan ĉevalon. Preskaŭ sammomente ĝi falis
brue sur la tabulon. Li eksaltetis kvazaŭ pinglo eniris lin.

Akra trumpetovoko traflugis la aeron. La bulteno! Venko! Trum-
petovoko antaŭ la novaĵoj ĉiam signifis venkon. Estis kvazaŭ elektra
ekscito kuris tra la kafejo. Eĉ la kelneroj eksaltis kaj atentis.

La trumpetovoko liberigis enorman kvanton da bruo. Jam eksci-
tita voĉo babiladis el la teleekrano, sed jam kiam ĝi komenciĝis ĝi
preskaŭ dronis sub huraaj krioj ekstere. La novaĵo kvazaŭ magie
jam trakuris la stratojn. Li povis aŭdi ĝuste sufiĉe da kio elfluis el la
teleekrano, por kompreni ke ĉio okazis laŭ lia antaŭvido: vasta mar-
ŝiparo sekrete pretigis subitan baton malantaŭ la malamiko, la blanka
sago rapidanta trans la voston de la nigra. Fragmentoj de triumfaj

frazoj puŝis sin tra la bruon: "Vasta strategia manovro — perfekta kunordigado — absoluta venko — duonmiliono da kaptitoj — kompleta senkuraĝigo — rego super tuta Afriko — alportanta la militon al mezurebla distanco de la fino — plej granda venko en la historio de la homaro — venko, venko, venko!"

Sub la tablo la piedoj de Winston konvulsie moviĝis. Li ne eliris el sia seĝo, sed en sia menso li kuris, rapide kuris, li estas kun la amasoj ekstere, surdigante sin per huraoj. Denove li rigardis la portretor de Granda Frato. La koloso kiu superstaras la mondon! La roko kontraŭ kiun la hordoj de Azio ĵetas sin vane! Li pensis ke antaŭ dek minutoj — jes, nur dek minutoj — ankoraŭ estis dubo en lia koro, dum li demandis al si ĉu la ncvaĵoj el la fronto estos pri venko aŭ malsukceso. Aĥ, pli ol eŭrazia armeo pereis! Multo ŝanĝiĝis en li, post tiu unua tago en la Ministrejo de Amo, sed la fina, nemalhavebla, resaniga ŝanĝo vere ne okazis antaŭ ĉi tiu momento.

La voĉo el la teleekrano ankoraŭ elverŝadis sian rakonton pri kaptitoj, rabaĵoj kaj buĉado, sed la krioj eleksteraj iomete fadis. La kelneroj rekomencis labori. Unu el ili alproksimiĝis kun la botelo da ĝino. Winston, sidante en feliĉoplena revo, ne atentis dum lia glaso estis plenigata. Li ne plu kuris nek hurais. Li troviĝis denove en la Ministrejo de Amo, kun ĉio pardonita, lia animo blanka kiel la neĝo. Li estis en la publika akuzitejo, konfesante ĉion, implikante ĉiun. Li marŝis laŭlonge de la blanke kahelita koridoro, kun sento de marŝado en sunlumo, kaj armita gardisto malantaŭ li. La longe esperita kuglo eniris lian cerbon.

Li suprenrigardis al la enorma vizaĝo. Kvardek jarojn li bezonis por lerni kia rideto estas kaŝita sub la malhelaj lipharoj. Ho, kruela, nenecesa miskompreno! Ho obstinulo, propravole ekzilita for de la amanta brusto! Du ĝinodoraj larmoj fluis laŭ la flankoj de lia nazo. Sed estis en ordo, ĉio estas en ordo, la baraktado estis finita. Li fine venkis sin mem. Li amas Grandan Fraton.

La Fino

APENDICO

LA PRINCIPOJ DE NOVPAROLO

Novparolo estis la oficiala lingvo de Oceanio, kaj estis elpensita por plenumi la ideologiajn bezonojn de Angsoco, t.e. Angla Socialismo. En la jaro 1984, ankoraŭ neniu uzis Novparolon kiel sian solan komunikilon, parole aŭ skribe. La ĉefartikoloj en *La Tempoj* estis verkitaj en ĝi, sed tio estis *tour de force* [26] kiun povis fari nur specialisto. Oni anticipis ke Novparolo estos fine anstataŭinta Oldparolon (kion ni nomas la Norma Angla) je proksimume la jaro 2050. Intertempe, ĝi konstante progresis, ĉiuj partianoj pli kaj pli emis uzi Novparolajn vortojn kaj gramatikaĵojn en sia ĉiutaga parolado. La versio uzata en 1984, kaj kompilita en la Naŭa kaj Deka Eldonoj de la Novparola vortaro, estis provizora, kaj enhavis multajn superfluajn vortojn kaj arkaikajn formojn, kiuj estis poste subpremotaj. Ni parolas ĉi tie pri la fina, perfektigita versio, kompilita en la Dekunua Eldono de la vortaro.

La celo de Novparolo estis ne nur provizi esprimmetodon por la mondokoncepto, kaj mensaj kutimoj taŭgaj por la disĉiploj de Angsoco, sed ankaŭ malebligi ĉiun alian pensometodon. Oni intencis ke post la definitiva fina adoptiĝo de Novparolo, kaj la forgesiĝo de Oldparolo, hereza penso − t.e., penso nekongrua kun la principoj de Angsoco − estos vere nepensebla, almenaŭ tiom, kiom la penso dependas de vortoj. Ĝia vortaro estis tiel konstruita, ke ĝi donis ekzaktan, kaj ofte tre subtilan, esprimon por ĉiu signifo kiun partiano povus konvene voli esprimi, kaj samtempe ĝi malebligis ĉiujn aliajn signifojn, kaj ankaŭ la eblon atingi ilin per nerektaj metodoj. Tio estis efektivigita parte per la invento de novaj vortoj, sed ĉefe per la eli-

---

26   France: majstra lertaĵo. − *Trad.*

mino de nedezirindaj vortoj, kaj per forpreno de neortodoksaj signifoj de la ceteraj vortoj, kaj laŭeble de ĉiuj duarangaj signifoj entute. Kiel unu ekzemplo: la vorto *libera* ankoraŭ ekzistis en Novparolo, sed ĝi estis uzebla nur en diraĵoj kiaj "Ĉi tiu hundo estas libera de pedikoj" aŭ "Ĉi tiu kampo estas libera de fiherboj". Ĝi ne estis uzebla kun sia malnova senco "politike libera" aŭ "intelekte libera", ĉar politika kaj intelekta libero ne plu ekzistis, eĉ kiel konceptoj, kaj tial estis neeviteble sennomaj. Tute aparte de la subpremo de klare herezaj vortoj, redukto de la vortaro opiniiĝis mem esti celo, kaj neniu ne nepre necesa vorto estis permesata transvivi. Novparolo estis pretigita ne por pliampleksigi, sed por *malvastigi* la pensokampon, kaj tiu celo estis nerekte helpata per minimumigo de la nombro da vortoj.

Novparolo estis fondita sur la angla lingvo, kiel ni nun konas ĝin, kvankam multaj novparolaj frazoj, eĉ kiam ili ne enhavis nove kreitajn vortojn, estus apenaŭ komprenataj de anglalingva parolanto niatempa. Novparolaj vortoj estis dividitaj en tri apartajn klasojn, konatajn kiel la A-, B-, kaj C- vortojn. Estos pli simple diskuti ĉiun klason aparte, sed la gramatikaj propraĵoj de la lingvo estos diskutitaj en la sekcio dediĉita al la A-vortoj, ĉar la samaj reguloj validis por ĉiuj tri kategorioj.

La A-vortoj. La A-grupo de vortoj konsistis el la vortoj necesaj por la ĉiutaga vivo — ekz. manĝi, trinki, labori, vesti sin, supreniri kaj subiri ŝtupojn, veturi, prizorgi ĝardenojn, kuiri, k.s. Ĝi konsistis preskaŭ nur el vortoj kiujn ni jam posedas, kiaj *bati, kuri, hundo, arbo, sukero, domo, kampo* — sed kompare kun la nuntempa angla vortaro, ilia nombro estis malgrandega, kaj iliaj signifoj estis multe pli rigide difinitaj. Ĉiuj ambiguoj kaj signifnuancoj estis forprenitaj el ili. Laŭeble, novparola vorto de ĉi tiu klaso estis simple stakata sono esprimanta *unusolan* klare komprenatan koncepton. Estus tute neeble uzi la A-vortaron por literaturaj celoj, aŭ por politika aŭ filozofia diskuto. Ĝi estis intencita nur por esprimi simplajn celoplenajn pensojn, kiuj kutime temas pri konkretaj objektoj aŭ fizikaj agoj.

La gramatiko de Novparolo havis du elstarajn proprajôjn: La unua el ili estis la preskaŭ plena interŝanĝebleco de la diversaj partoj de la parolo. Ĉiu vorto en la lingvo (principe tio estis aplikebla eĉ al tre abstraktaj vortoj kiaj *se* aŭ *kiam*) estis uzebla aŭ kiel verbo, substantivo, adjektivo, aŭ adverbo. Inter la verba kaj la substantiva formoj, kiam ili havis komunan radikon, neniam estis vario, kaj tiu regulo mem necesigis detrui multajn arkaikajn vortoformojn[27]. La vorto "pensɔ" [Angle: *thought*], ekzemple, ne ekzistis en Novparolo. Ĝian lokon prenis "pens" [*think*], kiu servis kaj kiel substantivo kaj kiel verbɔ. Neniu etimologia principo estis observata tiurilate: kelkafoje la origina substantivo estis elektita, alifoje la verbo. Eĉ kiam substantivɔ kaj verbo kun parenca signifo ne estis etimologie konektitaj, unu aŭ la alia el ili estis ofte subpremita. Ekzemple, ne estis vorto *cut* [tranĉi], ĝian signifon sufiĉe esprimis la substantiv-verba *knife* [= "tranĉil"] Adjektivoj estis formitaj per la sufikso *-ful*[28] aldonita al la substantiv-verbo, kaj adverboj per la aldono de *-wise*[29]. Tiel, ekzemple, *speedful* signifis "rapida" kaj *speedwise* signifis "rapide". Certaj el niaj nuntempaj adjektivaj, kiaj *good* ["bona"], *strong* ["forta"], *big* ["granda"], *black* ["nigra"], *soft* ["mola"] estis konservataj, sed ilia nombro estis tre malgranda. Oni havis malmultan bezonon uzi ilin, ĉar preskaŭ ĉiu adjektiva signifo estis akirebla per aldono de *-ful* al substantiv-verbo. Neniu el la nun ekzistantaj adverboj estis konservita, escepte de tre malmultaj kiuj jam finiĝas per *-wise*: la finaĵo *-wise* estis senvaria. La vorto *well* [bone], ekzemple, estis anstataŭigata per *goodwise*[30].

---

27 Ĉar en klasika Esperanto la principo adoptita de Novparolo estas kutima, estas malfacile traduki ĉi tiun sekcion. Ĝenerale, mi citas la nuntempajn anglalingvajn vortojn per kursivoj, kaj penas laŭeble doni la celatan sencon inter citosignoj. — *Trad.*

28 Ofte uzata en la nuna angla lingvo por esprimi "(em)a", ekz. thoughtful = "pensema". — *Trad.*

29 Ofte uzata en la ĉiutaga angla lingvo nuntempa, por formi adverbojn. Ekzemple, thoughtwise = "rilate al pensado". — *Trad.*

30 Ĉar en Esperanto ni kutimas uzi *bon-a* kaj *bon-e*, tiu ekzemplo povas esti konfuza. En la angla la adjektiva formo estas good sed la adverbo *well*. Do por anglalingvano, derivi ambaŭ vortojn el unusama radiko estas io nekutima. — *Trad.*

Aldone, ĉiu vorto — ankaŭ ĉi tio estis principe aplikebla al ĉiu vorto en la lingvo — estis negativebla per aldono de la afikso *un-* ["mal-"], aŭ estis plifortigebla per la afikso *plus* ["pli"] aŭ, por ankoraŭ pli da emfazo, *doubleplus* ["duoble pli" t.e. "-eg-"]. Tiel, ekzemple, *uncold* signifis "varma" [*cold* = "malvarma"], kaj *pluscold* kaj *doublepluscold* signifis, respektive, "tre malvarma" kaj "malvarmega". Ankaŭ eblis, kiel en la nuntempa angla, modifi la signifon de preskaŭ ĉiu vorto per prepoziciaj afiksoj kiaj *ante-* ["antaŭ-"], *post-* ["post-"], *up-* ["supra/e-"], *down-* ["suba/e-"], ktp. Per tiaj metodoj troviĝis eble enorme malgrandigi la vortaron. Havante, ekzemple, la vorton *good* ["bona"], ne necesis vorto kia *bad* ["mava"], ĉar la bezonata signifo estis egale bone — efektive, plibone — esprimita per *ungood* ["malbona"]. Nur necesis, rilate al ĉiu kazo kiam du vortoj formas naturan paron da kontraŭoj, decidi kiun el ili subpremi. *Dark* ["obskuro"], ekzemple, estas anstataŭigebla per *unlight* ["mallumo"], aŭ *light* ["lumo"] per *undark* ["malobskuro"], laŭ onia prefero.

La dua distinga signo de novparola gramatiko estis ĝia reguleco. Kun kelkaj esceptoj ĉisube menciotaj, ĉiuj fleksioj observis unu regularon. Tiel, en ĉiuj verboj la preterito kaj la pasinta participo estis samaj kaj finiĝis per *-ed* ["-is/ita"]. La preterito de *steal* ["ŝtelas"] estis *stealed* ["ŝtelis/ŝtelita"], la preterito de *think* ["pensas"] estis *thinked* ["pensis/pensita"], ktp. tra la lingvo; ĉiuj formoj kiaj *swam* ["naĝis/naĝita"], *gave, brought, spoke, taken*[31], estis abolitaj. Ĉiuj pluraloj estis farataj per aldono de *-s* aŭ *-es* laŭbezone[32]. La pluraloj de *man* ["viro"], *ox* ["okso"], *life* ["vivo"] estis *mans, oxes, lifes*[33]. Komparo de adjektivoj estis senvarie farata per aldono de *-er, -est*, (*good, gooder, goodest*[34], neregulaj formoj kaj la *more/most*-formoj estis malpermesataj[35].

31 Neregulaj formoj de la verboj swim [naĝi], give [doni], speak [paroli], take [preni]. — *Trad.*

32 En la nuna angla, -s estas kutime uzata por pluraligi singularon kiu finiĝas per vokalo, kaj -es singularon kiu finiĝas per konsonanto, kun multaj esceptoj. — *Trad.*

33 En la norma angla lingvo ili estas neregulaj pluraloj: men, oxen, lives. — *Trad.*

34 "Bona, pli bona, plej bona", kiuj en la norma angla lingvo havas tre neregulan formon: good, better, best. — *Trad.*

35 La novparola regulo rilatas al la fakto ke multaj adjektivoj en la norma

La solaj klasoj de vortoj kiuj ankoraŭ estis permesataj inflektiĝi neregule estis la pronomoj, la *relatives*[36], la demonstraj adjektivoj, kaj la helpoverboj. Ĉiuj ĉi sekvis sian antikvan uzadon, escepte ke *whom*[37] estis forlasita kiel nenecesa, kaj la *shall, should* verboformoj [arkaikaj futur- kaj kondicional-formantaj helpovortoj] estis forlasitaj, ilin ambaŭ anstataŭis *will* kaj *would*[38]. Ankaŭ estis certaj neregulaĵoj en la vortoformado, kiuj aperis pro la bezono rapide kaj facile paroli. Vorto malfacile prononcebla, aŭ facile misaŭdata estis opiniata, *ipso facto*[39], malbona vorto; kelkafoje, tial, por eŭfonio, ekstraj literoj estis enrretitaj en vorton aŭ arkaika formo estis konservata. Sed tiu bezono sentiĝis plejparte rilate al la B-vortoj. *Kial* oni opiniis prononcofacilecon tiom grava estos klarigite poste en ĉi tiu eseo.

La B-Vortoj. La B-grupo de vortoj konsistis el vortoj intence konstruitaj por politikaj celoj: vortoj, t.e., kiuj ne nur ĉiam havis politikan rilaton, sed estis intencitaj trudi dezirindan mensan staton al la persono uzanta ilin. Sen plena kompreno de la principoj de Angsoco, estis malfacile uzi tiujn vortojn korekte. Kelkafoje ili estis tradukeblaj en Oldparolon, aŭ eĉ per vortoj prenitaj el la A-vortogrupo, sed kutime tio necesigis longan parafrazon kaj ĉiam sekvigis la perdon de certaj nuancoj. La B-vortoj estis ia verba stenografio, ofte pakanta grandajn idekompleksojn en malmultajn silabojn, kaj samtempe pli preciza kaj forta ol kutima lingvaĵo.

---

angla lingvo ne permesas la kutimajn -er kaj -est, kaj postulas la uzon de helpa vorto: more (pli), most (plej). Novparolo malpermesis la uzon de tiuj helpaj vortoj. — *Trad.*

36 *Relatives:* anglalingva klaso de vortoj kiuj ĝenerale, sed ne tute, sekvas skemon similan al tiu de la esperantaj korelativoj. — *Trad.*

37 "kiun", estas plejofte anstataŭigata per senkaza uzo de la vorto who ("kiu") en la konversacia norma Angla. — *Trad.*

38 "-os" kaj "-us" ĝenerale. La verboformoj kun shall kaj should plejparte jam estas arkaikaj en la norma Angla, almenaŭ en neformala uzado. — *Trad.*

39 Latine: precize pro tio. — *Trad.*

La B-vortoj estis senesecepte kunmetitaj vortoj[40]. Ili konsistis el du aŭ pli da vortoj, aŭ vortopartoj, kunfiksitaj en facile prononcata formo. La rezulta kunaĵo estis ĉiam substantiv-verbo, kaj inflektata laŭ la kutimaj reguloj. Unu ekzemplo: la vorto *goodthink*, signifanta, tre proksimume, "ortodokso", aŭ, se oni deziris rigardi ĝin kiel verbon, "pensi ortodokse". La inflektoj estis: substantiv-verbo, *goodthink* [41]; preterito kaj pasiva participo, *goodthinked*; aktiva participo, *goodthinking*; adjektivo, *goodthinkful*; adverbo, *goodthinkwise*; verba substantivo, *goodthinker*.

La B-vortoj ne estis konstruitaj laŭ iu etimologia plano. La vortoj el kiuj ili konsistis povus esti iujn ajn parolpartoj, kaj estis ordigeblaj kiel ajn, kaj distorditaj laŭ kiu ajn metodo, kiu faris ilin facile prononceblaj dum la deriviĝo ankoraŭ restis klara. En la vorto *crimethink* (pensokrimo), ekzemple, la "pens" estis en la dua pozicio; kvankam en *thinkpol* (Pensopolico) ĝi estis en la unua pozicio, kaj en ĉi tiu vorto la vorto *police* [polico] perdis sian duan silabon. Pro la pli granda malfacileco atingi eŭfonion, neregulaj formoj estis pli oftaj en la B-vortogrupo ol en la A-vortogrupo. Ekzemple, la adjektivaj formoj de Minitrue, Minipax, kaj Miniluv ["Minivero, Minipaco, Miniamo"] estis, respektive, Minitruthful, Minipeaceful, kaj Minilovely, simple ĉar -*trueful*, -*paxful*, kaj -*loveful* estis iomete nefacile prononcataj. Principe, tamen, ĉiuj B-vortoj povis inflektiĝi, kaj ili ĉiuj inflektiĝis precize sammaniere.

Kelkaj el la B-vortoj havis tre subtiligitajn signifojn, apenaŭ komprenatajn de persono kiu ne mastris la tutan lingvon. Konsideru, kiel ekzemplon, tipan frazon el la frontartikolo de *The Times* kia *Oldthinkers unbellyfeel Ingsoc* [42]. La plej mallonga traduko de tio, farebla en Oldparolo, estus: Those whose ideas were formed before the Revolution cannot have a full emotional understanding of the principles of English Socialism ["Tiuj kies ideoj estis formitaj antaŭ la Revolucio

---

40 Kunmetitaj vortoj, kiaj *speakwrite* (parolskrib-), estis, kompreneble, troveblaj inter la A- vortoj, sed ili estis nur facile uzeblaj mallongigoj kaj ne havis specialan ideologian koloron. — *(Noto de la aŭtoro)*

41 El "bona" kaj "penso/pensi" — *Trad.*

42 Laŭmorfologie: "Oldpensantoj neventrosentas Angsocon". — *Trad.*

ne povas havi plenan emocian komprenon de la principoj de Angla Socialismo"]. Sed tiu traduko ne estas adekvata. Unue, por kompreni la plenan signifon de la novparola frazo citita ĉisupre, oni devus havi klaran ideon pri kion signifas Angsoco. Kaj aldone, nur persono kies fundamento estis plene en Angsoco povus aprezi la plenan forton de la vorto *bellyfeel* ["ventrosento/i"], kiu kunligas blindan, entuziasman akcepton, kian oni malfacile povus imagi nuntempe; aŭ ĉe la vorto *oldthink* ["oldpenso/i"], kiu estis nedisigebla de la ideo de fieco kaj dekadenco. Sed la speciala funkcio de certaj novparolaj vortcj, el kiuj unu estis *oldthink*, ne tiom estis esprimi signifojn, kiom detrui ilin. Tiuj vortoj, neeviteble malmultaj, havis signifojn etenditajn ĝis ili enhavis tutajn grupojn da vortoj kiuj, ĉar ili estis sufiĉe esprimataj per unusola ĝenerala termino, estis sekve forlaseblaj kaj forgeseblaj. La plej granda malfacilo renkontata de la kompilantoj de la Novparola vortaro ne estis inventi novajn vortojn, sed, inventinte ilin, certigi ilian signifon: t.e., certigi kiujn vortogrupojn ili nuligis per sia ekzisto.

Kunmetitaj vortoj kiaj *speakwrite* ["paroloskribilo"] estis, kompreneble, troveblaj en la A-vortogrupo, sed ili estis nur utilaj mallongigoj kaj ne havis specialan ideologian koloron.

Kiel ni jam vidis rilate al la vorto *libera*, vortoj kiuj iam portis herezan signifon kelkafoje estis konservataj pro sia utileco, sed nur post la elpelo de la nedezirataj signifoj. Sennombraj aliaj vortoj, kiaj *honoro, justeco, moraleco, internaciismo, demokratio, scienco* kaj *religio* simple ĉesis ekzisti. Manpleno da ĉionkovraj vortoj kovris ilin, kaj, kovrante ilin, abolis ilin. Ĉiuj vortoj grupiĝintaj ĉirkaŭ la konceptoj "liberecc" kaj "egaleco", ekzemple, estis enhavataj en la unusola vorto *pensokrimo*, dum ĉiuj vortoj grupiĝintaj ĉirkaŭ la konceptoj "objektiveco" kaj "rasismo" estis entenataj en la unusola vorto *oldpenso*. Pli granda precizo estus danĝera. Kio necesis por partiano estis vidpunkto simila al tiu de la antikva hebreo, kiu sciis, sen multon alian scii, ke ĉiuj nacioj aliaj ol lia propra adoras "falsajn diojn". Li ne bezonis scii ke tiujn diojn oni nomas Baalo, Oziriso, Moloĥo, Aŝtaroto, ks; verŝajne ju malpli li sciis pri ili, des pli bone estis por lia ortodokseco. Li konis "Jehovon" kaj la ordonojn de "Jehovo"; li sciis, sekve, ke ĉiuj dioj kun aliaj nomoj aŭ aliaj atributoj estas falsaj dioj. Iom simile, la partiano sciis el kio konsistas ĝusta konduto, kaj laŭ ege svagaj, ĝeneralaj terminoj, li sciis kiaj malobservoj de ĝi estas eblaj. Lia seksa vivo, ekzemple, estis plene regata de la du novparolaj vortoj *sekskrimo* (seksa malmoraleco) kaj *bonsekso* (ĉasteco). Sekskrimo signifis ĉiujn ajn seksajn misagojn. Ĝi inkluzivis malĉastecon, adultadon, samseksamon, aliseksamon, kaj aliajn perversojn, kaj, aldone, normalan koiton faratan por si mem. Ne necesis nomi ilin aparte, ĉar ili estis egale kulpigaj, kaj, principe, puneblaj per morto. En la C-vortogrupo, kiu konsistis el sciencaj kaj teknikaj vortoj, eble necesis doni specialajn nomojn al certaj seksaberacioj, sed la ordinara civitano ne bezonis ilin. Li sciis kion signifas *bonsekso* — t.e. norma koito inter edzo kaj lia edzino, sole por naskigi infanojn, kaj sen korpa plezuro por la virino; ĉio alia estis *sekskrimo*. En Novparolo estis malofte eble sekvi herezan penson pli ol percepti ke ĝi *ja estas* hereza; post tiu punkto, ne ekzistis la necesaj vortoj.

Neniu vorto en la B-vortogrupo estis ideologie neŭtrala. Tre multaj estis eŭfemismoj. Vortoj kiaj, ekzemple, *ĝojkampo* (bagno), aŭ *Minipaco* (Ministrejo de Paco, t.e. Ministrejo de Milito) signifis preskaŭ la precizan malon de ilia laŭaspekta signifo. Kelkaj vortoj, aliflanke, montris malkaŝan kaj malestiman komprenon pri la vera naturo de la Oceania socio. Ekzemplo estis *prolmanĝo*, kio signifis la ruban distraĵaron kaj falsajn informojn kiujn la Partio disdonis al la homamasoj. Ankaŭ, kelkaj vortoj estis ambivalentaj, ili havis la nuancon "bona" aplikate al la Partio, kaj la nuancon "malbona" aplikate al ĝiaj malamikoj. Sed ankaŭ estis grandaj nombroj da vortoj kiuj unuavide aspektis nur mallongigoj, kaj kiuj akiris sian ideologian koloron ne per sia signifo sed per sia strukturo.

Laŭeble, ĉio kio havis, aŭ povus havi, ajnan politikan signifon estis metita en la B-vortogrupon. La nomo de ĉiu organizo, aŭ homgrupo, aŭ doktrino, aŭ lando, aŭ institucio, aŭ publika konstruaĵo, estis senvarie tranĉita por ricevi sian familiaran formon; t.e. por esti unusola facile prononcata vorto kun la plej malgranda nombro da silaboj kiuj tamen konservas la originan derivon. En la Ministrejo de la Vero, ekzemple, la Departemento de Registroj, en kiu laboris Winston Smith, estis nomata *Regdepo*; la Departemento de Fikcio estis nomata *Fik-depo*, la Departemento de Teleprogramoj estis nomata *Teledepo*, ktp. Oni faris tion ne nur por ŝpari tempon. Eĉ en la fruaj jardekoj de la dudeka jarcento, teleskopigitaj vortoj kaj frazoj estis unu el la karakterizaĵoj de la politika lingvuzo; kaj oni rimarkis ke la emo uzi tiajn mallongigojn estis plej forta en la totalismaj landoj kaj totalismaj organizoj. Ekzemploj estis vortoj kiaj *Nazio, Gestapo, Kominterno, Inprekoro, Agitpropo*. Komence tiu kutimo estis adoptita kvazaŭ instinkte, sed en Novparolo ĝi havis konscian celon. Estis perceptite ke per tia mallongigo de nomo oni mallarĝigis kaj subtile ŝanĝis ĝian signifon, eltranĉante la plej multajn aludojn kiuj alie kroĉiĝus al ĝi. Ekzemple, la vortoj *Komunista Internacio* elvokis kunmetitan bildon de universala homa gefrateco, ruĝaj standardoj, barikadoj, Karlo Markso, kaj la Pariza Komuno. La vorto *Kominterno*, aliflanke, sugestas nur strikte organizitan grupon kaj bone difinitan doktrinaron. Ĝi aludas al io preskaŭ tiel facile rekonata, kaj kun celo egale limigita, kiel seĝo aŭ tablo. *Kominterno* estas vorto direbla preskaŭ sen pripenso, sed *Komunista Internacio* estas frazo kiu devigas ke oni paŭzu, almenaŭ momente. Same, la aludoj elvokitaj de vorto kia *Minivero* estas malpli multaj kaj pli regeblaj ol tiuj elvokitaj de la *Ministrejo de la Vero*. Pro tio estiĝis la kutimo ne nur mallongigi kiam ajn eble, sed ankaŭ fari preskaŭ enorman zorgon ke ĉiu vorto estu facile prononcebla.

En Novparolo, eŭfonio superpezis ĉiun alian konsideraĵon, escepte de ekzakteco de la signifoj. Gramatika reguleco estis ĉiam oferata al ĝi, kiam tio ŝajnis necesa. Kaj tute prave, ĉar kio necesis, plejgrave por politikaj celoj, estis kurtaj tonditaj vortoj kun nemiskompreneblaj signifoj, kiuj estas rapide direblaj, kaj kiuj vekas minimumon da eĥoj en la menso de la parolanto. La vortoj de la B-grupo eĉ plifortiĝis per la fakto ke preskaŭ ĉiuj el ili estis tre similaj. Preskaŭ senvarie tiuj vortoj — *bonpenso, Minipaco, prolmanĝo, sekskrimo, ĝojkampo, Angsoco, ventropleno, penspolo*, kaj sennombraj aliaj — estis vortoj kun du aŭ tri silaboj,[43] kun la emfazo distribuata egale inter

---

43 Temas pri la Anglaj vortoj: goodthink, Minipax, prolefeed, sexcrime, joycamp, Ingsoc, bellyfeel, thinkpol — prononcataj proksimume: gúdtínk, mínipáks, prólfíd, sékskrájm, ĝójkámp, íngsók, bélifíl, tínkpól. — *Trad.*

la unua kaj la lasta silaboj. Ilia utiliĝo instigis babilecan paroladon, samtempe stakatan kaj monotonan. Kaj ekzakte tio estis la celo. La intenco estis estigi la paroladon, precipe la paroladon pri ĉiu temo ne ideologie neŭtrala, laŭeble plej sendependa de la konscio. Por la ĉiutaga vivo estis sendube necese, aŭ kelkafoje necese, pripensi antaŭ ol paroli; sed partiano petita fari politikan aŭ etikan juĝon devus kapabli elpafadi la korektajn opiniojn tiel aŭtomate kiel mitralo elpafanta kuglojn. Lia trejnado kapabligis lin fari tion, la lingvo donis al li preskaŭ neeraripovan instrumenton, kaj la teksturo de la vortoj, kun ilia malglata sono, kaj certa intencita malbelo, kiu akordis kun la spirito de Angsoco, ankoraŭ pli helpis la procedon.

Ankaŭ la fakto ke oni havis tre malmulte da vortoj uzeblaj. Relative al nia propra, la novparola vortaro estis eta, kaj novaj metodoj redukti ĝin estis konstante elpensataj. Novparolo, efektive, diferencis de preskaŭ ĉiuj aliaj lingvoj, per tio ke ĝia vortaro ĉiujare malgrandiĝis anstataŭ pligrandiĝi. Ĉiu redukto estis gajno, ĉar ju malpli granda la kvanto da elektoj, des malpli granda la tento pensi. Oni esperis fine devigi komunikan paroladon fonti el la laringo tute sen partoprenigi la pli altajn cerbocentrojn. Tiu celo estis malkaŝe agnoskita en la novparola vorto *anasparoli*, kio signifis "kvaki kiel anaso". Same kiel diversaj aliaj vortoj en la B-grupo, *anasparolo* estis signife ambivalenta. Kondiĉe ke la opinioj elkvakitaj estis ortodoksaj, ĝi indikis nur laŭdon, kaj kiam *La Tempoj* parolis pri unu el la partiaj oratoroj kiel *duobleplusbona anasparolanto* ĝi varme kaj altestime laŭdis lin.

La C-Vortaro estis suplementa al la aliaj, kaj konsistis ekskluzive el sciencaj kaj teknikaj terminoj. Ili similis la nuntempe uzatajn sciencajn terminojn, kaj estis konstruitaj el la samaj radikoj, sed oni, kiel kutime, zorgis ke ili estu rigide difinitaj, kaj ke al ili manku nedezirataj signifoj. Ili sekvis la samajn gramatikajn regulojn, kiel la vortoj en la aliaj du vortogrupoj. Tre malmultaj el la C-vortoj estis familiaraj aŭ en la ĉiutaga aŭ en la politika paroloj. Ĉiu sciencolaboristo aŭ teknikisto povis trovi ĉiujn bezonatajn vortojn en la listo dediĉita al lia propra fako, sed li malofte konis pli ol manpleneton de la vortoj troviĝantaj en la aliaj listoj. Nur tre malmultaj vortoj estis komunaj al ĉiuj listoj, kaj ne ekzistis vortaro esprimanta la funkcion de Scienco kiel mensofunkcion, aŭ kiel pensometodon, ĝeneralan kaj ne specife fakan. Efektive estis neniu vorto por "Scienco". Ĉiu signifo, kiun ĝi povus iel havi, jam estis sufiĉe esprimita per la vorto Angsoco.

Per la ĉiantaŭa priskribo videblas ke en Novparolo la esprimado de neortodoksaj opinioj, super tre malalta nivelo, estis praktike neebla. Kompreneble oni povis diri herezaĵojn tre krudajn, specon de blasfemado. Estus eble, ekzemple, diri *Granda Frato estas malbona*. Sed tiu deklaro, kiu al ortodoksa orelo nur esprimis memevidentan absurdaĵon, ne estus subtenebla per rezonata argumento, ĉar la necesaj vortoj ne haveblis. Ideoj malamikaj al Angsoco estis esprimeblaj nur per svaga senvorta formo, kaj estis nomeblaj nur per tre ĝeneralaj terminoj kiuj kunigis kaj kondamnis tutajn grupojn da herezaĵoj sen difini ilin. Efektive, oni povis nur uzi Novparolon por neortodoksaj celoj, se oni mallegitime retradukis kelkajn el la vortoj en Oldparolon. Ekzemple, *Ĉiuj homoj estas egalaj* estis ebla Novparola frazo, sed nur samsence kiel *Ĉiuj homoj estas ruĝharaj* estas ebla Oldparola frazo. Ne enestis gramatika eraro, sed ĝi esprimis palpeblan malveron — t.e. ke ĉiuj homoj havas egalan dimension, pezon, aŭ forton. La koncepto pri politika egaleco ne plu ekzistis, kaj tiu sekundara signifo estis konsekvence elpelita el la vorto *egala*. En 1984, kiam Oldparolo ankoraŭ estis la norma komunika metodo, la danĝero laŭteorie ekzistis ke uzante Novparolajn vortojn oni eble memorus iliajn originajn signifojn. En la praktiko ne estis malfacile por persono bone trejnita je *duoblapenso* eviti tion, sed post iometo da generacioj eĉ la ebleco de tia eraro estus malaperinta. Persono kreskinta kun Novparolo kiel sia sola lingvo ne scius ke *egala* iam havis la sekundaran signifon "politike egala", aŭ ke *libera* iam signifis "intelekte libera", pli ol persono neniam aŭdinta pri la ŝako konscius pri la sekundaraj signifoj de *damo* kaj *turo*. Estus multaj krimoj kaj eraroj kiujn li malkapablus fari, simple ĉar ili estis nenomeblaj kaj tial neimageblaj. Kaj estis antaŭvideble ke, pro la pasado de la tempo, la distingaj karakterizaĵoj de Novparolo iĝos pli kaj pli emfazataj — dum ĝiaj vortoj iĝos pli kaj pli malmultaj, iliaj signifoj pli kaj pli rigidaj, kaj la eblo misuzi ilin konstante malpliiĝos.

Kiam Oldparolo estos unufoje por ĉiam antikvigita, la lasta ligo kun la paseo estos tranĉita. La historio jam estis reverkita, sed fragmentoj de la pasinta literaturo plu vivis tie kaj tie, nesufiĉe cenzurite, kaj dum oni konservis scipovon je Oldparolo, eblis legi ilin. Estonte, tiaj fragmentoj, eĉ se hazarde ili pluvivos, estos nekompreneblaj kaj netradukeblaj. Ne eblis traduki tekston Oldparolan en Novparolon krom se ĝi temis pri iu teknika procedo aŭ pri iu tre simpla ĉiutaga ago, aŭ jam estis ortodoksa (*bonpensa* estus la Novparola esprimo). Praktike, tio signifis ke neniu libro verkita antaŭ proksimume 1960 plene tradukeblus. La antaŭrevolucia literaturo neeviteble ideologie tradukitis — t.e. ŝanĝita sence kiel ankaŭ lingve. Prenu kiel ekzemplon la bone konatan tekston el la [Usona] Deklaracio de Sendependeco:

> *Ni proklamas ke ĉi tiuj veroj estas memevidentaj: ke ĉiuj homoj kreiĝis egalaj, ke ilia kreinto donis al ili certajn neŝanĝeblajn rajtojn, ke inter ĉi tiuj estas la vivo, la libero, kaj la peno esti feliĉa. Ke, por certigi tiujn rajtojn, Registaroj estis starigitaj inter la homoj, ricevante siajn povojn laŭ la konsento de la regatoj. Ke kiam iu ajn formo de Regado emas detrui tiujn celojn, la Popolo rajtas ŝanĝi aŭ abolicii ĝin, kaj starigi novan Registaron...*

Tute maleblus traduki tion en Novparolon konservante la sencon de la originalo. Plejproksime al tia traduko estus sumigi la tutan tekston per la unusola vorto *krimpenso*. Plena traduko nur povus esti ideologia traduko, per kiu la vortoj de Jefferson ŝanĝiĝus en panegiron pri absolutisma regado.

Granda parto de la pasinta literaturo jam estis, efektive, transformita tiel. Prestiĝo dezirindigis la konservadon de memoro pri certaj historiaj personoj, sed samtempe necesis akordigi iliajn rezultojn kun la filozofio de Angsoco. Diversaj verkistoj, kiaj Ŝekspiro, Miltono, Svifto, Bajrono, Dikenso, kaj kelkaj aliaj, estis tial tradukataj; kiam la

tasko estos finita, iliaj originaj verkoj, kun ĉio alia kio restis el la litera-
turo de la paseo, estos detruitaj. Tiuj tradukoj estis lanta kaj malfacila
afero, kaj oni ne anticipis ke ili estos finitaj ĝis la unua aŭ dua jardeko
de la dudekunua jarcento. Ankaŭ estis vastaj kvantoj da simple utila
literaturo — nemalhaveblaj manlibroj, ks. — traktendaj sammaniere.
Ĉefe por lasi sufiĉan tempon por la prepara laboro de tradukado, la
fina adoptiĝo de Novparolo estis fiksita por dato eble eĉ tiel malfrua
kiel 2050.

www.ingramcontent.com/pod-product-compliance
Lightning Source LLC
Chambersburg PA
CBHW030410030726
47497CB00002B/554